Elizabeth Stoddard
Die Morgesons

edition klassikerinnen

Elizabeth Stoddard

Die Morgesons

Herausgegeben, übersetzt und mit einem Nachwort
von Susanne Opfermann
und Helmbrecht Breinig

unter Mitarbeit von Axel Steensen

ULRIKE **HELMER** VERLAG

Bibliografische Information der Deutschen Nationalbibliothek
Die Deutsche Nationalbibliothek verzeichnet diese Publikation in der Deutschen Nationalbibliografie; detaillierte bibliografische Daten sind im Internet über http://dnb.d-nb.de abrufbar.

Bibliographic information published by the Deutsche Nationalbibliothek
The Deutsche Nationalbibliothek lists this publication in the Deutsche Nationalbibliografie; detailed bibliographic data are available in the Internet at http://dnb.d-nb.de.

Gedruckt auf altersbeständigem Werkdruckpapier.

ISBN 978-3-89741-328-3

Umschlaggestaltung: Atelier KatarinaS / NL
unter Verwendung der Abbildung: »Portrait of Elizabeth Winthrop Chanler by John Singer Sargent (1893), Smithsonian American Art Museum, Gift of Chanler A. Chapman«

Ulrike Helmer Verlag
Neugartenstr. 36c, D-65843 Sulzbach/Taunus
E-Mail: info@ulrike-helmer-verlag.de

www.ulrike-helmer-verlag.de

KAPITEL I

»Dieses Kind«, sagte meine Tante Mercy und schaute mich mit indigoblauen Augen an, »ist besessen.«

Als meine Tante dies sagte, kletterte ich gerade an den Knäufen auf eine Kommode hinauf, um an das Bücherregal darüber zu gelangen, wo mein Lieblingswerk, »Die Regionen des Nordens«, aufbewahrt wurde, zusammen mit »Baxters Ruhe der Heiligen« und anderen Büchern von dieser Sorte, die meiner Mutter gehörten, und auch denen, die mein Vater für seine eigene Lektüre kaufte und die mir gefielen, selbst wenn ich nur mit großer Anstrengung eine Ahnung von dem erhaschen konnte, worum es da ging. Bis zum heutigen Tage sind Sheridans Komödien, Sternes Sentimentale Reise und Kapitän Cooks Entdeckungsfahrten in meiner Erinnerung so miteinander vermischt, dass ich noch immer nicht sicher bin, ob es Sterne war, der mit Maria gebratenen Hund aß, oder Sheridan, der auf den Sandwich-Inseln über einen toten Esel Tränen vergoss.

Nachdem ich mein Buch mit einem Sprung erobert hatte, ließ ich mich mit einiger Mühe am Rand der Kommode nieder und war schon bald in einer Eskimohütte verschwunden. Dann kreuzte ich meine Beine, und meine Schuhe, die sehr groß waren, fielen mit lautem Gepolter auf die gestrichenen Dielen. Ich sah meine Tante an; sie hatte noch immer ein Auge auf mich, was sie aber nicht am Stricken hinderte; auch ließ sie sich nicht von ihrer Angewohnheit abhalten, Nelken, Kalmuswurzeln oder Reiskörner zu kauen. Wenn diese Dinge nicht zur Hand waren, kaute sie auf einem kleinen Stückchen Holz herum.

»Tante Merce, der arme Hepburn hat seine Schuhe gekaut, als er in der Davis-Meerenge war.«

»Mary, schau dir an, was das Kind für Strümpfe hat.«

Mutter schaute von den *Bostoner Nachrichten* auf und dem Artikel, in den sie vertieft gewesen war – dem Sitzungsprotokoll einer kirchlichen Ratsversammlung, die (wie sie Tante Merce laut vorlas) über das Verhalten von Bruder Thaddeus Turner debattiert hatte, dem Pastor der kongregationalistischen Gemeinde von Hyena. Bruder Thaddeus hatte den Unterschied zwischen Benetzen und Eintauchen als nebensächlich abgetan und den baptistischen Geistlichen von Hyena sogar »*Bruder*« genannt. Zunächst war er halsstarrig gewesen, dieser Bruder Thaddeus, aber Bruder Boanerges aus Andover brachte ihn schließlich von seinem hohen Ross herunter.

»Cassandra«, sagte Mutter jetzt, »komm mal her.«

Ich gehorchte widerwillig und stellte mich wer weiß wie an, als ich die Seite umblätterte.

»Kind«, fuhr sie fort, und ihre Augen wanderten verträumt über mich hin, bis sie an meinen Strümpfen hängen blieben, »warum verschwendest du immer so viel Zeit auf unnütze Geschichten?«

»Mutter, ich hasse fromme Geschichten, alle bis auf den Schäfer von Salisbury Plain. Das mag ich, weil ich Hunger kriege, wenn ich von den Bratkartoffeln lese, die der Schäfer zum Frühstück und Abendessen isst. Würde es mich dankbar machen, wenn Du mir nur Kartoffeln ohne Salz gäbest?«

»Nicht, wenn dein Herz nicht gerecht ist vor Gott.«

»*Der Herr ist mein Hirte*«, sang Tante Merce.

Ich hielt mir die Ohren zu und schaute herausfordernd im Zimmer umher. Seine Wände stehen heute nicht mehr, und die Hände ihrer Erbauer sind zu Staub zerfallen. Irgendein mentaler Zufall hat diese Szene in meine verblassten Erinnerungen an meine Kindheit eingebrannt.

Wir waren im Winterzimmer meiner Mutter. Sie saß auf einem niedrigen, chintzbespannten Stuhl; Tante Merce saß am Fenster, auf einem Stuhl mit gerader Lehne, der missmutig wackelte. Er war ebenfalls mit Chintz bespannt, rot und gelb gemustert. Vor der unteren Hälfte der Fenster waren Vorhänge aus rotem Serge, die sie auf ihren Messingstangen scheppernd auseinanderzog, wann immer sie Schritte hörte oder das Knarren eines Wagenrades unten auf der Straße. Die Wände waren weiß tapeziert, mit grünen, fadendünnen Streifen. Das Quadrat eines grünen und schokoladefarbenen englischen Teppichs bedeckte die Mitte des Fußbodens, und eine Reihe von Stühlen mit strohgeflochtenen Sitzen standen auf nackten, bleifarbenen Dielen darum herum. Ein gewaltiges Bett mit chintzbespanntem Kopfende, das wie ein Elefantenrücken geformt war, stand in der einen Ecke und ein sechsbeiniger Mahagonitisch in einer anderen. Eine Seite des Zimmers, wo sich der Kamin befand, war mit Holz getäfelt; das Feuer im polierten Franklin-Ofen war niedergebrannt und abgebrochene Holzscheite standen senkrecht darin. Das verkohlte große Scheit hinten im Ofen schwelte noch, der Saft darin zischte und schlug an beiden Enden Bläschen.

Tante Merce kramte in ihrer Tasche nach einer Kalmuswurzel; Mutter nahm wieder ihre Zeitung zur Hand.

»Darf ich ein Weilchen meine neuen Halbschuhe anziehen?«, fragte ich, denn ich wünschte mir nichts sehnlicher, als der bedrückenden Atmosphäre des Zimmers zu entkommen.

»Ja«, antwortete Mutter, »aber komm bald wieder rein, es gibt demnächst Abendessen.«

Ich sprang davon, holte meine Schuhe und ging auf Zehenspitzen die Treppe hinunter, mein halbwollenes Kleidchen geschürzt, als ich sah, dass die Tür zum Zimmer meines Urgroßvaters nur angelehnt war. Ich stieß sie auf, ging hinein und sah einen sehr alten Mann, um den Kopf ein rotseidenes Tuch, von Kissen gestützt aufrecht im Bett sitzen. Seine Frau, Stief-Großmutter, saß am Kamin und las in einer großen Bibel.

»Madame Tamor, zeigst du mir Ruth und Boas, bitte?«, fragte ich.

Sie erfüllte meinen Wunsch und blätterte, bis sie das Bild fand.

»Hat Ruth den Boas ganz schrecklich lieb gehabt?«

»Ach, ach«, stöhnte der alte Mann, »was macht der kleine Teufel hier? Scheuch sie raus. Ksch!«

Ich hüpfte durch die Seitentür hinaus, einen mit blaugrauen Kieseln befestigten Heckenweg hinunter, machte das große Tor auf und stolzierte den Kiesweg neben der Straße auf und ab, bewunderte meine Schuhe und wünschte mir, jemand Bekanntes mit schäbigen Schuhen könnte mich sehen. Dann fiel mir ein, ich könnte doch auf die hohen Torpfosten klettern, die oben flach waren, und dort die Positur des kleinen Mädchens aus dem »Schleiertanz« einnehmen. Kaum hatte ich das getan, da erschien Tante Merce an der Tür und schrie bei meinem Anblick auf, was mich nur dazu veranlasste, mit ausgebreiteten Armen zu ihr hinunterzuspringen. Ich wurde gepackt und ins Haus getragen, wo mir das Abendessen verabreicht wurde. Dann wurde ich ins Bett gesteckt.

KAPITEL II

Ich war damals zehn Jahre alt. Wir lebten in Surrey, einem Dorf in Neuengland, das an einem Seitenarm einer großen Bucht lag, die sich zum Atlantik hin öffnete. Vom Ausguck unseres Hauses konnten wir sehen, wie dieser Arm von den langen Scheren des Landes eingezwängt wurde, die ihn fast ganz umschlossen. Gegenüber von unserem Dorf, etwa zehn Meilen entfernt, hielt eine Kette von Inseln das offene Wasser der Bucht von uns fern. An der Außenseite der gekrümmten Landzungen dehnte sich eine zerklüftete, verlassene Küste, eingekerbt von kleinen Buchten und Bachmündungen, gesäumt von halb im Meer versunkenen Granitfelsen und begrenzt von Stränden, die mit fahlem Riedgras bewachsen oder mit Tangbeeten bedeckt waren. Nichts Lebendiges, außer den Möwen, hauste an diesen einsamen Ufern. Kein Leuchtturm stand auf einer der Landzungen, um seinen langen Lichtstrahl warnend über das Kielwasser der Seeleute zu werfen. Dann und wann trieb ein Ertrunkener in das Riedgras herein, oder ein Boot zerschellte an den Felsen. Bei Ostwind hallte die Küste wider vom Brüllen der See, die uns Nachricht brachte von jenen unzugänglichen Stellen. Wir hörten ihren heiseren Schrei, wenn sie über die Felsen am Gloster Point sprang, und ihr langes, ungebrochenes Klagen, wenn sie auf den Whitefootstrand rollte. Auch bei mildem Wetter, wenn es in unserem Hafen ganz still war, hörten wir noch immer ihr Wimmern. Hinter dem Dorf stieg das Gelände nach Norden zu an, wo es am Horizont von Eichen- und Kiefernwäldern eingefasst war, durchschnitten von krummen Straßen, die zu anderen Städtchen und Dörfern in unserer Nähe führten. Landeinwärts war die Szenerie zahm; kein Hügel, kein Tal unterbrach ihre eintönige Gleichförmigkeit. Maisfelder und Wiesen mit rotem Gras, von grauen Steinmauern eingefasst, lagen zwischen dem Dorf und dem Saum des Waldes. Seewärts war es betörend – schön unter der Sonne, dem Mond und den Wolken.

Unsere Familie lebte schon seit Jahren in Surrey. Wahrscheinlich war ein Puritaner mit Namen Morgeson aus einer früheren Siedlung hierher gezogen, hatte ein paar Morgen Land in Besitz genommen, die nun im Zentrum lagen, und lange genug dort gelebt, um zu sehen, wie seine Söhne und Töchter die Söhne und Töchter anderer Siedler geheiratet hatten. So dauerte unser Name fort, obwohl keiner aus unserer Linie sich je unter seinesgleichen einen Namen gemacht oder einen Platz unter den Großen seiner Zeit erlangt hatte. Die Familienrezepte für getrocknete Kräuter, geräucherten Schinken und Stärkungsmittel hatten sich besser gehalten als die Erinnerung an ihre Erfinder. Mit Sicherheit waren wir keine sehr fortschrittliche oder wandlungsfähige Familie. Keine Familientradition von irgendwelcher persönlichen Besonderheit ist überliefert. In den Köpfen der Überlebenden der verschiedenen Generationen herrschte Verwirrung über den Grad ihrer Verwandtschaft zu denen, die schon beerdigt waren, und deren Namen und Alter in die schlichten Steine am Kopfende ihrer Gräber eingemeißelt waren. Das *meum* und *tuum* des Blutes waren untrennbar vermischt; und so gaben sie sich damit zufrieden, ihren Kindern die alten Vornamen zu geben, die in die Grabsteine eingegraben waren, und die mit der Zeit das anti-heraldische Gedächtnis der Morgesons noch mehr verdunkelten. Sie wussten nichts von jenem Schatz, mit dem so viele unserer neuenglischen Familien prahlen, dem Vorfahren, der mit der Mayflower herüberkam, oder alleine, mit einer Landzuweisung vom Parlament. Es war nicht bekannt, ob es zwei oder drei Brüder waren, die zusammen aus der Alten Welt fortgesegelt waren und in der Neuen gesiedelt hatten. Sie besaßen kein Bild, keinen seltsamen Stuhl, keine rostige Waffe – keine alte Bibel, keinen Trinkbecher, keinen Fetzen Brokat.

Morgeson – Geboren – Gelebt – Gestorben – war ihre gesamte Urkundensammlung. Doch auch das bloße Fortdauern hat seine Würde, in der Enge der Verwandschaftsbeziehungen liegt eine Stärke. Diese Würde und Stärke besaßen sie. Noch immer ist unsere Landbevölkerung davon geprägt. Gelegentlich geht aus ihnen etwas Edles hervor; eine Urgestalt taucht wieder auf und beweist die formende Kraft der Natur.

Mein Urgroßvater, Locke Morgeson, der alte Mann mit dem roten Tuch um den Kopf, war der erste bemerkenswerte Mann dieses Namens. Er war ein Bündel heftiger Gemütsbewegungen, die von der Melancholie bis zum Sarkasmus reichten. Wenn ich von ihm sprechen hörte, so schien es mir, er sei unter dem Einfluss des Meeres geboren, während der Rest der Familie den Charakter der Landschaft geerbt hatte. Einsicht ins Leben und Einsicht ins Ich erlangte er zu spät, als dass er daraus noch Nutzen hätte ziehen können. Der Fortschrittsgeist jedoch, der seinen Plänen zugrunde lag, kam anderen zugute. Das Äußerste, was man von ihm sagen konnte, war, dass er Ansätze zu einem Gründervater besaß.

Mein Vater, der ebenfalls Locke Morgeson hieß, heiratete früh. Meine Mutter war fünf Jahre älter als er; ihr Mädchenname war Mary Warren. Sie war die Tochter von Philip Warren aus Barmouth, nahe Surrey. Er war der beste Schneider in Barmouth, obwohl er den Schnitt seiner eigenen Kleidung nie änderte; er war ein strenggläubig frommer Mann, sehr einflussreich in der Kirchengemeinde, und stammte von Sir Edward Warren ab, einem Adligen aus Devon, der von Königin Elizabeth zum Ritter geschlagen worden war. Der Name seines unmittelbareren Vorfahren, Richard Warren, stand im ehrwürdigen »Neu England Gedenkbuch«. Wie Vater und Mutter sich kennenlernten, weiß ich nicht. Sie war von einzigartiger Schönheit, eine Schönheit noch am Tag ihres Todes; aber sie war arm und ohne Verbindungen, denn Philip Warren war der letzte seines Namens. Was die Warrens einmal gewesen waren, war den Morgesons gleichgültig; sie selbst hatten keine Vergangenheit und nahmen nur die Gegenwart wahr. Es kam ihnen nie in den Sinn, der Sache nachzugehen, und so widersetzten sie sich prompt Vaters Wunsch, Mary Warren zu heiraten. Alle taten es, bis auf Locke Morgeson, seinen Großvater, der eines Tages nach Barmouth hinüberritt, um sie sich anzusehen. Als er zurückkam, sagte er zu Vater, er solle sie nehmen, bot ihm sein halbes Haus zum Wohnen an und versprach, ihn in der Welt voranzubringen. Sein Angebot beschwichtigte die Aufrührer und brachte vor allem den Widerstand von John Morgeson, Vaters Vater, zum Verstummen.

Einen Monat später führte Locke Morgeson, Junior, Mary Warren als seine Frau aus dem Haus ihres Vaters. Großvater Warren betete ein langes, unverständliches Gebet für die beiden, half ihnen in eine große Kutsche mit gelbem Boden, die Großvater Locke gehörte, und das junge Paar fuhr zu seinem neuen Heim, dem alten Familiensitz. Eine Woche später fuhr Großvater Locke in derselben Kutsche mit gelbem Boden fort und kehrte einige Tage später mit einer hochgewachsenen Dame von fünfzig Jahren an seiner Seite zurück – »Madame Tamor«, auch ein Spross des Morgeson-Stammes, nämlich seine Cousine dritten Grades, die er geheiratet hatte. Diese Ehe war Großvater Lockes letzter Fehler. Er ging damals auf die achtzig zu, aber er lebte lange genug, um die Versprechungen, die er Vater gemacht hatte, zu erfüllen. Im Jahr darauf wurde ich geboren, und vier Jahre später meine Schwester Veronica. Großvater Locke suchte unsere Namen aus und schärfte Vater ein, dafür nicht die Morgesonschen Grabsteine zu Rate zu ziehen.

KAPITEL III

»Mrs. Saunders«, sagte Mutter, »lassen Sie die Seife nicht überkochen. Cassy, bleib da weg.«

»Allmächtiger«, antwortete Mrs. Saunders, »de Knoken hemm aber auch gar keen Fett zum Kochen. Cassy is schrecklich schnell groß geworden, is se nich? Wie lang is de olle Herr nu schon dod, Mrs. Morgeson?«

»Drei Jahre, Mrs. Saunders.«

»Wie schnell de Zeit vergeht«, bemerkte Mrs. Saunders und wischte ihr faltiges Gesicht mit einem dunkelblauen Taschentuch ab. »Dat Wintergemüse is kaum inne Keller un schon musst du de Triebe abschneiden un de Kartüffeln zum Planten raufholn. Wir werden em bald alle folgen.« Und sie rührte die Knochen im großen Kessel mit der Kraft einer Riesin.

Als ich sie nach Großvater Locke fragen hörte, ging mir die Zeit durch den Sinn, die seit seinem Tod vergangen war. Wie klein war ich damals noch gewesen! Wie viel war inzwischen geschehen! Aber bei keinem Gedanken verweilte ich lange. Ich war gerade dabei zu entscheiden, ob ich zum Strand gehen und im Wasser waten wollte, oder bis zum Schulbeginn im Wald nach Feuernelken suchen, als meine Aufmerksamkeit wieder von Mrs. Saunders in Beschlag genommen wurde, die nämlich sagte: »Ik nehm an, dat Madame Tamor mit 'n orndliche Stückchen davongekommen is un Mr. John Morgeson immer noch düchti wütend is?«

Das Erscheinen von besagtem John Morgeson hinderte Mutter an einer Antwort. Er verdunkelte die Schwelle der Küchentür, ging aber keinen Schritt weiter. Ich sah ihn neugierig an; wenn er wahnsinnig war, war er vielleicht interessant. Er war ein großer, stattlicher Mann, über sechzig, mit prachtvollem schwarzen Haar, das leicht angegraut war, einer vorstehenden Nase und hellen Gesichtsfarbe. Ich mochte ihn nicht und beschloss, nicht mit ihm zu sprechen.

»Sag guten Morgen, Cassandra«, sagte Mutter leise.

»Nein«, antwortete ich laut, »ich mag meinen Großvater nicht.«

Mrs. Saunders wischte sich wieder ihr Gesicht ab und grinste vergnügt hinter ihrem Taschentuch.

»Debby, meine Frau, braucht Sie, Mrs. Saunders, wenn Sie mit Marys Seife fertig sind.«

»Ik bin gliek da«, antwortete sie.

»Wo ist der Rappe heute?«, fragte er Mutter.

»Locke ist damit nach Milford.«

»Ich hätte heute den Rappen gebraucht«, sagte er und wandte sich zum Gehen.

»Dat is een mächtig großer Mann, dat is he«, bemerkte Mrs. Saunders. »Ik bin verdüwelt froh, Mrs. Morgeson, dat Se nie 'n Fuß in siin Hus gesetzt habn. Ik lob mir Ihren Mut!«

»Zeit für die Schule, Cassy«, sagte Mutter. »Magst du ein paar Pfefferkuchen mitnehmen? Wenn du nach Hause kommst, erzählst du mir, was du im Neuen Testament gelesen hast.«

»Miin Jung liest ganz wunnerschön«, sagte Mrs. Saunders. »Wo is de Pottasche, Mrs. Morgeson?«

Ich hörte die Glocke läuten, während ich die Straße entlang trödelte und hier und da einen Löwenzahn pflückte – es war nämlich Mai – und ihn in die Fahrspur fallen ließ, damit der nächste Wagen ihn zerquetschte. Als ich am Schulhaus ankam, sah ich durch die offene Tür, dass die Stunde zum Neuen Testament schon vorbei war. Die Lehrerin, Mrs. Desire Cushman, eine große, schlanke Person in einem volantbesetzten Kalikokleid, ging im Raum auf und ab; eine Klasse Jungen und Mädchen standen in einer Zick-Zack-Reihe vor ihr und schwankten hin und her, während sie das Einmaleins herunterleierten. Sie gähnte, als ich hereinkam, was sie am Sprechen hinderte, und so nahm ich meinen Platz ein, ohne getadelt zu werden. Die ersten Fliegen waren unterwegs, und ich sah ihnen zu, wie sie mit ihren klebrigen Beinen mühevoll über mein altes, ungestrichenes, kerbenreiches Pult krochen, und bröckelte ihnen meine Pfefferkuchen hin, aber sie schienen keinen Appetit zu haben. Einige der kleineren Kinder waren schon schläfrig, eingelullt vom Summen der Flüsterer. Mir war sehr langweilig und so bat ich um Erlaubnis, mir aus dem Wassereimer einen Schluck nehmen zu dürfen. Ich ließ die Blechtasse ins Wasser fallen, damit es auf den Boden spritzte, schnitt den guten Schülern Grimassen und tat, was ich konnte, um die Zeit angenehm hinzubringen. Am Mittag schickte mir Mutter mein Essen mit dem Auftrag, bis zum Abend zu bleiben, da ich zu Hause im Weg wäre, wo alles in Aufruhr sei, weil Seife gekocht und geweißelt werde. Ich war empört, aber ich blieb da. Am Nachmittag kam der Pfarrer mit zwei Fremden zu einem Schulbesuch. Ich trug meine Lektionen mit würdevoller Ungenauigkeit vor und erhielt ein Lob. Auf dem Weg zu meinem Platz trat ich zufällig auf ein loses Brett unter meinem Sitz. Ich beschloss, Mrs. Desire für das ungerechtfertigte Lob, das ich gerade bekommen hatte, zu bestrafen und schubste das Brett, bis es klapperte und eine Staubwolke hochwirbelte. Als Mrs. Desire mich ertappte, wurde sie weiß vor Wut. Ich schubste weiter und machte soviel Lärm, dass die

Besucher sich nach dem Grund umsahen. Sie schüttelte ihren Kopf in meine Richtung, und ich wusste, was die Stunde geschlagen hatte, denn wir lagen schon lange in Fehde, und sie wartete nur darauf, dass ich meinen Unfug zu weit treiben würde. Sobald die Besucher gegangen waren, sagte sie mit lauter Stimme: »Cassandra Morgeson, nimm deine Bücher und geh nach Hause. Du wirst hier nie mehr herkommen.«

Ich war froh darüber, marschierte nach Hause wie ein siegreicher Eroberer und ging ins Wohnzimmer, wo Mutter mit einem Korb Nähzeug saß. Ich sah Temperance Tinkham, die Haushaltshilfe, eine Jungfer von dreißig Jahren, die den Tisch für das Abendbrot deckte.

»Verknidder mi nich dat Dischtuch«, sagte sie ärgerlich, »un häng diine Haube inne Diele auf, wo se hingehört.« Noch während sie das anordnete, nahm sie sie mir aus der Hand und hängte sie selbst auf.

»Ich bin von der Schule verwiesen worden, Mutter, weil ich ein Brett mit meinem Fuß geschubst habe.«

»Hallo«, sagte Vater, der auf sein Abendessen wartete, »komm her«, und er pfiff nach mir. Er nahm mich auf seine Knie, während Mutter mich zweifelnd und traurig ansah.

»Sie ist fast schon eine Frau, Mary.«

»Locke, weißt du eigentlich, dass ich achtunddreißig bin?«

»Und du bist dreiunddreißig, Vater«, rief ich. Er sah jünger aus. Ich fand ihn schön; er hatte ein offenes, festes Gesicht, helle, lockige Haare im Überfluss, und war sehr kräftig. Ich nahm ihm den weißen Biberhut ab und schob ihm die Locken aus der Stirn. Er hatte seine Reitpeitsche in der Hand. Die nahm ich ihm auch weg und schnalzte damit zu unserem kleinen Hund Kip hin. Vaters Anzug gefiel mir ebenfalls, ein lavendelfarbenes Jackett mit Messingknöpfen und Hosen in gleicher Farbe. In Gedanken malte ich mir einen Aufzug für mich aus, der zu dem seinigen passen sollte, und dachte, wie gut wir aussehen würden, wenn wir erst Lady Teazle in ihrem Haus in London unsere Aufwartung machen würden. Meine einzige Sorge war, dass meine Haube wohl zu groß für mich war. Ein lauter Krach in der Küche störte meine Träumerei. Temperance rannte herein und schleifte meine Schwester Veronica hinter sich her, deren Haare von Milch troffen. Sie hatte einen Topf mit Milch vom Regal in der Butterkammer heruntergezogen und sich übergegossen, während Temperance das Abendessen auftrug. Vater lachte, aber Mutter sagte:

»Was habe ich nur getan, dass ich so schrecklich gestraft bin mit diesen fürchterlichen Kindern?«

Ihre sanften blauen Augen funkelten, sie stampfte mit dem Fuß und ballte die Fäuste. Vater nahm seinen Hut und verließ das Zimmer. Veronica setzte sich auf den Boden, sah sie starr an, und ich lehnte mich an die Wand. Es war eine Böe, die bald verflogen sein würde, wie ich wusste. Veronica wusste es auch. Im richtigen Augenblick rief sie: »Hilf Verry, es tut ihr leid.«

»Iss nu diin Abendbrot«, rief Temperance mit lauter Stimme. »Dat Haschee is schon halb verbrannt.«

Sie blieb im Raum, um Bemerkungen über unseren Appetit zu machen und um Veronica, die nie Hunger hatte, zum Essen anzuhalten.

Veronica war ein elfenartiges Wesen, neun Jahre alt, klein und blaß. Ihr langes, seidiges braunes Haar, das, ähnlich dem von Mutter, so glatt war wie das eines Indianers und das sie sich ausriss, wenn sie wütend war, hing ihr meistens vor dem Gesicht, und ihre wilden Augen sahen noch wilder aus, wenn sie hindurch lugten. Sie sah zu eigenartig aus, als dass gewöhnliche Leute sie hübsch genannt hätten, und ihr Verhalten war zu seltsam, zu sehr voller Tücken, als dass ich sie hätte lieben können. Sie war ein stilles Kind und gern allein. Aber wenn man auf sie aufpaßte, mußte man wachsam sein. Sie steckte alles in den Mund und zündete alles an, was in ihrer Reichweite lag. Ein loderndes Feuer war eine Versuchung, der sie nicht widerstehen konnte. Wenn irgendetwas nicht Niet- und Nagelfestes verschwand, schrieb man es ihr zu, aber gesagt wurde nichts, denn Strafen machten sie nur noch boshafter und wagemutiger in ihren Unternehmungen. Sie hatte die Angewohnheit, uns zu erschrecken, indem sie sich versteckte und dann plötzlich aus Ecken auftauchte, wo niemand daran gedacht hatte, sie zu suchen. Die Leute schüttelten die Köpfe, wenn sie sie beobachteten. Die Morgesons lächelten bedeutungsvoll, wenn die Rede von ihr war, und fragten:

»Findet ihr, dass sie ihrer Mutter ähnelt?«

Mutter hatte ein zwiespältiges Verhältnis zu Veronica. Sie liebte sie nicht so sehr wie mich, aber sie gab sich umso größere Mühe, ihre

Pflicht zu erfüllen. Wenn Verry krank war – sie hatte lange und geheimnisvolle Krankheiten, die sie wochenlang hilflos machten – , dann wachte sie Tag und Nacht bei ihr, aber streichelte sie kaum jemals. Zu anderen Zeiten überließ man Verry sich selbst und ihren Neigungen, die so verschieden waren von meinen, dass ich sie kaum zu Gesicht bekam. Wir wuchsen in Unkenntnis des Wesens der anderen auf, wiewohl Verry mich besser kannte als ich sie. Mit der Zeit entdeckte ich, dass sie mich genau beobachtete, wenn ich es am wenigsten ahnte.

Zu dieser Zeit kamen wir zu Wohlstand.

»Der alte Locke Morgeson hatte einen langen Schädel«, sagten die Leute, wenn sie von unseren Angelegenheiten sprachen. Vater zog aus Großvaters Plänen und seinem Vermögen Nutzen; weniger visionär als er hatte er viele seiner Projekte modifiziert und praktisch umgesetzt. Der alte Locke hatte seinem Sohn John Morgeson nur wenig hinterlassen, in der Überzeugung, dass Vater derjenige war, der seine Ideen ausführen würde. Außer dem Geld hinterließ er ihm einen Streifen Land, das sich nördlich und südlich des alten Hauses ein Stück weit erstreckte und auf dem er bauen sollte. Dies tat er nun, und wir planten, noch vor dem Herbst in unser neues Haus zu ziehen.

Alle Morgesons waren willens, Geld in eine Firma zu investieren, sobald Vater beweisen konnte, dass sie Profit machen würde. Sie waren bereit, Anteile an Schiffen zu besitzen, die Vater bauen wollte, sobald sicher war, dass deren Reisen unter einem guten Stern stünden. Er lehnte ihre Angebote ab, aber sie alle unterwarfen sich dem Mann, der kühn genug gewesen war, den lebenslangen Stillstand von Surrey zu durchbrechen, und befürworteten seine Pläne, während sie reiften. Er war voller Hoffnung, ein großes Unternehmen schaffen zu können, das Surrey voranbringen sollte. Man hatte neue Straßen durch seinen und Großvaters Besitz gelegt, der, engstirnig wie er war, doch nicht der öffentlichen Meinung widerstehen konnte; Grundstücke waren vermessen und Häuser darauf errichtet worden. Angelegenheiten von minderer Wichtigkeit widmete Vater wenig Aufmerksamkeit, sein häusliches Leben wurde rasch zur Gewohnheit. Die ständige Erweiterung seiner Pläne war bereits ein notwendiges Aufputschmittel für ihn geworden.

Ich kehrte nicht mehr an Mrs. Desires Schule zurück. Mutter sagte, ich solle mich zu Hause nützlich machen. Sie schickte mich zu Temperance, und Temperance schickte mich zum Spielen oder sagte, ich solle auf »Besuch« gehen. Ich hatte keine Lust, Besuche zu machen, denn als Folge meines Schulverweises, der als unauslöschliche Schande galt und lang in Erinnerung blieb, betrachteten mich meine Schulkameraden als Paria und gaben sich unerträglich überlegen, wenn sie mich sahen. Daher vergnügte ich mich, wie Veronica auch, alleine und verbrachte die Tage an der Küste oder in den Feldern und Wäldern, während Mutter mich täglich so lange im Haus hielt, bis ich ein Quadrat Flickwerk genäht hatte und sie einen Psalm hatte lesen hören – eine Pflicht, die ich mit Geduld ertrug, indem ich erriet, wann die Selas kamen, und sie zählte. Aber wo auch immer ich war, oder was auch immer ich tat, kein Gefühl für Schönheit stahl sich mir je in den Sinn. Nie wandte ich mein Gesicht zum Himmel, um den vorbeiziehenden Wolken nachzusehen, noch grübelte ich vor der bewegten Weite des Meeres oder sah mit nachdenklicher Neugier oder geistigem Streben auf die Erde hinab. Mich bewegten und regierten nur meine Empfindungen, die sich ständig änderten und vergingen – nur um wieder zu kommen und mir vage Ideen einzugeben, die mich verfolgten, ohne dass ich mir dessen ganz bewusst war. Die genauen Bilder aller Dinge, die ich sah, hinterließen einen Eindruck in meinem ungeformten Geist, um später durch Fähigkeiten, die damals erst angelegt waren, wieder hervorgerufen zu werden. Aber was für eine Befriedigung lag hierin? Ohne Zweifel war der Sinn für das Höhere bei Veronica von Anfang an vorhanden, in mir entwickelte er sich erst durch die Erfahrung vieler Jahre. Keine Erinnerung an irgendetwas Vollkommenes kommt mit der Erinnerung an meine Kindertage in mir hoch, und ich schließe daraus, dass mein Geist, wenn ich denn einen hatte, in einem noch so unterentwickelten Zustand war, dass er meinen Charakter nur wenig beeinflusste.

KAPITEL IV

Eines Nachmittags im folgenden Juli, als ich keine Lust mehr hatte, über die gemähten Felder zu wandern und ein Nest mit Mäusen herumzutragen, das ich unter einem Heuschober gefunden hatte, beschloss ich, ihnen eine systematische Erziehung zuteil werden zu lassen. Ich platzierte sie also auf einem Weinblatt und machte mich auf den Heimweg. Als ich zum Kücheneingang hineinkam, sah ich Temperance, wie sie den Staub von unserem besten Porzellan wischte. Das machte mir gute Laune, denn es war ein Zeichen dafür, dass wir zum Tee Besuch erwarteten.

»Du böses Gör«, sagte sie, »wo bist du gewesn? Diin Mutter sucht di seit Stunnen; sie will di diin rotes Kalikokleid mit de Flügelärmel anziehen. 'n paar von den Gemeendemitglieders kommen heute zum Tee; Miss Seneth Jellatt, und de, wat früher Clarissa Tripp geheißn hat, de heutige Snow, und Miss Sophrony G. Dexter und noch annern.«

Ich setzte meine Mäuse in einen Korb und bat Temperance, das restliche Porzellan abwischen zu dürfen. Sie willigte ein und ermahnte mich, es nicht fallen zu lassen. »Mrs. Morgeson würde dod umfalln, wenn davon wat kaputt gehn würde.« Auch ich liebte es sehr. Jedes Stück hatte einen Pfirsich oder eine Birne, oder ein paar Kirschen aufgemalt, in glänzendem Braun. Die Griffe waren wie Goldkordeln und die Deckel hatten Knäufe aus vergoldeten Trauben.

»Was für Kompott willst du auf den Tisch bringen?«, fragte ich.

»Disse westindische Dingers, de Käpn Curtis siin Sohn nach Hus gebracht hat, un geviddelte Quitten, auch wenn ik nu schon weiß, dat Mrs. Dexter sagn wird, dat de Sirup Fäden zieht.«

»Ich fände es besser, du würdest keinen Käse servieren.«

»Wir *müssen* Kees haben«, sagte sie würdevoll. »Ik nehm an, se werdn unsre gröne Tee drinkn, bis se ganz aus ihren eigenen Blasen bestehen, so gut is de. Diin Vadder is 'n erstklassige Mann; he versorgt uns allerbest, un jede Frau müsste stolz auf em siin, denn he köfft wirklich nur de besten Lebensmiddel.«

Ich schaute sie voller Bewunderung und Respekt an.

»Käpn Curtis«, fuhr sie fort und folgte damit einem Gedankengang, an dessen Anfang das Eingemachte stand, »wird nie mehr nach Hus kommen, glöv ik. He is nu ewig und dre Dag auf See; siin Fru hat seit zehn Johr nach em Ausschau gehalten un dabei eer Daumens dreht. Ik hab gehört, dat diin Mudder se angeheuert hat, mit uns ins neue Hus zu kommen. Se wird uns alle auf der Nase rumtanzen. Diin Grotvadder, Mr. John Morgeson, is bereit, eer gehn zu lassen; ik denk mi, dat he leid auf eer is. Se hat em seit dreißig Johr immer wedder mal dat Hus geführt. Se is mindestens fofftig Johr alt, bestimmt is se dat, de Hepsey Curtis.«

»Ist sie auch so knausrig wie du?«, fragte ich.

»Dat kannst du man alleen rausfindn, Fruleinchen. Ik bin mi aber ziemlich sicher, dat du nich auf de Budderregaale krömeln darfst.«

Ich wischte die Tasse fertig ab und sah Temperance zu, wie sie Hutzucker über einem Berg mit Krapfen zerrieb, als Mutter hereinkam und mich bat, zum Umziehen mit ihr nach oben zu kommen.

»Wo ist Verry, Mutter?«

»Im Salon, mit einer Zitrone in der einen Hand und Robinson Crusoe in der anderen. Sie wird sich anständig benehmen, sagt sie. Cassy, heute wirst du mich nicht plagen, nicht wahr?«

»Nein, Mutter, bestimmt nicht«, und während ich in die Hände klatschte, »ich hab dich zu gern.«

Sie lachte.

»Disse Morgesons sind nich zu övertreffen«, hörte ich Temperance sagen, als wir die Tür zumachten und nach oben gingen.

Ich hüpfte auf Strümpfen über den glänzenden, bleifarbenen Fußboden des Zimmers, während Mutter aus der Kommode saubere Kleider für mich holte und mit der lieblichsten Stimme der Welt »Bonny Doon« sang. Rasch hatte sie mich in mein rotes Kalikokleid mit dem gelben Sternenmuster gesteckt. Ich war stolz auf seine gestärkten Innenärmel, obwohl sie mich an den Armen kratzten, und war begeistert von seinen Flügelärmeln, die über das schützende Steifleinen hinausragten.

»Es ist drei Uhr; die Gäste werden bald kommen. Pass auf dein Kleid auf. Du musst mir am Tisch zur Seite stehen und die Teetassen reichen.«

Sie ließ mich auf einem Stuhl stehen, so dass ich die mit Rüschen besetzte, lange Unterhose im hochgehängten Spiegel sehen konnte, und die Wirkung meiner ballonförmigen Ärmel. Dann ging ich in die Küche zurück, um mich Temperance zu zeigen und mich daran zu erfreuen, wie die Zubereitung des Nachmittagtees vorankam.

Der Tisch war im langen Wohnzimmer neben der Küche gedeckt, das Tischtuch karminrot und blau gestreift; es fühlte sich glatt an wie Satin. Temperance hatte die Teller umgedreht auf den Tisch gestellt und in der Mitte eine gerade Reihe mit Essbarem arrangiert. Sie wollte Waffeln und Mürbkuchen machen, sagte sie; alles brauchte nur noch gebacken zu werden, und sie wünschte zu Gott, sie würden endlich kommen und die Sache hinter sich bringen. Mit der silbernen Zuckerzange stibitzte ich Zuckerstückchen für meinen Privatverzehr und betrachtete mein Gesicht im Zerrspiegel der dickbauchigen silbernen Teekanne, die normalerweise in Flanell eingewickelt war. Als die Gäste eingetroffen waren, sagte mir Temperance, ich solle in den Salon gehen.

»Setz dich hin, wenn du da bist un mach dich möglichst dörchsichtig«, sagte sie. Ich ging leise hinein und stellte mich hinter den Stuhl meiner Mutter, einen Moment lang etwas verschüchtert angesichts der Gesellschaft – vielleicht acht oder zehn Damen, in schwarze Levantine oder zimtfarbene Seide gekleidet, die auf Schaukelstühlen saßen; alle Schaukelstühle des Hauses waren für diesen Anlass in den Salon getragen worden. Sie strickten, und jede hatte einen rechteckigen Nähbeutel aus Samt. Die meisten trugen Spitzenhauben, die mit einem weißen Satinband eingefasst waren. Sie waren größer, korpulenter und älter als Mutter, deren Aussehen ich als deutlichen Gegensatz empfand. Vielleicht zum ersten Mal betrachtete ich ihr Kleid genauer; ihr Gesicht muss ich auch früher schon studiert haben, denn ich konnte alle ihre Stimmungen daraus ablesen. Ihr langes, glanzloses, braunes Haar war um einen hohen Schildpattkamm gedreht; es war so schwer und so nachlässig gedreht, dass der Kamm nach hinten rutschte und herauszufallen drohte. Sie trug winzige Ohrringe aus Filigrangold. Ihr Kleid war aus grauer Rohseide, einfach geschnitten und kurz; ich konnte ihre runden Schuhe aus Saffianleder sehen, die sie mit schwarzen Bändern geschnürt hatte. Meistens nahm sie die Schnürsenkel heraus, weil ihr das Binden lästig war. Eine Rüsche aus feiner Spitze lag um ihren Hals, und die Ärmel ihres kurz taillierten Kleides waren an den Schultern gepufft. Ihre kleinen weißen Hände hatte sie im Schoß gefaltet, denn sie hatte nichts zu tun. Am kleinen Finger der linken Hand glitzerte ein leuchtender Granatring, der mit Diamanten eingefasst war. Ihr Gesicht war blass, ihre Stirn extrem niedrig, ihre Nase und ihr Mund fein geschnitten, die Augen ein himmlisches Blau. Obwohl sie nicht mehr jung war, war sie schön, mit einem unbeschreiblichen Ausdruck von Persönlichkeit. Sie beeinflusste alle, die ihr nahe waren; ihre Ausstrahlung hüllte sie ein. Sie war sich dessen nicht bewusst, weil sie der Welt gegenüber viel zu gleichgültig war, um wahrzunehmen, welche Wirkung sie auf sie hatte, und war sich lediglich darüber im Klaren, dass sie selbstquälerisch mit sich umging. Ob sie nun anzog oder abstieß, es geschah mit der gleichen Kraft. Ich versuche nicht, ihren Charakter zu analysieren. Ich beschreibe sie, wie sie erschien und wie sie heute in meiner Erinnerung lebt. Ich habe sie nie verstanden, und gerade deswegen zog sie meine Aufmerksamkeit auf sich. In der damaligen Situation war ich verwirrt; sie war so anders als alle anderen. Danach galt mein Interesse Veronica, die völlig ungeniert in ihrem blauen Batistkleid im Zimmer auf und ab stolzierte. In ihren Fingern drehte sie eine feine Goldkette, die von ihrem Hals herabhing. Ich erhaschte ihren schalkhaften Blick, als sie mit ein paar Farnblättern vor ihrem Gesicht wedelte und Mrs. Dexter perfekt nachäffte. Ich lachte, und sie kam zu mir herüber.

»Schau«, sagte sie leise, »ich habe etwas vom Himmel.« Sie hob ihre weiße Schürze hoch, und ich sah darunter, mit einer Nadel an ihr Kleid gesteckt, einen herrlichen schwarzen Schmetterling, mit roten und goldenen Flecken.

»Er gehört mir«, sagte sie, »du darfst ihn nicht anfassen. Gott hat ihn durchs Fenster hereingeblasen, aber er hat noch nicht geatmet.«

»Na und? Ich habe drei Mäuse in der Küche.«

»Wo ist die Mutter dazu?«

»Im Heuschober, nehme ich an, ich habe sie dort gelassen.«

»Ich hasse dich«, sagte sie mit zorniger Stimme. »Ich würde dich schlagen, wenn da nicht dieser heilige Schmetterling wäre.«

»Cassandra«, sagte Mrs. Dexter, »sieht wie ihr Papa aus; die Ähnlichkeit ist außer-ooordentlich. Man sagt, mein William ähnelt mir, aber Eltahn können das nicht beurteilen.«

Ein leichtes Murmeln erhob sich von den Strickerinnen, was Zustimmung zu dieser Bemerkung bedeutete.

»Ich denke in der Tat«, fuhr sie fort, »dass es höchste Zeit ist, dass Dr. Snell einen Kollegen bekommt; er hat sich überlebt und ist nicht mehr viel nütze. Ich kann nicht sagen, dass ich ihn jemals für den richtigen Mann für unsere Gemeinde gehalten habe. Gegen seine Prinziipjen als Mann habe ich nichts einzuwenden, aber *warum* haben wir keine Erweckungsversammlungen?«

Wenn Mrs. Dexter elegant wirken wollte, stieg sie aus dem Dialekt aus. Sie wollte gerade weitersprechen, als die ganze Gruppe in eine laute Unterhaltung über das Thema ausbrach, das sie gerade eingebracht hatte. Temperance, die an der Tür erschienen war und meiner Mutter zuwinkte, wurde nicht beachtet. Ich folgte ihr nach draußen.

»De Damens sind richtig in Fohrt«, sagte sie. »Kuckn Se doch mal, Mis Morgeson, ob allens recht is.« Mutter brachte ein paar Abweichungen in die geraden Linien, in die Temperance die Esssachen arrangiert hatte, und hieß sie den Tee auf das Tablett und die Stühle um den Tisch zu stellen.

»Da is keen Platz für Mr. Morgeson«, bemerkte Temperance.

»Er ist in Milford«, antwortete Mutter.

»De Brüder kommen wohl nich bevor dat düster is, glöv ik?«

»Ich glaube nicht.«

»Froh, dat Geschnacke von ihrn Frun los zu siin, dünkt mi.«

Aus der Stille, die der Rückkehr von Mutter in den Salon folgte, schloss ich, dass sie das uralte Ritual vollzogen, abzuwarten, dass eine als erste durch die Tür ginge. Schließlich kamen sie mit einem Ausdruck von Gleichgültigkeit, als ob ihnen der Gedanke ans Essen noch gar nicht gekommen wäre, und ließen sich Zeit damit, Platz zu nehmen, bis Mutter sie dazu nötigte. Dann drängten sie sich hastig um den Tisch, drehten die Teller um, breiteten große Seidenservietten auf ihre Schöße und waren, während ihre Augen ins Leere starrten, absolut still, ein Schweigen, das nur durch die Fragen meiner Mutter unterbrochen wurde, ob sie Milch oder Zucker nähmen. Temperance kam mit Platten voll Waffeln und gebuttertem Mürbegebäck herein, die sie mit kämpferischer Miene anbot, wobei sie sagte, »Se werden dat wohl kaum essen können; ik weiß, dat se hart sind.«

Alle nahmen jedoch von beidem. Sie reichte danach das Eingemachte herum und ging hinaus, um weitere Waffeln zu backen.

Inzwischen waren die Teetassen um den ganzen Tisch gewandert, aber niemand hatte auch nur einen Bissen probiert.

»Bitte greifen Sie doch zu«, drängte Mutter, woraufhin sie über die Waffeln herfielen.

»Temperance is noch immer so ne guude Köchin wie eh un je«, sagte eine; »se is 'ne Perle, nich wahr, Mrs. Morgeson?«

»Sie ist zuverlässig und fleißig«, antwortete Mutter.

Alle verbreiteten sich gleichzeitig über das Thema der Haushaltshilfe und wurden ebenso plötzlich beim Wiederauftauchen von Temperance mit frischen Waffeln und einer Schüssel mit gebackenen Apfelschnitten zum Verstummen gebracht.

»Bitte essen Se de, wenn Se können, miin Damens; de Appeln sind zwar nur Rötlinge un haben fast keen Aroma. Ik seh, Se essen gar nix, ik hab mi schon gedacht, dat Se dat nich runnerkriegen, is ungenießbares Zeugs.« Und sie reichte den Kuchen herum, und alle nahmen ein Stück von jeder Sorte.

Nachdem sie viele, viele Tassen Tee getrunken und ihn gelobt hatten, wich ihre Zurückhaltung seiner geselligen Wirkung, und sie begannen zu tratschen, ihre Nachbarn lächerlich zu machen und gelegentlich Anzüglichkeiten über ihre abwesenden Herren Gemahle einfließen zu lassen. Es ist sattsam bekannt, dass Frauen, wenn sie sich zusammensetzen, nicht ihre Rechte erörtern, sondern sie sich nehmen, indem sie die kleinen Schwächen und Sonderlichkeiten ihrer Männer bloßlegen. Der schlimmste Ehefrauen-Schinder wäre bass erstaunt von dem Ausdruck lockerer Überlegenheit, der bei solchen Anlässen selbst von den Demütigsten und Unverdächtigsten ihres Geschlechts zur Schau getragen wird. Andeutungen, dass Soundso nicht besser sei als ihr Ruf, wanderten von Mund zu Mund, mit einem Seitenblick auf mich, und ich hörte das Sprichwort »Kleine Kinder haben große Ohren«, als Mutter plötzlich vom Tisch aufstand und den Weg hinüber in den Salon wies.

»Wo is Veronica?«, fragte Temperance, die die Trümmer des

Schmauses auftürmte. »Ik könnte schwörn, dat se Unfug gemacht hat. Such se, Cassandra.«

Sie war oben und damit beschäftigt, ihren Schmetterling zwischen die Blätter ihrer kleinen Bibel zu stecken. Sie kam mit mir herunter, und Temperance versuchte, ihr das Abendessen schmackhaft zu machen, indem sie steif und fest behauptete, sie würde krank und bettlägrig, wenn sie ihre Apfelschnitten und Waffeln nicht äße. Ich dachte an meine Mäuse, während ich im Stehen und ohne viel darauf zu achten etwas zu mir nahm, und ging, um nach ihnen zu sehen. Sie waren fort. Während ich mich noch fragte, ob Temperance das Viehzeug hinausgeworfen haben könnte, fiel mir ein, dass ich dumm genug gewesen war, Veronica davon zu erzählen, und rannte zu ihr zurück. Als sie mich sah, hob sie eine Untertasse vor ihr Gesicht und tat so, als tränke sie daraus.

»Verry, wo sind meine Mäuse?«

»Sind sie weg?«

»Sag's mir.«

»Was machst du, wenn ich's nicht sage?«

»Ich weiß schon«, und ich rannte die Treppe hoch, riss den armen Schmetterling zwischen den Bibelseiten heraus, zerquetschte ihn in der Hand und brachte ihn ihr hinunter. Sie weinte nicht, als sie ihn sah, aber schluckte ein wenig und wandte ihren Kopf ab.

Es war inzwischen dunkel, und als ich laute Geräusche im Windfang hörte, sah ich hinaus und erblickte mehrere würdige Herren, die langsam ihre Schuhe auf dem Abstreifer reinigten. Die Ehemänner waren gekommen, um ihre Frauen nach Hause zu begleiten, und bis neun Uhr waren sie alle fort. Veronica und ich blieben an der Tür, nachdem sie gegangen waren.

»Schau dir Mrs. Dexter an«, sagte sie; »ich habe ihr die Mäuse in ihren Nähbeutel getan.«

Ich brach in Gelächter aus und sie stimmte gleich ein.

»Es tut mir leid mit dem Schmetterling, Verry.« Und ich versuchte, ihre Hand zu ergreifen, aber sie stieß mich weg und ging pfeifend davon.

Eine paar Tage später, als ich in der Dämmerung nahe am Fenster saß und mich auf ein Bild in einem Reisebuch konzentrierte, das einen

Hindu zeigte, wie er mit Haken in seinem Fleisch von einem hohen Pfahl herabhing, und mir vorzustellen versuchte, wie schlimm seine Schmerzen waren, wurde meine Aufmerksamkeit dadurch geweckt, dass ich hörte, wie mein Name in einer Unterhaltung zwischen meiner Mutter und Mr. Park, einem unserer Nachbarn, erwähnt wurde. Er verbrachte manchmal einen Abend in unserem Haus, wobei er sich in polemischen Diskussionen erging und dadurch die Gebete und Ermahnungen revidierte, die er bei den Gemeindetreffen von sich gab. Der gute Mann war ein wenig eingebildet darauf, die Formeln seines Glaubens auf der Zungenspitze parat zu haben. Mutter verlor manchmal den Faden seiner Darlegungen, aber sie diskutierte mit, wie um sich selbst davon zu überzeugen, dass sie richtig zwischen Wahrheit und Illusion unterscheiden konnte. Nie jedoch erörterte sie religiöse Gegenstände mit Vater. Wie alle Morgesons war er ein Orthodoxer und akzeptierte, was ihm andere für seine spirituelle Akkomodierung geliefert hatten. Er dachte, es sei gut, bestehende Institutionen nicht zu behelligen. »Etwas Schlechteres könnte statt dessen nachkommen.« Kurzum, seine Einstellung war nicht evangelikal.

»Machen die Hindus das im Ernst, Mutter?«, und ich hielt ihr das Bild vor die Nase. Sie wies mich weg.

»Sind Sie der Meinung, Mr. Park, dass Cassandra das Gesetz der Übertretung verstehen kann?«

Mir wurde schlagartig klar, dass es in meiner Macht lag, einer moralischen Strafe dadurch zu entgehen, dass ich mich absichtlich dumm stellte; dass ich das Privileg des straflosen Sündigens verlängern konnte. Seine Antwort war kompliziert, und er zitierte mehrere Passagen aus der Heiligen Schrift. Dann begann er zu singen, und ich fühlte mich einsam; mein inneres Dasein erschien mir wie eine schwarze Höhle.

»Der Mensch ist schlecht von Grunde auf –
Das Herz ein Sündenloch;
Nur Wandel bringt der Rettung Lauf
Dem Wiedergebornen noch.«

Temperance öffnete die Tür. »Geht Veronica hüt Abend noch zu Bett?«, fragte sie.

KAPITEL V

Im folgenden September zogen wir um. Unser neues Haus war groß und schön. Auf der Südseite trennten es lediglich ein paar Fußbreit Sand vom Meer. Kein Baum oder Strauch verstellte den Blick. Nach Osten zu ragte ein Felsvorsprung in die See, der als Pier gegen den Wellenschlag der Flut diente und der Strandbiegung etwas Malerisches verlieh. Auf der Nordseite blühte ein Obstgarten, den Großvater Locke gepflanzt hatte. Wenn man von den Nordfenstern im Obergeschoss über die Baumwipfel schaute, hätte man nicht ahnen können, dass man ganz nah am Meer war. Von diesen Fenstern aus sahen wir im Winter den Leuchtkranz des Nordlichts. Die Dunkelheit unseres Himmels, die Stille der Nacht spiegelten geheimnisvoll den ewigen Zustand einer eigenen, einsamen Welt. Im Sommer stiegen ausgefranste weiße Wolken über den Horizont, als ob sie vom Himmel einer Unterwelt abgerissen worden wären, segelten den blauen Himmel entlang, verzehrten sich oder liefen blauschwarz an vor Donner und rollten seewärts davon. Zwischen Obstgarten und Haus neigte sich nach Osten ein Rasenhang zum Ufer eines Baches, der hinter den Nebengebäuden in eine Wiese kroch und sich schließlich zwischen den Felsen an der Küste verlor. Oben am Rasenhang hing eine Weide über den Bach, und sein gegenüberliegendes Ufer war von einem Dickicht aus wildem Wein, Heckenrosen und Erlengebüsch gesäumt. Außer auf der Seeseite war das Grundstück von einer hohen Mauer aus rauem Granit eingefasst. In unserer Nähe, in beide Richtungen die Küste entlang, gab es keine anderen Häuser; an der Straße nach Norden lagen hie und da welche verstreut.

Mutter sagte, ich sei jetzt als junge Dame anzusehen und sollte mein eigenes Zimmer haben. Veronica sollte ihres gegenüber haben, getrennt durch einen breiten Korridor. Dieser Korridor erstreckte sich jenseits des Treppenwinkels und war durch eine Glastür abgeteilt. Eine Mauer teilte das untere Ende des Korridors, das halbe Haus lag auf ihrer anderen Seite, so dass sich Veronica und ich, wenn die Tür geschlossen war, in einer Sackgasse befanden.

Die Haushaltsführung wurde nun großspuriger. Mrs. Hepsey Curtis wurde als Küchenmeisterin eingesetzt. Temperance erklärte, sie könne das nicht ertragen; sie sei keine Negersklavin, sie müsse gehen, habe aber kein Zuhause und keine Familie – nichts außer einem Stückchen Wald, den ihr ihr Vater, der Müller, hinterlassen habe. Da die Bäume darauf wuchsen und Bauholz zu werden versprachen, stieg sein Wert; im Augenblick aber beschränkte sich ihr Einkommen auf den Gewinn aus dem jährlichen Verkauf von ein oder zwei Klafter Holz. Also blieb sie, trotz Hepsey. Es gab auch einen Gärtner und einen Stallknecht. Stets gehörte ein Laufjunge zum Haus, nicht derselbe Junge, sondern eine Dynastie von Jungen, denn sobald einer ging, kam der nächste. Sie aßen sehr viel – in Hepseys Augen ein Verbrechen – und ihre Pflichten bestanden darin, Armladungen Feuerholz und Eimer mit Milch oder Spülwasser zu schleppen und die Türen zuzumachen.

Wir hatten viel Besuch. Obwohl Vater keine Zeit für Gäste hatte, lud er ständig Leute ein, die wir zu bewirten hatten, und seine Einladungen wurden als etwas Normales erachtet und schließlich als eine Selbstverständlichkeit. Ein reicher Morgeson war ein Novum in den Annalen der Familie; entfernte Verwandte zogen daraus zusätzlich Nutzen, indem sie den Sommer bei uns verbrachten, da es in ihren eigenen Häusern zu heiß war, oder den Winter, da es bei ihnen zu kalt war! Kränkelnde ältere Damen, die nicht mit uns verwandt waren, aber die niemanden sonst besuchen konnten, kamen ebenfalls. So wie Vaters Geschäft sich vergrößerte, dehnte sich auch unsere Gästeliste aus. Die Kapitäne seiner Schiffe, deren Zuhause anderswo war, brachten ihr Ehefrauen, damit sie bei uns untröstlich sein konnten, nachdem sie selbst zu ihren Reisen aufgebrochen waren. Wir hatten oft Geistliche zu Besuch, die ja immer in den besten Häusern Quartier nehmen, und Zufallsgäste zum Mittag- oder Abendessen, die unser Haus zur Zwischenstation machten. Es blieb nur wenig Gelegenheit, Familienbande zu pflegen; wir wurden ständig gestört. Irgend jemand saß immer auf dem Schoß unserer Laren und Penaten. Eine weitere Klasse von Besuchern, die erwähnt zu werden verdient, waren diejenigen, die es vorzogen, Küche und Hinterzimmer zu okkupieren, demütig stolze und schüchtern arrogante Leute, die ihre Hüte und Hauben wie auch ihre kleinen Bündel bei sich behielten, um sich selbst und uns vorzumachen, sie »seien gar nicht für länger da und man müsse gar kein

Aufhebens um sie machen.« Diese Leute kritisierten uns mit kriecherischer Strenge und machten mit schonungsloser Freundlichkeit Verbesserungsvorschläge. Zu dieser Kategorie fühlte sich Veronica besonders hingezogen – mich stießen sie ab; daher kam es, dass sie gehätschelt und ich in aller Liebenswürdigkeit bespöttelt wurde.

Diese Epoche unseres Familienlebens hat wenige Eindrücke dramatischer Art hinterlassen. Es gab keine Entwicklung der Gefühle, keine Offenbarung des Auf und Ab der Leidenschaften, die es ja gegeben haben muss. Es gab kein Malheur zu enthüllen, kein überraschendes Zusammentreffen. Verborgen hinter den Herrschenden Mächten, die Neuengland regieren, lauert die Gottheit des Unerlaubten. Diese Gottheit erlangte nie die Vorherrschaft in der Atmosphäre, in der die Morgesons lebten. Statt des Eindrucks, dem nachzuspüren meine spätere Erfahrung mir nahe legt, erinnere ich mich nur an An- und Abreisen, einen ewigen Küchengeruch, ein andauerndes Bettenwechseln und das belanglose Geplauder hohler Köpfe.

Trotz Hepseys strengem Regiment in der Küche und Temperances sorgfältiger Aufsicht wurde der Haushalt wenig konsequent geführt. Mutter hatte turnusmäßig heftige Planungsanfälle, stellte Regeln auf und brachte einen Wirbelsturm von Reformen über uns, in Bälde jedoch ließ sie das Band der Gewohnheit zurückschnellen, und wir glitten in unseren vorherigen Zustand zurück. Vater war ihr keine Stütze bei ihren Veränderungsideen. Ihm genügte es zu wissen, dass er ein gutes Haus zu unserem Schutz gebaut hatte, und uns das Beste an Essen und Kleidung zu ordern, das für Geld zu haben war. Wenn er irgendwo in einen vornehmen Laden kam, kaufte er gerne schöne Umhängetücher, Hauben und Kleider, und brachte sie heim. Von unserem jeweiligen Stil und Geschmack waren sie weit entfernt, aber sie waren viel vornehmer, als es für Surrey nötig war. Indessen taugten sie als Muster für die einfacheren Materialien unserer Nachbarn. Er kaufte uns auch Bücher, die sich ihm durch ihre Einbände oder die Meinung des Buchhändlers empfahlen. Seine Schwäche war es, von allem, das ihm gefiel, riesige Mengen zu kaufen.

»Diese Sache werde ich nie mehr kaufen müssen«, pflegte er zu sagen, »ich möchte, dass wir davon immer genug haben.«

Veronica und ich wuchsen in Unkenntnis von praktischem oder

wirtschaftlichem Verhalten auf. Geld bekamen wir nie zu Gesicht, gingen nie zum Einkaufen. Mutter war gleichgültig gegenüber vielen alltäglichen Dingen des Lebens, die man Kindern beibringt. Vater und Mutter brachen am selben Punkt ab, aber aus unterschiedlichen Gründen: Vater, weil er jenseits des Materiellen nichts wahrnahm, und Mutter, weil ihre spirituellen Einsichten verwirrt und verwirrend waren. Doch wie auch immer ein Zuhause beschaffen sein mag, die Schicksalsgöttinnen spinnen das Netz nach ihrem Willen, aus den Fäden, die hierhin und dorthin fallen und in seiner Atmosphäre schweben, weiß, schwarz oder grau.

Vom Zeitpunkt unseres Umzugs an waren wir jedoch eine lebhafte, fröhliche Familie. Wir waren unabhängig voneinander, doch bildeten sich trotz unserer eigenbrötlerischen und sprunghaften Neigungen gemeinsame Gewohnheiten heraus. Wenn wir den Wunsch nach Gesellschaft verspürten, gingen wir ins Esszimmer und konnten sicher sein, dort andere zu treffen, die den gleichen Wunsch hegten. Dieser Raum war groß und zentral gelegen; er verband die Flure, die Küche und Mutters Zimmer. Er war eine Art Karawanserei, in der Leute auf der Durchreise ein und aus gingen. Ganz besonders öffentlich waren wir zu den Mahlzeiten. Es war bekannt, dass Vater zum Frühstück und Abendessen zu Hause war und um Rat gefragt werden konnte. Da er mittags zum Essen nicht da war, wurden wir zu dieser Zeit im allgemeinen kaum gestört, und deshalb war das Mittagessen eine Angelegenheit ohne feste Ordnung, Regelmäßigkeit und Zeremoniell. Mutter stellte hier ihren Armsessel auf und einen Ständer für ihren Nähkorb. Hepsey und Temperance waren zur Hand, die Männer kamen, um Aufträge entgegenzunehmen, und für den Laufjungen bot es sich an, hier die örtlichen Nachrichten zu übermitteln, die zu sammeln er berufen war. Die Fenster sahen aufs Meer hinaus, es war die schönste Aussicht des Hauses. Dieser Ausblick diente Mutter als Ertüchtigung. Ihre Augen schweiften dort umher, wenn ihr nach ein wenig außerhäuslichem Leben zumute war. Wenn sie sich nach mehr Abwechslung sehnte, was selten vorkam, ging sie in die Küche. Nach unserem Umzug verließ sie das Haus nicht mehr gerne, außer um in die Kirche zu gehen. Sie blieb nach unserem Abendessen bis zur Schlafenszeit immer im Esszimmer, denn Vater kam meist erst spät aus Milford, wohin er an Banktagen und eigentlich fast jeden zweiten Tag fuhr; sie wollte ihm Gesellschaft leisten, während er zu Abend aß und eine Zigarre rauchte. Alle außer Veronica frequentierten diesen Raum; aber sie wurde nicht vermisst, und man fragte nicht nach ihr. Sie mochte den Salon, denn dort war das Klavier. Gleich nachdem Vater es gekauft hatte, fingerte sie zu unser aller Erstaunen ständig an den Tasten herum, was eine schwache Melodie erzeugte. Bald spielte sie alle Lieder, die sie schon einmal gehört hatte. Als ich merkte, wie gut sie war, weigerte ich mich, Klavierstunden zu nehmen, denn während ich mich mühte, »Die weiße Kokarde« zu lernen, schubste sie mich weg, spielte es, und dann noch ein paar Variationen dazu. Ich schlug mit der Faust auf die Tasten, als Abschiedsgruß, und sagte ihr, sie könne das Klavier für sich haben.

KAPITEL VI

An einem Wintermorgen kam Veronica vor Tagesanbruch in mein Zimmer und fragte mich, ob ich nachts Schritte im Haus gehört hätte. Sie nämlich hatte, und jetzt würde sie nachforschen, was dahinter steckte. Schon bald kam sie zurück. »Du hast einen Bruder. Temperance sagt, meine Nase ist kaputt. Er wird wie du sein, nehme ich an, und alles kriegen, was er will. Ich mache mir nichts aus ihm, aber« – und das rief sie mit großer Heftigkeit – »steh auf! Mutter will *dich* sehen, das weiß ich.«

Ich zog mich schnell an und ging hinunter, voller Entrüstung, dass ein solches Ereignis ohne mein Wissen stattgefunden hatte.

Es war ungewöhnlich still. Im Esszimmerkamin loderte ein helles Feuer, die Lampen brannten noch, und Vater stand am Feuer, rauchte und sah dabei nachdenklich drein. Er streckte seine Hand aus, die ich aber nicht nahm, und sagte: »Gefällt dir sein Name – Arthur?«

»Ja«, murmelte ich, während ich an ihm vorbei in die Küche ging, wo Hepsey und Temperance das Aufbrühen gewisser aromatischer Kräuter überwachten, die in silbernen Suppenschüsseln und irdenen Krügen um das Feuer herum standen.

»Noch een Morgeson angekommen«, sagte Temperance. »Dat gibt doch schon genuch davon – wat nich heißn soll, dat se keen guude Leute sind«, korrigierte sie sich hastig.

»Geh ins Zimmer deiner Mutter, aber leise«, sagte Hepsey und rieb ihre Finger an ihrem Daumen – ihre Angewohnheit, wenn sie sich in einem Zustand der Gemütsruhe befand.

»*Du* freust di aber doll, Hepsey«, sagte Temperance.

»Locke Morgeson musste doch einen Sohn haben«, entgegnete sie, »damit er ihm sein Geld hinterlassen kann.«

»Dat is sicher«, antwortete Temperance, »Deerns zähln nix in disse religiöse Ecke; de können ins Armenhus gehn, wenn bloß de Söhne reichlich habn.«

Ein Anfall untypischer Schüchternheit überkam mich, verbunden mit einem Gefühl von Furcht, als ich in das Zimmer schlich, in dem Mutter war. Zuerst fielen meine Augen auf eine ältere Frau, die eine lange, weite, schwarze Schürze trug, deren Bändel die Mitte ihrer kissenförmigen Figur umgürteten. Sie nahm gerade Schnupftabak. Es war die Witwe Mehitabel Allen, eine Dame, die ich schon oft bei solchen Anlässen in anderen Häusern gesehen hatte.

»Pst«, flüsterte sie.

Ich blieb wie angewurzelt stehen, schaute jedoch zu Mutter hin. Ihre Augen waren geschlossen. Gleich danach murmelte sie: »Gott sei Dank«, machte sie auf und erblickte mich. Ein Lächeln erhellte ihr blasses Gesicht. »Cassy, mein Liebling, gib mir einen Kuss. Ich bin froh, dass es keine Frau ist.« Als ich ihren Kuss erwiderte, sah sie auf ein kleines Bündel an ihrer Seite hinab, das Mehitabel aufhob und flink auswickelte, wobei sie mich darüber aufklärte, dass es ein »dolles Ding« sei.

Tante Mercy kam am nächsten Tag. Sie hatte uns schon lange nicht mehr besucht, weil sie die Pflege ihres Vaters, Großvater Warren, ans Haus fesselte. Sie übernahm Veronica und mich, wobei »übernehmen« eine Serie von Guerilla-Scharmützeln auf beiden Seiten bedeutete. Ich fand jedoch bald heraus, dass sie gerne lachte und ich sie zum Lachen bringen konnte. Danach kamen wir besser miteinander aus, aber Veronica, die solche Schliche verabscheute, war sehr ungezogen zu ihr. Tante Mercy besaß einen Funken Fröhlichkeit, den ihre religiöse Erziehung nicht ganz hatte ersticken können. Sie ging öfter in die Kirche als Mutter, sang mehr Kirchenlieder, wohnte allen Jahresfeierlichkeiten bei, hatte aber keinerlei Träume, keine Begeisterungsfähigkeit. Ihre Religion hatte alle Bedürfnisse und alle Sehnsüchte glattgebügelt. Was immer der Tag brachte, war ihr genug. Heimlich hatte ich Mitleid mit ihr, denn ich hatte erkannt, dass sie im Grunde ihres Herzens wusste, dass sie eine alte Jungfer war.

Bevor meine Mutter ihr Zimmer verlassen konnte, wurde Veronica krank und erholte sich nicht bis zum Frühling. Eine zarte Konstitution nannte der Arzt ihre Krankheit. Sie hatte keine Kraft, keinen Appetit, und sah elfenhafter denn je aus. Sie wollte nicht im Bett bleiben, konnte aber nicht aufrechtsitzen, und so ließ Vater einen Sessel für sie bauen, in dem sie bequem ruhen konnte. Tante Merce setzte sie jeden Morgen da hinein und hob sie jeden Abend heraus. Meine Gegenwart irritierte sie; daher besuchte ich sie nur selten. Sie sagte, ich sähe so gesund aus, dass es ihr weh täte, und wollte, dass ich ihr aus den Augen bliebe. Sie bat mich, in der Nähe ihres Zimmers nie laut zu sprechen, meine Stimme sei so munter. Sie vergnügte sich auf ihre eigene, seltsame Weise. Eine ihrer Vergnügungen war, sich die Haare abzuschneiden, Locke um Locke, und sie ganz kurzzuschneiden, ehe es ihr wieder gut genug ging, dass sie aufstehen konnte. Sie spielte auf der Maultrommel und auf einer kleinen Querpfeife, wenn es ihre Lungen hergaben, und erfand groteske Kostüme aus Resten von Seide und Spitze. Temperance hatte eine Menge damit zu tun, elaborierte Speisen nach ihren Anweisungen zu komponieren, die sie selten selber aß, aber die zu essen sie Temperance nötigte. Mit ihr hatte sie mehr Geduld als mit irgendjemand sonst; uns gegenüber war sie hochgradig reizbar, besonders gegenüber Vater. Sie konnte es nicht ertragen, auch nur ein Stückchen vom Meer zu sehen oder es zu hören. Wenn sie seinen Widerhall im Haus hörte, spielt sie auf ihrer Pfeife oder ihrer Maultrommel oder bat Tante Merce, ihr ein altes Lied zu singen. Aber sie liebte den Blick aus den Nordfenstern, sogar wenn die Äste kahl und die Äcker leer waren. Als das Gras zu sprießen begann, gab sie den Auftrag, dass ihr Händevoll davon gebracht und in Untertassen mit Wasser gelegt würden. Als die Blüte begann, fing sie an zu genesen. Was mich anlangt, so war ich genauso kreatürlich wie immer, gesundheitlich robust, unaufmerksam und auf Aufregung und Frohsinn erpicht. Ich ging überall hin, zur Bibelstunde, zur Sonntagsschule und zu jeder Beerdigung, die in unserer Gegend stattfand. Aber ich sah die Toten nie an. Vielleicht hätte deren Anblick die schlafwandlerische Sicherheit beschädigt, die ich besaß – den instinktiven Glauben an die Dauerhaftigkeit meiner eigenen Lebenskraft.

Doch eine Veränderung kündigte sich an. Tante Merce betrachtete meinen gegenwärtigen Zustand als hoffnungslos. Sie stand außerhalb der Bahn des Familienplaneten und sah, in welche Richtung er sich drehte, nahm wahr, dass Vater und Mutter von ihren persönlichen Angelegenheiten in Beschlag genommen waren. Sie machte Mutter auf meine fehlende Reife aufmerksam und schlug vor, dass ich für die Dauer eines Jahres mit ihr nach Barmouth zurückkehren sollte, um Schülerin in der Schule für Höhere Töchter zu werden, die dort kürzlich von einer Absolventin des Nipswicher Damenseminars gegründet worden war, einer Bildungseinrichtung, die sich durch ihre Moral auszeichnete. Mutter blickte erstaunt, als sie diesen Vorschlag vernahm. »Was!«, begann sie mit Heftigkeit, »soll ich sie unter diese Fuchtel –«, aber sie unterbrach sich, als sie meinen Blick bemerkte, und fuhr ruhiger fort: »Wir werden in Kürze darüber entscheiden.«

Es wurde entschieden, dass ich gehen sollte, ohne dass ich nach meiner Meinung gefragt worden wäre. Ich war Mutter gegenüber voller Vorwürfe und konnte erst später verstehen, weshalb sie dem Plan zugestimmt hatte. Sie wollte, dass ich die prägenden Einflüsse ihrer frühen Jahre nachvollziehen und einige der Lektionen lernen sollte, die ihr erteilt worden waren. Vater nannte den Plan zunächst »dummes Zeug«, aber schließlich sagte er, es sei ein guter Ort, um mich zu bändigen. Als Veronica hörte, dass ich gehen würde, sagte sie mir, dass ich ersticken müsste, wenn ich in Großvater Warrens Haushalt lebte, aber sie fügte hinzu, dass die Pflaumen in seinem Garten gut seien, und riet mir, auf der gelben steinernen Türschwelle zu sitzen, unter der die Kröten wohnten. Sie setzte mich auch davon in

Kenntnis, dass sie froh über mein Verschwinden war und dass sie hoffte, ich würde für immer weg bleiben.

Nach Barmouth ging ich also, und im Mai trat ich in Miss Blacks vornehme Schule ein. Miss Black war der Überzeugung, dass sie zum Unterrichten berufen sei. Es war nicht Not, die sie dazu trieb, denn sie kam aus einer der reichsten Familien in Barmouth. Am Ende der Woche war meine Neugier hinsichtlich meiner neuen Situation mehr als gestillt, und ich versank in den Tiefen meines allerersten Elends. Von Vater, der seinen Weg nach Milford unterbrochen hatte, um mich zu besuchen, verlangte ich verzweifelt, nach Hause geholt zu werden. Er lehnte mit Nachdruck ab. Einmal im Monat solle ich heimkommen und, wenn ich wollte, einen Sonntag dort verbringen, und er würde jede Woche nach Barmouth kommen.

Meine Aufregung und Verzweiflung ließen für einen Augenblick einen Schatten über seine Miene gleiten, aber dann hellte sie sich wieder auf. Er kniff mich ins Kinn und sagte: »Warum siehst du nicht wie deine Mutter aus?«

»Aber sie *ist* wie ihre Mutter«, sagte Tante Merce.

»Also, Cassy, auf Wiedersehen«; und mit grausamer Nonchalance gab er mir einen Kuss. Ich wusste nun, dass ich mein Jahr durchhalten musste.

KAPITEL VII

Mein Leben bei Großvater Warren war eine Form von Buße und mein Leben in Miss Blacks Schule eine andere. In beiden Fällen war es ein sehr anderes Leben als das bei uns zu Hause. Meine Faserwurzeln fanden keine Nahrung im Raum zwischen den beiden, durch den sie sich kriechend vorantasteten; aber die Fasern der Jugend sind stark und gehen nicht zugrunde. Großvater Warrens Haus erinnerte mich an den Kasten, in dem die Dschinnen gefangen waren. Ich hatte eine

Erscheinung freigesetzt, über die ich keine Macht besaß – die Verkörperung seiner Düsterkeit, seiner Strenge und seiner Stille.

Mit dem Empfinden kommt die Beobachtung; danach fängt man an nachzudenken. Ich begann zu beobachten. Tante Mercy war nicht die Tante Merce, die ich von zu Hause kannte. Vor ihrem Vater trug sie eine Maske. Ihr Umgang war steif und gezwungen; sie nahmen einander die Luft. Aus dieser Beziehung erwuchs eine förmliche, versteinernde, unnachgiebige Ordnung – eine Ordnung, die, weil sie keinen von beiden befriedigte, umso rigider aufrechterhalten wurde; auf der einen Seite aus einem krankhaften Gewissen heraus, das stetig seine Ermahnungen gegenüber den Forderungen des Herzens wiederholte; auf der anderen Seite aus Achtung und Ängstlichkeit.

Großvater Warren war ein kleiner, klapperdürrer, kalbslederfarbener Mann. Sein Kopf war gewohnheitsmäßig gebeugt, die Augen gesenkt; aber wenn er sie hob, um umherzuspähen, gaben ihre Schärfe und klare Intelligenz seinem Gesicht eine wunderbare Lebendigkeit. Er rieb sich ständig seine kleinen, wohlgeformten Hände; seine langen, polierten Fingernägel klickten dabei mit einem muschelartigen Geräusch, wie es Käfer machen, wenn sie gegen die Decke fliegen. Seine Züge waren feingeschnitten und ebenmäßig, edles Blut rann in seinen Adern, wie ich schon gesagt habe. Alle Schichten in Barmouth behandelten ihn stets mit ausnehmender Höflichkeit. Er war von seinem Wesen her eine Urgestalt, nicht durch Vorangegangenes zu bewegen oder durch Neuerungen zu ändern – ein Puritaner, ohne Sanftheit oder Milde. Er konnte kaum seine Verachtung für die Annehmlichkeiten des Lebens verbergen oder für die, die sie nötig hatten. Er klagte nie über ein Unglück, schmachtete nie nach Genüssen. Nie erwähnte er die Namen seiner beiden Söhne, die sich von ihm losgesagt hatten, in die Welt gezogen waren, ein wildes, fröhliches Leben gelebt hatten und dort gestorben waren. Eines Morgens fand er seine Frau tot an seiner Seite. Er geriet nicht etwa außer sich, sondern wählte einen Bibeltext für die Bestattungspredigt aus; und als er am offenen Grab stand, nahm er seinen Hut ab und dankte mit fester, lauter Stimme seinen Freunden für ihre Anteilnahme. Tante Mercy erzählte mir, dass seine Angewohnheit, sich die Hände zu reiben, nach dem Tod ihrer Mutter begonnen hatte; es war die einzige Veränderung, die sie an ihm bemerken konnte, denn er sprach nie über seine Sorgen, noch ließ er sich sein Leid durch Zeichen oder Worte anmerken.

Obwohl er sein ganzes Leben lang sparsam und fleißig gewesen war, bestand sein gesamter Besitz aus dem alten, verwinkelten Haus, in dem wir wohnten. Daran schloss sich ein langer, schmaler Garten an, in dem ein paar Pflaumen- und Quittenbäume wuchsen und eine Reihe Johannisbeersträucher, Tante Mercys Beete mit Kamille und Salbei und ein paar Blumen. Am Ende des Gartens befand sich ein Schweinestall mit Giebeldach; er wurde reinlich gehalten, und sein Bewohner bekam mit der Regelmäßigkeit seine Mahlzeiten serviert, die allen Tätigkeiten von Großvater Warren eigen war. Im Dach lebten wunderschöne Tauben, die mit dem Bewohner des Erdgeschosses freundschaftliche Beziehungen unterhielten. Das Haus war nicht unmalerisch. Es stand an einer Ecke, ging also auf zwei Straßen hinaus. Eine Front war eingeschossig, mit einem schrägen Dach, die andere hatte zwei Geschosse und neigte sich, wie der Rücken einer Giraffe, zu einem Holzschuppen hinunter. Von dessen Sparren hingen saubere Spinnweben, und auf seinem Boden lagen Haufen duftender Holzspäne.

Das Haus hatte viele Räume, alle mehr oder weniger dunkel und unregelmäßig geschnitten. Die Anlage der Zimmer war so verschachtelt, dass ich nie aus einem hinausgehen konnte, ohne ein anderes zu betreten. Manche der Decken neigten sich plötzlich, andere wiederum nur so sachte, dass ich mir nie merkte, wo ich aufrecht stehen konnte und wo ich mich bücken musste, bis ich mir den Kopf unangenehm geschrammt oder abgeplatzten alten Kalkputz in den Augen hatte. Ein langgestrecktes Zimmer in der Mitte des Hauses war die Werkstatt, in der es immer nach Wollresten roch. Immer zu Sonnenuntergang, sommers wie winters, sprengte Tante Mercy den ungestrichenen Boden mit Wasser und fegte ihn. Während sie fegte, machte ich mir mit Großpapas Schere den Daumen wund beim Zerschnipseln von Stoffresten, die auf dem langen Arbeitstresen am Fenster verstreut waren, oder ich kritzelte mit grauer Kreide Figuren an Stellen, wo sie ihm vielleicht ins Auge fallen würden. Wenn sie mit dem Fegen fertig war, sortierte sie die Schnipsel sorgfältig und räumte sie in Schachteln unter der Bank, dann rollte sie ordentlich die braunen Papiervorhänge hoch, die heruntergelassen waren, um die Nachmittagssonne fernzuhalten, schüttelte die alten Flickenkissen auf den weidengeflochtenen Stühlen auf, goss die Rosenpelargonie und die Monatsrose, die in der flusigen Luft wunderbar gedieh, steckte jede Stecknadel und Nähnadel an ihren Platz und schloss die Tür, die bei Sonnenaufgang wieder geöffnet wurde. In den letzten Jahren war es mit Großpapas Geschäft bergab gegangen. Es kamen keine neuen Kunden mehr. Er hatte nur noch einige Stammkunden, die ihre Kleidungsmode nicht ändern wollten. Sein Einkommen belief sich auf kaum dreihundert Dollar im Jahr – auf diese Summe brachte er es mühsam mit den geringen Zuwendungen, die er für Ämter in der Kirchengemeinde bekam, in der er ein prominentes Mitglied war. Aus diesem Einkommen zahlte er seine Kirchensteuer, gab Almosen, und lebte unabhängig und anständig. Mutter versuchte unaufdringlich, es ihm ein wenig bequemer zu machen, aber er nahm nur jedes Frühjahr ein paar Heringe aus dem Fischwehr von Surrey an und jeden Herbst einen Korb Äpfel. Unweigerlich gab er ihr einen Teil seiner Pflaumen und Quitten als Gegengeschenk.

Ich hatte Großpapa Warren nur sehr selten gesehen. Er kam kaum je zu Besuch zu uns, und wenn er kam, fuhr er oben auf der Barmouther Postkutsche mit und wenige Stunden später wieder zurück. Da Mutter nie gerne nach Barmouth ging, kam sie mich nur selten besuchen.

KAPITEL VIII

Es war fünf Uhr am Samstag Nachmittag, als Vater mich verließ. Tante Mercy war dabei, den Abendtee zu bereiten, und als er fertig war, ging sie zum Fuß der Treppe und rief »Abendbrot.« Großpapa kam sofort herunter, gefolgt von zwei großen, leichenhaften Frauen, Ruth und Sally Aikin, Schneiderinnen, die im Frühjahr und im Herbst für ihn nähten. Da sie einige Meilen von Barmouth entfernt wohnten, blieben sie die Woche über bei uns. Samstagabend gingen sie nach Hause, um Montag früh zurückzukommen. Wir standen hinter den schweren Eichenstühlen um den Tisch, einen davon kippte Großpapa nach hinten und sagte ein langes Dankgebet, von dem kein Wort zu verstehen war, denn er hatte keine Zähne mehr, und das Gebet blieb ihm in der Kehle stecken. Tante Mercys »Maltes'sche« rieb sich an mir, machte dabei einen Buckel und stellte den Schwanz hoch. Ich zwickte sie in den letzteren und sie jaulte auf. Tante Mercy hielt sich die Hand vor den Mund, doch die Augen der beiden Frauen saßen steinstarr in ihren Höhlen. Großpapa beendete das Tischgebet, indem er ruckartig den Kopf hob, und wir setzten uns. Er sah mich scharf an, wobei sich seine grauen Augenbrauen Haar um Haar hochzogen, schüttelte seinen Löffel in meine Richtung und sagte: »Du machst die Kapriolen deiner Mutter nach.«

»Die Kapern wachsen an den Küsten des Mittelmeers, Großpapa. Miss Black hat das Thema behandelt. Sie hat es aus dem *Penny Magazine,* das ist voller Themen.«

»Sie sollte euch lieber Bibelthemen geben.«

Er sprach genauso undeutlich, wenn er die Bibel zitierte, wie wenn er betete, doch hörte ich etwas von »Stachel»; dann tat er uns den warmen Maispudding auf – unsere immer gleiche Samstagabendmahlzeit. Tante Mercy schenkte den Tee aus; ich hörte das laute Schlucken in jeder Kehle, so tief war die Stille. Nach dem Pudding gab es getrockneten Apfelkuchen, den wir mit den Fingern aßen, wie Brot. Großpapa aß schnell, ohne sich die Mühe zu machen, zu fragen, ob wir mehr wollten; er machte statt dessen entsprechende Gesten, indem er den Löffel berührte, der im Pudding steckte oder das Messer im Kuchen. Ruth und Sally hielten ihre Augen noch immer auf ein unsichtbares Ding in der Ferne gerichtet. Wie zuwider sie mir trotz meiner Neugier waren! Was hatten sie mit mir gemein? Woran konnten sie sich freuen? Wie unschön ihre schmuddeligen, verschrumpelten, nadelzerstochenen Finger waren! Sally hatte Schluckauf, und Ruth litt an innerlichem Gegrummel. Ohne auf einander zu warten, stellten wir, sobald wir fertig waren, unseren Stuhl an die Wand und verließen den Raum. Ich raste in den Garten und trampelte auf dem

Kamillebeet herum. Ich hatte gehört, dass sie schneller wüchsen, wenn man sie so behandelte, und dachte, während ich die schwammigen Gewächse zertrat, an die beiden Frauen, die ich gerade gesehen hatte. Hatte man auf *ihnen* herumgetrampelt? Ein Gefühl des Mitleids durchzuckte mich; ich rannte ins Haus und fand sie, wie sie gerade am Gehen waren, ihre kleinen Bündel in der Hand.

»Tante Mercy erlaubt bestimmt, dass ich euch eure Bündel ein Stück weit trage, soll ich?«

»Ganz und gar nicht«, sagte Ruth mit sanfter Stimme, »sie haben kein Gewicht, sie sind federleicht.«

»Außerdem«, fiel Sally ein »könnt man sie dir nicht anvertraun.«

»Sind sie wertvoll?«, erkundigte ich mich, da mir auffiel, dass beide jetzt bessere Kleider trugen, und dass die Bündel ihre Arbeitskittel enthielten.

»Warum hast du die Maltes'sche in den Schwanz gezwickt?«, fragte Sally. »Wenn du meine Katze in den Schwanz zwicken würdst, gäb ich dir 'ne ordentliche Tracht Prügel.«

»Wie soll sie das denn machen, Sally« sagte Ruth, »wo sie doch unsrer Katze den Schwanz abgeschnitten haben?«

»In jedem Fall«, bemerkte Sally, »ist das der einzige Umgang mit ihr. Wenn man Sachen abschneidet, vor ihr versteckt, oder nie vor ihr erwähnt, kann sie sich vielleicht sehr gut benehmen, sonst nicht.«

»Wiedersehen, Miss Ruth und Sally, Wiedersehen«, dabei gab ich meiner Stimme einen betrübten Klang und machte einen tiefen Knicks.

Sie traten in weniger gesetztem Tempo als üblich den Rückzug an, und ich ging Tante Mercy suchen, die gerade das Sonntagsessen vorbereitete. Es dämmerte schon und sonntäglich-dunkle Wolken senkten sich über meine Stimmung. Die Zeit zwischen Sonnenuntergang und neun Uhr war langweilig und öde, denn ich durfte nicht ins Bett gehen, kein weltliches Buch lesen oder mir mit irgendetwas die Zeit vertreiben. Ein trübe Öllampe brannte auf dem hohen Regal im Mittelzimmer, dem Ort, an dem wir uns normalerweise versammelten. Tante Mercy saß da in einem niedrigen Schaukelstuhl, die Türen waren offen, und ich wanderte leise umher. Der Geruch von Gartenkräutern kam schwach herein, und dann und wann hörte ich ein Geräusch im Wasserfass unter der Pumpe, das Knacken eines alten Dachbalkens oder etwas hinter der Wand fallen. Die Kröten krochen unter den Wegerichblättern hervor und hüpften über den breiten Stein vor der Küchentür, und die gottlose Katze, mit der ich sympathisierte, rannte wie verrückt im Gras herum. Mir wurde noch langweiliger, und ich ging zur Kellertür, die am Vordereingang war, öffnete sie und starrte in den dunklen Schacht hinab, bis ich einen grauen Stein am Fuß der Treppe auftauchen sah, der meine Phantasie anregte. Das Fundament des Hauses stand auf den Ausläufern eines großen Granitfeldes, das sich an der Küste von Surrey erhob, wieder verschwand und mitten in Barmouth wieder auftauchte. Im Holzschuppen kam es wieder durch den Boden, glatt und abgerundet wie der kahle Schädel eines alten Titanen, und am Saum des Gartens brach es in schmalen schrundigen Graten durch. Während ich den Fels betrachtete und die modrige Luft einatmete, deren Bestandteile Kohlen und Kartoffeln waren, hörte ich den ersten Schlag der Neun-Uhr-Glocke, die im Glockenturm der Kirche auf der anderen Straßenseite hing. Obwohl sie so nah war, dass wir das Glockenseil in seinen Kerben pfeifen hören konnten, und ihren letzten heiseren Atem im Glockenturm, spürte man im Haus keinen Widerhall; der Fels unter uns schlug die Glockenstimme zurück. Es war eine alte spanische Glocke, wie mir Tante Mercy sagte. Wie sie nach Barmouth gekommen war, wusste sie nicht. Ich erkannte ihren klagenden Klang später wieder. Die Glocke sagte mir, sie könne nie vergessen, dass sie katholisch getauft sei, und sie sehnte sich nach dem Bettler, der sie im Land der fächerblättrigen Kastanien geläutet hatte! In den Händen von Benjamin Beals, dem Glöckner und Sargmacher von Barmouth, grollte und würgte sie so gut es ging. Außer am Morgen, wenn sie mich aufweckte, hörte ich sie gern. Sie war das Signal der vergehenden Zeit; je öfter ich sie hörte, desto näher war ich dem Ende meines Jahres. Bevor sie jetzt zu schlagen aufhörte, rief mich Tante Mercy mit leiser Stimme. Ich ging zur Mitte des Raumes zurück und setzte mich auf einen der Eichenstühle, deren Lehne aus senkrecht angeordneten Sprossen mein allabendliches Bußinstrument waren. Tante Mercy nahm die Lampe vom Regal und stellte sie auf einen kleinen Eichenständer, auf dem die Bibel lag. Großpapa kam herein, setzte sich neben den Ständer und las ein Kapitel vor. Seine Stimme war wie Opium. Bald rollte mein Kopf über die Lehnensprossen, und mir wurde bewusst, dass ich von dem spiegelglatten Sitz hinunterzurutschen drohte. Nachdem er das Kapitel zu Ende gelesen hatte, betete er. Wenn das Kapitel ein langes gewesen war, war das Gebet kurz, wenn das Kapitel kurz war, war das Gebet lang. Sobald er das Gebet beendet hatte, verließ er ohne ein weiteres Wort den Raum und ging zu Bett. Tante Mercy schleifte mich die steile Treppe hinauf, zog mich aus, und ich kroch ins Bett, betäubt von einer Eintönigkeit, die doch den Schlaf der Jugend und Gesundheit nur noch vertiefte. Wenn am nächsten Morgen die Glocke schlug, rüttelte mich Tante Mercy schon einmal, bevor sie begann, sich anzukleiden, und während sie im Zimmer auf und ab ging und ihr Korsett schnürte, redete sie mir gut zu, endlich aufzustehen.

Wenn das Wort lebhaft für unser Leben je angemessen benutzt werden konnte, dann traf es auf den Sonntag zu. Unser Brunnen war so nah bei der Kirche, dass das Haus als Gasthof zur Versorgung der Kirchgänger diente, die weit weg wohnten und zwischen dem Vormittags- und dem Nachmittagsgottesdienst nicht nach Hause zurückkehrten. Ein Teil aß regelmäßig bei uns zu Mittag, und es gab Gruppen, die sich ihr Essen mitbrachten, das sie von ihren Sacktüchern auf den Knien aßen. Hier war auch die Wasserstelle für die Sonntagsschüler, die in Reihen vor dem Eimer im Brunnenraum anstanden und aus seinem Kokosnussschöpflöffel tranken. Wenn es warm war, war unsere gute Stube offen, wie heute. Tante Mercy hatte dort Staub gewischt und die Feuerstelle mit Fliederzweigen in einem Krug mit abgebrochenem Henkel geschmückt. Zwölf gelbe Stühle, ein Gestell aus Mahagoni, ein dunkler Flickenteppich, ein paar gesprenkelte Muscheln vom Pazifik auf dem Regal, zwischen denen ein Walzahn stand, der die Zeichnung eines ranken Schiffes trug, und ein Straußenei, das an einer Schnur von der Decke hing, waren der Zierrat dieses Raumes. Wenn wir zum Kirchgang angekleidet waren, sahen wir aus dem Fenster, bis die Glocke erklang und die Kaleschen der Baxters und Sawyers am Tor vorgefahren waren; dann gingen wir selbst los. Großpapa war vorausgegangen und saß schon an seinem Platz. Tante Mercy ging zum Vorderende unseres Kirchstuhls, ein bisschen außer Atem, weil ihr Kleid so eng war, und wegen des Martyriums der Baxter- und Sawyer-Blicke, denn unser Kirchstuhl befand sich, obschon in einem Seitengang, in der Nähe der Kirchenelite. Eine Gewürznelke beruhigte sie jedoch wieder. Ich stellte meine Füße auf einen Schemel und sah mir die Hauben genau an. Die Kirche füllte sich rasch, und zu guter Letzt kam der Pfarrer herein. Der Chor begann eine Hymne; sie sangen in einem fortschrittlichen Stil, wie mir auffiel, denn sie riefen »*Armen*«, während unser Chor in Surrey »*Amen*« brüllte. Als die Predigt begann, gab ich mich vagen Spekulationen über meine zukünftigen Tage in Freiheit hin, aber meine Träume wurden vom Benehmen der Hickspoldjungen gestört, die in einem Kirchstuhl vor unserem saßen. Wie am Morgen, so auch am Nachmittag und an allen Sonntagen im Jahr. Der Wechsel der Jahreszeiten ließ mich die Monotonie meines Unglücks nur noch tiefer empfinden.

KAPITEL IX

Tante Mercy hatte mich Miss Black gegenüber nicht als die Tochter von Locke Morgeson vorgestellt, dem reichsten Mann in Surrey, sondern einfach als ihre Nichte. Ihr Stolz verbot es ihr, irgendein Aufheben von meinen Vorfahren zu machen, was ganz klug war, wenn man bedenkt, dass ich gar keine hatte. Mein Großvater, John Morgeson, war ein Niemand – lediglich ein »Co.«; und obwohl mein Urgroßvater, Locke Morgeson, ein Jemand genannt zu werden verdiente, war es ihm nicht bestimmt, Aufsehen in der Welt zu erregen. Viele der Familien meiner Schulkameradinnen in Barmouth verfügten über einen reichen Großvater als Hebelansatz. Die Kenntnis der Mädchen erstreckte sich nicht bis zu jener Periode in der Familiengeschichte zurück, als ihre Patriarchen mit dem Gewinnstreben begonnen hatten. Elmira Sawyer, eine von Miss Blacks Schülerinnen, hatte keine Ahnung davon, dass ihr Großvater, der »Schwarze Peter«, wie man ihn nannte, in einer früheren Phase seines Lebens Vorstöße auf dem Kongo gemacht hatte, oder dass er mit den Wassertiefen der Loango-Bucht vertraut war. Wenn er von seinen Fahrten zurückkehrte, wobei er immer mehr Geld mitbrachte, vergrößerte er seinen Landbesitz und wurde immer ehrenwerter, bis er sich schließlich von der Seefahrt zurückzog, um ein angesehener Landbewohner zu werden. Er zahlte Staat und Kirche Steuern und hatte sogar einen Abendmahlskelch aus Silber bei dem Zinngeschirr, das für die Feier des Heiligen Abendmahls benutzt wurde, aber er ließ sich nie dazu bewegen, das Projekt der kongregationalistischen Kirchen zu unterstützen – die Wiederansiedlung der Schwarzen in Liberia. Noch war sich Hersila Allen bewusst, dass sie das rosafarbene Kalikokleid, in dem ich sie zum erstenmal sah, indirekt westindischem Rum verdankte. Und auch Charlotte Alden, das hochmütigste Mädchen in der Schule, wusste nicht, dass der Trittstein für den Reichtum ihres Großvaters, des feinen Mr. Alden, der Verlust des Briggschoners *Capricorn* war, der ganz nahe an einem günstig gelegenen Hafen bei der Ausfahrt zu einer Walfangreise unterging. Ein Bohrer war der spärlichen Ausrüstung beigegeben worden, und lange nachdem die See durch das in seinen Rumpf gebohrte Loch eingedrungen war und ihn verschlungen hatte, und die Versicherung gezahlt hatte, drang die Wahrheit heraus, dass der Kapitän Anweisungen erhalten hatte, die befolgt worden waren. Woraufhin zwei Versicherungsgesellschaften gegen ihn prozessierten und ein Gerichtsverfahren folgte, das damit endete, dass sie die Gerichtskosten zahlten, zusätzlich zu dem, was sie vorher schon dem feinen Mr. Alden gezahlt hatten, der den Mitgliedern des Vorstands spöttisch zublinzelte, als er ihren Scheck entgegennahm.

Es gab andere, die zur Gruppe der heruntergekommenen Familien gehörten, die gleichermaßen exklusiv wie schäbig waren. Es gab Parvenus, zu denen auch ich selbst zählte. Als ich in die Schule eintrat, war sie in Cliquen aufgespalten, jede mit ihren eigenen Boshaftigkeiten, Eifersüchteleien und Nachäffereien. Ihr *esprit de corps* war jedoch bei meiner Ankunft bereits gefestigt. Die Mädchen schlossen sich gegen mich zusammen, und obwohl ich, wenn ich mich mit ihnen verglich, erkennen musste, dass sie mit ihrer Einschätzung teilweise im Recht waren, war ich durch ihren Spott wie vor den Kopf geschlagen und fühlte mich am Boden. Sie waren wohlerzogen, intelligent und gewandt; ich hingegen ungehobelt, unwissend und taktlos. Unausweichlich wurde auch Miss Black von der allgemeinen Stimmung mir gegenüber angesteckt. Ihre Schülerinnen wussten eher als ich, dass sie mit ihnen sympathisierte. Sie versetzte mich in Verlegenheit, wo ich sie hätte verachten sollen. Zuerst überraschte mich ihre Attitüde, dann erfüllte sie mich mit dumpfem, unbestimmtem Zorn, was mich apathisch erscheinen ließ.

Miss Emily Black war eine junge Frau, und dazu, wie ich fand, eine hübsche. Sie hatte gerolltes, hochgetürmtes, schwarzes Haar, große schwarze Augen, eine Adlernase und lange weiße Zähne. Wenn sie sich ärgerte, kaute sie auf ihren Nägeln, und wenn ihr Überlegenheitsgefühl sie auf die geistige Blindheit bei anderen aufmerksam machte, lachte sie oft. Da sie fromm war, leitete sie ihre Schule nach dem theologischen Muster des Nipswicher Seminars, an dem sie studiert hatte. Sie begann den Unterricht jeden Tag mit einer religiösen Übung, las etwas aus der Bibel vor und kommentierte es oder fragte uns nach unserer Meinung zu dem, was sie gelesen hatte. Oft wählte sie die Figur des David, und beharrlich bemühte sie sich, die Widersprüchlichkeiten in der Geschichte des königlichen Sohnes Israels zu erklären und aufzulösen.

»Miss *C.* Morgeson, so werden wir dich nennen«, sagte sie bei unserem ersten Zusammentreffen; »der Name Cassandra ist zu eigenartig.«

»Mein Großvater Locke mochte den Namen; der meiner Schwester ist Veronica; gefällt Ihnen der besser?«

»In diesem Haus spielt es keine Rolle, wie deine Schwester genannt werden mag«, antwortete sie und musterte mich von oben bis unten. »Welche Fächer soll sie studieren, Miss Warren?«

Tante Mercys Erinnerungen an meine Studien waren vage, und was sie von meiner Schulzeit wusste, war nicht gerade dazu angetan, eine Lehrerin für mich einzunehmen, aber nach kurzem Zögern sagte sie: »Was immer Sie für das beste halten.«

»Sehr gut«, antwortete sie; »ich werde mich bemühen, meine Christenpflicht an ihr zu erfüllen. Wir gehen jetzt ins Klassenzimmer zurück.«

Wir hatten die Unterredung im Vorraum geführt, und nun nickte mir Tante Mercy ermutigend zu und verließ uns mit einem »Guten

Tag« für Miss Black, blickte aber so lange wie möglich zurück. Ich folgte meiner Lehrerin. Als sie die Tür öffnete, waren vierzig Augen auf mich gerichtet. Plötzlich waren mir meine Hände im Weg, meine Füße versagten ihren Dienst; wie konnte ich an dieser Mauer aus Augen vorbeigehen? Eine Strähne meiner trockenen, ungebärdigen Haare fiel mir in den Nacken und kitzelte mich dort. Während ich versuchte, sie unter meinen Kamm zu stopfen, schaute ich in die Gesichter vor mir. Wie intelligent und fein sie waren! Die Dinger hatten ihre Köpfe hergerichtet, als wären sie bei einer Party – mit Löckchen oder Zöpfen mit Bändern. Ein leerer, nichtssagender *noli me tangere*-Ausdruck begegnete meinem verstörten Blick. Ich blieb stehen, aber mein Kopf drehte sich nach allen Seiten. Miss Black bestieg ihr Podium und schaute im Klassenzimmer umher. »Miss Charlotte Alden, das Pult neben dir ist frei. Miss C. Morgeson, die neue Schülerin, kann sich da hinsetzen.«

Miss Charlotte entgegnete, »Ja, Ma'm«, und schob demonstrativ eine Ansammlung von Bleistiften, Schwämmen, Papier und Büchern zur Seite, um Platz für mich zu machen. Ich setzte mich dort hin, nicht ohne vorher gegen sie gestolpert zu sein, woraufhin die Mädchen, die mich weiterhin mit Blicken verfolgten, allesamt grienten. Das war mein Einstand.

Am ersten Tag blieb ich mir selbst überlassen, um still zu lernen. Das Klassenzimmer befand sich im Gemeindehaus der Kirche, einem Gebäude in der Nähe von Großpapas Haus. Jedes Mädchen hatte ein Pult vor sich. Miss Black saß auf einem hohen Schemel in einem rechteckigen Gehäuse, wo sie sich einzeln aufsagen ließ oder einer Schülerin Separatunterricht erteilte. Vom Hof des Gemeindehauses, wo die Mädchen umhertollten, seilhüpften, schaukelten und eine der Wippen benutzten, blickte man über Großpapas Anwesen; seine Fenster zur Straße waren dem Feuer ihrer Augen und Zungen ausgesetzt.

Nachdem ich wieder zu Hause war, schaute ich mich prüfend im Spiegel an und kam zu einem unvorteilhaften Ergebnis. Mein Scheitel lief zickzack, eine Schulter war höher als die andere, mein Kleid reichte mir vorne bis ans Kinn und hing hinten bis auf meine Schulterblätter herunter. Ich war ganz Taille, Hüften hatte ich nicht hervorgebracht. Meine Hände waren rot und meine Nägel eingerissen. Ich öffnete die Truhe, wo meine Kleider verstaut waren. Was ich mein eigen nannte, war bequem, auf Wetter und Wäsche ausgelegt, aber nicht hübsch. Ich fand ein Kleid aus molassefarbener Seide, die man türkischen Satin nannte – eines von Mutters alten Kleidern, das für mich geändert worden war, oder etwas, das sie ärgerlicherweise aus Vaters Einkäufen ausgesucht hatte, dem manchmal geschmackliche Irrtümer als Folge falscher Anpreisungen der Geschäftsinhaber und Putzmacherinnen unterliefen. Während ich so beschäftigt war, kam Tante Mercy, um mich zu holen, und begann zu schimpfen, als sie sah, dass ich meine Kleider aus der Truhe geholt und herumgestreut hatte.

»Tante Mercy, die Sachen hier sind scheußlich, allesamt. Schau dir diesen Schal an«, und ich entfaltete ein viereckiges Seidentuch, das die Farbe einer kranken Orange hatte. »Wo ist denn das her?«

»Beim Leben der Auserwählten!«, rief sie aus, »dein Vater hat es im besten Laden in New York gekauft. Es war teuer.«

»Dann sag mir doch, warum sehen die Unterziehhosen dieser Mädchen so elegant aus? Die wickeln sich nicht wie Stricke um die Knöchel wie meine.«

»Ich weiß es nicht«, antwortete sie seufzend. »Aber du solltest lange Kleider tragen. Deine sind abgenäht und könnten ausgelassen werden.«

»Und diese roten Prünellstiefel – die sehen wie gekochte Krabben aus.« Ich zog sie an und ging seitwärts wie eine Krabbe im Zimmer auf und ab, bis sie hysterisch zu lachen begann. »Miss Charlotte Alden trägt jeden Tag französische Ziegenlederschuhe, und ich will meine auch anziehen.«

»Nein«, sagte sie, »du darfst sie nur in die Kirche tragen.«

»Ich werde mit Vater darüber sprechen, wenn er das nächste Mal kommt.«

»Cassy, hat Charlotte Alden dich heute angesprochen?«

»Nein, aber sie hat sich dadurch eingeführt, dass sie mich dauernd anstarrte.«

»Also, mach dir nichts daraus, wenn Sie etwas Unfreundliches zu dir sagt; die Aldens sind bedeutende Leute.«

»Sind sie bedeutender als wir in Surrey? Haben sie von meinem Vater gehört, der auf der gleichen Stufe wie der Präsident steht?«

»Vor Gottes Angesicht sind wir alle gleich.«

»Du siehst nicht aus, als ob du das wirklich glaubtest, Tante Mercy. Warum sagst du hier in Barmouth Dinge, die du in Surrey nie gesagt hast?«

»Komm mit hinunter, Cassandra, und hilf mir, das Geschirr fertig zu spülen.«

Unsere Unterhaltung war zu Ende, aber ich hatte noch immer meine eigenen Vorstellungen hinsichtlich der Kleiderfrage und sinnierte über mein weiteres Vorgehen.

Am nächsten Tag rief mich Miss Black nach dem Vormittagsunterricht an ihr Pult. »Ich glaube«, sagte sie, »du solltest besser Geologie studieren. Das ist ein wichtiges Gebiet, denn es wird deinen Sinn von der Natur empor zum Gott der Natur leiten. Meine jungen Damen haben ihre Studien in dieser Hinsicht abgeschlossen; deshalb wirst du alleine vortragen, einmal am Tag.«

»Ja, Ma'm«, erwiderte ich, aber es war das erste Mal, dass ich von Geologie hörte. Das Übungsbuch, das sie mir gab, muss langweilig und trocken gewesen sein. Ich konnte seine Lektionen nicht richtig verstehen. Nie regte es mich dazu an, mich für Land oder Meer zu interessieren. Nichts von seinen Begriffen oder Beschreibungen konnte ich mit dem großen Felsen unter Großpapas Haus in Verbindung bringen. Es war Miss Black nicht gegeben, die Erzklumpen meines Verstandes mit dem Hammer ihrer Unterrichtsweise zu öffnen. Sie schlug auch Botanik vor. Die jungen Damen machten botanische Exkursionen in die Felder und Wälder außerhalb von Barmouth; ich könne mich der Klasse eigentlich sofort anschließen. Sie waren gerade bei der Familie der Hülsenfrüchte. Ich begleitete die Klasse auf einer der Exkursionen. Keine Seele schien sich meiner Anwesenheit bewusst zu sein, und ich lehnte es ab, noch einmal mitzukommen. Einmal im Monat müsse ich einen Aufsatz schreiben. Ein paar weitere Details beschlossen die Unterhaltung. Ich erwähnte noch, dass Vater wünschte, ich solle Rechnen belegen. Miss Black wies mich einer Klasse zu, aber ihr Interesse galt den höheren und feineren Zweigen der Bildung. Ich machte auf den schlichten Pfaden des Wissens ebenso wenig Fortschritte wie auf jenen, deren Schönheiten im Sezieren von Pflanzen, dem Zertrümmern von Steinen oder den Finessen des

Aufsatzschreibens bestanden. Obwohl ich meine Pflichten nur unter Protest akzeptierte, gewöhnte ich mich bald an ihre Routine, und der Rest meines Lebens erschien mir eher wie ein Traum von der Zukunft als eine Erfüllung der Gegenwart. Am Ende des Monats weigerte ich mich, nach Hause zu fahren. Ich zog es vor, so sagte ich, bis zum Ende des Jahres zu warten. Man drängte mich nicht, meine Meinung zu ändern, noch wurde ich für meine Entschlusskraft gelobt. An dem Tag, an dem ich hätte nach Hause gehen können, bat ich Vater, mich nach Milford zu fahren, auf der anderen Seite des Flusses, der durch Barmouth floss. Ich schloss fest die Augen, als die Pferdehufe auf der langen, hölzernen Brücke zwischen den Städten klapperten, und öffnete sie erst, als wir an einem Gasthaus auf der Flussseite von Milford anhielten. Vater führte mich in den Salon, wo eine hübsche, dicke Frau saß, die Handtücher säumte.

»Bist du das, Morgeson?«, sagte sie. »Ist das deine Tochter?«

»Ja; kann ich sie hier bei dir lassen, während ich zur Bank gehe? Sie ist zum erstenmal hier.«

»Allmächtiger; du stutzt ihr ganz schön die Flügel, nicht wahr. Komm her, Kind, und lass dir deinen Umhang abnehmen.«

Ich ging mit hochnäsiger Miene zu ihr hin; es gefiel mir nicht, meinen Vater mit »Morgeson« angeredet zu hören, von einer Person, die ich gar nicht kannte. Sie verstand meinen Ausdruck und schaute meinen Vater von unten an. Beide lächelten, und ich ärgerte mich über ihn wegen dieser unverantwortlichen Vertraulichkeit. Sie kniff mich mit fetten Fingern voller roter und grüner Ringe in die Wange und sagte, »Wir werden sehr gut miteinander auskommen. Was für ein hübscher Seidenmantel, und auch noch silberne Spangen.«

Nachdem Vater gegangen und meine Haube verstaut war, gab mir Mrs. Tabor ein großes Stück köstlichen Biskuitkuchen, was mich etwas besänftigte.

»Wie heißt du, Schatz?«

»Morgeson.«

»Kann man leicht sehen.«

»Na gut, Cassandra.«

»Oh was für ein schöner Name«, und sie zog aus ihrem Nähkorb ein eingebundenes Buch; »in diesem Roman gibt es keinen Namen, der auch nur halb so hübsch wäre; ich wollte, die Heldin hieße Cassandra statt Aldebrante.«

»Darf ich es anschauen?«, bat ich.

»Es kommt ein schrecklicher Mönch drin vor«, aber sie gab es mir und wurde gleich danach nach draußen gerufen. Ich verschlang das Buch, und es war das einzige Mal in jenem Jahr in Barmouth, dass ich meine eigenen Wünsche und Kümmernisse vergaß. Als sie zurückkam, bemerkte sie mein Interesse an dem Buch und entlockte es mir, indem sie mir noch mehr Kuchen anbot, den ich annahm. Sie erzählte mir, dass sie Vater seit Jahren kannte und dass er sein Pferd im Gasthof unterzustellen und bei ihr zu speisen pflegte. »Aber ich wusste nie, dass er eine Tochter hat«, fuhr sie fort. »Bist du das einzige Kind?«

»Ich habe eine Schwester«, und einen Augenblick später fiel mir ein, dass ich auch noch einen Bruder hatte, fand es aber nicht notwendig, diesen Umstand zu erwähnen.

»Ich habe keine Kinder.«

»Aber Sie haben Romane zum Lesen.«

Sie lachte, und als Vater zurückkehrte, waren wir schon feste am Plaudern. Nach dem Essen bat ich ihn, einige Läden mit mir zu besuchen. Er nahm mich zu einen Juwelier mit, und ohne mich zu fragen, kaufte er eine riesige Mosaikbrosche, mit einer Burgruine darauf, und einen hübschen Ring mit einem Goldstein.

»Möchtest du noch etwas anderes?«, fragte er.

»Ja, ich möchte ein rosafarbenes Kalikokleid.«

»Warum das?«

»Weil die Mädchen in Miss Blacks Schule rosa Kaliko tragen.«

»Warum nicht lieber rosa Seide?«

»Ich brauche unbedingt ein rosa Kleid aus französischem Kaliko, mit einem dreieckigen weißen Tuch dazu; das ist jetzt Mode.«

»Mode!« wiederholte er verächtlich. Aber das Kleid wurde gekauft, und wir fuhren nach Barmouth zurück.

Als ich mit meiner neuen Brosche und dem Ring in der Schule auftauchte, scharten sich die Mädchen um mich.

»Was stellt die Nadel dar, wessen Ländereien?«, fragte die eine mit Neid in der Stimme.

»Lässt dir der Ring nicht das Blut in die Hand strömen?«, fragte eine andere, »es sieht so aus.«

»Tatsächlich?«, antwortete ich. »Ich werde meine Hand in die Höhe halten wie du, damit sie weiß wird.«

»Womit verdient dein Vater sein Geld?«, fragte Elmira Sawyer, »ist er Schneider?«

Ich war von ihrer Unverschämtheit wie vor den Kopf gestoßen, gab ihr aber keine Antwort. Als die Pause ein paar Minuten später vorüber war, weinte ich hinter meinem Pultdeckel. Diese Mädchen waren zu viel für mich, denn ich konnte sie nicht für mich einnehmen, und Rache kam mir nicht in den Sinn, weil ich glaubte, ihr Spott sei verdient. Aber ich hätte ihnen gern bewiesen, dass ich durchaus jemand war. Nur wie? Großpapa *war* ein Schneider, und ich konnte mich nicht dazu herabwürdigen, ihnen zu versichern, dass mein Vater ein Gentleman war.

Innerhalb eines Monats ließ Tante Mercy mein rosa Kalikokleid beim besten Modeschneider in Barmouth arbeiten. Als ich es anzog, dachte ich, dass ich besser aussähe als je zuvor, und ging triumphierend damit zur Schule. Die Mädchen musterten mich schweigend, aber kritisch. Schließlich fragte Charlotte Alden mich flüsternd, ob der alte Mr. Warren mein Kleid gemacht habe. Sie schrieb auf ein Stück Papier, in Großbuchstaben – »Mädels, von jetzt an ziehen wir unsere rosa Kalikos nicht mehr an«, und als sie es zu Elmira Sawyer hinüberschob, machte sie Zeichen, dass der Zettel bei allen Mädchen herumgereicht werden sollte. Sie lasen ihn, drehten sich zu Charlotte Alden um und nickten. Ich beobachtete, wie der Zettel die Runde machte, und sah, wie Mary Bennett ihn kichernd zu Boden fallen ließ.

Es war ein regnerischer Tag, und wir verbrachten die Pause im Haus. Ich blieb still und arbeitete meine Lektion durch. »Die erste Periode endet mit dem Karbonsystem; die zweite schließt die salzführenden und die Magnesia-Systeme ein; die dritte umfasst die oolithischen und Kreide-Systeme; die vierte – «

»Wie konzentriert manche Leute bei ihren Lektionen sind«, hörte ich Charlotte Alden sagen. Ich blickte auf und sah sie in meiner Nähe zusammen mit Elmira Sawyer.

»Was hast du da gesagt?«, fragte ich scharf.

»Ich spreche nicht mit dir.«

»Ich bin wütend«, sagte ich mit unterdrückter Stimme, und indem ich mich erhob: »Mir reicht es.«

»Wer bist denn *du*, dass du dich hier aufspielst? Wir haben das über deine Mutter gehört, wie sie damals verliebt war, das arme Ding.«

Ich schlug ihr so kräftig ins Gesicht, dass sie zurücktaumelte. »Du lügst«, sagte ich, »und du wirst mich von nun an in Ruhe lassen.« Elmira Sawyer wurde blass und zog sich zurück. Ich warf mein Buch nach ihr; es traf sie am Kopf, und unter meinen geologischen Systemen zerbrach ihr Kamm. Es gab einen Aufruhr; Miss Black eilte von ihrem Pult herbei und sagte, »Aber meine Damen, was soll das bedeuten? Miss C. Morgeson, ich muss schon sagen, dein Temperament ist so vulgär wie du selbst. Setz dich an mein Pult.«

Ich gehorchte, und als wir an Mary Bennetts Pult vorbeikamen, wo ich den Zettel hatte fallen sehen, hob ich ihn auf. »Sehen Sie sich die guten Manieren Ihrer Lieblingsschülerin an, Miss Black; lesen Sie das.« Sie biss sich auf die Lippe, als sie ihn überflog, drehte sich um, als wolle sie mit Charlotte Alden sprechen, sah wieder mich an und fuhr fort: »Setz dich, Miss C. Morgeson, und denk über den Schlag nach, den du ausgeteilt hast. Wirst du um Verzeihung bitten?«

»Das werde ich nicht tun, und Sie wissen es auch.«

»Ich habe bisher noch nie schwere Strafen verhängen müssen, aber in deinem Fall, fürchte ich, muss ich es tun.«

»Lassen Sie mich hier weg.« Ich ballte meine Fäuste und versuchte aufzustehen. Sie hielt mich auf dem Sitz fest, und wir sahen einander scharf in die Augen. »Du bist ein böses Mädchen.« »Und Sie sind eine böse Frau«, antwortete ich, »gemein und grausam.« Sie machte eine Bewegung, als wolle sie mich schlagen, aber ließ ihre Hand sinken. Ich fühlte meine Nasenflügel seltsam beben. »Schande über dich«, sagte sie mit zitternder Stimme, und wandte sich ab. Ich saß auf der Bank hinter dem Pult, von Herzen müde, bis die Schule aus war. Als Charlotte Alden hinausging und knickste, sagte Miss Black, sie hoffe, sie würde Miss C. Morgeson ihr undamenhaftes Verhalten wie eine gute Christin vergeben. »Miss C. Morgeson ist ein besonderer Fall.«

Sie sah sie vielsagend an, was mir nicht entging. Charlotte antwortete, »Aber gewiss«, und verbeugte sich anmutig in meine Richtung, worauf ich meine Mängel nur noch deutlicher empfand und zu dem

Schluss kam, dass ich bei der Auseinandersetzung den kürzeren gezogen hatte.

Miss Black wollte keine Erklärung der ganzen Angelegenheit; sie wurde fallengelassen, und keines der Mädchen spielte jemals danach mit Andeutungen oder Blicken darauf an. Als ich Tante Mercy davon erzählte, wurde sie blass und sagte, sie wisse, was Charlotte Alden gemeint habe, und dass mir Mutter vielleicht Aufklärung geben würde, wenn die Zeit dafür reif sei.

»Wir hatten eine Menge Ärger in unseren jungen Jahren, Cassy.«

KAPITEL X

Meine beiden Lebenssphären waren so grundverschieden, dass beim Übertritt in die eine die jeweils andere mich nicht mehr berührte. Ich vergaß alles, was ich bei Miss Black litt und hasste, sobald ich die Schwelle überschritt und Großpapas Haus betrat. Dieser Gegensatz hielt mich in einem gesunden Gleichgewicht; jede Seite für sich allein wäre wohl mehr gewesen, als ich damals hätte ertragen können. Das ganze Jahr lang blieb mein Leben auf dieses Haus, meine Schule und die Kirche beschränkt. Vater bot an, mit mir auszufahren, wenn er nach Barmouth kam, oder mich nach Milford zu bringen, aber die Bewegung der Kutsche und die Transportkraft des Pferdes erzeugten so beängstigende, weil verwirklichbare Fluchtgedanken, dass ich es aufgab, mit ihm herumzufahren. Tante Mercy verließ das Haus nur selten; meine Schulkameradinnen luden mich nie zu Besuch ein; das Meer war zu weit weg, als dass ich am Strand hätte umherwandern können; die Lagerhäuser und Werften am Fluss eigneten sich nicht zum Bummeln, und die Straße war nach Tante Mercys Ansicht nicht der geeignete Ort für müßiges Promenieren. Meine physische Ertüchtigung beschränkte sich daher auf den Garten – ein schöner Ort, jetzt, im Hochsommer. Er wurde von geflügelten und kriechenden Wesen bewohnt, die ich zu meinen Kameraden machte, besonders die roten, pelzigen Raupen, die – leider – fast gänzlich verschwunden sind und einem bunten, wunderlichen Völkchen Platz gemacht haben, über das sich der belesene Landmann so gerne schriftlich verbreitet.

Mutter kam gelegentlich nach Barmouth herübergefahren, doch stets schien sie fröhlicher, wenn sie ging, als wenn sie kam. Einmal kam Veronica mit, aber sie sagte, sie wolle nicht wieder kommen, solange ich da sei. Sie wolle auch bis zum Ende des Jahres warten, denn ich verdürbe ihr den Ort. Sie sagte das so ruhig, dass es mir gar nicht einfiel, beleidigt zu sein. Ich erzählte ihr die Episode mit dem rosa Kalikokleid. »Die Farbe ist allerliebst«, sagte sie, als ich es ihr zeigte. »Wenn du möchtest, nehme ich es mit nach Hause und verbrenne es.«

Als ich zum dramatischen Teil meiner Geschichte kam, dem Schlag, den ich Charlotte Alden verpasst hatte, fuhr Verry zusammen und rieb sich das Gesicht, als ob sie den Schlag gespürt hätte. »Lass mich deine Hand sehen«, bat sie; »habe ich schon mal jemanden geschlagen?«

»Du hast einmal einen Eimer Salz die Treppe hinuntergeworfen, auf meinen Kopf, und ich war vorübergehend blind.«

»Ich wünschte du würdest Mr. Park verhauen, wenn du nach Hause kommst; er redet zuviel über die Auferstehung. Und«, fügte sie geheimnisvoll hinzu, »er hat an Mutter Gefallen gefunden.«

»An Mutter Gefallen gefunden!«, sagte ich entgeistert.

»Er sieht sie immer so an, wenn sie Arthur im Arm hat! Warum starrst du mich so an? Warum rede ich überhaupt mit dir? Ich gehe jetzt. Und merk dir, ich werde nie von zu Hause fortgehen, um eine Schule zu besuchen; ich werde auch so genug wissen.«

Während Veronica dieses liebenswürdige Gespräch mit mir führte, entdeckte ich an ihr die vornehme Art, deren Fehlen ich bei mir so beklagte.

Wie kühl und unbeeindruckbar sie aussah! Ich fühlte mich damals nicht zu ihr hingezogen. Meine Gedanken schweiften umher, und mir kam in den Sinn, was ich neulich in der Pause Mary Bennett hatte sagen hören, dass nämlich ihr Bruder mich in der Kirche gesehen und zu Hause verkündet hatte, ich sei das hübscheste Mädchen in Miss Blacks Schule.

»Ist es die Möglichkeit!«, antwortete das Mädchen, an das sie diese Bemerkung gerichtet hatte. »Mir würde es nie einfallen, sie hübsch zu nennen.«

»Halt, Veronica«, rief ich, »bin ich hübsch?« Sie drehte sich um. »Alle Leute in Surrey sagen das, und alle sagen, dass ich es nicht bin.« Und sie schlug mir die Tür vor der Nase zu.

Sie kam nicht wieder nach Barmouth. Im Winter war sie krank, und, wie Vater mir sagte, seltsamer denn je und noch schwieriger. Der Sommer ging vorüber, und ich litt keine besonderen Qualen, mit Ausnahme von Miss Blacks Aufsatzaufgaben. Ich konnte ihren Themen nicht gerecht werden, da ich die Bücher nicht hatte, aus denen sie sie vorgefertigt nahm, und so war ich gänzlich kenntnislos im Hinblick auf »Die Landschaft von Singapur«, »Die Bräuche der Hottentotten« und »Die jeweiligen Vorzüge von Homer und Vergil«, was ihre höchste Verachtung hervorrief.

Im Oktober kamen Sally und Ruth Aiken zum Nähen der Herbstsachen. Sie hatten den ganzen Sommer in ihrer Landwirtschaft gearbeitet, sagten sie, und waren so braun gebrannt, dass ihre Gesichter einem Schinken nicht unähnlich waren. Ruth brachte mir ein paar Äpfel in einem ockerfarbenen Beutel mit, und Sally beäugte mich mit ihrer alten Strenge. Als sie ihre gewohnten Plätze am Tisch einnahmen, glaubte ich, sie hätten die Zeit, die seit ihrem Fortgehen vergangen war, verschluckt, so ganz genau glich der Augenblick ihres Gehens dem ihres Kommens. Ich kannte Großpapa keinen Deut besser als damals, als ich ihn zuerst gesehen hatte. Er war gesellig denen gegenüber, die zu Besuch kamen, aber nie gegenüber jenen, die zu seinem Haushalt gehörten. Mich nahm er nie zur Kenntnis, außer wenn ich einmal weniger aß als gewöhnlich; dann sah er mir scharf ins Gesicht und fragte: »Was fehlt dir?« Wir hatten ständig den Genuss seiner wortkargen Anwesenheit, denn er ging nur selten aus; und obwohl er sich nicht in Tante Mercys Arbeit einmischte, überwachte er sie, wog und maß alles, was benutzt wurde, und hielt Keller und Garten in vollkommener Ordnung.

Die Zeit des Schweineschlachtens rückte heran, und er konferierte häufig über dieses Thema mit Tante Mercy. Man sah prüfend zum Himmel und man knuffte täglich das Schwein in der Hoffnung, seine Rippen möchten Fett ansetzen. Als sein Schicksalstag gekommen war, gab es beinahe so etwas wie Konfusion im Haus, und noch eine ganze Woche lang ging Großpapa abends mit einer Laterne umher und war ganz daneben, bis ein neuer Bewohner für den leeren Stall angeschafft war und man all seine Eigenheiten entdeckt hatte und verstand.

»Großpapa«, fragte ich, »werden die schönen Tauben, die im Dach des Schweinestalls wohnen, das schreckliche neue Schwein denn mögen?«

»Ja«, antwortete er und rieb sich energisch die Hände, »aber sie fressen den Mais für das Schwein und das kann ich mir nicht leisten; ich werde sie abschießen müssen, denke ich.«

»Oh bitte nicht, Großpapa.«

»Ich mach's gleich heute noch. Wo ist das Gewehr, Mercy?«

In einer Stunde waren die Tauben geschossen, alle bis auf zwei, die davongeflogen waren.

»Warum hast du ihn gebeten, die Tauben nicht zu schießen?«, fragte Tante Mercy. »Wenn du still gewesen wärst, hätte er es nicht getan.«

»Er ist ein widerwärtiger Verwandter«, antwortete ich, »und ich bin froh, dass er nur ein Schneider ist.«

Tante Mercy wies mich zurecht; aber der Verlust der Tauben ärgerte auch sie. Vielleicht merkte Großpapa das, denn an diesem Abend erkundigte er sich nach ihren Geranien und erzählte ihr, dass der Gärtner ihm ein paar schöne Ableger für sie versprochen hatte. Sie sah erfreut aus, aber dankte ihm nicht. Es gab bereits einen wunderschönen Ständer mit Blumen im mittleren Zimmer, das das ganze Jahr nach ihnen duftete.

Das Wetter war jetzt kalt geworden, und wir sammelten uns ums Feuer; denn es gab keinen anderen behaglichen Raum im ganzen Haus. Eines Nachmittags, als ich in Tante Mercys Geranientöpfen herumstocherte und die toten Blätter abzupfte, kamen zwei Diakone zu Großvater zu Besuch. Während sie mit ihm am Feuer herumstanden, beklagten sie, dass die Kirchenmitglieder gar so lau seien im Hinblick auf den Seelenzustand der Gemeinschaft. Ein Gnadenschauer war nötig; in einigen der Nachbarkirchen gab es Anzeichen einer geistigen Wiedererweckung, nur in Barmouth nicht. Es musste etwas geschehen – man müsste einen Fastentag ansetzen oder zusätzliche Gebetstreffen abhalten. Das war am Samstag; am nächsten Tag wollte man das Heilige Abendmahl feiern, und Großpapa empfahl, dass man den Pfarrer bitten solle, der Gemeinde Maßnahmen vorzuschlagen, die sie von ihrer Halsstarrigkeit befreien könnten.

»Sind die Gefäße gescheuert, Mercy?«, fragte er, nachdem die Diakone gegangen waren.

»Ich habe keinen Scheuersand.«

Sogleich brachte er ihr eine Kanne feinen weißen Sandes, der mir den Strand von Surrey vor mein inneres Auge rief. Ich ging ihr nach, als sie ihn zum Brunnenraum trug, wo ich auf der alten Mehlkiste zwei große Zinnteller stehen sah, zwei Krüge aus dem gleichen Material und ein gutes Dutzend Becher, einige aus Silber und mit den Namen ihrer Eigentümer gekennzeichnet. Sie waren bald gereinigt. Dann machte sie Feuer im Backofen, formte seltsam aussehende Laibe und schob sie in den Ofen. Sie achtete sehr genau auf das Brot und nahm es heraus, bevor es braun wurde.

»Das ist eigentlich die Arbeit der Frauen der Diakone«, sagte sie, »aber sie wird schon seit Jahren hier im Haus erledigt. Das Brot ist nicht wie unser gewöhnliches – es ist ungesäuert.«

Großpapa brachte es in die Kirche, nachdem sie es mit einem scharfen Messer so angeschnitten hatte, dass es in viereckige Stückchen zerfiel, sobald man es berührte. Als die Reste zurückgebracht wurden, ging ich in die Speisekammer, wo sie abgestellt waren, nahm ein Stückchen und aß es bedächtig, um seine feierlich-erhebenden Kräfte zu prüfen. Ich spürte nichts, und als Tante Mercy auch noch die Reste mit Milch zu einem Pudding kochte, war die heilige Idealität der Zeremonie, die ich in der Kirche gesehen hatte, für mich endgültig zerstört.

War es schade darum, dass mein Leben nicht nach dem Plan der Natur verlief, die uns das Schöne zeigt, während sie das Innere verbirgt? Wir sehen die Wurzeln ihrer Rosen nicht, und ihre Skelette verbirgt sie vor uns.

Der November ging vorüber mit dem Erntedankfest – dem einzigen

Tag des Jahres, den Großpapa feierlich beging, indem er eine Gans zum Festessen kaufte, und diese Gans wurde mit Roggenklößchen gekocht, die wie Glaskugeln über meinen Teller schlitterten. Sally und Ruth begaben sich auf ihre Farm und überwinterten dort. Der Dezember kam, und mit ihm eine junge Frau namens Caroline, die das Schneiderhandwerk lernen sollte. Lebhaft und hübsch wie sie war, veränderte sie unsere Atmosphäre. Sie brach die Stille des Morgens, indem sie das »Sternenbanner« sang oder die »Hügel von Balquhither«, und sie störte die Eintönigkeit der Abende, indem sie Molassebonbons machte, die Großpapa aß und die einen besänftigenden Einfluss auf ihn zu haben schienen. Großpapa ließ sie nicht aus den Augen, aber seine Augen beunruhigten sie nicht. Sie hatte keine Vorstellung von seinem Charakter, war furchtlos ihm gegenüber und machte alles anders, als er es sich vorstellte, und eben darum mochte er sie. Sie tadelte ihn sogar, dass er so ein langes Gesicht mache. Sie nähte schrecklich schlecht, und das zehrte so an seiner Geduld, dass er es aufgegeben hätte, sie das Handwerk zu lehren, wenn es nicht um ihrer Mutter willen gewesen wäre, die eine arme Witwe war. Sie sagte, sie wisse wohl, dass sie es ohnehin nicht lernen würde, und warum es dann versuchen? Sie wollte in den Westen gehen und glaubte, sie würde eine ganz gute Innere Missionarin abgeben, und das wurde sie auch, denn sie heiratete einen armen, jungen Mann, der das Fassbinderhandwerk an den Nagel gehängt hatte, um auf das geistliche Amt zu studieren, und dem die Gesellschaft für Innere Mission nach Ohio verhalf. Sie besuchte mich zehn Jahre später in Surrey, eine hagere, hohläugige Frau von abstoßender Art, die unerbittlich glaubte, dass es weder Belohnungen noch Strafen diesseits des Grabes gäbe.

Ich litt so sehr unter der Kälte in diesem Dezember, dass ich Mutter brieflich davon in Kenntnis setzte. Sie schrieb zurück:

»Mein Kind, fasse Mut. Eines Tages wirst du zartes Mitleid fühlen, wenn du an die Jungmädchenzeit deiner Mutter denkst. Du lernst gerade, wie sie in deinem Alter lebte. Ich machte mir große Sorgen wegen des Wohlstands, in dem sich dein junges Leben entfaltet, und glaubte, es wäre das Beste für dich, eine Zeitlang das Gegenteil zu erfahren. Ich dachte, du würdest mich nach und nach besser verstehen, als ich es selbst tue, denn du bist nicht wie ich, Cassy, du bist wie dein Vater. Du brauchst nie mehr nach Barmouth zurück, wenn du es nicht willst. Liebe Cassy, betest du auch? Ich schicke dir ein paar neue Unterröcke und ein Umhängetuch. Wärmt Mercy dir das Bett an?

Deine dich liebende Mutter.«

Ich zog mich mit klammen Fingern in Tante Mercys Zimmer, das unter dem Dach war, an und aus. Meine Haare waren wie das Fell einer Kuh bei Frost; sie waren so unordentlich und so verzottelt, dass sie wie der Schweif eines Kometen stoben, wenn ich sie zu kämmen versuchte. Tante Mercy bemerkte, dass ich Frostbeulen hatte, und weinte von Herzen darüber, wobei sie mir gleichzeitig sagte, das käme von meinen französischen Schuhen. Es gab nur einen einzigen Kamin im Haus, außer dem in der Werkstatt, den man bei Sonnenuntergang herunterbrennen ließ. Manchmal war das Schneiderbügeleisen, das man in der Asche hatte stehen lassen, noch ein bisschen warm, und ich lieh es mir für meine starren Finger. Mir wurde den ganzen Tag nicht richtig warm, denn im Feuer im mittleren Zimmer brannte ungetrocknetes Holz, und es war ständig in Gefahr, durch ein noch weniger trockenes Scheit erstickt zu werden, sobald die anderen endlich zu brennen begannen. Das Schulzimmer war warm, aber ich hatte einen Platz hinten am Fenster, wo meine Füße von der kalten Luft vereisten und mein Kopf dem Zug ausgesetzt war. Im Januar bekam ich eine so schlimme Erkältung, dass ich eine Woche lang das Haus hüten musste. Aber ich wuchs schnell, trotz all meiner Unannehmlichkeiten. Tante Mercy ließ die Säume aus meinen Röcken und ich platzte da heraus, wo es keinen Saum gab. Ich nahm weibliche Formen an. So steif meine Hände und so blaugefroren meine Arme auch waren, konnte ich doch sehen, dass sie voll und wohlgeformt waren. Ich hatte die Magerkeit der Kindheit verloren und begann nun, eine neue und erfreuliche Fülle zu spüren. Und was für einen unglaublichen Appetit ich hatte!

»Diese Kreatur wird uns Haus und Hof wegfressen«, sagte Großpapa eines Tages – für seine Begriffe freundlich – und sah mich an.

»Na, dann erschieß mich bloß nicht, wie du die Tauben erschossen hast.«

»Pah, haben Tauben eine Seele?«

Im Februar wurde das Wetter milder, und eine große religiöse Wiedererweckung brach aus. Es war die langweiligste Zeit des Jahres in Barmouth. Die Schiffe waren noch auf See, und die Bauern hatten nur ihr Vieh zu füttern, so dass jeder an den ausgedehnten Gottesdiensten teilnehmen konnte. Bei uns zu Hause war es neun Tage lang wie Sonntag. Miss Black unterbrach wegen der Erweckung für zwei Wochen den Unterricht, damit die Schülerinnen aus dem, was sie den Plan des Heils nannte, Nutzen ziehen könnten.

Caroline war unter den ersten Bekehrten. Ich beobachtete sie, sobald mir gesagt wurde, dass sie Sündenbewusstsein erlangt habe, bis sie Glaubensgewissheit erfuhr. Sie hörte auf, am Morgen zu singen, und es gab keine Molassebonbons mehr am Abend. Ich fand sie weniger angenehm und wagte kaum, ein normales Gespräch mit ihr zu führen, denn war sie nicht auserwählt, ein geheimnisvolles Werk zu vollbringen? Ich sah, wenn sie zwischen den Gottesdiensten nähte, dass ihre Arbeit schlechter denn je war, aber Großpapa fand dies keiner Erwähnung wert. Ich ging mit Tante Mercy dreimal am Tag zum Gottesdienst und beschäftigte mich damit, die Gesichter in meiner Umgebung zu studieren, neugierig darauf, die ersten Anzeichen von Sündenbewusstsein zu entdecken.

Eines Abends, als Großpapa zum Beten hereinkam, erzählte er Tante Mercy, dass Pardon Hitch von großer Sorge erfüllt sei wegen seiner Sünden. Sie antwortete, er sei immer ein guter Mann gewesen.

»So gut wie einer nur sein kann, der nicht im Stand der Gnade ist.«

»Dann kann ich ja gleich eine richtige Sünderin sein«, dachte ich, »wie Sal Thompson, die mir außerordentlich glücklich vorkommt, statt zu versuchen, so gottgefällig zu leben wie Pardon Hitch, der für ganz Barmouth ein Vorbild ist.«

Als wir am nächsten Morgen in die Kirche gingen, sah ich ihn in einer der hinteren Bänke; er lehnte gegen das Geländer, als habe er keine Kraft mehr. Sein Gesicht war voller Seelenqual. Er saß dort regungslos den ganzen Tag. Man betete für ihn, aber er schien die Gebete nicht zu hören. Am Abend führte ihn seine Frau nach Hause. Am Ende des dritten Tages unterbrach er die mahnenden Worte eines Bruders im Glauben, indem er aufstand und einen unartikulierten Schrei ausstieß. Wir alle schauten ihn an. Tränen strömten über sein blasses Gesicht, das von einem seligen Lächeln erhellt war. Er sah aus wie einer, der einer großen Gefahr entgangen ist, abgerissen, übel zugerichtet, atemlos, doch am Leben. Der Pfarrer kam von der Kanzel herunter, um ihm die Hand zu schütteln; die Brüder im Herrn drängten sich um ihn, um ihn zu beglückwünschen, und der Gottesdienst war auf der Stelle beendet.

Weder Großpapa noch Tante Mercy hatten je mit mir über meine religiösen Neigungen gesprochen; aber an jenem Abend kam der Pfarrer, Mr. Boold, zum Tee und fragte mich, während er seinen Überzieher ablegte, ob ich wisse, dass Christus für mich gestorben sei? Ich antwortete, ich sei mir da nicht sicher.

»Liest du die Bibel, Kind?«

»Jeden Tag.«

»Und was lernst du daraus?«

»Weiß ich nicht.«

»Miss Mercy, noch ein Tässchen und ich bin Ihnen sehr verbunden. ›Jetzt ist der Tag und jetzt ist die Stunde; kommet her zu mir alle, die ihr mühselig und beladen seid; ich will euch erquicken‹.«

»Aber ich brauche keine Erquickung, ich bin nicht beladen«, sagte ich.

»Cassandra«, donnerte Großpapa, »hast du denn vor gar nichts Achtung, weder vor Gott noch Mensch?«

»Hast du«, fuhr der Pfarrer fort, »die Lebensbeichte des Nathan Dickerman gelesen? Ein Kind noch, hat er doch die Last seiner Sünden erkannt und ist geheiligt gestorben.«

Ich hielt es für das beste, nichts mehr zu sagen. Tante Mercy sah verstört aus und verließ den Tisch, sobald es mit Anstand möglich war.

»Cassandra«, sagte sie, als wir allein waren, »was soll nur aus dir werden?«

»Ja, was? Du hast immer gesagt, dass ich besessen sei. Warum hast du diesen Umstand Mr. Boold nicht klargemacht?«

Sie gab mir einen Kuss – ihr normales Verhalten, wenn sie ratlos war.

Die Erweckung erreichte ihren Höhepunkt und klang allmählich ab. Sechzig neue Mitglieder hatte die Kirche gewonnen, und dann sank alles wieder in seinen früheren Zustand zurück. Die Schule fing wieder an; ich fand keine einzige meiner Schulkameradinnen irgendwie verändert, aber Miss Black ging nicht auf das Thema ein. Mein Jahr war beinahe um; der März war gekommen und gegangen, und es war jetzt April. Eines milden Tages in der zweiten Monatshälfte waren die Mädchen in der Pause im Hof. Charlotte Alden sagte freundlich zu mir, das Wetter sei gut genug, um draußen zu spielen, und fragte, ob ich die Wippe ausprobieren wolle. Ich stimmte freudig zu. Wir balancierten das Brett so, dass jede von uns sich setzen konnte und fingen langsam an zu wippen. Da sie schwerer war, musste ich mich anstrengen, meinen Platz zu halten und sie nach oben zu bekommen. Sie fragte, ob ich mich höher traute. »Sicher, wenn du willst.« Als ich mich umsah, bekam ich zufällig mit, dass sie den Mädchen in unserer Nähe zublinzelte, und ich hatte das Gefühl, dass sie etwas im Schilde führte, hatte aber keine Zeit, darüber nachzudenken. Mit einem plötzlichen Ruck ließ sie ihr Ende auf den Boden aufschlagen, und ich fiel vom anderen herunter, aus mindestens acht Fuß Höhe, stürzte auf einen Stein und verlor die Besinnung.

Das nächste, an das ich mich erinnern kann, ist wie Tante Mercy mich in ihren Armen über die Straße trug. Sie hatte meinen Sturz vom Fenster aus gesehen. Als sie das Haus erreicht hatte, ließ sie mich in einem Haufen zu Boden gleiten, rang die Hände und stampfte mit dem Fuß auf.

»Ich bin nicht verletzt, Tante Mercy.«

»Du wärst fast umgekommen, und das weißt du auch. Das war dein letzter Tag an dieser elenden Schule. Ich hole den Arzt, sobald du mir versprichst, dass du nicht wieder ohnmächtig wirst.«

So fand meine Ausbildung bei Miss Black mit einem Schlag ihr Ende.

Als Tante Mercy Miss Black auseinandersetzte, dass sie mich nicht mehr in die Schule zurückkehren ließe, und ihren Befürchtungen Ausdruck gab, ich hätte nicht die Fortschritte gemacht, die man erwartet habe, fragte Miss Black, erhobenen Hauptes, was denn erwartet worden sei – was meine Familie denn habe erwarten *können*. Tante Mercy war eingeschüchtert und zog sich, sobald sie die Rechnung für das letzte Quartal bezahlt hatte, zurück.

Eine Woche nach meinem Turnierkampf mit Charlotte Alden ging ich nach Surrey zurück. Es waren nur wenige Vorbereitungen zu treffen – nur wenige Freunde, von denen ich mich zu verabschieden hatte. Ruth und Sally waren wieder aufgetaucht von ihrer Farm und nähten wieder bei Großpapa. Sally bat mich, immer daran zu denken, dass Reichtümer Flügel bekommen und davonfliegen. Sie *hoffe*, sie seien meiner Mutter nicht zur Falle geworden, aber sie sei nicht mehr die, die sie einmal gewesen war, das sei Tatsache.

»Nein, das ist sie nicht mehr«, pflichtete Ruth bei. »Weißt du noch, Sally, als sie einmal zur Farm rauskam und den Schimmeljährling ohne Sattel um die große Wiese ritt, und wie ihre Haare flogen?«

»Hüte deine Zunge, Ruth.«

Ruth sah reuig drein, während sie mir ein Briefchen mit Stechrosensamen gab und sagte, die Blüten seien wunderbar blutrot, und dass ich sie nahe am Ausgussauslass pflanzen müsse. Caroline war schon nach Hause gegangen, so dass Tante Mercy nichts Aufheiterndes mehr blieb außer ihren Blumen und ihrem Schnupftabak; sie hatte sich nämlich in letzter Zeit angewöhnt zu schnupfen, aber das tat sie nur heimlich.

»Richte sie gut ab, Locke, sie ist ungebärdig«, sagte Großpapa, als wir in die Kutsche stiegen, um nach Hause zu fahren.

»Großpapa, wenn ich einmal so reich bin, dass ich einen spitzgiebeligen Schweinestall habe, kommst du mich dann besuchen?«

»Fort mit dir.« Und er ging eilig ins Haus zurück und rieb sich die kleinen Hände.

KAPITEL XI

Ich war auf dem Weg nach Hause! Als wir über die Hügelkuppe fuhren, weniger als eine Meile von Surrey entfernt, und ich das sichelförmige Dorf sah, und die hohen Schornsteine an der Außenseite unseres Hauses, hüpfte mein Herz nicht etwa vor Freude, wie ich erwartet hatte, sondern war plötzlich voller Gleichgültigkeit. Es war mir zuwider, die Enge in Barmouth zu verlassen, und in diesem Augenblick bedauerte ich den Wechsel. Als ich das Haus betrat und Mutter an ihrem alten Platz sah, wo sich um sie herum nichts verändert hatte, überfiel mich Enttäuschung. Ich hatte also nicht die Kraft gehabt, mein Unglück eines ganzen Jahres atmosphärisch nach Surrey zu übertragen.

Die Familie versammelte sich um mich. Ich hörte das gewohnte Türenschlagen. »Die Türen bei Großpapa«, sinnierte ich, »hatten Stoffstreifen auf ihre Kanten genagelt; aber natürlich *hatte* er die Stoffstreifen, denn er ist ja Schneider.«

»Ik muss ja sagen«, sagte Temperance, die ihre Hand in die Hüften gestemmt hatte und keine Anstalten machte, sich mir zu nähern, »diin Haar is wie 'n Mopp, so dick.«

Hepsey rieb die Finger an ihrem Daumen und gab ihrer Hoffnung Ausdruck, dass das Lernen meinem Appetit nicht geschadet habe. »Ich habe einen Maiskuchen für dich gebacken, und dazu wird es geschmorten Schwertfisch zum Abendessen geben. Sollte ich nicht noch mehr kochen, Mrs. Morgeson, jetzt wo Cassandra wieder da ist?«

Der Laufjunge – er hieß Charles – kam herbei, um den Neuankömmling zu beäugen, wurde aber von Schüchternheit übermannt und kroch unter den Tisch, um mich von diesem Fluchtpunkt aus zu begutachten.

»Willst du Arthur nicht sehen?«, fragte Mutter, »er bekommt gerade seine Schneidezähne.«

»Oh ja, und wo ist Veronica?«

»Se is oben inne Dachstube un macht eer Geographie. Se hat mi gesagt, dat se um nix inne Welt gestört werdn darf, bis se 'ne Beschreibung von de Stadt Palmyria fertig hat«, sagte Temperance.

»Ruf sie, wenn das Abendessen fertig ist«, antwortete Mutter, die mich in das Schlafzimmer bat, wo Arthur gerade schlummerte. Er war ein hübsches Kind, groß und blond, und als ich seine weißen, entspannt daliegenden Finger hochhob, durchfuhr mich ein Strom von Liebe, und ich küsste ihn.

»Ich fürchte, ich vergöttere ihn, Cassy.«

»Bist du unglücklich, weil du ihn so sehr liebst, Mutter, und glaubst, dass du dafür Buße tun musst?«

»Cassandra«, sagte sie hastig, »hast du während der Erweckung in Barmouth auch nur die Andeutung einer Veränderung verspürt?«

»Nicht mehr als das Baby hier gespürt hat.«

»Ich will trotzdem zuversichtlich sein, dass es gut mit dir ausgehen wird, weil du den Segen eines so guten Menschen wie Großpapa erhalten hast.«

»Aber ich habe kein einziges Wort von Großpapas Gebeten verstanden. Weißt du nicht mehr, wie seine Stimme ist?«

Ein Lächeln schlich sich in ihre blauen Augen, als sie sagte: »Ob ich ihn verstehe oder nicht, würde keinen Unterschied machen, da Gott ihn hören und ihm antworten könnte.«

»Großpapa mag mich nicht; ich habe es ihm nie recht gemacht.«

Sie blickte erst erstaunt, dann nachdenklich. Es fiel ihr ein, dass er auch sie nie besonders gemocht hatte. Sie wechselte das Thema. Wir unterhielten uns darüber, was in Surrey passiert war, und begannen eine Erörterung meiner Garderobe, als wir zum Abendtee gerufen wurden. Temperance brachte Arthur an den Tisch; er war noch halb im Schlaf, wachte aber auf, als sie mit einem Löffel auf seinen Teller trommelte. Hepsey war beim Maiskuchen postiert, das Messer in der Hand, um ihn zu servieren. Als wir unser Mahl begannen, kam Veronica aus der Küche herein, mit einem Teller Toastbrot. Sie stellte den Teller ab und schüttelte mir ernst die Hand. Sie sagte, sie habe sich entschlossen, ausschließlich von Toast zu leben, aber ich würde ja vermutlich Essen aller Art zu mir nehmen, wie üblich. Sie war groß geworden; ihr Gesicht war noch immer lang und schmal, aber hübscher, und ihre großen, dunklen Augen hatten einen leichten Silberblick, was ihrem Gesicht einen unbeschreiblichen Ausdruck verlieh. Obwohl ihre Augen distanziert, gleichgültig und skeptisch blickten, schoss doch gelegentlich ein Feuerstrahl hinein und ließ ihren Blick durchdringend und konzentriert wirken. Ich würde in einem Monat sechzehn werden, und Veronica war in ihrem dreizehnten Lebensjahr, aber sie sah so alt aus wie ich. Sie bestrich ihren Toast sorgsam mit Milch und Butter und aß ihn schweigend. Der Überfluss um mich her, die Entspanntheit und Freiheit verschafften mir ein herrliches Gefühl der Behaglichkeit. Das Geschirr war seltsam, ein Teil aus Porzellan, ein anderer aus Steingut, und ständig in Unordnung, denn wir bedienten uns selbst, obwohl Temperance im Raum blieb, vorgeblich um zu servieren. Sie war viel zu sehr in die Unterhaltung vertieft, als dass sie ihre diesbezüglichen Pflichten hätte erfüllen können. Ich schaute mich im Zimmer um; nichts war hinzugekommen bis auf rote Damastvorhänge, die nicht zu den alten Chintzbezügen passten. Es war jedoch ein wunderschönes Zimmer; das blaue Meer schimmerte zwischen den Vorhängen, und als ich dorthin blickte, machte mein Herz den Sprung, auf den ich gewartet hatte. Ich sah, wie das Wasser unter den Strahlen der Nachmittagssonne blinkte, wurde vergnügt, schlug die Hände zusammen und sagte, ich sei froh, dass ich wieder zu Hause war. Wir ließen Veronica am Tisch, und Mutter nahm ihre Unterhaltung mit mir in einer Zimmerecke wieder auf. Schon bald kam Temperance mit Charles herein und brachte frische Teller. Kaum hatten sie mit ihrem Abendessen begonnen, fragte Veronica Temperance, wie der Fisch schmeckte.

»Ist er salzig?«

»Middel.«

»Wie ist der Kuchen?«

»Hervörrogend. Dat muss ik für Hepsey sagen: Als Köchin gibt dat keine beddere als se. Hat natürlich auch genug Übung«, fügte sie hinzu, zum Ausgleich für ihr Lob.

»Temperance, ist das Pfundkuchen oder Biskuit?«

»Pfund.«

»Charles kann ihn haben«, sagte Verry seufzend.

»'n ganze lütte Stück soll he haben – de Fresser. Aber he is ja man noch nich lang hier; wenn se neu sind, sind se ja alle so.«

Dann gab sie ihm ein großes Stück Kuchen.

Entgegen ihrer Gewohnheit kauerte sich Veronica auf das Sofa. Arthur spielte um den Stuhl von Mutter herum, die glücklich und abwesend aussah. Nachdem Temperance den Tisch für Vaters Abendessen umgedeckt hatte, waren wir still. Ich überlegte, womit ich mir am besten die Zeit vertreiben könne, wohin ich gehen und was ich tun sollte, als Veronica, die ich ganz vergessen hatte, mich aus meinen Gedanken riss.

»Mutter«, sagte sie, »vom Toastessen werde ich nicht ausgeglichener; ich fühle noch immer Bosheit in mir. Weißt du«, und wandte sich mir zu, »dass mein Temperament schlimmer ist als je? Es ist wie das eines Tigers.«

»Oh Verry«, sagte Mutter, »nicht ganz so schlimm; du bist zu streng mit dir.«

»Mutter, du hast es selbst zu Hepsey gesagt, als ich ihr das Kopftuch heruntergerissen habe; das war *so* gemein. Wie kannst du vergessen, dass du so etwas gesagt hast?«

»Verry, du machst mich rasend. Muss ich sagen, dass ich mich geirrt habe? Meinem eigenen Kind gegenüber sagen?«

Verry wandte ihr Gesicht zur Wand und sagte nichts mehr; sie hatte aber eine weniger angenehme Gedankenfolge ausgelöst. Die wiederum wurde dadurch in eine andere Richtung gelenkt, dass Temperance mit Lichtern hereinkam. Obwohl die hohen Messingleuchter wie Gold glitzerten, war ihr Lichtkegel klein; die Ecken des Zimmers blieben dunkel. Mr. Park erschien und verzog sich sogleich in eine davon, weshalb Mutter auf das Vergnügen verzichten musste, Arthur auszuziehen. Sie schickte ihn daher mit Temperance und Charles weg, deren Aufgabe es war, die Wiege so lange zu schaukeln, wie Ihro Babyschaft dessen bedurfte.

Bald danach kam Vater, und Hepsey brachte sein warmes Abendessen herein. Während er es aß, kam Großvater John Morgeson geräuschvoll herein. Als er mir die Hand schüttelte, sah ich, dass sein Haar weiß geworden war. Er hielt einen Spazierstock mit Bommel zwischen den Knien und pochte jedes mal damit auf den Fußboden, wenn er eine Frage stellte. Mr. Park schwafelte über die letzte Sonntagspredigt, und Mutter hörte mit vager, achtungsvoller Aufmerksamkeit zu. Die Hand hielt sie auf die Brust gedrückt, als wolle sie eine innere Stimme unterdrücken, die gehört werden wollte. Sie hatte den Kopf auf die Stuhllehne gelegt und dadurch ihren Kamm fast herausgeschoben. Das Haar fiel ihr auf die Schulter und sah wie eine braune, aufgerollte Schlange aus. Veronica, die sie stumm beobachtet hatte, stand vom Sofa auf, hob den Kamm auf und steckte ihr das Haar fest, ohne etwas zu sagen. Als sie an mir vorüberging, blickte sie mich finster an.

»He Verry«, sagte Vater, »du bist ja da. Hast du dich gefreut, dass Cassy wieder daheim ist?«

»Sollte ich mich denn freuen? Was kann *sie* dafür tun?«

Großvater verzog den Mund und drehte sich zu Mutter um, als wolle er sagen: »Du hast aber ein Talent, Kinder zu erziehen.«

Sie verstand ihn, und mit einem kleinen Ruck des Kopfes sagte sie zu Verry, sie solle Klavier spielen gehen.

»Ich war schon dabei«, antwortete sie verdrießlich; sie schoss hinaus und einen Augenblick später konnten wir sie hören.

Großvater ging hinaus, und gleich danach stand Mr. Park sehr zögernd auf, sagte, dass Verry lernen müsse, für den Herrn zu spielen, und entbot uns allen eine »Gute Nacht.« Aber er kam noch einmal zurück und fragte mich, ob ich in Dr. Snells Bibelunterricht kommen wolle. Sie würden sich am nächsten Abend treffen; Jungen und Mädchen meines Alters gingen hin. Ich versprach ihm, zu kommen, und fragte mich, ob ich dabei einem alten Verehrer begegnen würde, Joe Bacon. Mutter ging zu Bett; Verry spielte immer noch.

»Sie ist sehr begabt«, sagte Vater, während er die Zigarre aus dem Mund nahm. »Übrigens: du musst in Milford Stunden nehmen; ich hätte gerne, dass du singen lernst.« Ich willigte ein, aber ich wollte auf keinen Fall Klavierspielen lernen. Ich würde nie auch nur mechanisch das bieten können, was ich jetzt von Verry hörte. Als sie innehielt, erwachte ich aus einen Traum, chaotisch, aber nicht stürmisch, schön, aber nicht harmonisch. Obwohl das Feuer ausgegangen war, flackerten die Lampen hell, und Vater, der seine Zigarre in den anderen Mundwinkel schob, wandte den Blick von der einen zur anderen Lampe und sagte, er glaube, ich sei dabei, zu einem attraktiven jungen Mädchen heranzuwachsen. Er fragte mich, ob ich die Mühe auf mich nehmen wolle, außerdem eine Frau von Bildung zu werden. Ich müsse natürlich in vielen Dingen meinen eigenen Weg gehen, aber er hoffe, ich würde mich ihm anvertrauen, wenn nicht gar um seinen Rat fragen. Zwischen Eltern und Kindern herrsche im allgemeinen eine stark von Zurückhaltung geprägte Beziehung statt einer vertrauensvollen, und das Kind finde gewöhnlich heraus, dass die Zurückhaltung auf Seiten der Eltern nicht Überlegenheit, sondern Feigheit oder Gleichgültigkeit bedeute. »Zwischen uns soll das nicht so sein«, war sein Schluss. Er warf den Stumpen seiner Zigarre fort und ging, um die Dielentür abzuschließen. Ich nahm eine der Messinglampen, mit der Absicht, ins

Bett zu gehen. Als ich durch den oberen Eingang kam, öffnete Veronica ihre Türe. Sie war ausgezogen und hatte ein kleines Buch in der Hand, das sie in meine Richtung schüttelte, während sie sagte, »Hier ist der Monatstag vermerkt, an dem du nach Hause gekommen bist, und nun pass auf«, und schloss die Tür. Ich dachte darüber nach, was Vater gesagt hatte. Er hatte etwas in mir entdeckt, dessen ich mir nicht bewusst war. Ich beschloss, ernsthaft darüber nachzudenken. Am Morgen merkte ich, dass ich überhaupt nicht nachgedacht hatte.

KAPITEL XII

Am nächsten Abend frisierte ich mir das Haar im Stil der Mädchen von Barmouth, denn ich war eitel genug, anders aussehen zu wollen als die Mädchen von Surrey. Ich erwartete, dass sie mich im Bibelunterricht anstarrten. Es würde mein Debut als erwachsenes junges Mädchen sein, und ich musste mich ihrer Kritik aussetzen. Ich ging spät los, damit die versammelte Klasse meinen Auftritt sehen könnte. Sie traf sich im oberen Stock der Temperence Hall – eines neuen Gebäudes. Als ich die steile Treppe erklomm, kam Joe Bacons Kopf ins Blickfeld; er hatte sich auf einer Bank auf dem Treppenabsatz postiert, um auf meine Ankunft zu lauern, von der er durch Charles, unseren Trabanten, in Kenntnis gesetzt worden war. Joe war der erste Junge, der mir je seinen Arm geboten hatte, um mich von einer Party nach Hause zu begleiten. Danach hatte ich das Gefühl, dass es zwischen uns etwas gab, was der Rest der Welt nicht verstand. Daher fühlte ich mich geschmeichelt, als ich ihn bei dieser Gelegenheit als ersten sah. Während Dr. Snell sein Eröffnungsgebet sprach, schob mir Joe eine Bibel hin, bei der die Seite der heutigen Abendlektion aufgeschlagen war, um dann, während er sich vor Verlegenheit die Nase rieb, seinen Blick mit ängstlicher Zuversicht auf die gegenüberliegende Wand zu heften. Einige meiner Morgeson-Cousinen waren anwesend und grüßten mich naserümpfend. Ich aber war enttäuscht von Joe Bacon; wie jung und schäbig er aussah! Er trug eine Matrosenjacke, wohl ein Überbleibsel aus der Garderobe seines Vaters, der zur See fuhr. Er hatte sich jedoch große Mühe gegeben, denn seine Haare waren mit Pomade gefettet und glatt wie Marmor gekämmt. Dass sie so gestriegelt waren, ärgerte mich, wobei ich allerdings in diesem Augenblick vergaß, wieviel Mühe ich mir selbst mit meiner Frisur gemacht hatte, und noch dazu für weniger edle Zwecke.

Die Mädchen standen um mich herum, nachdem der Unterricht zu Ende war. Dr. Snell kam von seinem Katheder herunter und sagte, er freue sich, mich zu sehen, und dass ich zu ihm nach Hause kommen müsse, um mir die neuen Bücher anzuschauen, die er bekommen hatte. Dr. Snell bestätigte die Regel, dass ein Geistlicher keinesfalls ein Einheimischer sein darf. Sein langer Aufenthalt in Surrey hatte nicht dazu geführt, dass er als solcher erschien. Da er Junggeselle war, mit einem kleinen Privatvermögen, unterschied sich sein Lebensstil von dem anderer kongregationalistischer Pfarrer. Seine Bibliothek war die einzige Sehenswürdigkeit in unserer Umgebung. Sein Ruf als Sammler machte ihn weithin bekannt, und er stand in hohem Ansehen, wovon seine Gemeindemitglieder allerdings keine Ahnung hatten; sie hielten ihn für komisch und etwas schlicht. Er liebte Altmodisches, trug Kniebundhosen und Silberschnallen an den Schuhen, braute Met in seiner Kammer und trank ihn aus Fläschchen mit silbernen Stöpseln. Für seine Besucher hielt er ein Tablett mit Diätbrot bereit. Er wohnte nicht weit von uns an der Straße nach Norden und lebte in großer Furcht vor seiner Wirtin, Mrs. Crossman, die das ganze Jahr hindurch in schrecklicher Pracht in ihrer Wohnstube saß, einen schwarzen Seidenumhang und ein scheußliches Gebilde von einer Haube trug, die ein gar machtvolles Nicken zeitigte.

Ich freute mich, dass Dr. Snell von mir Notiz nahm; sein Lächeln war höfisch und seine Verbeugung Grandisonisch.

Joe Bacon wartete am Fuß der Treppe. Er drängte mir seinen Arm auf und murmelte heiser: »Bring dich nach Hause.« Ich hängte mich bei ihm ein, und wir marschierten schweigend, bis man uns nicht mehr hören konnte. Dann begann er ziemlich unartikuliert zu erklären, wie froh er sei, mich wiederzusehen, und dass er hoffe, dass nun bessere

Zeiten für ihn anfingen. Ich konnte indessen auf seine Wünsche nicht eingehen; die Ahnung, dass er ernsthafte Zuneigung für mich hegte, war mir widerlich. Während er weiterredete, wurde ich zunehmend ärgerlich und antwortete kurzangebunden. Als wir unser Haus erreichten, nahm ich meine Hand von seinem Arm und lief die Stufen hinauf; mit der Hand auf dem Türknauf drehte ich mich um und sagte »Gute Nacht.« Die Strahl der Dielenlampe fiel durch das fächerförmige Oberlicht auf sein Gesicht; Schmerz war dort zu lesen. Ich hüpfte die Stufen hinunter. »Bitte mach du die Tür auf, Joe.« Seine Miene hellte sich auf, doch bevor er meinem Wunsch Folge leisten konnte, hatte Temperance sie weit aufgerissen, in der Absicht, die Wolkenlage zu prüfen und nach dem morgigen Wetter zu sehen. Er trat überstürzt den Rückzug an.

»Oho«, sagte Temperance, »een Mannsbild hat di nach Hus gebracht. Wird wohl nich mehr lang dauern, bis wi Donnerstag abends jemand rumsitten haben, dünkt mi.«

»Unsinn mit deinen Donnerstagabenden.«

»Da sind se alle gleich. Dat wird Regen geben, wart's man ab; aber Regen oder kein Regen, ik mach morgen de Weißwäsche.«

Armer Joe! Dieser Abend war das Ende meiner ersten zarten Regung. Binnen eines Monats starb er an den Masern.

»Ik wollte«, sagte Temperance, die buchstabierend über einer Zeitung saß, »dat Dr. Snell vorbei kommen würde, bevor de Rosinenkuchen alle is, de Hepsey als letztes gemacht hat. De leve Keerl mag de so gern un hat immer Hunger. Ik glöv ehrlich, dat Mrs. Crossman em kurz hält.«

Ich war darauf gefasst, dass Temperance nun mit Joe herausplatzen würde, aber sie erwähnte ihn auch in Zukunft nicht, außer um mir zu sagen, dass sie von seinem Tod gehört habe. Sie machte die Weißwäsche nicht am nächsten Tag, denn Charles bekam die Masern und wurde von ihr mit mürrischer Fürsorglichkeit gepflegt. Veronica wurde bald danach krank, und dann Arthur, und dann bekam ich sie. Veronica war die schwierigste Patientin. Als man ihr Zimmer verdunkelt hatte, stand sie auf, riss die Decke ab, die am Fenster festgemacht war, und brach drei Scheiben entzwei, bevor man sie wieder einfangen und ins Bett stecken konnte. Die Decke wurde dann aber nicht wieder aufgehängt. Sie weinte vor Zorn, wenn ihre Hände nicht ununterbrochen in Lavendelwasser gebadet wurden, und rollte kleine Wattekügelchen, die sie sich in Ohren und Nase stopfte, damit sie nichts hören oder riechen müsse.

Sobald ich wieder dazu in der Lage war, ging ich zu Dr. Snell. Er war in seinem Schlafzimmer, schrieb auf feinem Briefpapier eine Predigt und hatte den breiten Rüschenkragen seines Hemdes so verdreht, dass er wie ein leicht verärgerter Truthahn aussah. Er schob sich die Brille bis zu den Haarwurzeln hoch, erhob sich und geleitete mich in einen großen Raum neben seinem Schlafzimmer, der nichts enthielt außer hohen Bücherschränken. Er öffnete die Türen eines Schranks und schob eine kleine Leiter davor, damit ich bis zu einer Reihe kalbsledergebundener Bände hinaufreichen konnte, deren Rücken den Titel »Britische Klassiker« trugen. Mit den Worten: »Da drin findest du den ›Spectator‹«, trottete er zu seiner Predigt zurück, seinen Stift im Mund. Ich suchte die Bücher durch und wählte Tom Jones und Goldsmiths Dramen, um sie mit nach Hause zu nehmen. Von diesem Tag an graste ich nach Belieben in seiner eigenartig zusammengestellten Bibliothek, deren Bestände vom »Gentleman's Magazine« bis zu einer Mappe mit dem »Boston Recorder« reichten, in der es aber keinen einzigen Gedichtband gab. Ich verschlang Bücher, die ich nicht verdauen konnte, und ihr Einfluss schuf in meinem Kopf kuriose und unvereinbare Beziehungen zwischen Fakten und Ideen.

Meine Musikstunden in Milford waren meine einzige unangenehme Aufgabe. Ich blieb ungeschickt, während Veronica immer besser spielte. Wenn ich sah, wie ihre Finger ihre Empfindungen deuteten, wie sie die Klaviertasten berührten, als seien die Akkorde ihre Gedanken, dann schien vom Blatt zu spielen eine seelenlose, mechanische Mühe, die ich mir nicht machen wollte. Eines Tages, während Mutter und ich gerade die verschiedenen Bände von »Mansfield Park« lasen, dem Roman der bezaubernden Miss Austen, kam die Nachricht von Tante Mercy, dass Großpapa Warren ernstlich erkrankt sei. Mutter ließ ihr Buch zu Boden fallen, ich aber knickte die Seite um, wo ich gerade las. Sie fuhr sofort nach Barmouth, und Großvater starb am nächsten Tag. Er hinterließ Tante Mercy alles, was er hatte, bis auf sechs Silberlöffel, die er den Barmouther Silberschmied für Caroline machen ließ, die inzwischen mit ihrem Missionar verheiratet war. Mutter kam heim, um Vorbereitungen für die Beerdigung zu treffen. Als die Hauben, Schleier und schwarzen Handschuhe geliefert worden waren, verkündete Veronica, sie würde nicht mitgehen. Da man ihr gestattet hatte, von Großpapa Warrens Leben fern zu bleiben, warum sollte man sie dann nötigen, zu ihm zu gehen, wenn er tot war? Sie weigerte sich mit solcher Heftigkeit, dass Mutter Temperance befahl, sie in ihrem Zimmer zu halten. Vater versuchte, sie zu überreden, aber sie wurde weiß und zitterte so, dass er ihr sagte, sie solle daheim bleiben. Während wir weg waren, schickte sie ihre Haube zur Tochter der Witwe Smith, die damit in den Kirchstühlen für die Armen auftauchte, gleich am Sonntag nach der Beerdigung, als wir alle in unserer Trauerkleidung zur Kirche gingen und diese Entdeckung machten, was uns völlig aus der Fassung brachte.

Die gesamte Gemeinde kam zu Großpapas Beerdigung – seinem Leichenbegängnis, wie Mr. Boold es nannte, der in seiner Ansprache Großpapas Charakter und Verhalten so überhöhte, dass seine engsten Freunde ihn nicht mehr erkannt hätten, obwohl jeder wusste, dass er ein guter Mensch gewesen war. Mr. Boold verbreitete sich über seine Sanftheit und seine feinsinnige Wertschätzung anderer, und die Mühe, die er sich immer mit deren Gefühlen und Wünschen gemacht hatte, bis er von dem Bild, das er zeichnete, selbst zu Tränen gerührt war. Ich dachte an die Tauben, die er geschossen hatte, und an die Art, wie er mich kurz abgefertigt hatte – an seine Kälte und sein Schweigen gegenüber Tante Mercy, und meine Augen blieben trocken; aber Mutter und Tante Mercy weinten bitterlich. Als es zu Ende war und sie in das leere Haus zurückgegangen waren, nahmen sie ihre schweren Hauben ab, küssten einander, sagten, sie wüssten, dass er im Himmel sei, und hielten ein tröstliches Gespräch über die Zukunft; meine Gedanken jedoch blieben an den Rand des gähnenden Grabes gekettet, wo ich gesehen hatte, wie man seinen Sarg hinunterließ.

»Mach den alten Kasten zu, Mercy«, sagte Vater. »Komm und wohne bei uns.«

Sie freute sich über diese Aussichten, denn das Leben bei uns im Haus sagte ihr zu, und so willigte sie rasch und dankbar ein. Ein paar Tage später zog sie ein, mit einer Vielzahl von Schachteln und ihren

Blumen. Mutter richtete ihr das Zimmer neben der Treppe her – ein guter Platz für sie, wie Veronica sagte, denn dort könnte man sie leicht von unserem Wohnbereich fernhalten. Die Blumen wurden auf einen neuen Drehständer platziert, der auf dem Absatz unter dem Treppenfenster stand. Veronica war davon so begeistert, dass sie Tante Mercy liebenswürdige Avancen machte und hinterher auch nie mit ihr stritt, außer wenn sie krank war. Sie flehte sie an, ihre Bombasinkleider nicht mehr zu tragen, da deren Berührung ihre Gefühle für sie störe, wie sie sagte; tatsächlich bekam sie vom Anfassen eine Gänsehaut.

Tante Mercy übernahm viele der Arbeiten, die Mutter lästig waren, als da waren: sich zu erinnern, wo die Flicken und die alten Tücher, die Hämmer und Nägel waren; den Topf mit den Süßigkeiten zu überwachen; über die Servietten und Laken auf dem Laufenden zu sein; die Winterkleider wegzupacken und auf Mäuse und Ameisen, Motten und Schimmel ein Auge zu haben. Gelegentlich las sie einen Roman, ging aber ausnahmslos zu allen Wochentags-Gottesdiensten und machte dabei die Bekanntschaft von Mutters teetrinkenden Freundinnen, die sie für eine kultivierte Person hielten, weil sie so wunderbar Spitze verarbeitete und einen *so* grünen Daumen hatte. Mutter überließ ihr das Kommando im Haus und begleitete Vater in diesem Jahr auf mehreren Reisen. Diese Zeit war vielleicht ihre glücklichste. Der einzige Ärger, den ich erkennen konnte, war, soweit ich mich erinnere, ein Streit mit Vater über das Thema Mildtätigkeit. Er war dafür, allen Bedürftigen zu geben, während sie nur denjenigen etwas geben wollte, die es verdienten. Aber da hatten sie den Wunsch schon aufgegeben, die Gewohnheiten und Meinungen des jeweils anderen zu formen. Ob Mutter sich je nach dem Ausdruck überschwänglichen Gefühls sehnte, den Männer nur solange haben, wie sie verliebt sind, kann ich nicht sagen. Es war mir nicht gegeben, in ihr Herz zu sehen. Es ist uns nicht bestimmt, dass diese schönen Geheimnisse des Gefühls aufgedeckt werden, und wenn sie das süßeste Wissen wären, das wir erwerben können.

Obwohl die Tage verflogen, Tage gefüllt mit den geschäftigen Nichtigkeiten des Wohlstands, hatten sie keine tiefere Bedeutung. Ich verschob die Stunden, wie man das Kaleidoskop verschiebt, den Blick nur auf ihre Bewegung gerichtet. Weder der Gedanke an gestern noch die Hoffnung auf morgen spornten mich an. Seit dem Tag, an dem ich Miss Blacks Schule betreten hatte, bedeutete es nicht länger Glückseligkeit, einfach nur zu atmen. Aber ich war noch nicht nachdenklich geworden. Was mein Ansehen anging, so wurde ich geliebt und gehasst, und ich genoss es, gleichviel, ob ich gehasst oder geliebt wurde. Meine Bekannten besaßen die Freundlichkeit, mir zu verstehen zu geben, dass ich allgemein als hochmütig galt, als anspruchsvoll, unverträglich und immer geneigt, von allem das Beste zu erwarten. Doch in einem bin ich mir sicher über meine damalige Person – nämlich, dass ich nichts verbarg. Die Wünsche und Gefühle, die gemeinhin als Privatvermögen verwahrt werden, stellte ich zur Schau und schöpfte sie aus. Meine Unverfrorenheit schockierte diejenigen, die ein solches Vermögen besaßen. Meine Offenheit nannte man alles andere als Wahrhaftigkeit; man nannte sie Sarkasmus, Schläue, Grobheit oder Takt, je nachdem, wie diejenigen, die mit mir in Berührung kamen, gebaut waren. Manchmal gewahrten andere Charakterstärke, Aufrichtigkeit, Großzügigkeit, Uneigennützigkeit bei mir. Allein Veronica war kompromisslos; instinktiv ließ sie außer Acht, was andere sprachlos machte oder anzog; sie schätzte mich richtig ein und benahm sich entsprechend. Ich werfe ihr nicht etwa Ungerechtigkeit vor, aber eine grimmige Schroffheit, die uns lange Jahre trennte. Was sie anging, so war sie das zurückhaltendste Mädchen, das mir je begegnet war, und wenn es nicht ihr explosives Temperament gegeben hätte, das sie verriet, wäre sie ein Mysterium geblieben. Die Unterschiedlichkeit unserer jeweiligen physischen Konstitution hätte bereits genügt, uns voneinander fernzuhalten, auch wenn es keinen anderen Grund gegeben hätte. Die Wochen, die sie, verzehrt von einer unerforschlichen Krankheit, ihr Zimmer hüten musste, waren Wochen der Dunkelheit und Einsamkeit. Temperance und Tante Mercy kümmerten sich um sie, soweit sie das zuließ, aber meist zog sie es vor, allein zu bleiben. So erwarb sie die Standhaftigkeit eines Indianers; Schmerzen konnten ihr kein Stöhnen entlocken. Doch sie beeinflussten ihre Laune, denn nach jedem Anfall war sie zum Verzweifeln. Sie strapazierte ihre Erfindungskraft, um die Leute zu ärgern und zu beleidigen. Ich ging ihr aus dem Weg; wenn sie mich zufällig erblickte, zwang sie mich, die bittere Wahrheit über mich zu hören. Manchmal prüfte sie mich, um herauszubekommen, ob ich mich gebessert hätte dank der Mittel, die Vater so *großzügig* für mich bereithielt. »Hat er seine Mühen noch nicht satt?«, fragte sie einmal. Und: »Hast du eigentlich in allem Erfolg, mit deinen breiten Augenbrauen und deinen scharfen Zähnen? Temperance, wo ist der Buffon, den Dr. Snell mir geschickt hat? Ich will Cass klassifizieren.«

»Ik bin mi sicher, du findst raus, dat se zu den Schafen gehört«, antwortete Temperance.

»Schafe sind unschuldig«, sagte Veronica. »Du kannst gehen«, entließ sie mich mit einem Nicken über ihr Buch hinweg, und auch Temperance machte energische Zeichen, ich solle gehen und das arme Kind nicht länger belästigen.

Da ich sie immer aus dem Blickwinkel betrachtete, den sie darbot, hegte ich kaum Gefühle der Zuneigung für sie; ihre Sonderlichkeiten beleidigten mich ebenso wie Mutter. Wir nahmen den Vorgang nicht wahr, doch Verry wuchs mit der Krankheit; ihr Geist nährte sich von den Schmerzen, gedieh, und besiegte sie schließlich. Die Düsterkeit ihres Wesens brach auf; ganz allmählich erlangte sie Gesundheit, wenn auch nie viel Kraft. Mit jeder Gesundung wurde eine Veränderung sichtbar. Eine geistige Morgendämmerung war in ihrer Seele aufgegangen, sittliche Aktivität, die sich mit ihrem Sinn für das Ideale verband, machte ihr Leben schön, sogar im bescheidensten Sinne. Veronica! dir war Genie gegeben, doch während seine Strahlen dich durchdrangen, sahen wir sie nicht. Wie hätten wir von dem, was du sahst und hörtest, profitieren können, da wir doch blind und taub waren? Uns sangen die Stimmen der Tiefe kein Klageepos; die Sprache der Wälder verstanden wir nicht; der Möwen blitzender Flug und der Schwalben kreisender Schwung waren uns nur Tatsachen. Sonnenaufgang und –untergang waren kein Lobgesang für Tag und Nacht, sondern bedeuteten fünf Uhr früh oder nachmittags. Das Kommen und Gehen der Jahreszeiten war nur der Wechsel von warm zu kalt; für dich waren es die Stimmungen der Natur, die in denen deines eigenen Lebens und deiner Seele Antwort fanden; ihre Stürme und Kalmen waren Pulsschläge, die den Gefühlen deines Herzens glichen!

Veronicas Gewohnheit, sich abzuschotten, blieb ihr; sie wollte unser

Heim nie verlassen. Was sie an Unterricht erhielt, erhielt sie in Surrey. Aber ihr Wissen war größer als meines. Als ich nach Rosville ging, las sie »Paradise Lost« und schrieb ihre Gedanken dazu in ein großes, leeres Buch. Auch entwarf sie einen Plan, nach dem sie Bäume und Blumen in der Dachkammer ziehen wollte, um dort das Bild einer tropischen Wildnis zu verwirklichen. Ihre Vorlieben waren so widersprüchlich, dass ihr die Zeit nie lang wurde; und obwohl sie so wenig praktische Begabung hatte, wie kaum jemand, den ich kannte, war sie den Kranken und Gesunden dennoch eine Hilfe. Sie erinnerte sich an die schlechten Zeiten der Kranken, und was für sie getan worden war, und bei den Gesunden erinnerte sie sich an wichtige Daten und schlug ihnen angenehme Beschäftigungen vor – gab ihnen also beglückende Ideen ein. Sie kannte nicht nur sämtliche Gedenktage unserer häuslichen Überlieferung, sondern war dazu auch noch wetterkundig; sie sagte Stürme, Meteore, Sturmfluten und Regen voraus.

Das Heim, sagte Vater, war ihr Wirkungskreis. Alles, was sie brauchte, konnte er ihr geben, dachte er, was jedoch mich anging, hatte er Zweifel. Wohin gehörte ich, fragte er.

Ich war immer noch »besessen«, wie Tante Mercy sagte, und Mutter nannte mich »gesetzlos.« »Wo in alle Welt willst du endn?«, fragte Temperance. »Di sticht de Hafer aber orndlich.«

»Locke Morgesons Tochter kann sich alles rausnehmen«, kommentierten die Dorfbewohner. Infolge der unbegrenzten Macht, die man mir zusprach, war ich unbeliebt. »Glaubst du, dass sie gut aussieht?«, fragten meine Freundinnen einander. »In welcher Hinsicht *kann* man sie überhaupt eine Schönheit nennen?« »Obwohl sie viel liest, ist sie keine besondere Leuchte«, sagte eine. »Sie zieht sich seltsam an, bloß um aufzufallen«, schwor eine andere. Doch sie liehen sich meine Kleider als Schnittmuster, machten meine Hauben nach und übernahmen meine Farben. Als ich segeln lernte, bekamen sie eine aquatische Manie. Als ich reiten lernte, wurden die alten und mottenzernagten Damensättel des Ortes wiederbelebt; alte Familienklepper bekamen davon wunde Rücken, und ihr jugendliches Temperament erwachte durch die Neulinge, die über ihre Rundungen rutschten, wieder zum Leben. Meine Launen wurden erst bespöttelt und dann nachgeahmt. Natürlich trieb mich das von Laune zu Laune, um sie in Trab zu halten und meinen Vorsprung an Originalität zu retten, und schließlich wurde ich exzentrisch um der Exzentrik willen. All dies bereitete meiner Nemesis den Weg. Doch vorläufig gedieh mein Hafer noch grün auf dem Feld der Jugend.

KAPITEL XIII

Eines Tages war ich gerade dabei, Mutter und Tante Mercy eine Predigt in der Manier des Mr. Boold aus Barmouth zu halten, wobei ich das Sofa als Kanzel nahm und als meine Bibelstelle »Wie Davids Harfe hehrer Klang« wählte. Ich hatte mit meiner Deklamation auch Temperance und Charles in das Zimmer gelockt, als meine Zuhörerschaft unerwarteterweise durch den Eintritt von Vater in Begleitung eines fremden Herrn erweitert wurde. Tante Merce lachte hysterisch; ich wedelte meine Hand in ihre Richtung, *à la* Boold, und stieg von meiner erhöhten Position herab.

»Nehmen Sie Platz«, sagte Temperance, die durch nichts einzuschüchtern war, und stellte geräuschvoll einen Stuhl vor den Fremden.

»Was soll das alles?«, fragte Vater.

»Nur ein *Ranz des Vaches*, Vater, Tante Merce zu Gefallen.«

Die Augen des Fremden waren auf mich geheftet, während Vater uns mit »Mr. Charles Morgeson aus Rosville« bekanntmachte.

»Bitte nehmen Sie mich als Verwandten auf«, sagte er, während er sich umwandte und Mutter die Hand gab. »Wir haben einen gemeinsamen Vorfahren, was einen hinreichenden Grad von Vetternschaft ergibt, um diesen Anspruch zu erheben, Mrs. Morgeson.«

»Warum noch nie bei uns reingeschaut?«, fragte ich.

»Warum?«, sagte Veronica, die gerade hereingekommen war, »es gibt immerhin sechs Charles Morgesons, die auf unserem Friedhof beerdigt liegen.«

»Ich dachte«, sagte er, »der Name sei ausgestorben. Kürzlich sah ich den Namen Ihres Vaters in einer Staatskomitee-Liste. Das machte mich neugierig, und so bin ich hergekommen.«

Er verbeugte sich distanziert in Veronicas Richtung, als sie eintrat, aber sie erwiderte die Verbeugung nicht, obwohl sie ihn unverwandt ansah. Temperance und Hepsey zauberten rasch ein vorzügliches Abendessen herbei. Ein Besucher war ein Wesen, das man füttern musste. Gemeinsame Nahrungsaufnahme schafft Verlegenheit aus der Welt, und bevor noch das Abendessen vorbei war, waren wir alle gut mit Mr. Morgeson bekannt. Mit dabei waren noch drei fröhliche alte Damen, die die Woche bei uns verbrachten – die Witwe Desire Carver und ihre beiden unverheirateten Schwestern, Polly und Serepta Chandler. Sie übernahmen die Rolle des Chors in diesem bürgerlichen Drama, indem sie »Aha« sagten, wann immer es eine Pause gab. Veronica mochte diese alten Damen sehr, und wenn sie im Haus waren, gesellte sie sich zu ihnen. Wären sie damals nicht da gewesen, so bezweifle ich, dass sie Mr. Morgeson noch einmal gesehen hätte. An jenem Abend spielte sie für sie. Ihre wilden, ergreifenden Melodien ließen die grauen Augen unseres Besuchers vor Vergnügen blitzen und sein kaltes Gesicht mit einem Schimmer von Gefühl aufleuchten, aber sie war nicht erfreut über sein Interesse. »Ich finde es seltsam, dass Sie meine Musik mögen«, sagte sie unfreundlich.

»Wirklich«, antwortete er, amüsiert über ihren Ton, »vielleicht ist es seltsam, aber warum sollte ich nicht, genau wie Ihre Bekannten hier?«, und wies auf die alten Damen.

»Oh, wir mögen sie sehr«, sagten die drei und klapperten mit ihren Schnupftabaksdosen.

»Sie spielen auch?«, fragte er mich.

»Miss Cassy spielt nicht«, antworteten die drei und schauten mich über ihre Brillenränder an. »Vor Miss Verrys Sonne verschwindet ihr Feuer.«

»Cassandra kann andere Sachen besser als Spielen«, sagte Veronica zu Mr. Morgeson.

»Aber Veronica«, sagte ich überrascht und ging zu ihr hinüber.

»Geh weg, geh weg«, antwortete sie mit gedämpfter Stimme und intonierte einen lauten Marsch. Er hatte sie gehört, und während sie spielte, betrachtete er sie ernsthaft. Dann schien er die Anwesenheit der drei zu vergessen und hielt mir seine Hand hin, mit einer Autorität, der ich nicht widerstehen konnte. Ich legte meine Hand in die seinige; sie wurde nicht umfasst, wohl aber hochgehalten. Veronica hörte sofort zu spielen auf.

Er blieb mehrere Tage bei uns zu Hause. Nach dem ersten Abend fanden wir ihn schweigsam. Er spielte mit Arthur, erzählte ihm von seinen Kindern und versprach ihm ein Pony, sollte er Rosville besuchen. Mit Vater diskutierte er Geschäftsangelegenheiten und ging mit hinaus zu den Werften und Büros. Ich kann mich kaum erinnern, dass er mich mehr als einmal ansprach, es sei denn beiläufig. Er fragte mich, ob das Meer nach meiner Einschätzung Einfluss auf mich ausübe; ich antwortete, daran hätte ich noch nicht gedacht. »Es gibt so vieles, an das Sie noch nicht gedacht haben«, antwortete er, »dass das gar nicht merkwürdig ist.«

Veronica beobachtete ihn genau; er war sich dessen bewusst, aber es brachte ihn nicht in Verlegenheit; er begegnete ihrem dunklen Blick mit einem, der noch schärfer war als ihr eigener, und keiner von beiden sprach mit dem anderen. An dem Morgen, an dem er abreiste, als noch die Chaise wartete, die nach Milford fahren sollte, um die Postkutsche zu erreichen, und er uns einlud, ihn zu besuchen, schien ihm eine Idee zu kommen. »Übrigens, Morgeson, wie wär's damit, Miss Cassy in Rosville den letzten Schliff zu geben? Ich habe Ihnen von unserer Akademie erzählt und von den Vorzügen, die Rosville in gesellschaftlicher Hinsicht bietet. Was sagen Sie, Mrs. Morgeson, wollen Sie sie für ein Jahr in mein Haus kommen lassen?«

»Locke entscheidet für Cassy«, antwortete sie, »ich nie, heutzutage«, und schaute mich vorwurfsvoll an.

Vetter Charles' Adlerauge erspähte den Blick, und er hörte mich auch, als ich ihre Schulter antippte, bis sie sich umdrehte und lächelte. Ich flüsterte, »Mutter, deine Augen sind so blau wie das Meer da hinten, und ich liebe dich.« Sie blickte hinaus; es murmelte sanft, kroch das Ufer entlang, leckte die Felsen und den Sand, als ob es einen Herrn und Meister anerkennen würde. Und ich sah und spürte sein stetiges, unwiderstehliches Heben und Senken, trügerisch und furchteinflößend.

»Nun«, sagte Vater, »wir werden auf dem Weg nach Milford darüber reden.«

»Ik hab 'n unguude Gefühl bei euerm Vedder Charles, wie ihr em nennt«, sagte Temperance, nachdem sie die Vortür geschlossen hatte. »Für miin Geschmack is he zu zugeknöpft. Wie mach wohl Madame Vedder Charles siin, frag ik mi.«

»Er mag Blumen«, bemerkte Tante Merce, »er hat alle meine Pflanzen angeschaut und wusste alle ihre botanischen Namen.«

»Dat is Balsam für jede Wunde bei Ihnen, nich wahr?«, sagte Temperance. »Mi dünkt, ik kann nu de Salon reinmachen, wenn nich Madame Carver und Chandler da noch immer aufgereiht sitzen?«

Veronica, die sich zwischen Salon und Flur herumgedrückt hatte, während Vetter Charles Abschied nahm, damit sie der Notwendigkeit entging, direkt von ihm Notiz nehmen zu müssen, hatte seinen Vorschlag wegen Rosville gehört und sagte, »Cassandra wird hingehen.«

»Fühlst du dat in diin Knoken, Verry?«, fragte Temperance.

»Cassandra tut's.«

»Tu ich's? Ich glaub's fast auch.«

»Du bist achtzehn; du bist zu alt, um zur Schule zu gehen.«

»Aber ich bin nicht zu alt, um es mir gut gehen zu lassen; außerdem bin ich noch nicht achtzehn; achtzehn werde ich erst in vier Tagen.«

»Du denkst zuviel daran, es dir gut gehen zu lassen, Cassandra«, sagte Mutter. »Ich sehe den Tag kommen, an dem der Krug zerbrochen vom Brunnen zurückkommt. Du bist bequem und oberflächlich; ewig bist du hinter dem Vergnügen her.«

»Weiß der Himmel, ich kriege es nicht zu fassen.«

»Ich weiß, dass du nicht glücklich bist.«

»Sag mir«, rief ich und schlug mit der Hand auf den Tisch, dass Veronica mit den Augen zuckte, »sag mir, wie ich fühlen und handeln soll.«

»Ich habe keinen Einfluss auf dich, genauso wenig wie auf Veronica.«

»Weil«, sagte Verry, »wir alle so verschieden sind. Aber ich mag dich, Mutter, und alles, was du anfängst.«

»Verschieden!«, rief sie, »da sprechen doch tatsächlich Kinder mit ihren Eltern über eine Verschiedenheit zwischen ihnen.«

»Ich habe bislang nie daran gedacht«, sagte ich, »aber *wo* wäre denn die Familienähnlichkeit?«

Tante Merce lachte.

»Und dann die Morgesons«, fuhr ich fort, »ich hasse sie alle.«

»Alle?«, kam es wie ein Echo von ihr; »du bist wie dieser neue.«

»Und Großpapa Warren – «, fuhr ich fort.

»Dein Gerede«, unterbrach mich Tante Merce, sprang auf und ging im Zimmer umher, »wäre genug, um ihn aus dem Grab aufstehen zu lassen.«

»Ich glaube«, sagte Veronica, »dass Großpapa Warren dich und Mutter fast zerbrochen hat, als ihr Mädchen in unserem Alter wart. Habt ihr damals gewusst, dass ihr irgendwelche eigenen Bedürfnisse hattet? Oder euch getraut, irgendetwas zu träumen über das hinaus, was er euch vorschrieb?«

Tante Merce und Mutter wechselten Blicke.

»Sag, Mutter, was soll ich tun?«, fragte ich noch einmal.

»Was du tun sollst«, antwortete sie mit mechanischer Stimme; »ist die Bibel lesen und mehr Näharbeiten machen.«

»Veronicas Leben ist nicht vergeudet«, fuhr sie fort, und schien zu vergessen, dass Verry noch im Raum war. »Warum sollte sie mit den Händen arbeiten, wenn weder du noch ich das machen?«

Veronica schlüpfte aus dem Zimmer, und ich setzte mich neben Mutter auf den Fußboden. Ich liebte sie auf eine unbefriedigende Weise. Was hätten wir einander sein können? Wir küssten uns liebevoll; ich sah, dass irgendetwas, das mich betraf, sie traurig machte. Sie konnte es nicht erklären, weil sie sich weigerte, mich aus meiner Natur heraus zu erklären. Ich dachte, sie würde mich gern glauben machen, dass sie keine Schwäche mit mir teile – keine Versuchungen, keine Fehler –, dass sie alle Zweifel und Sehnsüchte ihres Herzens unterdrücken müsse, um als gutes Beispiel dazustehen.

Auf mir lag jenen ganzen Tag lang eine Last, ein tristes Gefühl der Unvollkommenheit.

Als Vater heimkam, fragte er mich, ob ich gerne nach Rosville gehe würde. Ich antwortete: »Ja.« Mutter müsse mich begleiten, denn er sei zu Hause nicht abkömmlich. Je früher ich abreiste, desto besser. Er meinte auch, Veronica solle mitkommen. Sie wurde gerufen und befragt, und unter der Voraussetzung, dass Temperance uns begleiten würde, um sich um sie zu kümmern, willigte sie ein. Alles wurde noch an diesem Abend arrangiert. Temperance sagte, dass wir mindestens noch eine Woche warten müssten, bis ihre Hühneraugen kuriert seien, und das pflaumenfarbene Kleid bereit sei, dessen Seide sie drei Jahre lang in einer Hutschachtel aufbewahrt hatte.

Wir brachen an einem hellen Junimorgen zu unserer Reise auf. Wir wollten mit der Postkutsche nach Boston fahren, das hundert Meilen von Surrey entfernt war, und von dort nach Rosville mit der Bahn, noch einmal vierzig Meilen. Auf dem Weg nach Boston übernachteten wir in einem Landgasthof, der an einem eiförmigen Teich stand. Temperance machte unsere Betten noch einmal, wobei sie die ganze Zeit über die ungesunde Lage des Hauses lamentierte. Die Idee, dass jemand nahe an einem stehenden Gewässer wohnen konnte, fand sie erstaunlich; auf diese Weise auch noch die Gesundheit von Reisenden zu gefährden, das war zu viel. Sie ging in die Küche, um herauszubekommen, ob die Wirtin selbst kochte oder eine Köchin angestellt hatte. Sie blieb die ganze Nacht wach, mit einem Auge auf unser Gepäck, um »Geleegenheitsdiebe« abzuschrecken, wie sie sagte – sie wollte das Wort »Räuber« nicht verwenden, aus Angst, unsere Phantasie zu sehr anzuregen – und erschreckte uns, als sie gegen Morgen aus ihrem Stuhl fiel. Veronica bestand darauf, dass sie zu Bett gehen müsse, aber sie weigerte sich, bis Veronica drohte, selbst auf zu bleiben; daraufhin nahm sie ihre eigene Reisetasche mit zu sich ins Bett.

Wir kamen am nächsten Tag in Boston an und fuhren zum Bromfield-Haus in der Bromfield Straße, wohin zu gehen Vater uns angewiesen hatte. Wir wurden von einem Hausdiener in den Salon gebeten; er schien von Temperance beeindruckt und wurde von ihr mit Respekt behandelt. »Mr. Shepherd, de Husherr persönlich, dünkt mi«, flüsterte sie.

Drei leichenblasse Kinder aßen Brot und Butter von einem schwarzen Tablett auf dem Mitteltisch.

»Gott bewohr«, rief Temperance, »wat de Kinner fürn Brot essn! Dat is aus Sägemehl.«

»Es ist gut, du alter Drachen«, schrie das kleine Mädchen.

Veronica setzte sich zu ihr und bot ihr ein paar Zuckermandeln an, die ihr das Kind aus der Hand riss.

»Wi sind Missionare«, sagte der älteste Junge, »un nächste Woche segeln wi in de *Cabot* nach Bombay. Ik werd de Eingebornen auf Trab bringn, dat sach ik euch.«

»Gott bewohr uns!«, rief Temperance. »Haste Töne!«

Kurz darauf kam ein kränklicher, sanft aussehender Mann herein, in einem Anzug aus schwarzem Kamelott. Er trug einen Schirm. Er setzte sich zu den Kindern und fuhr sich mit den Fingern durchs Haar, das ohnehin schon hochstand.

»Dat Deern da hat Schwesterchen 'n paar Zuckermandeln gegebn«, bemerkte der Junge.

»Ich hoffe, du hast dich bei ihr bedankt, Clarissa«, sagte der Vater.

»Nee, se hat mi nich genuch gegebn«, antwortete das Kind.

»Sie haben keine Mutter«, sagte der arme Mann entschuldigend zu Veronica und schaute zu ihr auf, und als er ihren Blick erhascht hatte, errötete er heftig. Sie verbeugte sich und entfernte sich ein paar Schritte. Mutter zog die Glocke, und als der Diener kam, gab sie ihm eine Mitteilung, die Vater für Mr. Shepherd geschrieben hatte, um uns seiner Aufmerksamkeit zu versichern. Mr. Shepherd erschien schon bald und führte uns in zwei angenehme Zimmer mit freiem Blick aus den Fenstern auf die Mauer des nächsten Hauses.

»Dat«, merkte Temperance an, »is ja noch schlimmer als de Abgrund der Verzweiflung.«

Mr. Shepherd gratulierte Mutter zu ihren wohlgeratenen Töchtern, gab seiner Hoffnung Ausdruck, dass Mr. Morgeson bald für den Kongress kandidieren würde, versicherte ihr, sie solle das Beste bekommen, was das Haus zu bieten habe, und verschwand.

Ich wollte einkaufen gehen, und Mutter gab mir Geld. Ich fand die Washington Street und kaufte sechs breite, bestickte Gürtel, eine vergoldete Gürtelschnalle, ein Sortiment Bänder und zwölf Ellen Spitze. Ich bereute das Ganze noch bevor ich zurückkam, denn ich sah andere Sachen, die ich noch lieber gehabt hätte. Ich fand Mutter alleine vor; Temperance sei mit Veronica ausgegangen, sagte sie, und sie hatte Veronica die gleiche Summe gegeben und war neugierig, wie sie sie ausgeben würde, da sie ja noch nie einkaufen gegangen war. Es war fast dunkel, als sie zurückkamen.

»Ich mag Boston«, sagte Verry.

»Aber was hast du gekauft?«

Sie führte eine schöne Goldkette vor, und ein kleines Kreuz für den Hals, einen Stoß Bilderbücher für die Missionarskinder, einen Nähseidenschal für Hepsey und ein paar Spielsachen für Arthur.

»Morgen gehe *ich* einkaufen«, sagte Mutter. »Was hast du gekauft, Temperance?«

»Een miesen Schal. Nach miin Meenung is Boston 'ne Räuberhöhle.«

Sie band eine Schachtel auf, aus der sie einen himmelblauen Seidenschal nahm, in den braune Blumen eingewebt waren.

»Achtzehn Dollar hab ich dafür rausgerückt, keen Cent weniger, Mis Morgeson. Ik weiß, dat se mi betrogen habn. De is dünn, wat?«

Die Glocke klingelte zum Tee, und Mr. Shepherd kam herauf, um uns zu Tisch zu geleiten. Temperance hielt uns auf, weil sie eine Seidenschürze umband, um das pflaumenfarbene Seidenkleid zu schützen, denn, wie sie Mr. Shepherd gegenüber bemerkte, sie hatte Angst, dass Fettflecken darauf sehr auffallen würden. Ich konnte mir nicht verkneifen, ein Lächeln mit Mr. Shepherd zu wechseln, woraufhin Veronica die Stirn runzelte. Der ganze Tisch starrte uns an, als wir uns setzten, denn der Umstand, dass der Hausherr persönlich sich um uns bemühte, verlieh uns besondere Bedeutung.

»Wie se di anglotzn«, flüsterte Temperance. Ich merkte, wie ich rot wurde.

»Die Herren kommen gar nicht auf die Idee, dass wir Schwestern sind«, sagte Veronica leise.

»Wie sehe ich aus?«, fragte ich.

»Du weißt, wie, und auch, dass ich mit dir nicht einer Meinung bin. Du siehst grässlich aus.«

»Ich bin grässlich hungrig.«

Ihre Augen funkelten verächtlich.

»Was willst du das ganze Jahr machen?«, fuhr ich fort.

»Dich vergessen, zum Beispiel.«

»Ich hoffe, du wirst nicht wieder krank, Verry.«

»Natürlich werde ich«, antwortete sie mit einem Schauder. »Ich brauche alle Krankheiten, die so daherkommen.«

»Was mich anlangt«, sagte ich und biss in mein Butterbrot, »ich fühle mich wohl bis in die Fingerspitzen; sie kribbeln vor Kraft. Ich bin ganz übermütig vor Gesundheit.«

Bevor ich noch ausgeredet hatte, fühlte ich einen stechenden Schmerz, der mich wie ein Messer durchfuhr und wieder verschwand. Meine Überraschung war so offensichtlich, dass sie mich fragte, was mir fehle.

»Nichts.«

»Ich habe nie das Gefühl, von dem du sprichst, in meinen Fingerspitzen gehabt«, sagte sie traurig und blickte auf ihre schlanken Hände.

»Armes Ding!«

»Was ist über dich gekommen, Cass? Ein Anfall von Mitgefühl? Willst du etwa einen liebenswürdigen Eindruck bei mir hinterlassen?«

Nach dem Abendessen fragte Mr. Shepherd Mutter, ob sie ins Theater wolle. Der berühmte Tragöde, Forrest, spiele gerade; würden die jungen Damen gerne Hamlet sehen? Wir gingen alle, und meine Aufmerksamkeit war zwischen Hamlet und zwei jungen Männern hin und hergerissen, die an der Logentür herumlungerten, bis Mr. Shepherd sie mit seinen Blicken verscheuchte. Veronica lachte über Hamlet, und Temperance sagte, das sei dummes Zeug und Unsinn. Veronica lachte auch über Ophelia, eine prächtige, schwarzhaarige Frau, die mit einem eleganten spanischen Fächer spielte, den Hamlet in seinem Schwung zerbrach. »Das ist nicht Shakespeare«, sagte sie.

»Hat sie Shakespeare gelesen?«, fragte ich Mutter.

»Ich habe ganz gewiss keine Ahnung.«

An jenem Abend, nachdem Mutter und Veronica eingeschlafen waren, überredete ich Temperance, aufzustehen und mir die Ohrläppchen mit einer dicken Nadel zu durchstechen, die ich eigens für diesen Zweck gekauft hatte. Es tat so weh, als sie das eine durchstieß, dass ich nicht den Mut aufbrachte, das andere auch operieren zu lassen; also ging ich zu Bett, mit einem Stückchen Nähseide in dem Loch, das sie gemacht hatte. Aber am Morgen weckte ich sie und sagte ihr, ich dächte, ich könne es aushalten, das andere Ohr durchbohrt zu bekommen. Als Mutter erschien, zeigte ich ihr meine Ohren rot und wund und bestand darauf, dass ich ein bestimmtes Paar weiße Karneol-Ohrringe haben müsse, in getriebenem Gold gefasst und drei Zoll lang, die ich in einem Schaufenster gesehen hatte. Sie schimpfte Temperance aus, und dann gab sie mir das Geld.

Am nächsten Tag brachen Mutter und ich nach Rosville auf. Veronica beschloss, mit Temperance in Boston zu bleiben, bis Mutter zurückkäme. Sie sagte, wenn sie mitginge, würde sie vielleicht Mrs. Morgeson ebenso unsympathisch finden wie Mr. Morgeson; dass sie das Bromfield mochte; außerdem wolle sie die Missionarskinder Richtung Bombay verabschieden und am Tag der Abreise mit zum Schiff hinuntergehen. Sie würde überdies Mr. Shepherd bitten, für sie nach einem berühmten Schriftsteller zu suchen. Sie müsse einen sehen, wenn irgend möglich.

KAPITEL XIV

Die Sonne ging eben unter, als wir in Rosville ankamen, wo Mr. Morgeson mit seiner offenen Kutsche am Bahnhof auf uns wartete. Nach beiden Seiten blickte ich auf eine ruhige, angenehme Landschaft; es gab nichts Salziges in der Atmosphäre. Die westliche Brise, die uns ins Gesicht blies, hatte einen erdigen Geruch, mit wechselnden Duftströmen von Bäumen und Blumen. Als wir durch die Stadt fuhren, zeigte Vetter Charles auf die Akademie, die sich am oberen Ende eines Rasenplatzes befand. Darum herum standen hübsche Häuser, und Straßen zweigten von dort in alle Richtungen ab. Allenthalben gab es Blumengärten, Gebüsch und Bäume. Rosville war größer und schöner als Surrey.

»Das ist mein Haus, dort rechts«, sagte er.

Wir sahen die schattige Straße hinunter, durch die wir fuhren, und gewahrten eine moderne Villa mit einer Veranda und Giebeldach und auf der uns zugewandten Seite einem großen Hof mit Ställen.

Wir fuhren in den Hof ein, und eine Frau trat auf die Veranda, um uns in Empfang zu nehmen. Es war Mrs. Morgeson, oder »Meine

Frau, Cousine Alice«, wie Mr. Morgeson sie vorstellte. Sie begrüßte uns herzlich und führte uns in einen Salon, wo der Abendtee schon wartete. Eine Hausangestellte nahm uns unsere Hauben und Körbe ab. Cousine Alice bat uns sofort zum Tee. Wir hatten kaum Platz genommen, als wir ein kleines Kind schreien hörten; hastig verließ sie den Tisch, um einen Augenblick später mit einer Entschuldigung zurückzukommen, die sie jedoch mehr an Vetter Charles richtete als an uns. Ich hatte noch nie eine Tafel gesehen, die so vornehm gedeckt war, so ausgesucht geschmackvoll, mit funkelndem Kristall und französischem Porzellan. Vetter Charles ließ ein Glas und einen Teller zurückgehen, und sah das Mädchen, das bediente, stirnrunzelnd an; es musste wohl ein Fleck oder Makel daran gewesen sein. Die Speisen waren so erlesen wie das Geschirr, die Lammkottelets von zarter Mürbheit, das Brot köstlich, aber in hauchdünne Scheiben geschnitten, und die Butterstückchen nahezu filigran mit einem Blumenbouquet-Muster. Das war schon das ganze Festmahl, bis auf einen Biskuitkuchen, der sich wie Musselin in den Fingern anfühlte; ich hätte ihn auf einmal in meinen Mund stopfen können. Immer noch hungrig bemerkte ich, dass Vetter Charles und Alice fertig waren; und obwohl sie mit dem Löffel in ihrer Tasse rührte und so tat, als äße sie noch, und er Krümel auf seinem Teller schnippte, fühlte ich mich genötigt, mein Mahl zu beenden. Dann erhob er sich und schob eine Falttür auf, durch die wir einen großen Raum betraten; Alice ließen wir bei Tisch zurück. Fenster, die bis zum Boden reichten, gingen auf die Veranda hinaus, aber trotz des Lichtstrahls auf dem Teppich fand ich den Raum düster; er passte nicht zum Äußeren der Villa. Die Wände trugen dunkelrote samtige Tapeten, die Möbel waren dunkel, der Kaminsims und die Tischplatten aus schwarzem Marmor und die Vasen und Kandelaber aus Bronze. Er lenkte Mutters Aufmerksamkeit auf die Porträts seiner Kinder und erläuterte sie, während ich an einen Tisch zwischen den Fenstern trat, um die grünen und weißen Blütenzweige einer zarten Blume in Augenschein zu nehmen, die ich noch nie zuvor gesehen hatte. Ihr Duft war betäubend. Ich hob die Vase hoch, in der sie steckten; sie wurde mir von Charles sanft aus der Hand genommen und wieder zurückgestellt.

»Man darf sie kaum berühren«, sagte er. »Bis morgen werden diese kleinen weißen Glöckchen gestorben sein.«

Ich sah zu ihm auf. »Was für ein Kontrast!«, sagte ich.

»Wo?«

»Hier, in diesem Zimmer, und in Ihnen.«

»Und zwischen Ihnen und mir?«

Sein Gesicht war von heiterer Gelassenheit, dunkel und feinsinnig, aber ihn anzusehen ließ mich erschauern. Mutter kam zu uns herüber; sie schützte Müdigkeit vor, damit wir uns zurückziehen dürften, und Vetter Charles rief nach Cousine Alice, die uns zu unserem Zimmer brachte. Am Morgen, so sagte sie, würden wir ihre drei Kinder sehen. Sie ließ sie nie allein, denn sie hatte große Angst, dass sie krank würden. Sie sagte Mutter auch noch, sie werde alles in ihrer Macht Stehende tun, um meinen Aufenthalt in Rosville angenehm und nützlich zu machen. Als Mutter könne sie ihre Sorge und Traurigkeit, mich zu verlassen, verstehen. Mutter dankte ihr herzlich und versicherte ihr, dass ich mich wohl fühlen würde. Ich jedoch hatte eine dunkle Ahnung, dass ich nicht genug zu essen bekommen würde.

»Ich höre Edward«, sagte Alice. »Gute Nacht.«

Schon bald brachte ein Mädchen, dieselbe, die uns unsere Hauben abgenommen hatte, einen Krug mit warmem Wasser und einen Teller Kekse. Sie zeigte uns, wo wir unsere Sachen finden würden, die sie schön glattgestrichen und gefaltet hatte, nahm die edle Überdecke und die spitzenbesetzten Kissen ab und ersetzte sie durch andere von einfacherer Machart, zog die Fenstervorhänge vor, fragte uns, ob wir noch irgendetwas brauchten, und verschwand leise. Ich bot Mutter das warme Wasser an und nahm die Kekse in Besitz. Es waren sechs. Ich aß sie alle, während ich mich auszog und das Zimmer inspizierte.

»Cassy, Mrs. Morgeson ist eine exzellente Hausfrau.«

»Ja«, sagte ich heiser, denn die trockenen Kekse steckten mir im Hals.

»Was würden Temperance und Hepsey dazu sagen?«

»Ich glaube, sie würden brummeln und schlicht bewundern. Schau dir das an«, und ich zeigte ihr die Troddeln der inneren Fenstervorhänge, die in kleinen Säckchen steckten. »Und der Spiegel ist mit schönem gelbem Papier drapiert, und hier ist eine Damastserviette an der Wand hinter dem Waschtisch. Und alles steht auf Untersetzern. Ob das wohl mein Zimmer sein wird?«

»Es ist wahrscheinlich das Gästezimmer. Diese Kissenbezüge sind aber auch wirklich wunderschön«, rief sie aus, als sie ihren Kopf auf das Kissen bettete. »Komm zu Bett, lies jetzt nicht mehr.«

Ich hatte ein in rotes Saffianleder gebundenes Buch zur Hand genommen, das allein auf der Kommode lag. Es war Byron, und ich blätterte, bis ich zum Don Juan kam. Ich las das ganze Gedicht und fing mit Ritter Harolds Pilgerfahrt an, doch die Kerze erlosch. Ich tastete mich mit ausgestreckten Händen durch die fühlbar-dichte Dunkelheit, um das Bett zu finden, ohne Mutter zu stören, deren Seele ihren Faden ruhig durch das Labyrinth des Schlafes zog. Ich las Ritter Harold am frühen Morgen dann noch zu Ende, und ging zum Frühstück hinunter mit dem sehnlichen Wunsch, ein edles Wrack zu sein.

Die drei Kinder waren im Frühstückszimmer, das nicht der Raum war, in dem wir zu Abend gegessen hatten, sondern ein kleines Zimmer mit einer Tür, die in den Garten führte. Sie waren sehr schön angezogen, und ihre Mutter umsorgte sie und passte auf sie auf. Das älteste war acht Jahre alt, das jüngste drei Monate. Cousine Alice beschrieb uns ihre jeweiligen Neigungen und Gewohnheiten, wobei sie mit besonderem Nachdruck bei jenen des Babys verweilte. Ich schloss aus ihrer Rede, dass sie eine Neigung zur Kinderaufzucht hatte. Ich war froh, als Vetter Charles hereinkam und auf seine Uhr blickte. »Schick die Kleinen weg, Alice, und läute nach dem Frühstück.«

Sie schickte die beiden Jüngeren hinaus, setzte den kleinen Edward in seinen Stuhl, und das Frühstück begann.

»Mrs. Morgeson«, sagte Charles, »die Pferde stehen bereit, um Sie in Rosville herumzufahren. Wir werden Dr. Price einen Besuch abstatten, damit sie sehen können, welchen Lehrmeister Cassandra haben wird. Ich habe schon mit ihm darüber gesprochen, dass er eine neue Schülerin bekommt.«

»Ach, der Gedanke an Schule und Lehrer macht mir Heimweh«, sagte ich.

Mutter versuchte vergebens, hartherzig dreinzuschauen und mir einzureden, dass es gut für mich sei; sie verlor den Appetit bei dem

Gedanken, dass sie mich verlieren sollte, was ihr die Erwähnung von Dr. Price bewusst gemacht hatte. Das Frühstück war einem delikaten Geschmack ebenso angepasst wie das vorausgegangene Abendessen. Der Schinken war höchst aromatisch, doch in so dünne Scheiben geschnitten, dass sie sich aufrollten; die Biskuits waren so weiß und federzart wie Schneeflocken. Ich glaube, auch die gekochten Eier waren kleiner als ich je welche gesehen hatte. Cousine Alice widmete ihre ungeteilte Aufmerksamkeit Edward, der genau so wenig aß wie die anderen.

»Mutter«, sagte ich nachher, »ich fürchte, ich bin ein Vieh. Ist dir aufgefallen, wie wenig die Morgesons gegessen haben?«

»Mir ist aufgefallen, wie elegant ihr Tisch gedeckt war, und ich werde morgen in Boston ein neues Service kaufen. Ich wünschte, Hepsey würde unseren Tisch nicht immer so überladen.«

»Hepsey ist ein gute Frau, Mutter; bitte sag ihr die allerherzlichsten Grüße von mir. Jetzt fällt mir auf, dass sie immer dabei ist, etwas Gutes zu essen zu machen; sag ihr, dass ich daran denke, ja?«

Als Vetter Charles uns in die Kutsche half und den kleinen Edward auf den Vordersitz hob, bemerkte Mutter, dass zwei Mann die Pferde hielten, und dass es nicht dieselben waren, die er am Abend zuvor gefahren hatte. Sie sagte, sie hätte Angst, sie sähen unbeherrschbar aus, doch er beruhigte sie, und als einer der Männer äußerte, Mr. Morgeson könne jedes Pferd fahren, unterdrückte sie ihre Angst, und wir fuhren aus dem Hof hinter einem Gespann, das sich so oft aufbäumte, wie diese Position mit der Notwendigkeit in Einklang zu bringen war, voranzukommen, denn offenbar verstanden sie, dass eine feste Hand sie führte. Edward war begeistert von ihrem Verhalten, und zum ersten Mal sah ich seinen Vater ihn anlächeln.

»Das sind feine Biester«, sagte er, ohne seine Augen von ihnen abzuwenden, »aber mit meiner Stute Nell können sie nicht mithalten. Alice hat Angst vor ihr; aber ich hoffe, dass Sie, Cassandra, einmal mitfahren, wenn ich mit ihr ausfahre.«

»Oh!«, rief Mutter aus und packte meinen Arm.

»Sie würden sich doch trauen, oder nicht?«, sagte er, und nahm die Peitsche, als die Pferde vor einem Mann scheuten, der am Straßenrand lag, und so hoch sprangen, dass das Geschirr von ihren Rücken zu rasseln schien. Er schlug sie und sagte, »Weiter jetzt, weiter, ihr Teufel.« Sonst gab es keine Probleme. Er redete Mutter gut zu, sich nicht zu fürchten, und sah mich scharf an. Ich erwiderte seinen Blick.

»Wie viel schlimmer ist die Stute, Vetter Charles?«

»Sie werden schon sehen.«

Nachdem wir eine Runde durch die Stadt gefahren waren, hielten wir bei der Höheren Lehranstalt. Das Morgengebet war vorüber und die Schüler, etwa sechzig Jungen und Mädchen, kamen aus dem Saal die Treppe herunter, um in die Klassenräume zu beiden Seiten einer großen Pforte zu gehen. Dr. Price kam hinter ihnen her. Er blieb stehen, als er uns sah, wir wurden einander vorgestellt, und er erkundigte sich nach Dr. Snell, seinem alten Studienfreund. Locke Morgeson käme ihm bekannt vor, sagte er; ein Mitglied der Familie seiner Mutter namens Somers habe einen Herrn dieses Namens geheiratet. Er wisse dies von einer alten Elfenbein-Miniatur, die ihm seine Mutter gezeigt hatte, wobei sie gesagt hatte, dass dies ein Bild des Mannes ihrer Cousine Rachel sei. Ich antwortete, wir wüssten, dass Großvater eine gewisse Rachel Somers geheiratet hatte. Vetter Charles war überrascht und leicht verärgert, dass der Doktor ihm dies nie erzählt hatte, wo er doch gewusst haben musste, mit wie viel Eifer er den Morgeson-Stammbaum studiert hatte, aber der Doktor erklärte, er habe bisher nicht daran gedacht, und erst der Name Locke habe es ihm wieder ins Gedächtnis gerufen. Sodann schlug er vor, wir sollten zu Miss Prior gehen, der Dame, die dem Mädchenzweig vorstand, und wir folgten ihm zu ihrem Klassenzimmer.

Ich war sofort fasziniert und beeindruckt von der Erscheinung meiner zukünftigen Lehrerin. Sie war eine würdevolle, freundlich blickende Frau, die mir auf so angenehme, offene Art ein paar Fragen stellte, dass ich ihr geradeheraus erzählte, ich sei achtzehn Jahre alt, sehr ungebildet und dem Lernen abgeneigt, doch sprach ich nicht so laut, dass mich jemand außer ihr selbst hören konnte.

»Nun denk mal«, sagte Mutter, als wir hinausgingen, »um wie viel größer deine Möglichkeiten sind, als es meine je waren. Wie elend doch meine Jugend war! Für mich ist es zu spät für Kultivierungsversuche. Ich wünsche mir das gar nicht mehr. Aber jetzt habe ich manchmal das Gefühl, als ob ich die Grenzen meines alten Lebens hinter mir ließe, um zu gehen, ich weiß nicht wohin, zu tun, ich weiß nicht was.«

Doch als sie hörte, dass Dr. Price ein unitarischer Geistlicher gewesen war und dass es keine kongregationalistische Kirche in Rosville gab, machte sie ein langes Gesicht.

Sie reiste an diesem Freitag Nachmittag nach Boston ab, voll Sorge um ihre sichere Heimkehr mit Veronica. Wie verabschiedeten uns mit vielen Küssen und Händeschütteln und vielen letzten Worten. Ich weinte, als ich in mein Zimmer hinaufging, denn ich fand dort ein Geschenk – eine wunderschönes Arbeitskästchen. Darin war eine kleine Bibel mit meinem und ihrem Namen auf dem Vorsatzblatt in großen, aber zittrigen Lettern. Ich beruhigte meine Gefühle, indem ich das Kästchen sorgfältig wegräumte und meinen Koffer auspackte.

KAPITEL XV

Rosville war eine Kreisstadt. Dort war das Gericht, und mehrere renommierte Anwälte zierten die örtliche Gesellschaft. Bei ihnen studierten angehende Juristen, was wiederum für die Anwaltstöchter der angenehmste Aspekt des väterlichen Berufes war. Einmal in der Woche war Markttag und einmal im Jahr Viehmarkt. Das ganze Jahr hindurch immer dienstags sah ich zahlreiche Peitschen und Wagen an den Halfterpfosten rund um den Anger, und auf dem Schulweg begegnete ich Männern, die nach Kühen rochen. Wahlversammlungen waren häufig und gelegentlich fand ein Parteitag statt. Dann zollte Rosville einem politischen Tageshelden mit Fahnen und Fanfarenzügen seine Hochachtung. Es war ein beliebter Verbannungsort für ungezogene Jünglinge, die von Harvard oder Yale vorübergehend suspendiert worden waren. Gegenwärtig wohnten ein oder zwei davon bei Dr. Price, damit sie unmittelbar unter seinen kurzsichtigen Augen waren; sie studierten Griechisch und Latein an der Akademie.

In den Akademiezirkeln tobten soziale Fehden zwischen den Universitätsstudenten und den Einheimischen, weil die Studenten beim Flirten größere Erfolge hatten. Die Erfahrung, dass kein Flirt das Ende der Verbannung überstand, tröstete die letzteren kaum. Dr. Price bereitete gewöhnlich auch einige junge Männer auf die Universität vor, was der provinziellen Gesellschaft zusätzlich Pikanterie verlieh. Im Sommer waren Reitpartien populär, im Winter Bälle und Cotillontanzfêten; für die Dauer der Saison kam dann ein Tanzlehrer aus Boston herunter und leitete eine Tanzschule, die immer gut besucht war.

Das Interesse der Einwohner galt in erster Linie den irdischen Anliegen des Lebens; und wenn es auch soziale und beruflich bedingte Meinungsverschiedenheiten gab, so herrschte doch kaum Sektierertum und kein religiöser Eifer. Die Reichen und Vornehmen waren Unitarier. Die Gemeinschaft besaß eine heruntergekommene Kirche; ein nachsichtiger Geistlicher stand auf der Kanzel und betete und predigte, zur Seite gefläzt. Dieser Grad religiöser Vitalität entsprach generationenalten Gewohnheiten. Surrey und Barmouth wären ob der Völligen Verderbtheit von Rosville in lautes Geheul ausgebrochen. Die Luft war hier nicht durchdrungen von der Vorstellung, dass das Leben eine Bewährungsprobe sei. Stattdessen war die menschliche Natur das unerschöpfliche Thema. Zunächst fehlte mir das Vibrieren des moralischen Schwertes, das über uns schwebte. Als sich mein Gefühl bemerkbar machte, ohne dass sich mir gleich der Schatten seiner Schneide zuwandte, entdeckte ich mein Gewissen, das ich bisher nur aus Beschreibungen kannte.

Es gab in der Stadt noch andere Kirchen außer der Unitarischen. Die Universalisten hatten eine brandneue, und eine weitere wurde vom Bodensatz der Bevölkerung frequentiert – den Methodisten.

Innerhalb von drei Monaten war ich vollkommen eingestimmt. Schon bald nach meiner Ankunft in Vetter Charles' Haus bekam ich Angst vor ihm. Nicht, dass er jemals etwas gesagt hätte, das Anlass zur Furcht hätte geben können – er war zu Hause noch schweigsamer als anderswo; aber mit einem Blick, einer Geste, dem Ton seiner Stimme ging er herrisch mit mir um, war sarkastisch und schwer zu befriedigen. Jeden Makel an mir, dessen ich gewahr wurde, entdeckte er im gleichen Augenblick. Mit der Zeit wurde es mir zur täglichen

Gewohnheit zu raten, ob er sich wohl über mich ärgern würde oder Gefallen an mir finden, und allmählich bemühte ich mich, ihm zu gefallen. Zwischen uns bestand eine nicht greifbare, stumme, magnetische Gefühlsverbindung, die sich nach ihren eigenen geheimnisvollen Gesetzen veränderte und entwickelte, und trotz der Kraftproben von Widerstand und Herausforderung zwischen uns bestehen blieb. Wenn ich aber jenseits der Grenzen seines persönlichen Einflusses war, erstarben meine Empfindungen oder sie schlummerten. In seiner Gegenwart war ich von ihnen so durchdrungen, dass ich mich wie um eine Achse bewegte, egal ob ich dem Diktat seines Willens zuwider handelte oder nicht. Wenn ich fort war, kam meine natürliche Beweglichkeit zum Tragen, und ich unterhielt zu anderen die gleichen Beziehungen, wie ich sie gepflegt hätte, hätte ich ihn nicht gekannt. Dies blieb so, bis das Geheimnis zu erahnen war, und dann rückte sein Einfluss stärker ins Bewusstsein.

Ich entdeckte, dass es zwischen ihm und Alice wenig Liebe gab. Nie hörte ich von einem der beiden ein Wort, das Interesse am persönlichen Leben des anderen angedeutet hätte; genauso wenig bestand zwischen ihnen dieses eheliche Freimaurertum, das so langweilt, wenn man sein Zeuge wird. Dennoch war Alice nicht unglücklich. Ihre Vorstellungen von Liebe endeten mit der Heirat; was danach kam – Kinder, Haushalt und gesellschaftliche Verpflichtungen – erfüllte ihre Bedürfnisse. Wenn sie einen Überschuss an Gefühl besaß, verwandte sie ihn auf ihre Kinder, die ohnehin schon gut versorgt waren, denn sie kümmerte sich hingebungsvoll und nachsichtig um sie. Sie duldete keine Einmischung in die Art und Weise, wie sie mit ihnen umging; nur in diesem einen Punkt widersetzte sie sich ihrem Gatten. In einer Hinsicht harmonierten sie und Charles – beide waren weltlich gesinnt, und in allen materiellen Dingen des Lebens bestand Einklang. Ihre Beziehung war auch für ihn nicht unglücklich. Ich wage zu behaupten, dass er sie, wenn er überhaupt darüber nachdachte, für normal hielt. Seine männlichen Bekannten nannten ihn einen glücklichen Mann, denn Alice sah gut aus, war warmherzig, intelligent und beliebt.

Ob es Cousine Alice schwer gefallen wäre, das Versprechen zu erfüllen, das sie Mutter meinetwegen gegeben hatte, wenn ich ein unansehnliches, unauffälliges Mädchen gewesen wäre, vermag ich nicht zu sagen; auch nicht, ob sie mehr als ein paar Tage lang besorgt gewesen wäre, dass ich auch ja einen guten Eindruck machte. Sie kümmerte sich um meine Garderobe und meine Bekannten. Als sie bemerkte, dass die jungen Leute ihres Kreises und der Akademie meine Bekanntschaft suchten, erfüllte sie das mit Genugtuung, und sie öffnete ihnen ihr Haus, gab kleine und große Feste, die allen ein Vergnügen waren bis auf Vetter Charles, der Geselligkeit verabscheute – »er musste dann immer so lügen.« Doch war es ihm eine große Befriedigung, wenn Leute gerne zu Besuch kamen und sein Haus und dessen Einrichtung priesen, sofern Alice die damit verbundenen Mühen auf sich nahm. Ich machte Mittwoch nachmittags mit ihr die Besuchsrunde und ging Sonntag vormittags mit ihr in die Kirche. Zu Hause sah ich sie selten. Sie war von den Kindern fast völlig in Anspruch genommen – ihren Wehwehchen und Vergnügungen – und blieb in ihrem oder dem Kinderzimmer.

Zu Hause hielt ich mich nie lange an einem Fleck auf, sondern wanderte in den Garten mit seiner Ulmenreihe oder geisterte durch Küche und Ställe und sah der schwarzen Phoebe, der Köchin zu, oder den Burschen, wie sie die Pferde oder Kutschen putzten. Mein Zimmer war in einem Seitenflügel der Villa, sein Fenster blickte zum Eingang des Hofs und der Kutschauffahrt; dies war die ganze Aussicht bis auf die Wand eines Hauses auf der anderen Seite eines hohen Zauns. Ich hörte Charles nachts mit dem Wagen nach Hause kommen oder morgens hinausfahren; wenn Nell schlecht gelaunt war, erkannte ich es am Klang seiner Stimme, die ich vernahm, egal ob mein Fenster offen oder zu war. Es war ein hübsches Zimmer mit zueinander passenden Ahornmöbeln und bernsteinfarbener und weißer Tapete, und bernsteinfarbenen und weißen Chintzvorhängen und Decken. Es passe zu meiner Haarfarbe, sagte Alice, und schmeichele meinem Teint.

»Ja«, sagte Charles und sah dabei mein Haar mit einem Ausdruck an, dass ich mir die Hand auf den Kopf legte, als wollte ich es verstecken; mir war bewusst, dass ich nachlässig frisiert war.

An diesem Tag sah ich mir die Frisuren der Mädchen in der Schule genau an, und von da an lernte ich, mich besser zurechtzumachen, und bürstete mir das Haar hinfort mit Hingabe. Alice ließ mein Zimmer immer so ordentlich aufräumen, dass es bald schon einem Vorwurf gleichkam und ich schließlich durch ihr Vorbild lernte, Stühle, Bücher, und Vorleger auszurichten und Dinge ohne überflüssige Ecken oder Falten zusammenzulegen. Schließlich hatte ich so große Fortschritte gemacht, dass ich in einer Schublade sogar finden konnte, was ich suchte, ohne alles mit den Fingern umzugraben, und ich begann zu begreifen, dass Ordnung schön ist. Alice war in Haushaltsdingen begabt, und ihre Begabung wurde durch den genauen, systematischen Geschmack ihres Mannes gefördert. Er befasste sich mit vielen Dingen, die man gemeinhin den Frauen überlässt, und wandte seine geschäftliche Begabung auf die Kunst des alltäglichen Lebens an, in der er wie in allem anderen erfolgreich war.

Alice erzählte mir, dass Charles aus armen Verhältnissen stammte und dass sich sein Vater nie mit ihm verstanden hatte. Sie meinte, sie seien einander zu ähnlich gewesen; deshalb habe er ihn fortgeschickt, damit er schon in jungen Jahren selbst für sich sorgen solle. Als sie ihn kennenlernte, war er Vertreter einer Fabrik in der Stadt, in der ihre Eltern lebten, und schon damals hatte er in seiner Lebensart die jungen Männer ihrer Bekanntschaft übertroffen. Im Jahr vor ihrer Heirat starb sein Vater, und da Charles das einzige Kind war, hinterließ er ihm die Farm und zehntausend Dollar – alles, was er besaß. Die Testamentsvollstrecker mussten ihn suchen lassen, da sie keine Ahnung hatten, wo er wohnte. Sobald er die Farm übernommen hatte, verkaufte er sie, nahm die zehntausend Dollar und kam zurück, um zu heiraten. Ein Jahr darauf ging er nach Rosville und baute eine Baumwollfabrik drei Meilen außerhalb der Stadt sowie die Villa, und brachte dann sie und Edward, der wenige Monate alt war, dorthin. Seither hatte er die Fabrik vergrößert, mehr Leute eingestellt und verdiente sehr viel Geld. Die Morgeson-Werke waren, wie sie meinte, im ganzen Land bekannt. Charles war sein eigener Geschäftsführer und der alleinige Besitzer. Es gab in dieser Gegend keine anderen Fabriken; diesem Umstand schrieb sie es zu, dass er in Rosville weder Schwierigkeiten noch Feindschaften hatte, wiewohl ihm keinesfalls daran lag, Freundschaften zu schließen. Die Leute aus Rosville hatten nichts mit seinen Geschäften zu tun und daher kein Recht, sich einzumischen, und kaum Anlass zu Gerede. Sie gaben, wie sie sagte, fünf oder sechstausend Dollar im Jahr aus, das meiste ihrer Meinung nach für Pferde, und sie glaubte, dass auch seine Blumen sehr viel kosteten. »Du musst nämlich wissen, Cassandra, dass sein Herz an seinen Pferden und Blumen hängt. Sie interessieren ihn mehr als seine Kinder.«

Sie sah ärgerlich aus, als sie das sagte; aber ich nahm den Saum ihres fein bestickten Umhangs und fragte, was er gekostet habe. Sie lachte und sagte: »Fünfzig Dollar; aber siehst du auch, wie viele Aufschläge er hat? Ich habe einen noch schöneren, der fünfundsiebzig gekostet hat.«

»Gehört das zu den sechstausend im Jahr, Alice?«

»Natürlich; aber Charles legt Wert darauf, dass ich mich gut kleide, und hält mich mit Geld nie knapp; und letzten Endes kann er meinetwegen sein Geld ausgeben, wie er will. Es ärgert mich manchmal, dass er so wilde Biester kauft und sein Leben damit gefährdet. Er fährt so viele Meilen jedes Jahr; wahrscheinlich vertreibt es ihm die Langeweile auf seinen Reisen, wenn er Pferde hat, auf die er aufpassen muss.«

Niemand in Rosville lebte auf so großem Fuß wie die Morgesons. Die ältesten Familien am Ort waren nicht unbedingt die wohlhabendsten – die Ryders, im besonderen. Richter Ryder hatte vier unverheiratete Töchter; sie waren die einzigen Mädchen in unserem Kreis, die uns nie nach Hause einluden. Sie konnten es nicht lassen, mit hoch erhobenem Haupt zu fragen: »Wer sind die Morgesons eigentlich?« Doch alle anderen hießen Cousine Alice willkommen und waren freundlich zu mir. Sie war so hübsch und gutherzig, dass man sie gernhaben musste, obwohl sie reich war; und Vetter Charles achtete man, weil er keine Bekanntschaften machte, die über Verbeugungen und »Wie geht es Ihnen?« hinausgingen. Es war richtig aufregend, einen solchen Mitbürger zu haben, besonders wenn er einen Unfall hatte, und er fuhr im Laufe der Zeit viele Kutschen kaputt; und gelegentlich gab es auch Streit in der Fabrik, was Anlass für Gerede war. Dass man ihn für hartherzig hielt, tat dem Interesse, das er weckte, keinen Abbruch.

Meine Ankunft in Rosville konnte man für ein glückliches Ereignis halten; die äußeren Anzeichen deuteten darauf hin. Ich bin sicher, dass ich das glaubte und sehr zufrieden mit meiner Situation war. Ich passte mich ohne Mühe an das Familienleben an, sogar an das karge Frühstück und die leichten Abendessen. Ich war beweglicher geworden als früher und empfänglicher für plötzliche Eindrücke. Ebbe und Flut des Blutes in meinem Herzen waren mir bewusst; ich spürte, wenn es mir ins Gesicht stieg und meinen Verstand mit seiner feuerroten Woge berührte. Ich liebte das Leben wieder. Der Stoff, aus dem jeder Tag gewoben war, trug ein Arabeskenmuster, das meiner Phantasie entsprach. Ich verpasste nichts, was mir die Gegenwart entrollte, blickte aber weder auf die Vergangenheit noch in die Zukunft. In Wahrheit gab es wenig Erhebendes in mir. Hätte ich es bemerkt, wenn es anders gewesen wäre? In welche Richtung auch immer meine Lebensumstände sich bewegten, ich war noch nicht bis ins Mark getroffen. Gleichviel ob nun geistige oder materielle Einflüsse den Strom meines Seins sich winden ließen, er floss zu einem noch unentdeckten Ozean hin.

Die Hälfte der Mädchen in der Akademie kamen, wie ich, aus entlegenen Orten. Einige waren schon drei Jahre dort. Sie waren alle jünger als ich. Die Schule hatte nie ein Internat gehabt, und es galt nicht als unschicklich, wenn die feinsten Familien diese Mädchen zur Miete aufnahmen. In sozialer Hinsicht bewegten wir uns daher auf gleicher Höhe. Auch verstand ich mich gut mit Miss Prior. Sie war eine kühle und freundliche Frau und eine engagierte Lehrerin; sie besaß die Gabe, die Fähigkeiten einer Schülerin zu erkennen. Sie ließ mich zunächst Geschichte und danach Naturwissenschaften studieren, empfahl mir jedoch nie die Geisteswissenschaften. Nachdem ich ein paar Monate bei ihr gewesen war, schlug sie vor, ich solle die Grundfächer studieren. Meine Position in der Schule erlaubte es mir, ohne Schande die unteren Klassen zu besuchen, und ich muss zugeben, dass ich dort die langsamste Schülerin war. Wir hatten auch einen Zeichenlehrer und eine Musiklehrerin. Diese war eine liebenswürdige Frau mit theatralischen Manieren, eine gewisse Mrs. Lane. Allerdings hatte man in Rosville nie einen Mr. Lane zu Gesicht bekommen. Wir Mädchen glaubten, er habe sie sitzen lassen, was, wie sie mir später erzählte, zutraf. Sie weinte immer, wenn sie ein sentimentales Lied sang, gab sich jedoch nie ihren Tränen hin, sondern sang mit blinden Augen und zitternder Stimme weiter. Ich lachte über ihre Kleider, die früher einmal hübsch gewesen waren, mit vielen ausgefransten Borten, locker gewordenen Haken und Ösen und gespannten Nähten; aber ich mochte sie gerne, und obwohl ich keinen Unterricht bei ihr nahm, traf ich sie jeden Tag, wenn sie zur Akademie kam. Sie fragte mich einmal, ob ich singen könne. Als Antwort sang ich eines unserer Kirchenlieder aus Surrey, »Einst ritt er auf der tosenden See.« Sie wurde blass und bat mich, »Sing um Himmels willen nicht das! Ich sehe meine alte Mutter vor mir, wie sie aussah, wenn sie dieses Lied in einer Sturmnacht sang, wenn mein Vater draußen auf See war. Beide sind tot, und wo bin ich?«

Sie drehte sich auf dem Klavierstuhl um, hämmerte die Melodie zu »Oh Lotse, 's ist eine furchtbare Nacht« und sang mit großer Inbrunst. Als sie ihre Gefühle wieder unter Kontrolle hatte, bat sie mich um die Erlaubnis, mir Gesangsunterricht geben zu dürfen. »Du kannst zumindest die einfachen Akkorde der Liedbegleitung lernen, und ich glaube, deine Stimme könnte ganz wirkungsvoll werden.«

Ich versprach, es zu versuchen, und da ich früher schon Stunden gehabt hatte, konnte ich binnen dreier Monate einigermaßen passabel »Sollt' je die süße Hoffnung dich verlassen« spielen und singen. Mrs. Lane blieb jedoch bei ihrer festen Überzeugung, dass ich dramatisches Talent hätte, und weil ich wohl nie eine Schauspielerin werden würde, müsste ich es eben im Gesang ausdrücken; also hielt ich durch und verbesserte mich dank ihrer so weit, dass man, wenn von mir die Rede war, sagte: »Sie singt.«

Die Geisteswissenschaften waren das Ressort von Dr. Price, und er hielt einen Lateinkurs für die Mädchen, doch die einzige Gelegenheit, ihm unter die Augen zu treten, war bei der Morgenandacht und Mittwoch nachmittags, wenn wir uns in der Aula versammelten, um lateinische Reden oder Übersetzungen zu hören, oder »Stücke«, die die Jungen aufsagten, und zu den vierteljährlichen Prüfungen, wenn er uns rückwärts und vorwärts durch die Bücher marschieren ließ, die wir gebüffelt hatten, ganz der scharfsichtige alte Herr, der er trotz seiner kurzsichtigen Augen war.

KAPITEL XVI

Ich bekam regelmäßig Nachrichten von zu Hause, allerdings war Vater mein einziger Korrespondent. Er setzte fest, dass ich ihm jeden zweiten Samstag schreiben solle, und wenn es auch nur eine Zeile sei. Zunächst tat ich jedoch weit mehr als das, beschrieb ausführlich die Ereignisse der letzten vierzehn Tage, streute meine Meinungen über die daran beteiligten Figuren ein, bis meine Briefe allmählich zur schlichten Bestätigung, dass ich seinen Brief erhalten hatte, schrumpften. Er las sie, ohne sie zu kommentieren, dann und wann aber stellte er Fragen, die zu beantworten mir schwer fiel.

»Magst du Mr. Morgeson?«, fragte er einmal.

»Er ist sehr aufmerksam«, schrieb ich zurück. »Aber Cousine Alice ist das auch – sie mag mich.«

»Du magst Morgeson nicht?« – noch einmal.

»Gibt es keine netten jungen Männer«, so fragte er ein andermal, »bei Dr. Price?«

»Nur Knaben«, schrieb ich – »Kroppzeug in meinem Alter.«

Bei den ersten Briefen, die ich bekam, war einer, der die Nachricht vom Tod meines Großvaters John Morgeson enthielt. Er hatte Arthur 10.000 Dollar hinterlassen, die Summe sollte der Firma Locke Morgeson & Co. entzogen und anderswo investiert werden. Die Zinsen sollten angesammelt und dem Stammkapital zugeschlagen werden, bis Arthur volljährig wäre. Seinen übrigen Besitz vermachte er der Gesellschaft für die Äußere Mission. »Jetzt«, so schrieb Vater, »wird die Reihe als nächstes an dir sein, in die Bresche zu treten, wenn deine Mutter und ich die verlorene Hoffnung fahren lassen – das Leben.« Diese muntere und ungewohnte Sicht brachte mir den Wandel, auf den er anspielte, keineswegs nahe. Ein so unerschütterliches Grundprinzip waren Vater und Mutter, dass ich nicht in der Lage war, mich mit solchen Gedanken zu befassen. Mit Großvätern und Großmüttern war das natürlich anders; sie starben, da es für sie keinen zwingenden Grund mehr gab, am Leben zu bleiben, nachdem ihre Kinder geheiratet hatten.

Ich war Anfang Juni nach Rosville gekommen; mittlerweile war es

Oktober. Es gab dort nun für mich nichts mehr zu entdecken. Meine Beziehungen zu Hause und in der Schule waren etabliert, und aller Wahrscheinlichkeit nach waren die Pläne für das nächste Jahr festgelegt.

»Es ist der Zwanzigste«, sagte meine Freundin Helen Perkins als wir nach dem Unterricht noch im Schulhof herumstanden. »Die Bäume sind schon so kahl, dass wir die Straße auf und ab sehen können. Ist das nicht Mr. Morgeson, der da um die Ecke von Gold Street geschossen kommt? Findest du nicht auch, dass er seltsam aussieht? Ich finde schon. Seine Haare und Augen und sein Teint haben genau den gleichen Farbton, aber was für eine Farbe ist das? Ein blasses Braun oder ein grünliches Grau?«

»Fährt er in unsere Richtung?«

»Ja, die Vorderbeine seines Pferdes sind schon fast angekommen.«

Ich drängte mich an Helen vorbei zum Tor; er winkte mir zu, als er mich sah und brachte Nell neben uns zum Stehen. »Jetzt kannst du herausfinden, welche Farbe er hat«, flüsterte ich ihr zu.

»Willst du mit nach Hause fahren?«, fragte er. »Und soll ich Sie zu den Bancrofts bringen, Miss Helen?«

Sie hätte abgelehnt, aber ich nahm ihren Arm, schubste sie in den Wagen und sprang hinter ihr hinein. Sie fasste die Halteschlaufe für den Fall eines Überschlags.

»Sie fürchten sich vor meinem Pferd, Miss Helen«, sagte er, ohne sie angesehen zu haben.

»Ich fürchte mich vor Ihrer Fahrweise«, gab sie zurück, lehnte sich nach hinten und sah mich hinter seinem Rücken an. Sie schüttelte den Kopf und legte ihren Finger auf ihr Augenlid, um mir zu bedeuten, dass ihr die Farbe seiner Augen nicht gefiel.

»Cassandra fürchtet sich weder vor dem einen noch vor dem anderen«, sagte er.

»Warum sollte ich?«, antwortete ich kühl.

Wir kamen bald bei den Bancrofts an, wo Helen wohnte, etwa eine Meile von der Akademie entfernt und eine halbe Meile von unserem Haus. Als wir nach Hause fuhren, fragte er:

»Ist sie eine sehr enge Freundin von dir?«

»Die engste in der Schule.«

»Hat sie die üblichen Flausen?«

»Was meinst du mit Flausen?«

»Wenn ein Mädchen über ihren Verehrer spricht oder ihrer Freundin einen vorschlägt.«

»Ich glaube, in dieser Hinsicht ist sie unbegabt.«

»Dann mag ich sie.«

»Warum sollte sie eigentlich nicht über Verehrer reden? Wenn ich sie das nächste Mal treffe, werde ich das Thema anschneiden.«

»Du wirst über deine Lektionen nachdenken und reden und sonst gar nichts, lass dir das gesagt sein. Los, voran, Nell«, sagte er mit lauter Stimme und bog in den Hof ein, wobei er einen der Torpfosten schrammte, so dass wir aneinander stießen. Ich ärgerte mich, denn ich nahm an, er habe es absichtlich getan, und wischte mir über die Schulter, wo er mit ihr in Berührung gekommen war, als sei sie schmutzig geworden. Ich sprang aus der Kutsche, ohne ihn anzusehen und rannte ins Haus.

»Kannst du nicht mehr fahren, Charles?«, fragte Alice, als wir beim Tee saßen, »oder ist dir Nell vielleicht zuviel? Ich habe gesehen, wie du gegen den Torpfosten geschrammt bist.«

»Hast du das? Ich hatte vorhin keine ruhige Hand, und wir sind geschlingert.«

»In der Fabrik hat es gestern Abend einen Kampf gegeben? Jesse hat das gesagt.«

»Jesse soll sich um seine eigenen Angelegenheiten kümmern.«

»Er hat es Phoebe erzählt.«

»Ich habe einen der Angestellten niedergeschlagen und mir das Handgelenk verstaucht.«

Da sah ich ihm in die Augen. »War das deine rechte Hand?«, fragte ich.

»Es war meine rechte Hand«, beflissener Tonfall und eine leichte Verbeugung in meine Richtung.

»War es Parker?«, fragte sie.

»Ja, er ist ein Fatzke, aber sprich nicht darüber.«

Keiner sprach mehr, nicht einmal Edward, der seinen Vater mit kindlichem Ernst beobachtete. Ich dachte über das Unrecht nach, das ich ihm mit dem Torpfosten getan hatte. Nach dem Tee beschäftigte er sich mit den Blumen im Garten, die noch blühten. Ich hielt mich im Salon auf oder wanderte auf der Terrasse umher, erfüllt von dem unbestimmten Wunsch, noch mit ihm zu sprechen, bevor ich auf mein Zimmer ging. Nachdem er seine Gartenarbeit beendet hatte, ging er in den Stall; ich hörte die Hufe auf dem Boden, als er die Pferde herausführte und begutachtete. Die Lampen waren schon angezündet, als er wieder hereinkam; Alice war oben wie üblich. Als ich ihn kommen hörte, schlug ich mein Buch auf und setzte mich in eine Ecke des Sofas; er ging zum Fenster, ohne von mir Notiz zu nehmen und trommelte auf das Piano.

»Tut dir das Handgelenk weh, Charles?«, immer noch lesend.

»Ein bisschen«, und rückt seine Manschette zurecht.

»Schlägst du oft Leute nieder, die für dich arbeiten?«

»Wenn sie es verdienen.«

»Das ist ein hochherziger Zeitvertreib, eines echten Mannes würdig.«

»Ich bin ein hochherziger Mann und sehr stark, weißt du das, du kleine Närrin? Hier, willst du diese Blume? Es wird dieses Jahr keine mehr geben.« Ich nahm sie aus seiner Hand; es war eine leicht duftende, rosa Blüte.

»Ich liebe diese zerbrechlichen Blumen ganz besonders«, fuhr er fort – »die, die ich sogar vor meiner eigenen Berührung schützen muss.« Für einen Augenblick war er wieder in Gedanken versunken, dann begann er, sein Notizbuch zu studieren.

»Eine Nachricht aus der Fabrik, gnädiger Herr«, sagte Jesse, »von einem der Arbeiter.«

»Sag ihm, er soll warten.«

Er las sie und warf sie zu mir herüber. Sie war von Parker, der Mr. Morgeson davon in Kenntnis setzte, dass er mit dem Frühzug nach Boston führe, da ihm die Zeit gekommen schien, seine Stellung aufzugeben; dass, obwohl der Fehler in der Auseinandersetzung des gestrigen Tages ganz bei ihm läge, ein Yankee es nicht zulassen könne, niedergeschlagen zu werden. Ein solches Privileg sei für einen Arbeitgeber zu verdammt aristokratisch, es sei unvereinbar mit unserer Gesellschaftsordnung. Er dankte Mr. Morgeson für seine Freigebigkeit; dafür, dass er ein netter Mensch sei, könne er ihm allerdings nicht danken. »Und hätte er wohl die Güte, den Überbringer mit seinem noch ausstehenden Gehalt zurückzuschicken?«

»Parker ist in eine Arbeiterin verliebt. Er hat mit einem der Arbeiter gestritten, weil er eifersüchtig auf ihn war. Der Mann und seine Freunde hätten ihn verprügelt; und um ihm das zu ersparen, habe ich ihn niedergeschlagen. Fühlst du dich jetzt besser, Cassy?«

»Besser? Was geht mich das an?«

Er lachte.

»Spann Black Jack an«, rief er Jesse zu.

Alice hatte ihn gehört und kam nach unten; wir gingen auf die Terrasse, um ihn zu verabschieden. »Warum fährst du hin?«, fragte sie in besorgtem Ton.

»Ich muss. Kommst du mit?«

Sie weigerte sich; fragte mich aber flüsternd, ob ich mich fürchtete?

»Wovor?«

»Männerstreit.«

»Cassandra, kommst du mit?«, fragte er. »Wenn nicht, dann muss ich jetzt los. Spring hinten auf, Sam.«

»Fahr mit«, sagte Alice, und sie lief, um einen Schal zu holen, den sie mir umlegte.

»Alice«, sagte Charles, »du bist eine törichte Frau.«

»Wie du schon immer gesagt hast«, antwortete sie lachend. »Beschütze du ihn vor Schlägen, Cassandra.«

»Es ist eine ziemlich finstre Nacht zum Ausfahren«, bemerkte Sam.

»Ich bin schon in finstereren gefahren.«

»Wettich«, antwortete Sam.

»Leg mein Taschentuch um deine Hand«, sagte ich, »der Wind ist schneidend.«

»Möchtest du das?«

»Nein, ich möchte es nicht, es war einfach nur ein humanitärer Gedanke.«

Er weigerte sich, seine Hand zu schützen.

Die Luft roch modrig und der Wind blies die toten Blätter um uns herum. Während wir durch die Dunkelheit fuhren, zählte ich die schwachen Lichtstreifen, die über unseren Weg fielen, bis wir auf die

Landstraße kamen, wo sie seltener wurden, und der Wind uns laut um die Ohren pfiff. Er legte seine Hand auf meinen Schal. »Der ist zu dünn, du wirst dich erkälten.«

»Nein.«

Wir erreichten die Fabrik und hielten an der Ecke eines Gebäudes, wo ein Licht durch ein Fenster schien.

»Hier ist mein Büro. Du musst hineingehen; es ist zu kalt, als dass du im Wagen warten könntest. Halte Jake, Sam, bis ich wiederkomme.«

Ich folgte ihm. In der entferntesten Ecke des Raumes, in dem wir das Licht gesehen hatten, hinter einem Schreibtisch saß Mr. Parker, sein helles Haar zerzaust, mit einem Bleistift hinter dem Ohr.

Ich blieb an der Tür stehen, während Charles zum Schreibtisch ging und so davor stand, dass er mir den Blick verstellte, aber er konnte mich nicht hindern zu hören, was gesagt wurde, obwohl er leise sprach.

»Haben Sie Sam etwas dafür gegeben, Parker, damit er mir Ihre Nachricht noch so spät gebracht hat?«

»Sicher«, mit lauter Stimme.

»Er muss schon fünfzig sein, mindestens.«

»Das will ich wohl meinen«, eher leiser.

»Also gut, hier ist Ihr Geld; es wäre besser, wenn Sie blieben. Es wird mir verdammt leid tun für Ihren Vater, der mein Freund ist; Sie wissen sehr wohl, dass er enttäuscht sein wird, wenn Sie gehen; verlassen Sie sich drauf, er wird das mit dem Mädchen erraten. Natürlich hätten Sie gerne, dass ich zugebe, dass ich einen Fehler gemacht habe, als ich Sie schlug – und das habe ich auch. Bleiben Sie. Sie werden über die Sache wegkommen. Wir alle tun das. Ist sie hübsch?«

»Wunderschön«, mit kleinlauter und doch enthusiastischer Stimme.

»Das vergeht, wie die Blumen; aber die kommen jedes Jahr wieder.«

»Ach ja?«

»Aber ja.«

»Nein; ich bleibe und warte es mal ab.«

Charles wandte sich ab.

»Guten Abend, Mr. Parker«, sagte ich und trat vor. Ich hatte ihn bei mehreren Einladungen in Rosville getroffen, aber nie bei uns zu Hause.

»Verzeihen Sie, Miss Morgeson, ich habe Sie nicht erkannt. Ich hoffe, Sie sind bei guter Gesundheit.«

»Komm«, sagte Charles, mit der Hand auf dem Türriegel.

»Werden Sie am Mittwochabend zu Mrs. Bancrofts Whist-Partie kommen, Mr. Parker?«

»Ja; Miss Perkins war so liebenswürdig, mich einzuladen.«

»Cassandra, komm.« Und Charles öffnete die Tür. Ich nestelte die Blume aus meinem Gürtel. »Es ist schön, dass es so spät im Jahr noch Blumen gibt, finden Sie nicht auch?«, dabei atmete ich den Duft meines zerquetschten Exemplars ein. »Wenn sie nur länger hielten. Darf ich Sie Ihnen schenken?«, und streckte sie ihm entgegen. Er wollte sie leicht errötend annehmen, als Charles sie mir aus der Hand schlug und zertrat.

»Bist du jetzt soweit?«, sagte er hastig.

Ich sagte, mir fehle nichts, als ich am nächsten Morgen zu krank war, um aufzustehen. Nach drei Tagen, als mich der Gedanke ans Aufstehen immer noch mit Widerwillen erfüllte, rief Alice ihren Arzt. Ich sagte ihm, ich sei müde und hätte dumpfe Schmerzen. Er verlangte, dass ich mich im Bett aufsetzte, und klopfte mir achtlos Schultern und Brustkorb mit den Knöcheln ab.

»Nichts Ernstes«, sagte er, »aber Sie werden, wie viele andere Frauen auch, weiterhin so leben, dass Sie stets Schmerzen haben. Wenn sie die Natur nicht von der Konstitution her leidend macht, dann machen sie diesen Mangel durch eine fatale Nichtigkeit wett, die denselben Effekt hat. Ich wage zu prophezeien, dass Sie in Zukunft nie mehr ganz gesund sein werden.«

»Ich werde auf meine Gesundheit achten.«

Er sah mich aufmerksam an.

»Das werden Sie nicht tun – Sie können es gar nicht. Ist Ihnen jemals bewusst geworden, welches Temperament sie haben?«

»Nein, nie, welches denn?«

»Wie alt sind Sie?«

»Achtzehn Jahre und vier Monate.«

»Ist es die Möglichkeit? Wie zurückgeblieben Sie sind! Sie sind ein interessanter Fall.«

»Wann darf ich aufstehen?«

»Nächste Woche; meiden Sie Kaffee. Denken Sie daran, am Tag zu leben. Hüten Sie sich davor, nachts auf zu sein, wie Sie sich vor dem Teufel hüten würden. Schlafen Sie, schlafen Sie; und Sie werden diese Ihre Schönheit länger erhalten.«

»Bin ich eine Schönheit? Kein lebendes Wesen hat das jemals gesagt.«

»Eine adipose Schönheit.«

»Fett?«

»Nein, das nicht ganz. Guten Tag.«

Er kam wieder und fragte mich über meinen Vater und meine Mutter aus, woran meine Großeltern gestorben seien, und ob jemand in meiner Familie Struma gehabt habe. Er kam mir sehr seltsam vor.

Meine Schulfreunde waren sehr aufmerksam, doch ließ ich mich nur von Helen Perkins besuchen. Dass sie mich mochte, öffnete ihr mein Herz noch weiter. Sie war meine erste ganz enge Freundin – und die letzte. Obwohl sie jünger war als ich, hatte sie mehr Erfahrung, und hatte schon Dinge gesehen, von denen ich keine Ahnung hatte, was ihr Urteil nüchterner und ihre Gefühle praktischer gemacht hatte. Sie war bekannt in der Schule als das Mädchen mit der besten Laune – ein weiteres Resultat ihrer Erfahrungen. Sie ließ nie zu, dass sie launisch wirkte. Daher war sie mir, mit meinen wechselnden Stimmungen, eine Hilfe.

Nach meiner Krankheit spürte ich eine Veränderung in mir. Ich hatte das sorglose Vertrauen in meine Stärke, das ich immer besessen hatte, verloren und wurde von vagen Zweifeln geplagt, die mir das Gefühl gaben, ich brauche Hilfe von außen.

Ich sah Charles nicht, während ich krank war, denn er war die meiste Zeit verreist. Ich wusste, wann er zu Hause war, denn dann herrschte Stille im Anwesen. Wenn er nicht da war, überzog Alice das ganze Haus mit den Kindern, und die Dienstboten ließen ihr Mundwerk laufen.

Auch an dem Tag, als ich nach unten ging, war er nicht da. Ich vermisste ihn, und fragte mich ständig: »Warum ist das so?« Als ich mit

Alice im Gartenzimmer saß, sagte ich: »Alice.« Sie sah von ihrer Näherei auf. »Ich denke gerade an Charles.«

»Ja. Er wird sich freuen, dich wiederzusehen.«

»Ist er wirklich mit mir verwandt?«

»Das hat er dir doch erzählt oder nicht? Und er heißt ganz sicher Morgeson.«

»Aber wir sind doch völlig verschieden, findest du nicht?«

»Völlig; aber warum fragst du?«

»Er hat so eine starke Wirkung auf mich.«

»Wirkung auf dich?«, wiederholte sie.

»Ja«, und mit Mühe, »ich glaube, ich auch auf ihn.«

»Du bist sehr hübsch«, sagte sie mit einer leichten Schärfe. »Das sind Blumen auch«, sagte ich zu mir selbst.

»Das ist es nicht, Alice«, antwortete ich missmutig, »du weißt, was ich meine.«

»Dann bist du eben besonders; vielleicht mag er dich deshalb. Er ist eigenartig, weißt du, aber seine Eigenartigkeit hat mich nie gestört.« Und sie nahm ihre Näherei mit gelassener Miene wieder auf.

»Veronica ist auch eigenartig«, kam mir in den Sinn, »aber die Eigenart geht da in eine andere Richtung.« Ihr Bild erschien mir, blass, zart, unnachgiebig. Ich kam mir vor wie Seetang, der an ihr Fundament schlug.

»Du solltest meine Schwester mal sehen, Alice.«

»Charles erwähnte sie, er sagte, sie spiele wunderbar Klavier. Wenn du dich nächste Woche stark genug fühlst, fahren wir nach Boston und machen unsere Wintereinkäufe. Übrigens, ich hoffe, deine Nerven sind nicht strapaziert. Um auf Charles zurückzukommen, es ist mir aufgefallen, wie wenig du mit ihm sprichst. Du weißt doch, dass er nie redet. Der Einfluss, von dem du sprichst – der ist doch nicht der Grund dafür, dass du ihn nicht magst?«

»Nein, ich wollte sagen – ich drücke mich wohl ungeschickt aus – dass ich möglicherweise zuviel an ihn denke; schließlich ist er dein Ehemann, obwohl ich ihn eigentlich nicht besonders interessant oder angenehm finde.«

Sie lachte, als sei sie höchst amüsiert und sagte: »Also, was unsere Kleider angeht. Du brauchst ein Ballkleid und ich auch; denn es wird diesen Winter Bälle geben, und wenn die Kinder gesund sind, gehen wir hin. Ich meine außerdem, du solltest auf jeden Fall einen grauen Stoffmantel mit Pelzbesatz bekommen. Wir ziehen uns für die Kirche immer sehr gut an.«

»Vielleicht«, sagte ich. »Und wie sähe ein grauer Hut mit Federn aus? Ich muss erst an Vater schreiben und um mehr Geld bitten.«

»Natürlich, aber er gibt dir doch soviel du willst.«

»Er ist nicht ganz so reich; wir leben nicht so elegant wie ihr.«

Die Teestunde war gekommen, als wir unser vertrauliches Gespräch beendet hatten, und Alice schickte mich bald danach zu Bett. Ich war angenehm schläfrig als ich Charles in den Stall einfahren hörte. »Da ist er«, dachte ich mit leichtem Herzen, denn ich fühlte mich besser, seit ich mit Alice über ihn gesprochen hatte. Ihre sachliche Art hatte die Spinnweben, die sich um meine Phantasie gewoben hatten, weggeblasen.

Ich sah ihn am nächsten Morgen am Frühstückstisch. Er notierte etwas in seinem Notizbuch, was ihm einen Vorwand lieferte, mir nicht die Hand reichen zu müssen; aber er sprach freundlich mit mir, sagte, er freue sich, mich zu sehen, hoffe, es gehe mir gut und ich fände etwas zu frühstücken auf dem Tisch, das mir zusagte.

»Aus irgendeinem Grund esse ich hier nicht soviel wie in Surrey.«

Alice lachte, und ich wurde rot.

»Was meinst du, Charles?«, sagte sie, »Cassandra scheint sich Sorgen zu machen wegen der Wirkung, wie sie es nennt, die ihr auf einander habt.«

»Tatsächlich?«

Er hob seine seltsamen, intensiven Augen und blickte direkt in meine; ein blendendes, verstehendes Licht strahlte aus ihnen, dem ich nicht trotzen oder widerstehen konnte, ein Licht, das meine Adern mit einem Feuerstrom füllte.

»Du meinst, dass Cassandra nicht so ist wie du«, fuhr er mit eigenartiger Betonung fort.

»Ich habe ihr gesagt, dass mich deine Eigenheiten nie gestört haben.«

»Das ist richtig.«

»Heute, Alice«, murmelte ich, »gehe ich wieder in die Schule.«

»Du musst gefahren werden«, antwortete sie.

»Jesse wird dich hinfahren«, sagte Charles, während er sich erhob. Alice rief ihn zurück, um ihm von ihrem Plan, nach Boston zu fahren, zu erzählen.

»Unbedingt; ihr solltet auf jeden Fall fahren«, sagte er, und ging seiner Wege.

Ich stellte meinen Antrag bei Vater, erklärte ihm, ich hätte nichts anzuziehen. Er antwortete in aller Eile und bat mich dringend, mich sofort zu bekleiden.

Kapitel XVII

Es war November, als wir aus Boston zurückkamen. Eines Morgens, als Reif auf den abgestorbenen Blättern glitzerte, die noch immer auf die Gehsteige fielen, machten Helen Perkins und ich gerade einen Bummel die Silver Street entlang, hinter der Akademie, als wir Dr. White in seinem Einspänner die Straße herunter kommen sahen. Er schaukelte von einer Seite zur anderen wie eine Wiege. Als er uns erreicht hatte, hielt er an.

»Sind Sie abends lange auf, Miss Morgeson?«

»Nein, Herr Doktor; nur etwa einmal in der Woche.«

»Sie sind schon so ein Fall.« Und er zog nachdenklich mit seinem weiten Hirschlederhandschuh an seinem struppigen Backenbart. »Sie bekommen schon Tränensäckchen unter den Augen – habe ich's Ihnen nicht gesagt? Wie war das noch mal: sagten Sie, dass Sie Ihrem Vater nachschlagen oder Ihrer Mutter?«

»Ich sehe meinem Vater ähnlich. Übrigens, Herr Doktor, ich studiere mein Temperament. Mit Ihren Fragen werden Sie noch eine Ungläubige aus mir machen.«

Helen lachte. Sie starrte ihn an und nannte ihn einen Brummbären und sagte ihm, er solle in ein Krankenhaus ziehen, wo er eine Menge kranker Frauen hätte, über die er sich lustig machen könnte.

»Ich würde dort wenige wie Sie finden.«

Er schnalzte seinem Pferd zu, zügelte es aber noch einmal, streckte seinen Kopf heraus und rief: »Halten Sie Ihre Füße warm, bitteschön. Und lesen Sie Shakespeare.«

Helen sagte, Dr. White habe eine unglückliche Liebe erlebt und viel später eine verwachsene Frau geheiratet – vielleicht der Wissenschaft zuliebe. Seine Fähigkeiten waren über Rosville hinaus bekannt, aber er hatte keinen Ehrgeiz und war ein Exzentriker.

»Er interessiert sich für dich, Cass, das kann ich sehen. Fühlst du dich ganz wohl? Wie steht es mit der Veränderung, von der du sprachst?«

»Dr. White hat seine Theorien; eine davon hat er mir angehängt. Die Natur hat uns, wie er glaubt, fein gestimmt, mit dünnen Saiten. Wenn wir zu viel lachen oder zu lang weinen, verrutscht irgendwo ein Knoten, den ›alle Mannen des Königs‹ nicht wieder aufnehmen können. Vielleicht beurteilt er Frauen nach seiner verwachsenen Ehefrau. Männer bilden so ihre Meinung, glaube ich, und sind dann stolz auf ihre Erfahrung und fangen ihre Reden über uns mit ›Ihr Frauen‹ an. Aber um zu deiner Frage zu kommen – mich überzieht eine Blattfäule, oder Mehltau.«

»Ist in der Knospe ein Wurm drin?«

»Vielleicht ist einer an der Wurzel. Mein Wipfel ist grün und blüht, oder nicht?«

»Du erwartest, dass du ständig in einem Zustand der Glückseligkeit bist. Was ein Staubkorn im Auge eines anderen ist, ist in deinem der graue Star. Du bist wütend auf deine Blindheit und kämpfst gegen die Luft, weil du nicht sehen kannst.«

»Ich habe den Eindruck, dass ich sehr wenig sehe, vor allem, wenn ich deinen Scharfblick bedenke. Dein gesunder Menschenverstand ist monströs.«

»Es wird schon irgendwie recht werden mit dir, vielleicht wenn zwanzig Jahre vergeudet sind«, antwortete sie traurig. »Da läutet es schon das erste Mal! Ich kann noch kein Wort von meiner Rhetorik-Lektion«, und öffnete ihr Buch und deklamierte: »›Mensch, du Pendel zwischen Lächeln und Tränen.‹ Gehst du in Professor Simpsons Klasse?«, und machte es wieder zu. »Ich kann den neuen Tanz«, und fing an, ihn auf dem Gehsteig vorzuführen. Die Tür eines Hauses auf der anderen Straßenseite ging auf, und heraus kam ein großer junger Mann, den Hut in der Hand. Ohne Überraschung erkennen zu lassen, ging er auf Helen zu und tanzte würdevoll dieselben Schritte. Sie beendeten die Figur mit unbewegten Gesichtern. »Komm jetzt«, sagte ich und nahm ihren Arm. Er machte daraufhin eine Reihe von Verbeugungen in unsere Richtung, zog sich zum Haus zurück, sein Gesicht noch immer uns zugewandt, bis er die Tür erreichte und zumachte. Er war groß und kräftig, mit rotem Haar und durchdringenden schwarzen Augen, und sah wie ungefähr dreiundzwanzig aus. »Wer kann das wohl sein, Helen?«

»Ein Fremder; wahrscheinlich ein junger Mann, der wegen Dr. Price hier ist, oder ein Jurastudent. Jedenfalls ist er neu hier. Er hat keines dieser obskuren Gesichter; wenn es schon zu sehen gewesen wäre, hätten wir es wiedererkannt.«

»Dann werden wir ihm wohl wieder begegnen.«

Was wir auch taten, schon am nächsten Tag, einem Mittwoch, im Saal, wo wir hingegangen waren, um den Jungen beim Deklamieren zuzuhören. Ich sah ihn ganz allein auf einem Stuhl sitzen, statt bei einer der Klassen zu sein. Er war in finstere Gedanken vertieft und merkte nicht, dass er beobachtet wurde. Beide Hände steckten in den Taschen, und die Beine hatte er so lang ausgestreckt, dass die Hosen die Stiefel hinauf gerutscht waren, deren Sohlen er gegeneinander schlug, ohne auf den Lärm zu achten, den sie machten. Trotz seiner roten Haare fand ich, dass er gut aussah, mit seiner Adlernase und seinem energischen, geteilten Kinn. Helen und ich saßen ihm gegenüber am unteren Ende des Saals, aber er sah uns nicht, bis der erste Junge das Podium bestieg und eine von Ciceros Reden herausspie. Da blickte er auf und ein Lächeln verbreitete sich auf seinem Gesicht. Er zog die Hände aus den Taschen, die Beine hoch, und musterte die lange Reihe der Mädchen gegenüber, beginnend am oberen Ende des Saals. Als seine Augen uns erreichten, schoss ein Strahl des Wiedererkennens herüber. Er hob die Hand, wie um uns zu grüßen, und ich bemerkte, dass sie auffallend schön war, klein und weiß, und geschmückt mit einem altmodischen Ring. Normalerweise versammelten wir uns nach den Übungen um Dr. Price, um ein paar Worte mit ihm zu wechseln. Und dieses Mal war keine Ausnahme, denn Dr. Price mit seiner Doppelbrille und mit seinem Seidentaschentuch in der Hand beantwortete unsere Fragen, als er plötzlich eine Berührung spürte, innehielt, sich rasch umdrehte und den Fremden sah.

»Wären Sie so freundlich und würden mich den beiden jungen Damen neben Ihnen vorstellen? Wir sind uns schon begegnet, aber ich weiß nicht, wie sie heißen.«

»Ach«, sagte der Doktor, nahm die Brille ab und putzte sie in aller Ruhe. Dann sagte er mit lauter Stimme, »Miss Cassandra Morgeson und Miss Helen Perkins, Mr. Ben Somers aus Belem bittet mich, ihn Ihnen vorzustellen. Ich füge noch den Hinweis hinzu, dass er, obwohl er ein höheres Semester ist, vom Harvard College verwiesen wurde, und zwar weil er sich an einer blamablen Schlägerei beteiligt hat. Es steht Ihnen frei, ihn zur Kenntnis zu nehmen.«

»Es wäre nett von ihm«, sagte Mr. Somers und trat zu uns heran, »wenn er noch sagen würde, dass ich gewonnen habe.«

»Mit solchen Händen?«, fragte ich.

»Ach, Somers«, fragte der Doktor dazwischen, »kennen Sie sich im Stammbaum der Bellevue Pickersgills gut aus?«

»Aber gewiss. Mein Großpapa, Desmond Pickersgill, kam zwar als Kajütenjunge in dieses Land, war aber der Bruder eines englischen Earl. Das hier ist unser Wappen«, und zeigte den Ring, den er trug.

»Das ist ein bedeutendes Faktum«, entgegnete der Doktor.

Und zu mir gewandt: »Dieser Bursche gehört zu der Familie, die ich Ihnen gegenüber erwähnt habe und aus der ein Mitglied jemanden Ihres Namens geheiratet hat.«

»Ist das die Möglichkeit? Ich habe nie viel über die Familie meines Vaters gehört.«

»Nein«, sagte der Doktor trocken, »Somers hat kein Wappen. Ich bin davon ausgegangen, dass Sie die Pickersgill-Geschichte mit einem Fingerschnipsen produzieren können, als ich Sie gefragt habe.«

»Nur mit dem Stück über dem zweiten Glied des dritten Fingers an meiner linken Hand.«

Ich fand das Verhalten von Dr. Price peinlich.

»Ist Ihre Familie aus Troja?«, fragte Mr. Somers mich leise.

»Gefällt Ihnen mein Name nicht? Ist Veronica besser? So heißt meine Schwester, und wir bekamen unsere Namen von unserem Urgroßvater, der eine Somers geheiratet hat, vor hundert Jahren.«

Mir kam Miss Black, meine Lehrerin in Barmouth, in den Sinn, denn ich hatte ihr bei unserer ersten Unterhaltung dasselbe gesagt, aber Mr. Somers holte mich aus meinen Gedanken zurück. Er fragte: »Sind Sie auf der Suche nach Ihrer Schwester? Es liegt mir fern, das Vorgehen Ihres Urgroßvaters zu kritisieren, aber mir ist der Name Veronica lieber, und ich stelle mir vor, dass die Person, die ihn trägt, ein schmales Gesicht hat, nahe zusammenstehende Augen und volles blondes Haar, das glatt herunterhängt, dass sie lange Hände hat, gotische Architektur mag und ihren eigenen Willen hat.«

»Aber niemals tanzt«, fügte Helen hinzu.

Jeden Mittwochabend fand bei irgend jemandem zu Hause eine Whist-Partie statt. Diesmal hatte Alice sie zusammengestellt und mehr als die übliche Zahl von Gästen eingeladen. Ich lud Mr. Somers ein, hinzukommen.

»Frack?«, erkundigte er sich.

»Nein, nein.«

»Trägt Rosville sehr gestärkt?«

»Nein, nein.«

»Dann gehe ich ganz bestimmt zu den gesellschaftlichen Anlässen, solange ich ungestärkt auftreten kann.«

Er verbeugte sich und zog sich mit Dr. Price zurück, ging mit ihm über den Grasplatz und schaute zu Boden.

Ich trug ein dunkelblaues Seidenkleid für den Abend, mit zimtfarbenen Satinstreifen, ein Kleid, das Alice begutachtet hatte. Sie steckte mir ein Paar Perlenohrringe an die Ohren und sagte mir, ich hätte nie besser ausgesehen. Es war das erste Mal seit Großvaters Tod, dass ich kein schwarzes Kleid trug. Meine kurzen Ärmel bestanden aus gepufftem Samt, und ein Brusttuch aus Spitze war mit blauem Band über meinem geschnürten Mieder befestigt. Während ich mein Kleid zurechtzog, überkam mich ein triumphales Gefühl meiner eigenen Schönheit. Kleopatra hätte sich ihrer Reize nicht sicherer sein können als ich. »Wie erfreulich«, dachte ich, »dass es das Tor der Schönheit ist, durch das das Geistesvermögen einer Frau in Erscheinung treten kann.«

Ich ging schon hinunter, während Alice bei den Kindern blieb, bis die Türglocke zum ersten Mal läutete.

»Wo ist Charles?«, fragte ich, nachdem wir die Bancrofts begrüßt hatten.

»Er wird rechtzeitig zum Spiel kommen, denn er mag Whist. Du auch?«

»Nein.«

Wir wechselten keine weiteren Worte, aber mir fiel auf, wie fröhlich und nett sie den ganzen Abend war.

Ben Somers kam früh und mit einem Anfall von Nonchalance, zum Ärger etlicher junger Männer, der normalen Beaus, die ihn mit einer Impertinenz betrachteten, die ihm Vergnügen machte.

»Hier kommt«, sagte er, »›der Götter Tochter selbst, von göttlicher Statur und göttlich schön.‹« Womit er mich meinte, was ihren Verdruss noch erhöhte.

»Kommen Sie ans Klavier«, bat ich. Helen war dort, aber seine Augen ruhten nicht auf ihr, sondern auf Charles, den er zum ersten Mal an diesem Abend sah. Ich machte sie miteinander bekannt.

»Cassandra«, sagte Charles, »wollen wir im Ostzimmer eine Partie spielen? Miss Helen, machen Sie mit? Mr. Somers, sind Sie dabei?«

»Gewiss. Miss Morgeson, wollen Sie meine Partnerin sein?«

»Werden Sie dann mit mir zusammen spielen, Miss Helen?«, fragte Charles.

»Wenn Sie es denn wünschen«, sagte sie ziemlich uncharmant.

Wir nahmen im Ostzimmer, das sich zum Salon hin öffnete, an einem kleinen Tisch am Kamin Platz. Die Astrallampe vom Mitteltisch im Salon schien in unser Zimmer und verstellte den Blick auf uns. Ich saß am Fenster, dessen Vorhang aufgezogen war und dessen Läden offen standen. Ein paar gelbe Blätter klebten an den Scheiben, unberührt vom melancholischen Wind, der durch die Ritzen seufzte. Charles saß mir zur Rechten, am Kaminsims. Das Licht eines Armleuchters schien ihn und Mr. Somers an, während Helen und ich im Schatten saßen. Mr. Somers teilte die Karten aus, und wir begannen das Spiel.

»Wir werden Sie schlagen«, sagte er zu Charles.

»Nicht, wenn Cassandra nicht besser geworden ist«, antwortete er.

Ich versprach, mein Bestes zu geben, wurde der Sache aber bald müde, und wir wurden geschlagen. Zu meiner Überraschung war Mr. Somers verärgert. Seine unumstößliche Gelassenheit verschwand; er saß kerzengerade, seine Augen blitzten, und er sagte mir, ich müsse besser spielen. Wir begannen ein neues Spiel, das wir seiner Meinung nach sicher gewinnen würden. Ich schaute in mein Blatt, und es herrschte Stille, bis Mr. Somers ausrief, »Versuchen Sie jetzt nicht zu trumpfen, Mr. Morgeson.«

Ich blickte auf den Tisch, um zu sehen, welche Karte er spielen würde, aber als keine kam, sah ich ihn an, um den Grund zu erfahren. Er hatte uns vergessen und war in Gedanken versunken, wobei er mich anstarrte. Er war von der Einsicht in etwas, das ihn bewegte, gefangengenommen. Ich musste unbedingt verhindern, dass Helen und Mr. Somers das bemerkten! Ich mischte die Karten geräuschvoll, raschelte mit meinem Kleid, schaute links und rechts nach meinem Taschentuch, um den Bann zu brechen.

»Wie der Wind klagt!« sagte Helen. Ich verstand ihren Ton. Sie durchschaute ihn, ebenso wie ich.

»Ich *mag* Rosville, Miss Perkins«, rief Mr. Somers.

»Wirklich?«, sagte Charles und knallte seine Karte hin, als ob er gerade erst an die Reihe gekommen wäre. »Ich muss den Trumpf ausspielen, Ihnen zum Trotz.«

»Ich mag nicht mehr spielen«, sagte ich.

»Wir haben verloren, Miss Perkins«, sagte Mr. Somers und stand auf. »Bringen Sie's her«, zu einem Diener, der mit einem Tablett voll Gläsern vorbeiging. Er trank ein Glas Wein, bevor er uns welchen anbot. »Und jetzt Musik!« Er bot Helen seinen Arm und führte sie hinweg. Charles und ich blieben am Tisch. »Übrigens«, sagte er abrupt, »ich habe vergessen, dir einen Brief von deinem Vater zu geben – hier ist er.« Ich streckte meine Hand über den Tisch aus, er hielt sie fest. Ich stand auf und stand neben ihm.

»Cassandra«, sagte er schließlich und wurde aschfahl, »gibt es eine andere Welt als die, in der wir uns befinden?«

Ich hob die Augen und sah mein eigenes bleiches Gesicht im Spiegel über dem Kaminsims über seinem Kopf.

»Was siehst du?«, fragte er und stand auf.

Ich zeigte auf den Spiegel.

»Ich fange an zu glauben«, sagte ich, »dass es eine andere Welt gibt, eine, die mit Kreaturen wie denen, die wir hier sehen, bevölkert ist. Was sind sie – niederträchtig, falsch, feige?«

»Feige«, murmelte er. »Willst du mich dazu bringen, dich zu vernichten? Können wir einander anlügen? Schau!«

Er drehte mich vom Spiegel weg.

In diesem Augenblick schlug Helen donnernd auf die Klaviertasten.

»Charles, gib mir – gib mir den Brief.«

Er sah abwesend auf dem Fußboden umher; er hielt ihn zerknüllt in der Hand. Eine Seitentür schloss sich, und ich stand alleine da. Ich kniff mir in die Backen und rieb meine Lippen, um wieder Farbe hinein zu zwingen. Ich ging in den Salon zurück. Mr. Somers kam mit einem Glas Wein auf mich zu. Es war voll, und etwas ergoss sich auf mein Kleid. Er bot nicht an, ihn abzuwischen. Danach widmete er sich Alice, unterhielt sich leichthin mit ihr und betrachtete sie genau. Ich machte die Runde der Anwesenden, schaute den Whistspielern zu, plauderte mit denen, die sich unterhielten, setzte mich schließlich auf einen Stuhl und Helen gesellte sich zu mir.

»Ich gehe jetzt«, sagte sie.

»Warum gehen sie nicht alle?«

»Schau, wie Mr. Somers bei Mrs. Morgeson einen guten Eindruck zu machen versucht. Was für eine Frau ist sie, Cass?«

»Geh und finde es selbst heraus.«

»Ich fürchte, ich habe nicht deine Gabe, Leute zu durchschauen.«

»Hörst *du* jetzt den Wind klagen, Helen?«

Sie wurde rot und sagte: »Gehen wir ans Fenster. Ich glaube, es regnet.«

Wir standen hinter den Vorhängen und lauschten, wie es auf den Boden der Veranda tropfte und die Scheiben hinunterrann wie Tränen.

»Helen, wenn man so leise weinen könnte, wie der Regen fällt, und das Gesicht so ohne Falten bliebe wie das Glas, dann wäre es schön zu weinen.«

»Fällt es dir schwer zu weinen?«

»Ich kann mich nicht mehr erinnern, es ist so lange her.«

Mein Ohr vernahm einen Schritt auf der Veranda.

»Wer ist das?«, fragte sie.

»Es ist ein Mann.«

»Morgeson?«

»Morgeson.«

»Cassandra?«

»Cassandra.«

»Ich kann weinen«, und Helen bedeckte ihr Gesicht.

»Weine nur zu. Gib mir einen wilden Tränenschauer, mit Donner und Blitz dazwischen, wenn du willst. Kein Einsinken und Durchweichen und Nieseln.«

Die Schritte kamen bis dicht ans Fenster. Sie waren nicht im Einklang mit Regen und Dunkelheit, sondern mit dem heißen Pochen meines Herzens.

»Wir brechen auf«, rief Mr. Somers. »Mr. Bancrofts Wagen ist bereit, soll ich ausrichten. Es ist pechschwarz draußen.«

»Ja«, sagte Helen, »ich bin schon bereit.«

»Im Hof sind ein Dutzend Chaisen. Mr. Morgeson ist da und es gibt Laternen. Ich habe den Eindruck, er kennt sich mit Pferden aus.«

»Mögen Sie Pferde?«, fragte ich.

»Überhaupt nicht.«

Jemand rief nach Helen.

»Gute Nacht, Cass.«

»Gute Nacht. Werd nicht nass.«

»Gute Nacht, Miss Morgeson«, sagte Mr. Somers, als sie gegangen war. »Gute Nacht und guten Morgen. Meine Bekanntschaft mit Ihnen hat begonnen; sie wird niemals enden. Sie haben mich für einen Knaben gehalten; ich bin genau in Ihrem Alter.«

»›Niemals‹ ist eine langes Wort, Knabe Somers.«

»In der Tat.«

Es regnete die ganze Nacht. Ich wurde des monotonen Tropfens müde. Wenn ich überhaupt schlief, verwandelte es sich in eine Stimme, die in einem Brief gefangen war, den ich nicht öffnen konnte.

KAPITEL XVIII

Alice war ungewöhnlich fröhlich am nächsten Morgen. Sie rühmte Mr. Somers und konnte sich gar nicht vorstellen, warum man ihn vom College gewiesen hatte.

»Magst du ihn nicht auch, Cassandra? Seine Familie ist untadelig.«

»Er ebenso, scheint mir, außer, was seine Fäuste angeht. Aber woher weißt du, dass seine Familie untadelig ist?«

»Charles hat in Boston Erkundigungen eingezogen und gehört, dass seine Mutter eine der reichsten Erbinnen in Belem ist.«

»Hast du dich gestern Abend gut amüsiert, Alice?«

»Ja, ich mag Whist-Partien. Dir ist aufgefallen, dass Charles in dieser Richtung kein besonderes Talent hat. Hat er sich während des Spiels überhaupt mit Mr. Somers unterhalten? Ich war so beschäftigt, dass ich gar nicht reinkommen konnte. Im übrigen muss ich jetzt los und sehen, ob der Salon aufgeräumt ist.«

Ich folgte ihr mit meiner Haube in der Hand, denn es war Zeit für die Schule. Sie sah sich um, ging dann zum Kaminsims und nahm die Kerzenstümpfe aus den Leuchtern, sah in den Spiegel und sagte: »Ich sehe heute morgen schrecklich aus.«

»Ich auch?«, fragte ich über ihre Schulter hinweg, denn ich war fast einen Kopf größer als sie.

»Nein, du bist zu jung, um morgens erschöpft auszusehen. Deine Augen sind so klar wie bei einem Kind; und wie blau sie sind.«

»Sanft und kindchengleich, nicht wahr? Fast grün vor Unschuld. Aber Charles hat teuflische Augen, findest du nicht auch?«

Staunend, mit offenem Mund und die Hände voller Kerzenstümpfe wandte sie sich zu mir um. »Cassandra Morgeson, bist du noch bei Sinnen?«

»Leb wohl, Alice.«

In den nächsten vierzehn Tagen sah ich Mr. Somers nur bei den Betstunden. Jedoch machte er in dieser kurzen Zeit viele Bekanntschaften. Helen erzählte mir, dass er sich entschlossen habe, bei Richter Ryder Jura zu studieren, und dass er sie gefragt habe, wie lange ich wohl in Rosville bleiben würde. Man hatte in seinem Verhalten nichts Exzentrisches entdecken können, aber sie war überzeugt davon, dass er uns schon bald alle überraschen werde. Am ersten Mittwoch nach unserer Einladung fehlte ich bei der Deklamationsübung; aber bei der nächsten nahm ich wie üblich meinen Platz neben Helen ein.

»Dies wird der erste und letzte Auftritt von Mr. Somers auf unserer Bühne sein«, flüsterte sie. »Eine Laune veranlasst ihn, heute zu kommen.«

Er machte Dr. Price große Freude, indem er aus dem Agamemnon von Aischylos übersetzte.

> »Klytämnestra tritt wieder ein.
> ›*Männer! Bürger! Ihr Ältesten von Argos, die ihr hier versammelt seid.*‹«

»Wer war Agamemon?«, flüsterte ich.

»Er nahm Cassandra auf ihre letzte Fahrt mit.«

»Hat er sie zum Kentern gebracht?«

»Lern Griechisch und du wirst es erfahren«, entgegnete sie, und sah ihn missbilligend an, als er die Bühne verließ.

Wir gingen nach der Schule in der Silver Street spazieren und er gesellte sich zu uns.

»Lesen Sie Griechisch?«, fragte er sie.

»Mein Vater ist Professor für Griechisch und ich musste es schon als kleines Mädchen lernen.«

»Der Name Cassandra hat mich inspiriert, meine Kenntnis der Tragödien aufzupolieren.«

Helen und er führten ein homerisches Gespräch, während ich still neben ihnen herging und dachte, dass Cassandra besser zu Veronica gepasst hätte, und zu mir gar kein Name passte. Ohne dass ich es mir erklären konnte, begann Helen zu trödeln und gab vor, sie wolle den Wolken nachsehen. Doch als ich mich umdrehte, sah sie zu Boden. Mr. Somers erbot sich, meine Bücher zu tragen.

»Tragen Sie die von Helen, sie ist kleiner als ich.«

»Zum Teufel mit Helen!«

»Und mit den Büchern auch, wenn Sie so wollen. Helen«, rief ich, »warum trödelst du? Es wird Zeit fürs Mittagessen. Wir müssen nach Hause.«

»Ich bin mehr als bereit fürs Mittagessen«, antwortete sie. »Kommst du heute Nachmittag zu uns und trinkst Tee mit mir?«

»Oh, Miss Perkins, laden Sie mich doch bitte auch ein«, bat er. »Ich möchte Ihnen Tennyson nahebringen.«

»Ist er ein Verwandter von Agamemnon?«, fragte ich.

»Ich werde Mrs. Bancroft fragen, ob ich Sie auch einladen darf«, sagte Helen, »wenn Sie sicher sind, dass sie auf einen dummen Familientee Lust haben.«

»Ich bin ganz sicher. Tennyson, obgleich ein eminenter Gräzist, ist nicht verwandt mit der Person, von der Sie sprachen.«

Wir trennten uns am Ende der Silver Street in der Erwartung, einander vor dem Abend wieder zu treffen. Helen sandte mir Nachricht, ich solle auf jeden Fall kommen, da sie Mr. Somers dazugebeten habe, und dass Mrs. Bancroft den Tee bereits vorbereite. Alice fuhr mit mir zusammen hin, um Mrs. Bancroft einen Besuch abzustatten. Die beiden Damen verglichen ihre Kinder und als Alice gerade dabei war, aufzubrechen, erschien Mr. Somers. Sie blieb noch ein paar Augenblicke, um mit ihm zu plaudern und sagte mir, als sie schließlich aufbrach, dass Charles mich auf dem Heimweg von der Fabrik abholen würde.

Meine Augen wanderten zu Mr. Somers. Seine sagten: »Nein, geh mit *mir* heim.«

»Gut, Alice, was immer das einfachste ist«, antwortete ich ruhig.

Mrs. Bancroft war eine mütterliche Frau und Mr. Bancroft ein väterlicher Mann. Fünf Kinder saßen um den Teetisch, alle mit der Bancroft-Nase ausgestattet. Helen und ich saßen zu beiden Seiten von Mr. Somers. Der Tisch erinnerte mich an unseren Tisch in Surrey, so sehr war er mit Bergen von Essbarem beladen; aber das Geschirr war aus einem Service und hübsch. Ob Mutter wohl das neue Service in Boston gekauft hatte? Während ich mein zweites warmes Biskuit mit Butter bestrich, dachte ich an Veronica; dann an das Meer. Wie es wohl aussah? Horch! Seine Stimme war mir im Ohr! Ob ich wohl auf das Dach klettern könnte? Ob ich dann nicht vielleicht den Nebel sehen könnte, wie er über unserer tiefliegenden See bei Surrey hing?

»Nehmen Sie Quitten- oder Apfelgelee, Miss Morgeson?«, fragte Mrs. Bancroft.

»Apfel, wenn Sie gestatten.«

»Schreiben Sie oft an Ihre Schwester?«, fragte Mr. Somers, während er mir das Apfelgelee reichte.

»Ich schreibe ihr überhaupt nicht.«

»Erzählen Sie mir von Surrey?«

»Mr. Somers, soll ich Ihnen einen Pudding reichen?«

»Nein, vielen Dank, gnädige Frau.«

»Surrey ist einsam, evangelikal, primitiv.«

»Belem ist auch öde; das meiste geht nach Boston oder nach Indien.«

»Riecht es nach Sandelholz? Und haben alle Leute Teedosen? Siehe: Geschichten über Indien.«

»Wir haben eine Kiste mit komischen Sachen aus Kalkutta.«

»Werden Sie bei Richter Ryder Jura studieren?«, erkundigte sich Mr. Bancroft.

»Ich glaube schon.«

Dann schob Helen ihren Stuhl zurück; und Mrs. Bancroft stand so lange an ihrem Platz, dass wir zur Tür des Salons gelangen konnten.

»Und ich muss ins Büro«, sagte Mr. Bancroft. So hatten wir den Salon für uns. Doch Mr. Somers las uns nicht Tennyson vor – er hatte das Buch vergessen.

»Wir wollen einen Pakt schließen«, sagte er. »Ihr müsst mich Ben Somers nennen und ich darf euch Cassandra und Helen nennen?«

»Ja«, antworteten wir.

»Lasst uns Vertraute sein.«

Und die waren wir. Ich ließ mich dazu hinreißen, von meinem Leben zu Hause zu erzählen. Meine Bemerkungen, ohne vorherige Überlegung gemacht, bewiesen, dass ich Ideen und Gefühle besaß, die bis dato unbekannt waren. Ich fühlte mich in seiner Gegenwart nicht befangen, und obwohl ich sein Interesse an mir bemerkte, spürte ich keine Erregung. Helen vertraute uns an, dass sie verlobt sei. Sie rollte ihren Ärmel hoch, um uns ein Armband zu zeigen, das mit Tinte auf ihren Arm tätowiert war, und die Initialien »L.N.« aufwies. Es seien die ihres Cousins, sagte sie. Er war Seemann und irgendwann, so nahm sie an, würden sie heiraten.

»Wie konntest du zulassen, dass dein Arm so verunstaltet wird?«, fragte ich.

Mit blitzenden Augen antwortete sie, dass sie das Zeichen bisher nicht in solchem Licht gesehen habe.

»Wir sind vielleicht alle tätowiert«, sagte Mr. Somers.

»Ich bestimmt«, dachte ich.

Er erzählte uns seinerseits, dass er reich werden würde. »Wir sind fünf. Das Vermögen meiner Mutter wird ziemlich zerteilt werden, aber es wird erst zugeteilt, wenn der jüngste einundzwanzig ist. Ich versichere euch, wir sind ungeduldig.«

»Jemand aus deiner Familie hat wohl eine Morgeson geheiratet«, bemerkte ich an dieser Stelle.

»Ich habe das Vater geschrieben. Er muss über die Umstände Bescheid wissen, obwohl er nie Gelegenheit hat, sich über *seine* Linie zu verbreiten. Der Arme! Er hat die Gicht und verbringt seine Zeit mit Experimenten in Sachen Temperatur und Diät. Wirst du Belem einmal besuchen? Ich werde auf jeden Fall nach Surrey kommen.«

Mrs. Bancroft unterbrach uns, und bald danach traf Mr. Bancroft ein; er roch nach Rauch. Es wurde zehn Uhr, aber niemand holte mich ab. Um halb elf legte ich meinen Schal um, um zu Fuß nach Hause zu gehen; da fuhr Charles am Tor vor.

»Sag«, sagte Ben Somers leise, »dass du mit mir gehst.«

»Bin ich zu spät, Cassandra«, rief Charles und sprang mit einer Verbeugung nach allen Seiten die Stufen hinauf. »Gut, dass du schon fertig bist, Nell ist ungeduldig.«

»Meine Liebe«, wandte sich Mrs. Bancroft an mich, »wie können Sie es wagen, sich der Gnade solch schrecklicher Bestien anzuvertrauen, wie Mr. Morgeson sie zu fahren beliebt?«

»Komm«, sagte er und berührte meinen Arm.

»Willst du nicht zu Fuß gehen?«, sagte Mr. Somers laut.

»Zu Fuß gehen?«, wiederholte Charles. »Nein.«

Ich folgte ihm. Nell hatte bereits den Zaun angebissen, und als er sie losband gab er ihr einen Schlag. Sie stieg nicht, denn sie kannte die Hand, die sie schlug. Wir jagten durch die langen Schatten des Mondlichts davon.

»Charles, was hat Ben Somers in Harvard angestellt?«

»Er war in einen nächtlichen Kampf verwickelt und hat sich manchmal betrunken; das ist eine Familienangewohnheit.«

»Sag bitte, warum hast du dich nach ihm erkundigt?«

»Weil ich mich für ihn interessiere.«

»Du magst ihn also?«

»Ich verabscheue ihn; du auch?«

»Ich mag ihn.«

Er beugte sich zu mir herunter und sah mich an.

»Du lügst.«

Ich gab keine Antwort.

»Ich sollte dich um Verzeihung bitten, denke aber nicht daran. Ich verreise morgen. Gib mir deine Hand und sag Lebewohl.«

»Lebewohl denn. Ist Alice noch auf? In ihrem Zimmer bewegt sich ein Licht.«

»Und wenn, dann wartet sie jedenfalls nicht auf mich.«

»Ich habe dir Kaffee gekocht«, sagte sie, sobald wir hereinkamen, »in meinem französischen Kaffeekocher. Ich habe dir auch deinen Koffer gepackt, Charles, und lasse dir Frühstück machen. Cassy, wir frühstücken, wenn er weg ist.«

»Ich muss noch etwas schreiben, Alice. Sieh zu, dass die Pferde bewegt werden. Bitte Parker, sie auszufahren. Die Männer, die das Gewächshaus erweitern sollen, kommen morgen.«

»Ja.«

»Ich werde mir bessere Pflanzen besorgen, wenn ich unterwegs bin.«

Ich nippte an meinem Kaffee; Alice gähnte fürchterlich und hatte ihre Hand an der Kaffeekanne, bereit nachzuschenken. »Aber Charles«, rief sie aus, »du hast keine Sahne im Kaffee.«

»Nein, habe ich nicht«, und schaute in seine Tasse, »Zucker auch nicht.«

Sie warf ihm einen Würfel zu, er fing ihn und lachte einen seiner abrupten Lacher.

»Wie außerordentlich liebenswürdig«, dachte ich, aber irgendwie gefiel es mir.

»Warum führst du mich in Versuchung, Alice«, sagte ich. »Dr. White sagt, ich darf keinen Kaffee trinken.«

»Versuchung!«, rief Charles. »Cassandra kommt nie in Versuchung. Was sie tut, tut sie, weil sie es will. Mach dir um sie keine Sorgen, Alice.«

»Weil ich es will«, wiederholte ich.

Eine nervöse Vorahnung ergriff von mir Besitz, in dem Augenblick, als ich mein Zimmer betrat. War es der Kaffee? Zweimal in dieser Nacht zündete ich meine Kerze an, sah auf die kleine französische Uhr auf dem Kaminsims und unter das Bett. Schließlich schlief ich ein, erwachte aber mit einem Ruck aus der Dunkelheit des Vergessens und wurde gewahr, dass die Dunkelheit des Zimmers voller Empfindung war. Ein Atemhauch strich mir über das Gesicht, aber ich konnte nichts hören, obwohl ich den Atem anhielt. Ich tastete mit meinen Händen vor mir umher, doch sie kamen mit nichts in Berührung. Meine Ahnungen verflogen und ich schlief, bis Alice nach mir schickte. Ich setzte mich im Bett auf und sann nach; sah mir genau an, wie die Stühle standen, und untersuchte die Tischflächen und die Tür. Nichts war verändert. Doch dann fiel mein Blick auf mein Taschentuch, das neben das Bett gefallen war. Ich hob es auf; es war ein staubiger Fußabdruck darauf zu sehen. Die Glocke erklang und ich warf es unters Bett, zog mich an und rannte hinunter. Alice frühstückte schon, sie hatte das Warten satt gehabt. Sie sagte, das Baby habe bis nach Mitternacht geschrien und Charles sei überhaupt nicht ins Bett gekommen.

»Iss doch bitte den warmen Toast hier, er wurde gerade gebracht.«

»Ich bleibe heute zu Hause, Alice, mich fröstelt. Ist es kalt?«

»Du brauchst ein Feuer in deinem Zimmer.«

»Lass mir heute eins machen, ich möchte gern dort sitzen.«

Sie gab Anweisung, dass das Feuer gemacht wurde, und ging selbst nachsehen, dass es brannte. Bald saß ich davor, meine Füße auf einem Schemel und einen Feuerhaken in der Hand, mit dem ich die rauchigen Kohleklumpen, die auf dem Rost schwelten, zerschlug.

Ich blieb den ganzen Tag dort, sah zum Fenster hinaus, wenn ich die Pferde im Stall trappeln hörte oder Schritte auf der Veranda. Es war ein trüber Novembertag, die Atmosphäre zäh mit weißem Nebel, der die Blätter bündelweise zusammenklebte, auf dem Boden gehäuft. Die Zweige vergossen stumme Tränen über sie, unter einem grauen, gnadenlosen Himmel. Ich las Byron, das einzige Buch im Haus, wie mir schien, denn weder Charles noch Alice lasen irgendetwas anderes als die Zeitungen. Ich sah meine wenigen Besitztümer durch und meine Papiere, die aus Vaters Briefen bestanden. Während ich sie sortierte, kam mir die Idee, an Veronica zu schreiben, und ich rückte meine Schreibmappe zurecht, zog den Tisch näher ans Feuer und begann. »Liebe Veronica.« Nachdem ich dies mehrmals geschrieben hatte, gab ich es auf, schnitt die »lieben Veronicas« ab und machte aus dem Papier Lampenanzünder.

Mittags kam Ben Somers vorbei, um sich zu erkundigen, warum ich in der Schule gefehlt hatte; er ließ ein Buch für mich da. Es waren die Gedichte, die er erwähnt hatte. Ich stieß auf »Fatima«, las es und schrieb es ab. Am Nachmittag kam Alice mit dem Baby herauf.

»Lass mich dein Haar anders flechten«, sagte sie.

Ich stimmte zu; das Baby wurde auf dem Teppich verstaut und ein Stuhl vor den Spiegel gerückt, damit ich Zeuge der Unternehmung werden konnte.

»Was für prachtvolles Haar!«, sagte sie als sie es aufband. »Es ist fast einen Meter lang.«

»Es ist eine ziemliche Mähne, nicht?«

Sie begann, mich zu kämmen. Das Baby krabbelte unter das Bett und kam mit dem Taschentuch in der Hand wieder hervor, kroch zu ihr hin, damit sie es ihm abnähme. Sie hatte mir die Haare über das Gesicht gekämmt, aber ich sah es trotzdem.

»Tu ich dir weh, Cass?«

»Nein, tu ich dir jemals weh, Alice?« Und ich teilte die langen Strähnen über meinen Augen und sah zu ihr auf.

»Gab es in deiner Familie ein paar Verrückte? Ich habe lange schon den Verdacht, dass du so eine Neigung hast.«

»Das Kind erstickt sich gerade mit dem Taschentuch.«

Sie nahm es ihm ab, warf es auf das Bett, gab dem Kind Byron zum Spielen und fuhr mit dem Frisieren fort.

»Jetzt aber«, sagte sie, »ist das nicht ein Meisterwerk der Friseurkunst? Schau dir deinen Hinterkopf an und komm dann runter.«

»Ja, ich komme, denn es geht mir besser.«

Als ich in mein Zimmer zurückkehrte, war es, als träfe ich einen vertrauten Freund.

Einige Tage danach kam Vater nach Rosville. Ich lud Ben Somers und Helen für den einzigen Abend ein, den er bei uns blieb. Nachdem sie gegangen waren, saßen wir in meinem Zimmer und sprachen über vieles. Seine Stimmung war nicht so heiter wie sonst und ich spürte eine undefinierbare Beklemmung, die ich jedoch nicht ansprach. Als er sagte, dass Mutter zerstreuter sei denn je, seufzte er. Ich fragte ihn, wie viele Jahre ich seiner Meinung nach vergeuden müsse, achtzehn seien schon für nichts draufgegangen.

»Du musst den dir bestimmten Weg gehen, vergeudet oder nicht. Ich habe versucht, dein Leben anders als meines in deinem Alter zu gestalten, denn du bist wie ich und ich wollte das Resultat sehen.«

»Wir werden sehen.«

»Während wir Veronica in Ruhe gelassen haben – sie ist Herrin ihrer selbst, außer wenn sie wütend ist. Sie ist ein außergewöhnliches Mädchen, unabhängig von Bekannten und Verwandten und allem anderen. Ich versichere dir, Miss Cassy, sie ist fabelhaft.«

»Fragt sie jemals nach mir?«

»Ich habe sie nur ein einziges Mal deinen Namen erwähnen hören. Sie fragte, wer deine Lehrer seien. Ihr liebt einander nicht, vermute ich. Was es zwischen nahen Verwandten doch für Hass gibt! Bitter, bitter«, sagte er ruhig, als ob er an etwas dächte, das des Hasses, von dem er gesprochen hatte, nicht fähig war.

»Du denkst an Großvater John Morgeson. Ich hasse Veronica nicht. Ich glaube, ich liebe sie. Auf jeden Fall interessiert sie mich.«

»In unser aller Blut dasselbe Kribbeln, Cassy. Ich mochte meinen Vater nicht, aber Gott sei Dank habe ich mich ihm gegenüber anständig benommen. Es muss spät sein.«

Als er mich küsste und wir einander ansahen, erkannte ich wie ähnlich ich ihm war. »Er hat Erfahrungen gemacht, die ich nie haben werde«, dachte ich. »Warum soll ich ihm von meinen erzählen?« Aber ein überwältigender Drang packte mich, mit ihm von Charles zu sprechen. »Vater«, und ich legte ihm meine Hände auf die Schultern. Er stellte seine Kerze auf den Tisch zurück.

»Du siehst hungeräugig aus, gierig. Was ist los? Bist du gesund?«

»Nein.«

»Du bist ein wenig älter geworden. Dein Gesicht ist nicht mehr so fest.«

Mein Drang erstarb. Schluckend begrub ich ihn.

»Findest du?«

»Ihr seid doch alle gleich. Lass dir etwas raten: werde nicht krank. Wenn du krank bist, dann verbirg es so gut wie möglich. Männer mögen keine kranken Frauen.«

»Ich werde mit diesem Älterwerden sobald als möglich aufhören. Es *ist* schon spät. Gute Nacht, Papa.«

Ich betrachtete mein Gesicht sobald er die Tür geschlossen hatte. Da gab es *wirklich* einen Wandel. Nicht den Wandel von Gesundheit zu Krankheit, aber ein Ausdruck lauerte da – die Spiegelung eines unentdeckten Geheimnisses.

Den nächsten Morgen verbrachten wir mit Alice und den Kindern. Es gefiel ihm, dass sie so hübsch und lebhaft war, und seine sanfte Art, sein ruhiges Wesen gefiel ihr. Sie bat ihn, mich ein weiteres Jahr in Rosville verbringen zu lassen; doch er sagte, ich müsse nach Surrey zurückkommen und dass er es nie zulassen würde, dass ich je wieder von zu Hause fortging.

»Sie wird heiraten.«

»Nicht so bald.«

»Nie, meiner Meinung nach«, sagte ich.

»Dann ist es auch gut.«

»Ja«, antwortete sie; »wenn Du ihr ein Vermögen vermachst oder sie etwas lernen lässt. Das wird ihr Bedeutung in der Welt verleihen.«

Ihre Klugheit überraschte mich.

Es tue ihm leid, sagte er, dass Morgeson nicht zu Hause sei. Als er ihn erwähnte, sah ich zum Fenster hinaus und sah wie Ben Somers den Hof betrat. Er kam herein und Alice warf Vater einen bedeutungsvollen Blick zu, der mir nicht entging, und der ihn veranlasste, Ben genau in Augenschein zu nehmen.

»Der Zug wird bald da sein, Mr. Morgeson; soll ich Sie zum Bahnhof begleiten?«

»Unbedingt; komm, Cassy.«

Während wir gingen, berührte er mich und machte ein Zeichen in Bens Richtung. Ich schüttelte den Kopf, was ihn zufriedenzustellen schien. Die restliche Zeit verging mit der Diskussion unserer Verwandschaftsbeziehung, die mit einer Einladung nach Surrey endete, wie ich erwartet hatte.

»Der Chef ist nicht in Sorge, oder?«, fragte Ben auf dem Rückweg.

»Nicht mehr als ich.«

»Wie schade, dass Morgeson nicht zu Hause war!«

»Warum schade?«

»Ich hätte sie gerne zusammen gesehen, sie sind so antipodische Charaktere. Kennt dein Vater ihn gut?«

»Kennt ihn überhaupt jemand gut?«

»Ja, ich kenne ihn. Ich mag ihn nicht. Er ist ein Wilder, lebt nach seinen Instinkten, mit einem einzigen zivilisierenden Element – er liebt die Schönheit – Schönheit wie deine.« Er wurde blass als er das sagte, fuhr jedoch fort. »Er hat noch nie eine Frau wie dich gesehen, aber wer hat das schon? Vergib mir, aber ich beobachte euch beide.«

»Das ist mir nicht entgangen.«

»Das ist mir klar, und es macht dich noch eigensinniger.«

»Du hast selbst gesagt, du seist noch ein Knabe.«

»Ja, aber ich habe das ein oder andere männliche Laster gehabt. Ich bin darüber hinweg, hoffe ich.«

»So dass du Muße hast, die von anderen zu erforschen.«

»Du hast mir nicht vergeben.«

»Ich mag dich; doch was kann ich tun?«

»Bleib bei deiner Sophisterei bis zum Ende.«

KAPITEL XIX

Alice und ich bereiteten den ersten Ball vor, als Charles, der mehrere Wochen abwesend gewesen war, nach Hause kam. Das Gewächshaus war fertig und sah gut aus. Es war dem Gartenzimmer vorgebaut, das wir oft benutzten, seit das Wetter kalt geworden war. Die Blumen und Pflanzen, die es füllten, waren eher wohlriechend und schön als selten. Ich sah ihn nie so guter Laune wie jetzt, als er es mit uns zusammen inspizierte. Auch Alice war guter Stimmung, denn er hatte ihr ein Geschmeide mitgebracht.

»Hat sie nicht vielleicht Geburtstag oder sowas«, sagte er, als er ihr das Schmuckkästchen gab, »damit ich Cassandra dies geben kann?« und zog ein kleines Schächtelchen aus der Tasche.

»Oh ja«, sagte Alice, »zeig her.«

»Willst du es haben?«, fragte er mich.

Ich streckte meine Hand aus, und er steckte mir einen Diamantring an den Ringfinger, der wie ein Stern aussah.

»Wie schön er an deiner langen Hand aussieht!«, sagte Alice.

»Welch unvermutete Neigungen ich bei mir entdecke!«, antwortete ich. »Ich habe Ringe leidenschaftlich gern; der hier entzückt mich.«

Sein dunkles Gesicht rötete sich vor Freude über meine Worte, aber wie gewöhnlich sagte er nichts.

Ein paar Tage nach seiner Rückkehr kam ein Mann in den Hof, der ein mächtiges Pferd führte, das sich ungeduldig gegen sein Halfter sträubte. Er brachte es in den Stall. Charles forderte mich auf, eine Neuerwerbung anzuschauen, die er in Pennsylvania gemacht hatte. Der fremde Mann hing bei den Pferdeboxen herum und betrachtete die Pferde mit Kennermiene, als wir hineingingen.

»Ik muss sagen, Sir«, sagte Jesse, »ik bin bang, dat Vieh da anzufassen. Dat is 'n richtiges Untier, da gibt dat nix.«

»Der wird noch zahm genug; er ist erst vier Jahre alt.«

»Er war nie vor 'ner Kutsche«, sagte der Mann.

»Los, führen Sie ihn heraus.«

Der Mann gehorchte. Das Pferd war ein schönes Tier, schwarz und mit dicker Mähne, aber das Weiße in seinen Augen war nicht klar, sondern rot geädert, und er blähte ständig die Nüstern. Alles in allem fand ich ihn diabolisch.

»Was ist mit seinen Augen los?«, fragte Charles.

»Ich denk, Sir«, antwortete der Mann, »dass sie sich halt entzündet hab'n, auf'm Schiff von New York. Es is nix besonderes, glaub ich.«

Alice fand es schlimm, als sie hörte, dass noch ein weiteres Pferd im Stall stand. Sie wollte es nicht anschauen und sagte, sie würde nie mit Charles ausfahren, wenn er ihn vorgespannt hätte.

Ich hatte Stunden bei Professor Simpson genommen und war bereit für den Ball. Alle Mädchen der Akademie gingen in Weiß, außer Helen, die rosa Seide tragen wollte. Es sollte ein Militärball sein, und Fremde wurden erwartet. Ben Somers und unsere Beaux aus Rosville sollten natürlich dabei sein, alle in Uniform, außer Ben, der die Kleidung eines Gentleman vorzog, wie er sagte – Seidenstrümpfe, Pumps und eine weiße Krawatte.

Um neun Uhr waren wir angezogen, Alice in schwarzem Samt, mit einem Blumenkranz in ihrem schwarzen Haar – ich in einem Mieder aus hellblauem Samt und einem weißen Seidenrock. Wir warteten auf die Ball-Droschke, die uns abholen sollte, wie es der Brauch war, da niemand in Rosville eine geschlossene Kutsche besaß, als Charles ein paar prächtige scharlachrote Blumen hereinbrachte, die er Alice gab.

»Wo sind Cassandras?«

»Sie macht sich nichts aus Blumen. Außerdem würde sie sie an ihren ersten Partner verschwenden.«

Er setzte uns in die Kutsche und ging ins Haus zurück. Ich war froh, dass er nicht mit uns kam, und überließ mich ganz der Aufregung meines ersten Balls. Alice war sofort von ihren Bekannten umringt, und ich wurde von Mr. Parker aufgefordert, eine Quadrille mitzutanzen. Seine Handschuhe waren viel zu groß und seine weißen Hosen viel zu lang.

»Ich habe die Blumen aufgehoben, die Sie mir gegeben haben«, sagte er ganz außer Atem.

»Ach ja, ich erinnere mich. Müssen wir jetzt nicht vorwärts?«

»Mr. Morgeson mag Blumen sehr.«

»In der Tat. Hallo, Miss Ryder.«

Miss Ryder, mein Vis-à-vis, verneigte sich und schaute hochnäsig auf meinen Partner, der nur ein Angestellter war, ihrer dagegen ein Jurastudent. Ich wandte mich sofort mit liebenswürdigem Lächeln Mr. Parker zu und fing eine Art pantomimischer Konversation an, die es ihm warm und ungemütlich werden ließ. Mrs. Richter Ryder segelte am Arm von Ben Somers vorüber.

»Trag deine Schultern nicht so hoch«, flüsterte sie ihrer Tochter zu, die eine davon ziemlich weit aus ihrem Kleid gereckt hatte. »Liebling«, sprach sie laut, »Du brauchst nicht *jeden* Tanz mitzutanzen.«

»Nein, Mama«, und sie ging weiter, während Ben leise hüstelte, aber so, dass ich es hören sollte. Als der Tanz vorüber war, konnten wir Alice nicht finden. Eine Kapelle Blechbläser wechselte sich mit den Quadrille-Musikanten ab und spielte so laut, dass wir schreien mussten, um uns zu verständigen. Ich wurde bald heiser und bat Mr. Parker, Helen zu holen, denn ich hatte sie noch nicht gesehen. Sie stand bei Dr. White, der vorbeigekommen war, um sich das erbärmliche Spektakel anzusehen. Die Luft, sagte er und hob mahnend den Finger in meine Richtung, sei jetzt schon ansteckend; bis Mitternacht würde sie infernalisch werden. Christen sollten sich da nicht aufhalten. »Gehen Sie früh nach Hause, Miss. Ihre Mutter ging nie auf Bälle, da lege ich meine Hand ins Feuer.«

»Wir sind eben klüger als unsere Mütter.«

»Und verruchter. Morgen werden Sie mich rufen lassen.«

»Deine Valencienner Spitze regt die Ryders auf«, sagte Helen. »Ich stand eben in der Nähe von Mrs. Richter Ryder und den Mädchen. ›Habt Ihr schon jemals so einen Emporkömmling gesehen?‹ Und ›Was für ein extravagantes Kleid sie anhat – es ist lachhaft‹, hat Josephine Ryder gesagt. Als Ben Somers diese Attacke auf dich hörte, sagte er, deine Spitze sei ein Erbstück. Da ist er.« Mr. Parker holte sie ab, und Ben Somers machte sich auf die Suche nach einem Sitzplatz. Die Quadrille war vorüber, ich war für die nächste versprochen und er war nicht wiedergekommen. Ich sah ihn nicht mehr bis zum Country-Tanz vor dem Abendimbiss. Er stand am unteren Ende der langen Reihe, gegenüber einem hübschen Mädchen in Blau, und sah sehr feierlich und pompös aus. Ich zog meinen Handschuh von der Hand, die den neuen Diamantring trug, und hielt sie hoch, denn ich dachte, dass er bald in meine Richtung schauen würde. Sein Blitzen erregte seine Aufmerksamkeit, als er umherschaute, und, wie ich erwartet hatte, verließ er seinen Platz und trat hinter mich.

»Woher hast du diesen Ring?«, und wischte sich das Gesicht mit dem Taschentuch.

»Frag Alice.«

»Du bist berechnend.«

»Hübsch, nicht wahr?«

»Und wertvoll. Er hat so viel gekostet wie das neue Pferd.«

»Hast du dazu ein Memorandum angelegt?«

»Das Schicksal hat glänzende Speichen in seinem Rad, nicht wahr?«

»Stammt das aus den griechischen Tragödien?«

»Auf Ihre Plätze, meine Herren«, rief der Tanzmeister, und die Kapelle stimmte den Fisher's Hornpipe-Tanz an. Beim Abendimbiss sah ich Ben Somers, noch immer mit dem hübschen Mädchen in Blau. Er kam jedoch an meinen Platz und fragte mich, ob ich nicht fände, dass sie ein hübsches Spielzeug sei, mit dem ein Mann sich abgeben könne.

»Wieviel Wein hast du schon getrunken? Genug, um der Familientradition genüge zu tun?«

»Du bist ja wirklich gut informiert. Nein, *dafür* habe ich noch nicht genug getrunken, aber Mrs. Ryder hat ihre Jungfrauen mit mir heimgeschickt. Ich fürchte, ihre Lampen sind schon wieder umgefallen. Nach heute Abend trinke ich nichts mehr. Du brauchst nicht noch einmal zu fragen: ›Wieviel?‹«

Mein Feuer war erloschen, als ich zu Hause ankam. Mir brannte und schmerzte der Kopf. Ich war zu müde, mir das Haar aufzubinden, und ich zog und zerrte an meinem Kleid, das hundert Knöpfe und Haken zu haben schien. Als ich ins Bett kroch, wurde ich gewahr, dass es nach Blumen duftete, und als ich zum Tisch hinübersah, entdeckte ich einen Strauß weißer Rosen.

»Rosen sind Unsinn, und Unsinn ist das Leben«, dachte ich.

Als ich die Augen öffnete, stand Alice an meinem Bett, mit einer Glasvase voller Rosen in der Hand.

»Charles hat diese Rosen hierher gestellt, hm?«

»Vermutlich. Wirf sie aus dem Fenster, und mich hinterher. Mein Kopf ist am Platzen.«

»Wohl um wieder gutzumachen, dass er dir gestern Abend keine gegeben hat«, sagte sie weiter. »Er ist wirklich kindisch.«

»Könntest du mir nicht die Haare aufmachen? Sie tun meinem Kopf so weh.«

Sie fühlte meine Hände. Ich hätte Fieber, sagte sie, und lief hinunter, um Charles zu holen. »Cass ist krank, trotz deiner weißen Rosen.«

»Zum Teufel mit den Rosen. Kannst du nicht aufstehen, Cassandra?«

»Im Augenblick nicht. Verschwinde, bitte!«

Er ging rasch hinaus. Alice band mir die Haare auf, machte mir einen Kopfumschlag und spritzte Kölnisch Wasser auf mich, wobei sie die ganze Zeit jammerte, dass nicht sie mich nach Hause gebracht habe. Dann ging sie hinunter, um etwas Tee zu holen, nur um gleich zurück zu kommen und zu sagen, dass Charles versucht habe, Dr. White zu holen, der aber gesagt habe, er würde nicht kommen. Doch kurz danach kam er doch. Bis zum Abend war ich wieder wohlauf.

Dr. Price hielt uns in dieser Woche einen Vortrag über das späte Aufbleiben und ermahnte uns, wenn wir denn ein Interesse an unserer Bildung hätten, uns von Bällen fernzuhalten.

Ben Somers verschwand, und niemand wusste, wo er hingegangen war. Die Ryders waren in heller Aufregung, denn er ging bei ihrer Familie ein und aus, seit er vor sechs Wochen in Richter Ryders Büro zu arbeiten angefangen hatte. Er kehrte jedoch zurück, mit einem neuen, pelzbesetzten Mantel, dem selben Pelz, mit dem mein neuer Mantel besetzt war. Ein starker Schneesturm begann am Tag seiner Rückkehr und schloss uns für einige Tage zu Hause ein, und danach gingen wir ständig schlittenfahren.

Im Januar kam der Vorschlag auf, dass wir zum Gasthof zum Schwanen fahren sollten, zehn Meilen von Rosville entfernt.

Ich hatte seit dem Ball gute Vorsätze gefasst und lehnte es ab, zum zweiten zu gehen, der drei Wochen danach arrangiert wurde. Die Wahrheit war, dass ich mich auf dem ersten nicht amüsiert hatte, aber ich zog es vor, meiner Entscheidung einen tugendhaften Anstrich zu geben. Ich beschloss zudem, die Akademie zu verlassen, sobald der Frühling kam, denn ich fühlte mich nicht mehr als Schulmädchen. Wenn nicht Helen da gewesen wäre, hätte ich nicht solange bleiben können. Sie ging jetzt nur noch zum Zeitvertreib hin, wie sie zugab. Es war ihr zu Hause so langweilig; ihr Vater war in seine Studien vertieft, und sie hatte eine Stiefmutter. Ich nahm mir wiederum vor, fleißiger zu lernen, und übersetzte im Gefolge dieses Vorsatzes »Corinne« zusammen mit Miss Prior und sang eifrig bei Mrs. Lane und hatte einen Lektürekurs bei Dr. Price begonnen.

Ich lehnte zwei Einladungen ab, zur Schlittenfahrt mitzukommen, und an dem Abend, als sie stattfinden sollte, hatte ich mich darauf eingerichtet, die Zeit in meinem Zimmer zuzubringen, mit Oswald und

Corinne. Am Feuer sitzend, mit brennenden Kerzen, hörte ich Glöckchen im Hof klingeln und stampfende Füße auf der Veranda. Alice schickte nach mir. Ich fand Ben Somers bei ihr, der mich bat, in seinem Schlitten Platz zu nehmen. Helen war da, und Amelia Bancroft. Alice zollte mir Beifall dafür, dass ich ihm eine Absage erteilte, aber als er mir ins Ohr flüsterte, dass er in Surrey gewesen sei, änderte ich meinen Entschluss. Sie half mir mit fröhlicher Behändigkeit, ein Merino-Kleid anzuziehen. Es war lila – eine Farbe, die mir heute verhasst ist und die ich niemals trage – und wickelte mich warm ein. Charles erschien, bevor wir losfuhren. »Fährst Du wirklich mit?«, sagte er in einem Tonfall, der sein Mißfallen erkennen ließ.

»Sie fährt wirklich mit«, antwortete Ben an meiner Stelle. »Mr. und Mrs. Bancroft fahren mit«, sagte Helen. »Warum fahren Sie nicht mit Mrs. Morgeson?«

»Die Nacht ist herrlich«, bemerkte Ben.

»Kommt ihr mit?«, fragte ich.

»Wenn Alice möchte. Willst du mit?«, fragte er sie.

»Wollt ihr das?«, fragte sie in die Runde, und alle antworteten: »Ja.«

Wir fuhren voraus. Helen und Amelia saßen eingezwängt auf dem Rücksitz, in einem Büffelfellumhang, während Ben und ich im Schutz des Kutschbocks saßen, genauso eingepackt. Der Mond schien, und als wir die Schlitten der restlichen Partie überholten und uns Grüße zuriefen, wurden wir sehr aufgekratzt. Ben, redselig und beschwingt, unterhielt uns mit seiner guten Laune.

Wir tranken Glühwein am langen Fichtenholztisch im Schwanen, als Charles und Alice eintrafen. Wir waren ungefähr zu dreißigst in dem Raum, der von Talgkerzen erleuchtet war. Als er eintrat, schien es, als ob bei allen Kerzen plötzlich der Docht gestutzt werden müsste, und unser Gelächter erstarb. Alle sprachen voller Respekt mit ihm, aber in einem Tonfall, der deutlich machte, dass er nicht zu uns gehörte. Als er locker den Tisch umrundete, machten alle eine Bewegung, wenn er in ihre Nähe kam, scharrten mit ihren Stühlen auf dem nackten Boden, verschoben ihr Glas Glühwein, oder änderten die Stellung ihrer Arme und Beine. Eine unbeschreibliche Empfindung des Eindrucks, den er auf andere machte, erfüllte mein Herz. Dass er ausgeschlossen war vom Mitgefühl jedes Einzelnen dort, flößte mir Schmerz und Mitleid ein, und zum ersten Mal fühlte ich mich beklommen vor Zärtlichkeit, und eng ums Herz aus Stolz auf ihn. Doch Alice, auf die er nie Eindruck machte, sah nichts von all dem; ihre Fröhlichkeit vertrieb rasch die Steifheit und Stille, die er hervorgerufen hatte. Die Gesellschaft wurde wieder laut, mit Ausnahme Bens, der das Schweigen nicht gebrochen hatte, in das er verfallen war, sobald er Charles' ansichtig wurde. Sein Glühwein stand unberührt vor ihm. Ich rückte an die Ecke des Tischs, um mehr Platz für den Stuhl zu machen, den Charles mir zudrehte. Ben bestellte mehr Wein und schickte ihm ein volles Glas. Ich nahm es dem Jungen ab, der es brachte, und reichte es ihm. »Trink«, sagte ich. Meine Stimme klang seltsam. Er kostete ihn kaum und setzte das Glas gleich wieder ab. Er stützte seinen Arm auf den Tisch, wandte mir sein Gesicht zu und schützte es mit der Hand vor den Blicken der anderen um uns herum. Ich schob eine Kerze weg, die in unsere Gesichter schien.

»Trinkst du nie Wein?«

»Nein, Cassandra.«

»Wie war die Fahrt hier herunter?«

»Wunderbar.«

»Wie steht's mit dem neuen Pferd?«

»Er ist ein schreckliches Vieh.«

»Wann werden wir mit ihm ausfahren?«

»Sobald du Lust hast.«

Der Junge kam herein und sagte, wir sollten bitte alle in den Salon gehen. Unser Raum würde für das Abendessen gebraucht. Sofort stürzte alles mit lautem Gelächter zum Kamin im Salon, aber Charles und ich rührten uns nicht. Ich war damit beschäftigt, die Schleife meiner lila Seidenkrawatte neu zu binden.

»›Ich trink das Glas eines teuren Todes‹«, summte Ben, als er bei uns vorbei schlenderte, die Hände in den Taschen – der letzte im Raum, außer uns beiden.

»In der Tat, Somers; vielleicht mögen Sie den auch noch.« Und Charles bot ihm sein Glas an.

Ben nahm es, und mit Daumen und Finger brach er es am Stiel ab und schüttete den Wein dabei über Charles' Hand.

Ich sah, wie sich seine Manschette färbte, wie Blut. Er rührte sich nicht, aber ein leichtes Lächeln flog über sein Gesicht.

»Ich kenne Veronica«, sagte Ben und schaute mich an. »Hat dieser Mensch *sie* gesehen?«

Seine Stimme erschlug mich. Welch eine Barriere seine verächtliche Miene zwischen ihr und mir errichtete!

Zudem hatte ich das demütigende Gefühl, verloren zu haben.

Charles durchschaute mich.

Als er seine Manschette unter seinen Ärmel faltete, sorgfältig und langsam, zitterten seine schlanken Finger nicht, trotz des Verlangens, das ihn ergriffen hatte und das ich in seinen schrecklichen Blicken so deutlich sah, als habe er gesprochen: »Ich möchte ihn umbringen.«

Sie schauten auf meine Hände, denn ich rang sie, und ein Stöhnen brach aus mir hervor.

»Somers«, sagte Charles, während er aufstand und ihn an der Schulter berührte, »benehmen Sie sich wie ein Mann und lassen Sie uns in Ruhe. Ich liebe dieses Mädchen.«

Sein bleiches Gesicht veränderte sich, seine Augen wurden weich und meine füllten sich mit Tränen.

»Cassandra«, drängte Ben mit sanfter Stimme, »komm mit mir, komm hier weg.«

»Narr«, antwortete ich, »lass *mich* in Ruhe, und geh.«

Er zögerte, ging zur Tür und drängte mich noch einmal, mitzukommen.

»Geh! Geh!«, und ich stampfte mit dem Fuß auf. Die Tür schloss sich geräuschlos.

Einen Augenblick lang standen wir gebannt, isoliert, von der ganzen übrigen Welt getrennt.

»Also Charles, wir« – und ein krampfhaftes Schluchzen erstickte mich, ein seltsamer Geschmack füllte meinen Mund. Ich hielt mein Taschentuch an meine Lippen und wischte Streifen von Blut ab. Ich zeigte es ihm.

»Es ist nichts, bei Gott!«, und entriss mir das Taschentuch. »Nimm meines – ach, meine Liebe – «

Ich versuchte zu lachen und murmelte die unausweichliche Tatsache, dass wir zu den anderen gehen müssten.

»Sei still, Cassandra.«

Er öffnete das Fenster, nahm eine Handvoll Schnee vom Fensterbrett und hielt ihn mir an den Mund. Er brachte mich ins Leben zurück.

»Hörst du, Charles? Sag diese schrecklichen Worte nie wieder. Nie, nie.«

»Nie, wenn es denn sein muss.«

Er berührte meine Hand. Ich öffnete sie, die seine schloss sich über meiner.

»Geh jetzt«, sagte er, rannte zum Fenster, schob es hoch und sprang hinaus. Der Junge kam mit einem Tischtuch auf dem Arm, und hinter ihm Ben.

»Ein Glas zerbrochen, Sir.«

»Setz es auf die Rechnung.«

Er bot mir seinen Arm, und ich nahm ihn gerne.

»Wo ist Charles?«, fragte Alice, als wie eintraten.

»Er hat uns gerade verlassen«, antwortete Ben. »Wahrscheinlich schaut er nach seinen Pferden.«

»Natürlich«, erwiderte sie. »Du siehst niedergeschlagen aus, Cass. Hier hast Du meinen Stuhl am Feuer. Wir tanzen gleich einen Virginia Reel.

Ich nahm ihr Angebot an und war dankbar, dass der Tanz sie von mir entfernen würde. Ich wollte für immer alleine sein. Helen glitt hinter meinen Stuhl und legte mir die Hand auf die Schulter. Ich schüttelte sie ab.

»Was ist los, Cass?«

»Ich geh weg von Char- der Schule.«

»Das tun wir alle, aber nicht heute Abend.«

»Ich gehe heute Abend.«

»Schon recht, Liebe, aber warte bis nach dem Essen.«

»Helen, glaubst Du, dass ich einmal die Schwindsucht bekommen werde?«, und tastete nach meinem Taschentuch, wobei ich vergessen hatte, bei wem es gerade war. Charles kam in diesem Moment herein, und ich erinnerte mich, dass er es hatte.

»Was um Himmels willen ist mit dir passiert? Ach!«, rief sie, als ich sie ansah. »Du warst da draußen mit Morgeson und Ben Somers«, flüsterte sie, »irgendetwas ist vorgefallen, was war's?«

»Das wirst du nie erfahren, nie – nie – nie.«
»Cassandra, dieser Mann ist ein Teufel.«
»Ich mag Teufel.«
»Dasselbe Blut tobt in euch beiden.«
»Es ist Glühwein, dick und dämlich.«
»Unsinn.«
»Gibt es Tee zum Abendessen?«
»Du bekommst welchen.«
»Sag Ben, er soll ihn bestellen.«
»Der Himmel vergebe uns allen, Cassandra!«
»Denk an den Tee.«

Charles stand in der Nähe seiner Frau. Wo immer sie anschließend hinging, folgte er ihr. Ich sah es und hatte das Gefühl, es sei der Schatten von etwas, das noch kommen würde.

Schließlich war es Zeit für uns, zurück zu fahren. Helen traktierte mich mit Tee und war auch sonst wachsam, sagte aber kaum etwas.

»Es ist Jahrzehnte her«, sagte ich, »seit ich aus Rosville fortgefahren bin.«

Sie hob nur die Brauen und fragte mich, ob ich noch mehr Tee wolle.

»In meinem Zimmer«, dachte ich, »werde ich wieder zu mir finden.« Und als ich meine Tür öffnete, hieß es mich mit einem so freundlichen und stillen Anblick willkommen, dass ich meinen Kummer verriet, und es deckte mein Unglück wie mit einem Mantel zu.

KAPITEL XX

Die Krankheit ihres Vaters rief Helen nach Hause und sie kehrte nicht mehr nach Rosville zurück. Sie versprach, mir zu schreiben, aber es dauerte viele Wochen, bis ich einen Brief bekam. Etwa um diese Zeit hatte Ben Somers einen Anfall von Fleiß und machte einen Plan für ein wohlreguliertes Leben, wie er es nannte, und schwor, dass er sich stets daran halten würde. Für jede Stunde gab es eine Pflicht, die erfüllt werden musste. Er wog sein Brot und Fleisch ab, aß so und so viele Gramm am Tag und schlief im Wachtörn, wie er es seemännisch nannte. Ich vermutete, dass der Sinn dieses Plans war, sich von dem selbstgewählten Posten des Zensors zurückzuziehen. Die einzige Abweichung war eine gelegentliche Abwesenheit von einigen Tagen. Ich fragte ihn nie, wo er hinging, und hatte nie mit ihm über seine mysteriöse Bemerkung gesprochen, er sei in Surrey gewesen. Ich hatte auch von Vater nie gehört, dass er dort gewesen sei. Einmal erzählte er mir, sein Vater habe ihm die Heirat des alten Locke Morgeson auseinandergesetzt; dennoch sei ihm nicht klar, ob wir überhaupt verwandt seien.

Infolge seines streng geregelten Lebensstils sah ich ihn selten. Obwohl Alice ihn drängte, kam er nicht zu uns nach Hause, und wir trafen ihn kaum je anderswo. Die Leute nannten ihn exzentrisch, aber da er aus einer reichen Familie stammte, konnte er sich das leisten, und sie fühlten sich nicht beleidigt, wenn er sie vernachlässigte.

Überall gab es Veränderungen. Die größte Veränderung ging mit Charles vor sich. Seit der Nacht unserer Schlittenfahrt benahm er sich mir gegenüber völlig anders. Soweit ich das erkennen konnte, war die Veränderung dauerhaft. Die Tage wurden zunehmend monoton, doch nachts rächte sich meine Seele mit Träumen, die unsere alte Beziehung in all ihrer geheimnisvollen Vitalität lebendig werden ließen. Sie beeindruckten mich so stark, dass ich jeden Morgen erwartete, ein Zeichen von ihm zu bekommen, dass es keine Schäume gewesen waren. Während meine Erwartungen abkühlten und verblassten, quälte mich das Gefühl einer doppelten Halluzination – der Vergangenheit und der Gegenwart.

Der Winter war vorüber. Ich verbrachte ihn wie alle anderen in Rosville, ging aus, wenn Alice ausging, blieb zu Hause, wenn sie zu Hause blieb. Es war alles gleich, was ich tat, denn ich vermittelte den Anschein von Zufriedenheit.

Einzig Alice blieb unverändert; ihre Stimmungen und Beschäftigungen blieben immer gleich. Nach ihrem eigenen Urteil, wenn sie denn eines fällte, nahm sie keine Veränderung in uns wahr. Ihre Theorie, was Charles betraf, war gänzlich unerschütterlich, und all seine

Eigenheiten waren einfach normal. Solange ich aß und trank und schlief wie immer, musste auch ich die Gleiche wie immer sein. Er war selten zu Hause. Das Geschäft hielt ihn in der Fabrik, wo er oft auch schlief, oder außerhalb der Stadt. Doch seine Hand kontrollierte noch immer die Haushaltsmaschinerie. Kein Blatt fiel im Gewächshaus, dass er nicht sah; keine Mahlzeit wurde serviert, die nicht bis ins kleinste Detail seinen Wünschen entsprochen hätte. Die Pferde wurden bewegt, die Dienstboten kommandiert, die Kinder in Zaum gehalten. Im Schema unseres Tagesablaufs wurde nie etwas ausgelassen, und doch sah ich ihn kaum jemals! Wenn wir uns trafen, widmete er mir seine Aufmerksamkeit. Er schenkte mir Blumen; machte eine Bemerkung über mein Kleid, sprach von den Tagesangelegenheiten; doch alles auf so öffentliche und sachliche Weise, dass ich mich für das Opfer einer bösartigen Gefühlsschwärmerei hielt oder glaubte, dass er sich mit mir amüsiert hatte. Wie auch immer, je früher ich mich von meinem Laster befreite, desto besser. Doch von meinen Träumen konnte ich mich nicht befreien.

»Mir fehlt etwas in deinen Briefen«, beschwerte sich Vater. »Was ist los? Möchtest du nach Hause kommen? Deiner Mutter geht es gesundheitlich nicht gut – sie könnte dich brauchen, auch wenn sie das abstreitet.«

Ich schrieb ihm, ich käme nach Hause.

»Bist du darauf vorbereitet«, fragte er im Gegenzug, »in Zukunft zu Hause zu bleiben? Hast du die Grundlagen für irgendetwas gelegt, mit dem du zufrieden und beschäftigt weiterleben kannst? Veronica war zwei Monate in New York bei der Familie eines meiner Geschäftspartner. Alles, was sie mitbringt, dient dazu, ihr ruhiges Leben zu verschönern, nicht es zu verändern. Wird das bei dir auch so sein?«

Ich schrieb zurück: »Nein, aber ich komme trotzdem.«

Er schrieb wiederum von den Veränderungen in Surrey. Dr. Snell war weggegangen mitsamt seiner Bibliothek, und seinen Platz hatte ein neuer Geistlicher eingenommen, frisch aus Andover und voller Eifer. Eine hässliche neue Kirche wurde gebaut. Sein bestes Schiff, die *Locke Morgeson*, ruhte auf dem Boden des Indischen Ozeans, wie er gerade erfahren hatte. Der Verlust ärgerte ihn, doch seine Briefe waren freundlicher denn je.

Ich besprach mich mit Alice wegen meines Abgangs von der Akademie. Sie stimmte meinem Plan zu, bat mich aber, sie nicht zu verlassen. Meinen Entschluss, genau das zu tun, enthielt ich ihr vor, da ich eine seltsame Unlust verspürte, mich dazu zu bekennen, obwohl ich ihn mir selbst gegenüber ständig wiederholte. Ich widmete mich mit Sorgfalt meinem Studium, ahmte Ben Somers nach in der Regelmäßigkeit meiner Lebensweise, und machte täglich lange Spaziergänge – eine Art der Ertüchtigung, mit der ich begonnen hatte, seit ich nicht mehr mit Charles ausfuhr. Der blassblaue Frühlingshimmel über mir, das blassgrüne Gras unter mir mochten vielleicht bezaubernd sein; doch in ihnen steckte die gleiche Monotonie wie in allem anderen. Ich ging nicht mehr unseren alten Spazierweg, die Silver Street, sondern dehnte meine Spaziergänge an die Ränder von Rosville aus, zu den Bauernhöfen, die von Wald gesäumt waren. Meine Schulkameradinnen, die alle schönen Flecken in der Gegend kannten, begegneten mir gruppenweise. »Machst du wirklich Spaziergänge wie wir auch?«, fragten sie. »Nur allein«, antwortete ich.

Schließlich verabschiedete ich mich von Miss Prior. Wir gingen in aller Freundschaft und gegenseitigem Respekt auseinander; vielleicht deshalb, weil wir ohne einander zu kennen auseinander gingen. Zu ihr hatte ich die rationalste Beziehung gehabt, die ich je zu jemandem hatte. Wir trennten uns ohne Emotion oder Bedauern und ich begab mich auf meinen üblichen Spaziergang.

Als ich zurückkam, traf ich Ben Somers. Er warf seine Mütze in die Luft, als er mich sah, teilte mir mit, dass er seine Pläne aufgegeben habe und zur Feier dieses Entschlusses ein unverdauliches Abendessen bestellt habe. Wie die Leute zu Recht bemerkt hatten, konnte er es sich leisten, exzentrisch zu sein. Er hatte es satt, er hatte Geld genug, um ohne die Juristerei auszukommen. »Nicht soviel wie dein Cousin Morgeson, der auch noch ohne die Bibel auskommt.«

Dies war das erste Mal seit jener denkwürdigen Nacht, dass er auf Charles anspielte. So belanglos seine Worte auch waren, sie brachen die Grundmauern meines stagnierenden Willens und brachten die Tide wieder in Fluss.

»Du warst in Surrey.«

»Ich war einige Stunden dort. Dein Vater war nicht zu Hause. Er hatte mich eingeladen, erinnerst du dich? Ich habe mich daher selbst vorgestellt und wurde von deiner Mutter höflich empfangen, die nach Veronica schickte. Sie kam herein und schien sehr beschäftigt, die Hände voll mit etwas, was ich für Kräuter hielt, aber es waren Gräser, die sie neu arrangiert hatte, wie sie sagte.

›Sie kennen meine Schwester?‹, fragte sie, trat näher und schaute mich aus den einzigartigsten Augen an, die es auf Erden je gegeben hat.« Er hielt einen Augenblick inne. »Nicht wie deine, überhaupt nicht«, fuhr er fort. »›Cassandra ist sehr schön geworden, nicht wahr?‹

›Aber, Veronica‹, sagte deine Mutter, ›du versetzt Mr. Somers in Erstaunen.‹

›Sie sind nicht erstaunt‹, sagte sie vehement, ›Sie sind verlegen.‹

›Meiner Treu, das bin ich‹, antwortete ich und fühlte mich wohl, sobald ich es ausgesprochen hatte.

›Erzählen Sie mir, worin Cassandra unterrichtet worden ist? Passt Rosville zu ihr? Wir tun es nämlich nicht.‹

›Veronica!‹, sagte deine Mutter noch einmal.

›Mutter‹, und sie schüttelte die Gräser, so dass es wie Schneeflocken um sie stiebte, ›was soll ich denn sonst sagen? Ich bin sicher, er kennt Cassandra. Warum sind Sie hergekommen?‹, wieder zu mir.

›Um Sie zu sehen‹, antwortete ich töricht.

›Und hat Cassandra von mir erzählt?‹ Ihr blasses Gesicht wurde noch blasser, und ein unbeschreiblicher Ausdruck lag einen Moment auf ihm. ›Ich spreche nicht oft über sie.‹

›Sie auch nicht über Sie‹, musste ich erwidern. Und dann sagte ich, ich müsse gehen. Aber deine Mutter nötigte mich, zum Essen zu bleiben. Als ich mich verabschiedete, gab mir Veronica die Hand, aber sie trug mir keine Botschaft für dich auf. Seither ist sie mir keinen Augenblick mehr aus dem Sinn gegangen.«

»Du erinnerst dich sehr gut an die Details der Unterredung.«

»Warum sollte ich nicht?«

»Könnte Sie deine Überwachung ertragen?«

»Vergib mir, Cassandra. Habe ich mich nicht zum Einsiedler gemacht und Brot und Fleisch nur grammweise gegessen, um Buße zu tun?«

»Wie hat es dort ausgesehen? Ach, erzähl doch!«

»Du seltsames Mädchen, du hast also doch eine Seele! Es ist ein großartiger Ort, da, wo man nicht daran herumgemurkst hat. Ich habe mir einen Fahrer gemietet und bin, soweit die Wege gingen, gefahren, in diese gekrümmten Hörner Land, auf beiden Seiten von Surrey nach Süden hin. Das Land ist verrückt vor Kargheit, und die See verspottet es mit ihrer schrecklichen Schönheit.«

»Du kommst uns doch besuchen, ja?«

»Ganz bestimmt, ich habe die feste Absicht zu kommen.«

»Weißt du, dass ich heute von der Schule abgegangen bin?«

»Es war Zeit.«

Ich lief schnell ins Haus, denn ich wollte keine Fragen über meine Zukunft von ihm hören. Charlotte, die gerade in der Diele einen Regenschirm aufrollte, sagte, es sei Teestunde und fügte hinzu, dass Mr. Morgeson gekommen sei und dass er sich im Esszimmer aufhalte. Ich ging nach oben, um meine Haube abzulegen. Als ich den Handschuh abzog, drehte sich der Ring an meinem Finger. Zum ersten Mal seit Charles ihn mir geschenkt hatte, nahm ich ihn ab. Ein Gefühl drängender Eile überkam mich; meine Hände zitterten. Ich kämmte mir das Haar mit dem Rücken der Bürste, schüttelte es aus und schlang es in eine lose Masse, schob einen Kamm hinein und ging nach unten. Charlotte stellte gerade die Kerzen auf den Teetisch. Edward saß auf dem Schoß seines Vaters, Alice wartete beim Teewagen.

»Da – ist – Cassandra«, sagte Charles. Er erwähnte diesen Umstand, als ob er nur das Kind darauf aufmerksam machen wollte.

»Da – ist – Cassandra«, wiederholte ich und ahmte seinen Ton nach. Er fuhr zusammen. Ein Teufel brach in ihm los, schaute einen Moment aus seinen Augen und verschwand wieder, wie ein Wahnsinniger, der durch die Stäbe seiner Zelle sieht und den Augen seines Wärters zu entgehen sucht. Jesse brachte mir einen Brief, als wir bei Tisch saßen. Er war von Helen. Ich erbrach das Siegel, um zu sehen, wie lang er war und legte ihn dann beiseite.

»Ich bin frei, Alice. Ich habe die Akademie verlassen und werde mich jetzt als unabhängige Frau etablieren.«

»Was?«, sagte Charles, »das hast du mir nicht gesagt. Wusstest du das, Alice?«

»Ja; wir können nicht erwarten, dass sie ihr Leben lang in der Schule bleibt.«

»Cassandra«, sagt er plötzlich, »reiche mir das Salz.«

Er suchte nach dem Ring an meiner Hand, die ich ihm entgegen streckte.

Er fand ihn nicht; zudem bemerkte er, dass ich mein Haar ohne Rücksicht auf seine Wünsche arrangiert hatte. Ich schüttelte es noch weiter aus dem Kamm heraus und strich es mir aus dem Gesicht. Ein Ausdruck von unsagbarer Leidenschaft, Stolz, und Schmerz trat in seine Augen; seine Lippen bebten; er nahm ein Glas Wasser, um sein Gesicht zu verbergen, und trank langsam.

»Wirst du bald wieder verreisen?«, fragte ihn Alice bald darauf.

»Nein.«

»Um Cassandra hierzubehalten, habe ich vor, Mrs. Morgeson noch einmal einzuladen. Schreibst du bitte Mr. Morgeson und machst die Sache dringend?«

»Ja.«

»Ich werde sie bitten, uns Cass ganz zu überlassen.«

»Du magst sie sehr, Alice, nicht?«

Seine Stimme klang wie aus weiter Ferne und schwach.

Wieder unterließ ich es, meinen Entschluss, nach Hause zu gehen, zu erwähnen. Ich wollte nicht einmal mehr daran denken! Ich fühlte, wie sich die Kette zwischen uns erneut spannte. Seit dieser Nacht träumte ich nicht mehr von ihm.

»Der Brief ist von Helen, Alice«, sagte ich.

»Wann hast du Somers gesehen?«, fragte Charles.

»Heute. Ich habe so eine Ahnung, dass er nicht mehr lange hierbleiben wird.«

»Er ist ein amüsanter junger Mann«, bemerkte Alice.

»Sehr«, sagte Charles.

Helens Brief war lang und voller Fragen. Was ich gemacht hatte? Wie es mir ergangen war? Sie erstattete Bericht über ihr Leben zu Hause. Sie war die Pflegerin ihres Vaters und wich kaum von seiner Seite. Es war eine trostlose Arbeit, aber sie war nicht schwermütig. Eigentlich war sie sogar zufriedener mit sich als in Rosville. Sie konnte sich des Gedankens nicht erwehren, dass mir ein chronisch Kranker gut täte. Wie ging es Ben Somers? Wie lange würde ich noch in Rosville bleiben? Man würde sich nie mehr an uns erinnern, wenn wir es erst einmal verlassen hätten, und wir würden es beide zur selben Zeit verlassen. Würde ich sie je besuchen? Sie wohnten in einem großen Haus mit einer roten Eingangstür. Links war eine Gasse, die die Kühe jeden Abend hinaufgingen, an deren beiden Seiten hohe Pappeln am Sterben waren. Hinten war eine riesige Scheune, um die das ganze Jahr Schwalben und Tauben herumflogen. Es war langweilig, aber respektabel und vornehm, und niemand wusste, dass sie eine Tätowierung auf dem Arm trug.

Mir bedeutete dieser Brief und alles, was sie mir schrieb, sehr viel. Es war meine erste und letzte Schulmädchenkorrespondenz.

Verwandte von Alice, die weiter weg wohnten, kamen zu Besuch. Es waren ein Vater, eine Mutter, ein Sohn von etwa einundzwanzig Jahren und zwei jüngere Mädchen. Alice wünschte, sie wären zu Hause geblieben, aber sie war höflich und bemühte sich, ihnen den Aufenthalt angenehm zu machen. Der Sohn, von seiner Familie »Bill« gerufen, teilte Charles mit, dass er eine gehörige Portion Pferdeverstand habe und seine Klepper gerne mal versuchen würde. Er habe selbst einen ziemlich Überdrehten zu Hause, den mitzubringen der alte Herr ihm nicht erlaubt habe. Sein Verhalten zeugte von Bewunderung für mich. Er schaute sich das Buch an, das ich gerade las, oder kramte in meinem Nähkasten, probierte mit zärtlicher Miene meinen Fingerhut an und lugte in mein Nadelbüchlein. Er sagte zu Alice, dass er mich für ein kapitales Gespann halte, mit einem Ersatzpferd obendrein, aber dass er scheue, wenn er in meine Nähe komme, ich hätte so einen schneidigen Blick.

»Wat soll ik machen, gnä' Fru?«, fragte Jesse eines Morgens als Charles nicht da war. »De junge Spund da will dat neue Perd reiten, un dat is doch genau de, den he nich reiten darf.«

»Ich spreche selbst mit Vetter Bill«, sagte sie.

»Scheint 'n hitziger junger Keerl zu sein un wenn he sich de Hals brechen will, is dat 'n Schande, wenn he dat nich tun darf.«

»Ich glaube«, sagte sie, als Jesse gegangen war, »dass Charles dieses Pferd aufspart, um sich selbst damit umzubringen. Er geht noch immer nicht vor dem Wagen.«

»Hat Charles es schon mit ihm versucht?«

»Auf dem Weg, mit einem offenen Wagen. Er hat die verrückte Idee, dass er ihn ohne Scheuklappen einfahren will, ohne Zäumung. Er war in letzter Zeit soviel weg, dass er es nicht geschafft hat.«

Bill kam herein, während wir sprachen, und Alice sagte ihm, er dürfe dieses Pferd nicht nehmen, aber sie schlug vor, er solle ihr Gespann nehmen und mit mir ausfahren. Umsonst schüttelte ich den Kopf, der Schalk ritt sie. Der Vorschlag besänftigte ihn, und ich musste mich fertig machen. Als wir losfuhren, schob er die Mütze auf eine Seite, hielt die Peitsche aufrecht, erläuterte mir, dass sie nicht lang genug sei, und führte die Leinen doppelt über seine Fingerknöchel. Er war ein guter Jehu, aber ich konnte ihn nicht dazu bewegen, irgendetwas rechts und links der Straße zu betrachten.

»Wo ist die Fabrik von Mr. Morgeson?«

Wir fuhren in diese Richtung.

»Er ist ein Mann von Besitz, isser doch?«

»Ich denke schon.«

»Er hat jedenfalls Spitzenpferde. Dieser Hengst von ihm würde einen erstklassigen Preis bringen, wenn er ihn verkaufen wollte. Spielen Sie Klavier?«

»Ein wenig.«

»Und singen?«

»Ja.«

»Ich habe Sie noch nicht gehört. Singen Sie mal ›*Ein Platz in deiner Erinnerung, Liebster*‹ für mich?«

»Sicher.«

»Mögen Sie Blumen und so was?«

»Mag ich sehr.«

»Ich auch; unsere Geschmäcker passen zusammen. Hier sind wir, he?«

Charles trat heraus, als er uns über die Brücke kommen sah, und Bill hielt die Pferde kunstvoll an und grüßte auf Kutscherweise. »Sie sehen, ich bin ein echter Pferdemann.«

»Sind Sie«, sagte Charles.

»Was für ein Bubi!«, flüsterte er mir zu. »Ich denke, ich gebe meine Pferde auf und steige aufs Spazierengehen um, wie du.«

Auf dem Heimweg hielt Bill die Leinen in einer Hand und versuchte mit der anderen meine Hand zu nehmen, ein Vorgehen, dem ich Einhalt gebot, was ihn in äußerste Verwirrung stürzte. Die Peitsche fiel ihm aus der Hand auf das Spritzbrett, und als er sie wieder aufhob, fiel ihm sein Hut herunter; er schämte sich so, dass er für den Rest der Fahrt schwieg.

Ich flehte Alice an, keine weiteren Ausfahrten mit Vetter Bill vorzuschlagen. An diesem Abend verfasste er einen Brief, den er mir von Charlotte früh am nächsten Morgen überbringen ließ.

»Charlotte, was soll dieser Unsinn?«

»Ich nehme an«, antwortete sie voller Mitgefühl, »dass er Ihnen sein Herz und seine Hand anträgt.«

»Erwähne das bloß nie, Charlotte.«

»Nicht bis zu meinem letzten Atemzug.«

Eine Stunde später hatte sie es Phoebe erzählt, die es Alice erzählte, die es Charles erzählte, und da endete die Sache. Es war ein Heiratsantrag, wie Charlotte vorausgesagt hatte. Mein allererster! Ich war am Boden zerstört. Ich schrieb eine Antwort, wartete bis alle beim Frühstück waren und schlüpfte in sein Zimmer, wo ich sie am Nadelkissen feststeckte. Am Abend fragte er, ob ich je das Lied sänge: *»Sollt diese süße Hoffnung jemals dich verlassen.«* Ich bot ihm stattdessen die *»Piraten-Serenade«*, die seine Mutter wunderschön nannte. Ich sah Alice und Charles lachen, und konnte kaum an mich halten, nicht mitzulachen, wenn ich Bill ansah, in dessen Antlitz sich Erleichterung und Kummer mischten.

Es war uns eine Befriedigung, als sie abreisten. Ihr Besuch war durch die Version, die Bill seiner Mutter gegeben hatte, abgekürzt worden, wie ich vermutete. Ihr »Auf Wiedersehen« war kühl, aber er schüttelte mir die Hand und sagte, es ginge wohl schon in Ordnung.

Am Tag ihrer Abreise erhielt ich einen Brief von Vater, in dem er mir mitteilte, dass Mutter nicht nach Rosville käme. Er erinnerte mich daran, dass ich schon über ein Jahr in Rosville sei. »Ich fahre bald nach Hause«, sagte ich zu mir, und legte den Brief weg. Es war ein Sommertag, hell und heiß. Alice, die den ganzen Tag beschäftigt gewesen war, klagte über Müdigkeit und ging bald nach dem Tee zu Bett. Die Fenster standen offen und durch das Haus zogen die Düfte des Gartens. Im Dämmerlicht ging ich hinaus und spazierte unter den Ulmen, deren hängende Äste sich nicht regten. Ich schaute zu, wie die Sterne einer nach dem anderen über den blassgrünen Ring des Horizonts stiegen, der langsam dunkler wurde. Ich ging gerade den Kiesweg hinauf, als ich am oberen Ende Schritte hörte, die mich anhalten ließen. Ich erkannte sie und trat hinter einen Baum bis sie vorüber wären, aber sie blieben stehen und ich sah Charles einen Zweig von dem Baum abreißen, der sein Gesicht streifte. Gleich darauf sprang er hinter den Baum, fing mich und hielt mich fest.

»Ich bin froh, dass du da bist, mein Liebling. Riechst du die Rosen?«

»Ja; lass mich los.«

»Nicht bevor du mir nicht gesagt hast, warum du in Rosville bleibst.«

Das Baby in Alices Zimmer stieß einen Schrei aus, der durch den Garten schallte.

»Geh und kümmere dich um dein Baby«, sagte ich grob, »und lass mich in Ruhe.«

»Cassandra«, sagte er mit drohender Stimme, »wie kannst du es wagen, dich mir zu widersetzen? Wie kannst du es wagen, mich zu versuchen?«

Ich legte ihm meine Hand auf den Arm. »Charles, ist Liebe eine Frage des Temperaments?«

»Bist du verrückt? Sie ist das Leben – ist der Himmel – ist die Hölle.«

»Da ist etwas in dieser seidenen, wunderschönen, duftenden Nacht, das einem die Sinne raubt. Dennoch werde ich zu dir nicht sagen, was du einmal zu mir gesagt hast.«

»Ach! Diese Worte vergisst du nicht – ›*Ich liebe dich.*‹«

Jemand kam den Weg, der hinter dem Garten entlangging, hinunter und pfiff eine Opernmelodie.

»Hier hast du deine Vorsehung«, sagte er leise, und stützte seine Hand gegen den Baum.

Ich rannte um das Haus zur vorderen Veranda, als Ben Somers gerade aus dem Weg einbog, und rief ihn.

»Ich habe seit Sonnenuntergang ganz Rosville durchwandert«, sagte er, »und bin schließlich auf diesen Weg gekommen. Wem gehört er?«

»Er gehört uns, die Pferde werden hier bewegt.«

»›In solcher Nacht,
Erstieg wohl Troilus die Mauern Trojas
Und seufzte seine Seele zu den Zelten
Der Griechen hin, wo seine Cressida
Die Nacht im Schlummer lag.‹«

»›In solcher Nacht
Stand Dido eine Weid in ihrer Hand,
Am wilden Strand und winkte ihrem Liebsten,
Zur Rückkehr nach Karthago.‹«

»Sprich mit mir über Surrey, Cassandra.«

»Nicht ein Wort.«

»Warum hast du mich gerufen?«

»Ich wollte wissen, wie deine Laune ist.«

»Wie unangenehm du bist! Was für einen Sinn hat es, dir seine Laune zu zeigen?«

KAPITEL XXI

Eines Morgens rief mich Alice an ihr Zimmerfenster. »Schau da runter auf den Weg. Charles und Jesse sind mit dem Untier zugange. Er geht jetzt sehr gut, nachdem sie das Verdeck der Chaise aufgemacht haben. Zuerst hat er wie Pudding gezittert.«

»Alice, ich muss einmal mitfahren.«

»Charles«, rief sie, »das Frühstück wartet.«

»Wie sollen wir ihn nennen, ihr Mädchen?«, fragte er.

»Esper«, schlug ich vor.

»Das geht«, sagte Alice.

»Können wir bald ausfahren?«, fragte ich.

»Willst du denn?«, sagte er rasch. »Gut, dann in ein, zwei Tagen.«

»Sei dir im Klaren, was du da unternimmst, Cass«, sagte Alice.

»Das ist sie doch immer«, antwortete er.

»Nimm mich mit, Papa«, bettelte Edward.

»Bald mal, mein Junge.«

»Was für ein Kompliment, Cass! Er hat nichts dagegen, *dein* Leben aufs Spiel zu setzen.«

Er schlug als Ziel Fairtown vor, sechs Meilen von Rosville entfernt, weil er da geschäftlich zu tun hatte. Der Morgen, an dem wir fahren wollten, war wolkig, und wir warteten bis zum Nachmittag. Dann sagte Charles, es würde nicht regnen, und befahl, Esper anzuspannen. Ich ging in Alices Zimmer, während ich mir die Haube band. Er war da und stand über das Bettchen des Babys gebeugt, das darin lag, fröhlich krähte und über seine schnipsenden Finger lachte. Alice säumte weißen Musselin.

»Nimm einen Schal mit, Cass. Ich glaube, es wird regnen; die Luft ist so schwer.«

»Das glaube ich nicht«, sagte Charles und ging ans Fenster. »Was für ein Ärgernis ist doch dieser Weg, so nah am Garten! Ich werde ihn bald einmal pflügen und einzäunen lassen.«

»Und die ganzen wilden Primeln, die du so magst?«, fragte sie.

»Die werde ich verschonen.«

Charlotte kam und sagte, die Chaise sei bereit.

»Auf Wiedersehen, Alice«, sagte er, und als er an ihr vorbeiging, warf er ihre Handarbeit hoch an die Zimmerdecke.

»Sei vorsichtig.«

»Passen Sie auf, Sir«, sagte Penn, als wir in der Chaise saßen, »und lassen Sie ihm nichts durchgehen. Wenn Sie das machen, wird er Sie das büßen lassen. Vielleicht spürt er das Donnerwetter in der Luft.«

Wir erreichten Fairtown, ohne dass Esper irgendeine Andeutung von Unfug gemacht hätte, obwohl er wie unter Protest dahin trabte. Charles war begeistert und meinte, er würde sehr schnell sein, wenn er erst einmal trainiert wäre. Es wurde mit jedem Augenblick düsterer und heißer, und als wir Fairtown erreichten, war die Luft schwarz und schwül wegen des aufziehenden Gewitters. Charles ließ mich in dem kleinen Hotel und kehrte erst so spät am Nachmittag zurück, dass wir beschlossen, den Schauer nicht abzuwarten. Zwei Männer führten Esper zum Tor. Er riss an seinem Zaumzeug und versuchte, rückwärts zu gehen, spielte sein altes Spielchen, indem er versuchte, das Innere seiner Nüstern nach außen zu kehren, und zog seine Oberlippe zurück.

»Etwas irritiert ihn, Charles.«

»Wenn du Angst hast, darfst du nicht mitkommen. Ich kann dich mit einer Kutsche vom Gasthof zurückbringen lassen.«

»Ich werde mit dir zurückfahren.«

Aber ich fühlte eine vage Unruhe und bat ihn, Esper im Auge zu behalten und nicht zu sprechen. Esper lief schneller und schneller, schien seine Scheu abgelegt zu haben, und meine Angst ließ nach. Wir waren noch zwei Meilen von Rosville entfernt, als es stark zu regnen begann.

»Du darfst nicht nass werden«, sagte Charles. Ich werde das Verdeck zumachen. Esper geht jetzt so ruhig, es wird ihn schon nicht ängstigen.«

»Nein, nein«, sagte ich, aber er hatte es schon oben und bat mich, die Feder auf meiner Seite einzuhängen. Ich hatte kaum meinen Arm wieder in der Chaise, als Esper anhielt, den Kopf wandte und uns mit glasigen Augen ansah. Schaumflocken aus seinem Maul flogen über seine Mähne. Die Muskeln seines Rückens zogen sich zusammen und zitterten. Ich dachte, er habe Angst vor dem Verdeck der Chaise und sah Charles entsetzt an.

»Etwas ist mit ihm«, rief er. »Oh Gott, Cassandra!« Er versuchte, zu seinem Kopf vorzuspringen, aber es war zu spät, denn das Pferd machte wilde Sätze nach vorne. Er fiel auf seinen Sitz zurück.

»Wenn er nur auf der Straße bleibt«, murmelte er.

Ich konnte meine Augen nicht von ihm abwenden. Wie bleich er war! Aber er sprach nicht noch einmal. Das Pferd rannte ein paar Längen, sprang über einen Graben, kletterte mit den Vorderläufen eine Steinmauer hoch und fiel hintenüber!

Dr. White war in meinem Zimmer und wusch mir das Gesicht. Das Bett roch nach Kampfer. »Sie sind aus einem arg kleinen Loch herausgekrochen, mein Kind«, sagte er, als ich die Augen aufschlug. Es war ziemlich dunkel, aber ich sah Leute an der Tür, und zwei oder drei am Fuß meines Bettes, und überall hörte ich leises, verhaltenes Sprechen.

»Seine Eisenhufe haben ein schreckliches Geräusch auf den Steinen gemacht, Herr Doktor!«

Ich schloss die Augen wieder und döste. Plötzlich wurde mein Herz von großer Aufregung ergriffen.

»Ist er umgekommen?«, schrie ich, und versuchte, vom Bett aufzustehen. »Lasst mich gehen!«

»Er ist tot«, flüsterte Dr. White.

Ich lachte laut auf.

»Seien Sie ein braves Mädchen – seien Sie ein braves Mädchen. Geht raus, alle! Hierher, Miss Prior.«

»Sie weinen, Herr Doktor. Meine Augen fühlen sich trocken an.«

»Ach was, Kleine. Jetzt richte ich gleich Ihren Arm; ein einfacher Bruch, das ist alles. Der Schlag ist abgedämpft worden, aber Sie sind vom Schock gelähmt.«

»Miss Prior, habe ich Wunden im Gesicht?«

»Keine schlimmen, meine Liebe.«

Der Arm wurde mir eingerichtet, das Gesicht bandagiert, ich bekam etwas Opium eingeflößt, und dann war ich mit Miss Prior allein. Ich wurde schläfrig, aber ich litt so unter der Wahnvorstellung, dass ich dabei sei, aus dem Bett zu fallen, dass ich nicht schlafen konnte.

Es war schon fast Morgen, als ich meine Schläfrigkeit abschüttelte und mich umblickte. Miss Prior war in einem Sessel eingenickt. Ich bat um etwas zu trinken, und als sie es mir brachte, forderte ich sie auf, sich doch auf das Sofa zu legen. Sie brauchte nicht gedrängt zu werden und schlief bald fest.

»In welchem Zimmer ist er?«, dachte ich. »Ich muss wissen, wo er ist.«

Ich setzte mich im Bett auf und schob mich allmählich heraus, wobei ich Miss Prior im Auge behielt, aber sie rührte sich nicht. Ich schwankte, als ich in den Flur gelangte, aber die kühle Luft aus irgendeinem offenen Fenster belebte mich und ich kroch weiter. An Alices Tür hielt ich inne und lauschte. Ich hörte ein Kind im Schlaf murmeln. Hier konnte er nicht sein. Alle Zimmertüren waren verschlossen, und ich musste hinunter gehen. Ich ging ins Gartenzimmer – die Tür war offen, der Geruch von Rosen kam herein und ließ es mir todübel werden. Ins Esszimmer, und in den Salon – da war er. Er lag auf einem Tisch und war mit einem Leintuch bedeckt. Alice saß auf dem Boden, ihr Gesicht in den Händen verborgen, und weinte leise. Ich fasste sie an. Sie schreckte hoch, als sie mich sah. »Geh weg, Cassy, um Himmels willen! Wie bist du aus dem Bett gekommen?«

»Pst! Sag mir!« Und ich ließ mich neben ihr auf dem Boden nieder. »War er tot, als sie uns fanden?«

Sie nickte.

»Was haben sie gesagt? Hast du etwas gehört?«

»Sie sagten, er muss einen heftigen Versuch gemacht haben, dich zu retten. Die Seite der Chaise war zerrissen. Das Pferd traf ihn mit dem Huf, nachdem du über das Rad hinausgestoßen wurdest. Oder bist du hinausgekrochen?«

Ich stöhnte. »Warum hat er mich hinausgestoßen?«

»Was?«

»Wo ist Esper?«

Sie wies in Richtung Stall. »Er hatte einen Anfall. Penn sagt, er habe schon früher einmal einen gehabt, aber er hatte ihn für geheilt gehalten. Er stand ruhig im Graben, nachdem er sich von der Chaise losgerissen hatte.«

»Alice, hast du ihn geliebt?«

»Meinen Mann!«

Eine der Türen ging auf und Ben Somers und der junge Parker schauten herein. Sie hatten die Totenwache. Parker zog sich zurück, als er mich sah, aber Ben kam herein. Er kniete bei mir nieder, legte seinen Arm um mich und sagte, »Du Arme!« Alice hob ihr tränennasses Gesicht und schaute mich fragend an, als er das sagte. Sie fasste mein loses Haar und zog meinen Kopf herum. »Hast *du* ihn geliebt?« Ben stand schnell auf und trat ans Fenster.

»Alice!« flüsterte ich, »Du magst mir vergeben oder nicht, aber ich war auf seltsame Weise an ihn gefesselt. Und ich muss dir sagen, dass ich jetzt nach dem Kuss dürste, den er mir nie gegeben hat.«

»Ich verstehe. Genug. Geh in dein Zimmer zurück. Ich muss bei ihm bleiben, bis alles vorbei ist.«

»Ich kann nicht mehr zurück. Ben!«

»Was ist?«

»Bring mich nach oben.«

Als er mich in seinen Armen hoch hob, flüsterte er: »Lass ihn für alle Zeit, Körper und Seele. Ich bin nicht unglücklich, dass er tot ist.« Er rief unterwegs nach Charlotte, und zusammen mit ihr brachte er mich ins Bett zurück. Ich bat ihn, mich das Kleid sehen zu lassen, das sie mir ausgezogen hatten.

»Das ist genug«, sagte ich, »Charles hat mir den Arm gebrochen.«

Es war durch die Schulter hindurch zerrissen, und der Rock war wie ein Seil zusammengedreht. Ben antwortete nicht, sondern beugte sich herab und küsste mich sacht. Die ganze Zeit hatte Miss Prior den Schlaf der Gerechten geschlafen, aber kaum war er gegangen, schreckte sie hoch und sagte, »Haben Sie gerufen, meine Liebe?«

»Nein, es ist Tag.«

»So ist es, aber Sie müssen noch mehr schlafen.«

Ich konnte nicht folgsam sein und blieb so lange wach, dass Dr. White sagte, er würde selbst verrückt werden, wenn ich nicht endlich schliefe.

»Bald, bald«, sagte ich immer wieder, »und kann ich nach Hause gehen?« Schließlich verwirrten sich mir die Sinne. Mein Geist fuhr in eine elende Welt und kam zurück, ohne von seinen Abenteuern zu berichten. Während er fort war, wurden meine Freunde geholt, um einem Kampf beizuwohnen, bei dem die Chancen auf Tod standen. Aber ich erholte mich. Ob es meine Jugend war, meine gute Konstitution, oder die Kunst Dr. Whites, ließ sich nicht entscheiden. Zunächst war es eine schwache, kraftlose, unstete Rückkehr. Die Gesichter um mich herum ermüdeten mich mit ihrer Lebendigkeit. Die Frage meiner Existenz ließ mich gleichgültig, und mehr als einmal war ich in Gefahr, in das Nichts zurückzusinken, dem ich entronnen war.

Als ich zum ersten Mal die Treppe hinunterwankte, war er schon mehr als drei Wochen unter der Erde. Es war ein sonniger Morgen; die Fenster des Salons, an die mich Charlotte führte, standen offen. Klein-Edward spielte um den Tisch herum, auf dem ich seinen Vater aufgebahrt gesehen hatte, tot. Ich maß ihn mit den Augen und dachte daran, wie groß er gewirkt hatte. Ich hätte mich zurückgezogen, als ich sah, dass Alice Besuch hatte, aber es war zu spät. Sie erhoben sich und beglückwünschten mich. Es machte mich zornig, dass es keinerlei Veränderungen im Haus gegeben hatte. Die Zimmereinrichtung hätte demontiert gehört, um mit dauerhafter Unordnung und Dunkelheit Unordnung und Tod auszudrücken. Dem war nicht so. Kein Staubkorn hatte sich auf den Möbeln niederlassen dürfen, keine Falten oder Flecken. Kein Spiegel war beschlagen, nichts war trübe. Alice war elegant in tiefste Trauer gekleidet. Ich musterte sie mit zynischen Augen. Ihr Bombasin war mit Trauerflor besetzt, und die Kante ihres Kragens war schön gefältelt. Eine Trauerbrosche hielt ihn zusammen, und sie trug Gagat-Ohrringe. Sie sah hübsch aus, gefasst und zufrieden, mit dem schwarzgesäumten Taschentuch, das sie in der Hand hielt. Charlotte hatte meinen Stuhl einem Spiegel gegenüber gestellt. Ich erblickte mein schmal gewordenes Gesicht darin. Wie leblos ich aussah! Mein Haar war glanzlos und spröde, meine Augen blassblau und trübe. Die Besucher gingen, während ich noch immer mein jämmerliches Aussehen betrachtete, und Alice und ich waren allein.

»Ich hätte gerne etwas Brühe, Alice. Ich habe Hunger.«

»Wie viele Schüsseln hast du heute morgen schon gegessen?«

»Nur zwei.«

»Du musst noch eine Stunde auf die dritte warten; es ist noch nicht zwölf.«

Wir schwiegen. Die Fliegen summten zu den Fenstern hinein und hinaus; eine große Biene flog herein, stieß gegen die Scheiben, brummte laut und fand nach einer Weile wieder hinaus. Alice gähnte, und ich zog die Fäden aus dem Saum meines Taschentuchs.

»Die Stunde ist um. Ich hol dir deine Brühe.«

»Bring mir viel.«

Sie kam mit einer dünnen, verwässerten Flüssigkeit zurück.

»Da ist ja kein Hühnchen drin«, sagte ich weinerlich.

»Ich hab es herausgenommen.«

»Wie konntest du!« Und ich weinte.

Sie lächelte. »Du bist sehr schwach, aber du sollst ein bisschen haben.« Sie ging und kehrte mit einer winzigen Portion Hühnchen zurück.

»Was für ein junges Geschöpf das gewesen sein muss, Alice!«

Sie lachte und versprach mir mehr, nach und nach.
»Jetzt musst du dich hinlegen. Nimm meinen Arm und komm zum Sofa.«
»Nicht hier; gehen wir in ein anderes Zimmer.«
»Dann komm.«
»Lass mich nicht allein«, bat ich, nachdem sie mich bequem gebettet hatte. Sie setzte sich mit einem Fächer zu mir.
»Was geschah während meiner Krankheit?«
Einen Augenblick lang wedelte sie rasch mit dem Fächer und überlegte, was sie sagen sollte.
»Ich habe Esper erschossen, ein paar Tage später.«
»Eigenhändig?«
»Ja.«
»Gut!«
»Penn hat protestiert und gesagt, dass ich der Vorsehung ins Handwerk pfusche. Jesse hat auch noch hinzugefügt, dass, was geschehen war, vorbestimmt war, da gab's nichts, und daraufhin habe ich sie beide entlassen.«
»Und ich gehe jetzt endlich, Alice. Vater wird in ein paar Tagen wieder herkommen.«
»Du hast Veronica nicht erkannt, als sie kamen.«
»War sie hier?«
»Ja, und fuhr am gleichen Tage wieder. Was für große Tränen sie vergossen hat, als sie mit unbewegtem Gesicht an deinem Bett stand! Sie wollte nicht bleiben; die Atmosphäre hat sie so bedrückt. Sie ging nach Boston zurück, um auf deinen Vater zu warten. Ich konnte sie nicht dazu bringen, etwas zu essen, zu trinken, oder sich auszuruhen.«
»Was wirst du jetzt machen, Alice?«
»Die Kinder versorgen und die Fabrik leiten.«
»Die Fabrik leiten?«
»Ich kann das. Kein Wunder, dass du erstaunt schaust«, sagte sie seufzend. »Ich habe mich verändert. Jetzt, wo ich vielleicht das Gefühl haben sollte, mein Leben sei vorüber, bin ich begierig darauf, es zu beginnen. Ich habe in jüngster Zeit viel Beklagenswertes an mir gefunden.«
»Wie geht es Ben?«

»Er war oft hier. Wie seltsam, dass Veronica ihm als Einzigem die Hand gab, als sie sich sahen! Sie hat ihm sogar beide Hände gegeben.«

»Und er?«

»Nahm sie, beugte sich über sie, bis ich dachte, er würde nie wieder hochkommen. Ich nenne Leute nicht mehr exzentrisch«, sagte sie und errötete leicht. »Ich suche bei jeder Handlung nach einem Grund. Sag mir ehrlich, hast du mich verachtet – weil ich so wenig wahrgenommen habe? Ich kann dich jetzt verstehen, durch und durch, das versichere ich dir.«

»Dann verstehst du mehr als ich. Aber du magst dich daran erinnern, dass ich ein- oder zweimal versucht habe, dir gegenüber meine Zweifel auszudrücken?«

»Ja, ja, mit einer Offenheit, die mich in die Irre führte. Aber du redest zu viel.«

»Dann gib mir mehr von der Brühe.«

KAPITEL XXII

Es ging mir bald gut genug, um nach Hause zu fahren. Vater kam mich abholen und brachte Tante Merce mit. Sie hatte sich nicht verändert bis auf den Umstand, dass sie jetzt falsche Stirnlocken trug, die sich rötlich wie Wein färbten, wenn Licht darauf fiel, und ein Häubchen aus schwarzer Spitze. Sie ging sprachlos bekümmert im Zimmer auf und ab, als sie mich sah, und konnte sich nicht enthalten, eine riesige Prise Schnupftabak zu nehmen, obwohl ich dabeistand.

»Hast du keine Kalmuswurzel dabei, Tante Merce?«

»Herr im Himmel, Cassandra, wirst du dich denn nie ändern?«

Und dann mussten wir beide lachen und fühlten uns wohl mit einander. Ihre Strickleidenschaft hatte einer neuen Platz gemacht, die sie Transferieren nannte. Sie brachte einen Korb voller Stoffreste, abgelegte Stickereien, Kragen, Manschetten und Borten von Taschentüchern, aus denen sie die Stickerei herausschnitt, um sie dann auf neuen Musselin aufzunähen. Sie sah Stickereien nur noch daraufhin an, ob sie transferierbar wären. Alice erwies sich als wahre Fundgrube für sie, denn sie gab ihr haufenweise feine Arbeiten. Sie und Tante Merce fanden Gefallen an einander, und als wir abreisebereit waren, bat Alice sie, sie doch jedes Jahr einmal zu besuchen. Ich machte keine Abschiedsbesuche – meine schwache Gesundheit lieferte mir einen ausreichenden Vorwand. Doch meine Schulkameradinnen kamen, um mir Lebewohl zu sagen, und schenkten mir Nadelbüchlein und Nadelkissen, und ich revanchierte mich mit meterweise feinem Band, silbernen Obstmessern und den Gedichten von Mrs. Hemans, einer Lyrikerin, der meine Phantasie seit einiger Zeit eine Neigung zur Emphase verdankte. Auch Miss Prior kam und brachte mir eine Ausgabe von »Youngs Nachtgedanken«, die in gesprenkeltes Leder gebunden war. Dieses drollige und erfrischende Poem blieb auf dem Grund meines Koffers, bis Temperance es herausfischte und es sonntags auf ihrem Zimmer las, wo sie gewöhnlich die Zeit, die sie für sich hatte, verbrachte und Geschirrtücher säumte oder sogenannte ›Mitnehmsel‹ bastelte. Dr. Price kam ebenfalls und sogar die eingebildeten vier Ryders. Alice war hochzufrieden, dass ich so beliebt war. Doch ich blieb im Herzen unberührt, meiner selbst unsicher, und trieb in Gedanken und Plänen ins Nichts. Niemand sah meine Selbstzweifel, niemand spürte meine Herzenskälte.

Ich gab allen die Hand, tauschte Hoffnungen und Wünsche mit allen aus und wiederholte, was Leute als letzte Worte bei der Abreise sagen. Alice und ich küssten uns nicht und gaben uns auch nicht die Hände. Zwischen uns gab es etwas, das uns Abstand halten ließ. Ein hartes, strenges Gesicht war uns im Gedächtnis. Wir dachten an einen, dessen Schritte man im Haus nicht mehr hören konnte, dessen Stimme verstummt war, der aber noch immer Macht besaß.

»Wir werden einander nicht vergessen«, sagte sie.

Und so ließ ich Rosville hinter mir. Ben Somers begleitete uns nach Boston und wohnte im Bromfield. Am Morgen verschwand er und als er wiederkam, hatte er einen Smaragdring und bat mich, ihn zu tragen. Er versuchte, ihn mir an den Finger zu stecken, an dem er den Diamantring gesehen hatte. Ich legte den Ring in seine Schachtel zurück, dankte ihm und sagte, er müsse bei den Lebewohl-Nadelbüchlein und Nadelkissen verstaut werden.

»Sollen wir uns jetzt ein paar letzte Worte sagen?«

Tante Merce schlüpfte aus dem Zimmer und tat so, als hätte sie ihn nicht gehört. Wir lachten, und Ben war froh, dass ich lachen konnte.

»Wie fühlst du dich?«

»Noch ziemlich schwach.«

»Das meine ich nicht, ich meine im Kopf; wie geht es dir da?«

»Ich habe keinen Kopf.«

»Muss ich den Versuch aufgeben, dich zu verstehen, Cassandra?«

»Ja, ich bitte darum. Du wirst Alice doch besuchen? Du kannst erraten, was sie tun will. Sie ist eine gute Frau.«

»Sie wird eine, wenn sie weiß wie.«

»Wie spät ist es?«

»Unverbesserlich! Fast zehn.«

»Da kommt Vater, wir müssen los.«

Der Wagen war bereit, aber wo war Tante Merce?

»Locke«, sagte sie, als sie hereinkam, »ich habe eine Flasche Portwein für Cassandra besorgt, etwas Pfefferminzessenz und belegte Brote; glaubst du, das reicht?«

»Wir können unterwegs noch Verpflegung kaufen, wenn deine aufgebraucht ist. Komm, wir sind soweit. Mr. Somers, werden wir Sie in Surrey sehen? Pass auf, Cassy. Jetzt geht's los.«

»Ich werde Rosville verlassen«, waren Bens letzte Worte.

»Was für ein angenehmer, gut aussehender junger Mann er doch ist! Er ist ein Gentleman«, sagte Tante Merce.

»In der Tat, Tante Merce.«

»Wieso in der Tat? So wie du redest, könnte man glauben, dass du ausschließlich junge Gentlemen wie ihn kennst. Hast du Surrey schon vergessen?«

Vater und sie brachen in Gelächter aus. Sie lachten viel, denn sie waren überglücklich, dass ich mit ihnen heimfuhr. Mutter würde sich freuen, sagten sie. Ich spürte es, aber ich sprach es nicht aus.

Wie tief ich in dieser Nacht auf der Reise im Gasthaus schlief! Kurz nach Sonnenuntergang am dritten Tag, denn wir reisten langsam, erreichten wir den Wald um Surrey, und bald sahen wir das Meer, das Surrey wie eine Mondsichel umschließt. Es war, als ob ich die See zum ersten Mal sähe. Unerwartet überkam mich ein vages Gefühl ihrer Macht; sie schien meine Schwermut auszudrücken. Als wir uns dem Haus und Obstgarten näherten und ich Veronicas Fenster sah, bewegten mich andere Gefühle. Nicht, dass ich zutiefst Vertrautes sah, nicht, dass ich nach Hause kam, war, was mich durchdrang, sondern die Beziehung, in der *ich* zu diesen Dingen stand. Wir fuhren durch das Tor und sahen einen hübschen kleinen Jungen rittlings auf dem Fensterbrett sitzen, mit zwei Pfeifen im Mund. »Papa!«, schrie er und warf seine Pfeifen zu Boden, um hinter uns her zu rennen.

»Ist Arthur nicht groß geworden?«, fragte Tante Merce. »Er ist schon fast sieben.«

»Fast sieben? Wo sind die Jahre hin?«

Ich sah mich um. Ich war so lange fort gewesen; das Haus sah geschrumpft aus. Mutter stand in der Tür und weinte, als sie mich in die Arme schloss; sie konnte nicht sprechen. Heute weiß ich, dass es keine höhere Glückseligkeit hätte geben sollen, als in der Gegenwart einer selbstlosen, nichts fordernden, kraftvollen Liebe zu leben. Doch ich sagte bloß: »Ach, Mutter, wie grau deine Haare geworden sind! Freust du dich, mich zu sehen? Ich bin auch alt geworden!«

Wir betraten das Haus durch die Küchentür, wo die Arbeiter waren und ein junges Mädchen mit einer vorgewölbten Stirn. Hepsey schaute aus der Tür der Butterkammer und hielt sich die Schürze an die Augen, ohne weitere Zeichen des Willkommens zu geben. Temperance mischte gerade den Teig. Sie bemühte sich zu kichern, aber es misslang; und da sie ihr Gesicht schlecht mit ihren Teighänden bedecken konnte, musste sie ihren Tränen freien Lauf lassen. Schnell hatte sie sich wieder gefasst und rief:

»Du leeve Himmel, wie du dich verännert hast! Ik hätte dich nich wedderkennt. Diin Haar und diin Haut sind ja trocken wie Späne; ik wette, se haben di nich mit kastilscher Seife gewaschen.«

»Was redest du da, Temperance«, sagte Hepsey mit zitternder Stimme.

Das Mädchen mit der vorgewölbten Stirn lachte schrill.

»Aber, aber, Fanny!« sagte Mutter.

Die Tür zur Diele öffnete sich. »Da kommt *sie*«, murmelte diese Fanny.

»Veronica!«

»Cassandra!«

Wir fassten einander an den Händen und starrten uns stumm an. Ich spürte, wie sich mein Herz zusammenzog als ob ein Stahlband es umschlösse. Sie, zumindest, war froh, dass ich am Leben war!

»De sehn sich nu 'n bisschen ähnlich«, bemerkte Hepsey.

»Überhaupt nicht«, sagte Veronica, ließ meine Hand los und trat den Rückzug an.

»Ach, Arthur, mein Liebling, komm her!«

Er kletterte auf meinen Schoß.

»Bist du umgekommen, liebe Schwester?«

»Nicht ganz, kleiner Mann.«

»Na gut; weißt du, dass ich ein altgedienter Offizier bin und meine Pfeife rauche, ganz viel?«

»Du musst dich jetzt ausruhen, Cassy«, sagte Mutter. »Geh aber nicht nach oben, bevor du nicht dein Abendbrot gegessen hast. Richt es schnell, Temperance.«

»Steht in einer Minute aufm Disch, Mis Morgeson«, antwortete sie, »wenn Mis Fanny dat geneem is, de Teekann reinzubringen.«

Mich umgab ein angenehmes Gefühl von Eigentum, als ich mein Zimmer wieder in Besitz nahm. Es war letztlich besser, bei einem Vater und einer Mutter zu leben, die meine Ideen übernehmen würden. Selbst das Meer könnte mir gehören. Am nächsten Morgen fragte ich Vater, wie weit aufs Meer hinaus sein Besitz reichte.

»Ich erwarte, Cassandra, dass du jetzt zu Hause bleiben wirst«, sagte Mutter. »Ich bin die Hausfrauenpflichten bei Tisch leid; du musst jetzt den Kaffee und den Tee einschenken, denn ich möchte neben deinem Vater sitzen.«

»Du und Tante Merce, ihr habt euch in einer altehrwürdigen Rolle eingerichtet. Sogar Häubchen tragt ihr! Was für ein Schritt nach vorn.«

»Das Häubchen ist nicht hässlich wie das von Tante Merce; ich habe es gemacht«, rief Veronica und nippte an einem großen Glas.

»Gotisches Muster, nicht wahr?«, fragte Vater, »mit einem Turm und einer Brücke am Nacken?«

»Dieses Haschee ist Fannys Werk, Mutter«, sagte Verry.

»Das sehe ich.«

»Hepsey ist nicht am Tisch«, sagte ich.

»Sie hat sich in den Kopf gesetzt, nicht mehr zu servieren, seit ich Fanny aufgenommen habe. Ist sie dir aufgefallen? Sie lässt lieber sie bedienen.«

»Wer ist Fanny?«

»Ihr Vater ist der alte Ichabod Bowles, der an der Landenge wohnt. Letzten Winter ließ mich ihre Mutter holen und bat mich flehentlich, sie zu mir zu nehmen. Ich konnte ihr das nicht abschlagen, denn sie war schwindsüchtig und lag im Sterben; also habe ich es ihr versprochen. Die arme Frau ist im schlimmsten Wetter gestorben, und ein paar Tage später hat Ichabod Fanny hergebracht und mir gesagt, er hätte für immer genug von den Weibsbildern. Fanny war lange mürrisch und schweigsam. Ich habe schon geglaubt, sie wird nie warm werden. Wenn sie vom Feuer fort musste, setzte sie sich an die Wand und vergrub ihr Gesicht in den Armen. Veronica hat einigen Eindruck bei ihr gemacht; aber sie ist kein gutes Mädchen.«

»Sie wird's schon werden, Mutter. Ich bin jetzt auch besser als früher.«

»Keinesfalls; sie steckt voller Hass. Sie ist böse auf die, denen es besser geht als ihr selbst. Ich habe nicht einen Funken Dankbarkeit in ihr entdecken können.«

»An Dankbarkeit habe ich nie gedacht«, sagte Verry, »das stimmt schon. Aber warum müssen Leute dankbar sein?«

»Wir können von Fanny vielleicht nicht allzu viel erwarten. Sie hat ansehen müssen, wie ihre Mutter in Not gestorben ist, ihr Vater streng, fast grausam mit ihnen war und durch die Armut bitter geworden. Bevor sie hierher kam, hat Fanny niemals das zu essen oder anzuziehen bekommen, was sie wollte, oder überhaupt nur etwas gesehen, was ihr gefiel; und der Kontrast macht sie bitter.«

»Sie ist auch stolz«, sagte Tante Merce. »Ich höre, wie sie sich brüstet mit dem, was sie gehabt hätte, wenn sie zu Hause geblieben wäre.«

»Sie ist doch noch ein Kind«, sagte Verry.

»Ein Jahr jünger als du.«

»Wo ist unser Universallaufbursche?«

»Abgeschafft«, antwortete Vater. »Arthur wächst in dieses Amt hinein.«

»Papa, vergiss nicht, dass ich ein altgedienter Offizier bin.«

»Hier, du Schurke, komm und hol dir dieses schöne Ei.«

Er glitt von seinem Stuhl, ging zu seinem Vater, der ihn auf den Schoß nahm.

»Womit soll ich anfangen? Mit dem Garten, dem Obstgarten, dem Dorf, oder womit?«, fragte ich.

»Gärten?«, sagte Verry. »Gehörten die zu deiner Ausbildung?«

»Ich mag Blumen.«

»Hast du meine Pflanzen gesehen?«, erkundigte sich Tante Merce.

»Ich schau sie mir an. Wie anders es hier ist als in Rosville.«

Da spürte ich auf einmal einen Stich bis ins tiefste Herz. Die Vergangenheit wirbelte hoch, verschwand wieder, und ließ mich starr und hilflos zurück. Veronicas Augen waren auf mich gerichtet. Ich zwang mich dazu, sie zu betrachten. Unsere Verschiedenheit war offensichtlicher denn je. Ich war in meinem zwanzigsten Jahr, sie war kaum sechzehn; hübsch, und sah immer noch so ungewöhnlich aus wie als Kind. Sie hatte glattes Haar in leuchtendem Kastanienbraun. Ihre großen Augen standen nah bei einander; und, wie Ben Somers gesagt hatte, es waren die einzigartigsten Augen auf der Welt. Sie quälten mich. Es war kein Eigensinn in ihnen; im Gegenteil, wenn sie eigensinnig war, dann hatte sie sie nicht in ihrer Gewalt; ihr seltsames Schielen war dann wahrnehmbar. Sie waren aber auch nicht herrisch und auch nicht unwiderstehlich, sie waren *verwirrend*. Sie schob ihren Stuhl vom Tisch weg und stellte sich ruhig neben mich. Sie war groß und schlank, leicht gebeugt, so als sei sie nicht kräftig genug, aufrecht zu stehen. Sie trug ein lederfarbenes Batistkleid mit grünen Kreuzen, das mit Knötchen aus Band von derselben Farbe verziert war. Es passte zu ihrem farblosen, stets blassen Teint. Ich zählte die Bänderschleifen auf ihrem Kleid und hätte auch die Kreuze noch gezählt, wenn sie mich nicht mit »Wie findest du mich?« unterbrochen hätte.

»Wirst du jemals rot, Verry?«

»Ich werde blasser, wenn ich erröte, wie du weißt.«

»Wie findest du mich?«

»So große Augen wie eh und je, und deine Augenbrauen sind genauso schwarz. Wo hat man jemals so helles, welliges Haar mit solchen Augenbrauen gesehen? Fältchen sehe ich auch.«

»Wo?«

»Um deine Augen herum, wie ein Regenschirm, der aufgemacht wird.«

Wir trennten uns, als unser Gespräch beendet war, wie gewohnt. Ich ging hinter Tante Merce zum Blumenständer, der auf seinem alten Platz auf dem Treppenabsatz stand.

»Ich habe jammervolle Rosen«, sagte sie, »aber ein paar prächtige Kakteen.«

»Ich mag Rosen nicht.«

»Ist das die Möglichkeit? Aber Verry mag sie auch nicht so sehr. Lilien sind ihre Lieblingsblumen; sie hat verschiedene. Schau dir diese arabische Lilie an, sie ist wie eine Feuerzunge.«

»Wo hat sie ihre Blumen?«

»In Drahtkörben in ihrem Zimmer. Ich muss jetzt für Arthur Pfefferkuchen machen. Er mag am liebsten meine und ich tu ihm gern was zuliebe.«

»Ich muss schon sagen, du verwöhnst ihn.«

»Nicht mehr als du verwöhnt worden bist.«

»Nicht in Barmouth, Tante Merce.«

»Nein, nicht in Barmouth, Cassy.«

Ich ging von einem Zimmer ins nächste, sah jedoch nur wenig, was mein Interesse fand. Mein Erkundungseifer schwand dahin, und als ich wieder in mein Zimmer trat, hätte ich sagen können: »Dieser Ort ist die Summe meiner Wünsche, denn er hält mich.« Ich musste mir selbst Gesellschaft sein, und da meine Gesellschaft keine angenehme war, konnte ich sie umso besser ertragen, je begrenzter sie war. Was für trübe Aussichten! Die Vergangenheit war voller Leben, die Gegenwart tot. Das Leben in Surrey konnte nur langweilig sein. Wie sollte ich vergessen oder mich freuen können? Ich zog die Vorhänge zu und sagte Temperance, die herumwanderte, sie solle mich nicht zum Essen rufen. Ich beschloss, meine Langeweile dadurch zu überwinden, dass ich mich ihr hingab. Doch unter der Oberfläche lauerte unleugbar ein Gespenst, dessen ziellose Bewegungen mich vom Stillstand abhielten. Ich beschloss, es hervorzuzerren und es anzusehen.

»Komm«, rief ich, »und stell dich vor mich hin; wir werden mit einander vernünftig reden.«

Es trat hervor, und fragte:

»Hast du Gewissensbisse oder bereust du?«

»Weder noch!«

»Warum leidest du dann?«

»Ich weiß nicht warum.«

»Du gibst deine Unwissenheit zu. Kannst du auch zugeben, dass du selbstsüchtig, egoistisch – teuflisch bist?«

»Bist du mein Teufel?«

Keine Antwort.

»Bin ich feige, oder eine Lügnerin?«

Es gab ein mattes, sarkastisches Lachen von sich.

»Wie auch immer«, so fuhr ich fort, »sind nicht meine Handlungen besser als meine Gedanken?«

»Was macht den Sünder aus, und was den Heiligen?«

»Kann ich das entscheiden?«

»Warum nicht?«

»Meine Lehrer und ich sind uns so fern! Ich habe einen Gegenpart gefunden, aber du, Gespenst, bist aus dieser Verbindung hervorgegangen.«

Ich hatte meinen Kopf in den Armen vergraben; dennoch hörte ich eine Stimme an meinem Ellbogen – es war eine schrille, verächtliche Stimme. »Kommen Sie jetzt zum Abendtee?«

Ich blickte auf und sah Fanny. »Schon Zeit für den Tee, so bald?«

»Ja, aber sicher. Ihnen ist die Zeit egal; Sie haben nichts zu tun, nehme ich an.«

Und sie faltete ihre Hände auf ihrer Schürze – Hände, so klein und dünn, dass sie wie die einer alten Frau aussahen. Ihr Haar war hell und dünn, ihr Teint blässlich, und ihre Augen ein fahles Grau; aber ihre Gesichtszüge waren zart und hübsch. Sie schien meine Gedanken zu lesen.

»Sie denken, ich bin zu klein geraten?«

»Du kommst mir nicht groß vor.«

»Wenn man Ihnen fast immer nur Maismehl zu essen gegeben hätte, mit einem Hering oder einem Stück Salzfleisch als Würze, und Muscheln und Tautogfisch als Luxus, wie mir, wären Sie dann auch so hochgewachsen und gutaussehend wie jetzt? Und würden Sie Ihr Gesicht verstecken und so tun, als machten Sie sich Sorgen?«

»Vielleicht nicht. Du kannst Mutter sagen, dass ich komme.«

»Ich werde Sie nicht ›Miss Morgeson‹ nennen, sondern ›Cassandra‹. ›Cassandra Morgeson‹, wenn es mir passt.«

»Nenn mich wie du willst, nur mäßige deine Stimme. Sie ist schärfer als der Ostwind.«

Als nächstes hörte ich sie einen Trommelwirbel auf Veronicas Tür klopfen. Zumindest mit ihr hatte man ihr beigebracht, förmlich umzugehen. Es gab keine Antwort, und sie kam wieder an meine Tür. »Ich nehme an, Miss Veronica macht Besuche bei den Armen; das ist so eine Art, die *sie* hat«, und schloss giftig die Tür.

Nach dem Tee kam Mutter herauf, um sich zu erkundigen, warum ich mich so zurückzog. Meine Ausrede, ich sei erschöpft, akzeptierte sie bereitwillig, denn sie fand, ich sähe immer noch krank aus. Ich hätte mich so verändert, sagte sie, das Herz tue ihr weh, wenn sie mich anschaue. Wenn ich soweit sei, über den Unfall in Rosville zu sprechen, würde ich ihr dann alles erzählen? Und würde ich mein Leben dort beschreiben; welche Freundschaften ich geschlossen hatte, und ob mich meine Freunde besuchen würden? Sie hoffte es. Und Mr. Somers, der ihnen einen so eiligen Besuch abgestattet hatte, würde er auch kommen? Sie mochte ihn. Während sie sprach, behielt sie mich mitleidig, aber resolut im Auge.

»Liebe Mutter, ich werde dir nie alles erzählen können, wie du es willst. Es ist auch so schon schwer genug für mich, meine Gedanken zu ertragen, ohne die zusätzliche Überlegung, ob meine Gefühle verstanden werden und über sie nachgedacht wird. Wenn ich es dir erzählen würde, dann würde der Damm zwischen mir und meiner Selbstbeherrschung brechen. Du wirst Alice Morgeson sehen, und wenn sie will, dann kann sie dir von meinem Leben in ihrem Haus erzählen. Sie kennt es gut.«

»Cassandra, was bedeutet die Bitterkeit in deinem Gesicht und deiner Stimme?«

»Ich meine, Mutter, alles, was dein Frauenherz erraten könnte, wenn du nicht so rein, so redlich wärst.«

»Nein, nein, nein.«

»Doch.«

»Dann verstehe ich das Rätsel, das du bisher gewesen bist, als eines, das einen Fluch gebracht hat.«

»Es gibt nichts zu verfluchen, Mutter; unsere Erfahrungen werden nicht von Recht und Gesetz vorherbestimmt. Wir können uns an Regeln halten und rechtschaffen sein, auf diese Weise sündigen wir nicht. Für meine Erfahrung gab es weder Anfang noch Ende.«

»Sollen sich Frauen denn dafür verfluchen, dass sie Töchter gebären?«

»Langsam, Mutter. Was in diesem Jahr schlecht ist, kann im nächsten gut sein. Du gibst dir die Schuld, weil du glaubst, deine Unwissenheit habe mich in Gefahr gebracht. Langsam, Mutter.«

»Ich verstehe dich nicht, ich verstehe überhaupt nichts.«

»Ich werde brav sein. Gib mir einen Kuss, Mutter. Ich bin deiner nicht würdig gewesen. Wann habe ich jemals etwas für dich getan? Wenn du nicht meine Mutter wärst, hätten wir einander vielleicht helfen können; meine Freundschaft und mein Mitgefühl hätten dich aufrechtgehalten. Wie die Dinge liegen, habe ich mich dir gegenüber benommen, wie es alle jungen Tiere mit ihren Müttern tun. Doch einer Sache kannst du gewiss sein. Deine Zweifel sind grundlos. Du musst nicht für mich beten und auch nicht um mich weinen. Habe ich dich aufgeregt?«

»Mein Herz flattert in *jedem* Fall zu sehr, egal was ist. Ach Cassy, Cassy, warum bist du nur so? Warum bist du so schrecklich dickköpfig?« Aber sie umarmte und küsste mich. Als ich das unregelmäßige Pochen ihres Herzens spürte, durchfuhr mich ein Schmerz. Was, wenn sie nicht lange leben sollte? War ich nicht eine grundverdorbene Närrin, mich mit ungreifbaren Sorgen zu zerfleischen – dem Pendant selbstsüchtiger Gefühle?

KAPITEL XXIII

Veronicas Zimmer glich keinem anderen Ort. Hier fand ich mich in einer neuen Atmosphäre. Ein grüner Teppich bedeckte den Boden, und an den Fenstern hingen hellblaue Seidenvorhänge.

»Grün und blau zusammen, Veronica?«

»Warum nicht? Der Himmel ist blau, und der Teppich der Erde ist grün.«

»Wenn du die Absicht hast, Himmel und Erde hier abzubilden, passt das sehr gut.«

Die Tapete an den Wänden war aschfarben, mit dünn gezeichneten Linien. Vermutlich waren ihre Tage wolkig. Eine großäugige Heilige Cäcilia, mit weißen Rosen im Haar, war an die Wand geklebt. Dieses rahmenlose Bild hatte eine merkwürdige Wirkung. Auf irgendeine geheimnisvolle Weise hatte es Veronica geschafft, den weißen Rand des Bildes zu entfernen, und so schaute die Heilige direkt aus der Asche-Tönung der Tapete hervor. Gegenüber hing ein kunstvoller Kupferstich, der mit dunkelrotem Samt gerahmt war. Am Ende einer Allee mit alten, knorrigen, ineinander gedrehten Bäumen stand ein Mann. Mit einer Hand fasste er den Stamm einer wilden Rebe, die den Baum neben ihm überwucherte, die andere hing hilflos an seiner Seite herunter, als sei das Handgelenk gebrochen. Seine Augen waren auf etwas hinter den Bäumen gerichtet, wo es nichts zu sehen gab außer einem Stück Hauswand. Sein Ausdruck geballter Wut, seine abwartende Haltung machten deutlich, dass er mit Sicherheit vollenden würde, was er sich vorgenommen hatte.

»Was für ein Bild!«

»Das Blattwerk gefiel mir, und so habe ich es gekauft, aber als ich es ausgepackt habe, schien der Mann zum ersten Mal daraus hervorzutreten. Willst du es haben?«

»Nein. Ich will, dass mein Zimmer etwas Schläfriges hat. Der Mann ist zu entsetzlich schlaflos.«

Ein Tisch stand nahe am Fenster. Er war gewissenhaft vollgepackt mit etikettierten Notizbüchern, einer Schreibmappe aus Saffianleder, einem Wedgewood-Tintenfässchen und einer Vase. In einer Nische, in die sie den Platz unter der Treppe zum Dachboden verwandelt hatte, stand ihr Bett. Am Fußende war ein Bündel roter Herbstblätter an der Wand befestigt und ein Zweig, schwarz und kahl, mit einem leeren Nest daran.

»Wo ist der feminine Teil deiner Einrichtung?«

»Schau in den Schrank.«

Ich öffnete eine Tür. Was früher von Mutters Bettdecken und Federbetten eingenommen worden war, hatte sie in ein Vorratslager von Toilettenartikeln verwandelt. Hier gab es Schubladen und Schachteln für alles, was mit der Garderobe zusammenhing; es war mit schönem Geschick und sehr ordentlich arrangiert. Sie wies mich auf ihre Bücher hin, die auf Hängeregalen in Reichweite des Bettes standen. Darunter war ein kleiner Ständer mit einer Wachskerze in einem silbernen Kerzenhalter.

»Du liest nachts?«

»Ja, und die Wachskerze ist meine Lieblingsschwäche.«

»Hast du Gray, Pope und Thomson verbannt?«

»Die Märchen aus Tausendundeiner Nacht und die Bibel sind immer noch da. Mutter meinte, du würdest wohl dein Zimmer umdekorieren wollen. Es ist nämlich noch im selben Zustand wie damals, als wir umgezogen sind.

»Hat sie das gesagt? Dann mache ich das. Wiedersehen.«

»Wiedersehen.«

Sie war jetzt am Fenster und hatte einen Flügel aufgemacht.

»Was machst du da?«

»Ich schaue aus meinem Klappfensterchen.«

Ich ging noch einmal hin, um zu sehen, wie das Klappfenster funktionierte. Sie sagte, es sei eingebaut worden, damit sie bei jedem Wetter frische Luft haben konnte, ohne die Fenster hochzuschieben. Nachts konnte sie hinaussehen, ohne sich zu erkälten. Wir schauten über die herbstlichen Felder. Die Krähen flogen seewärts über die Stoppeln oder ließen sich in den Ästen einer alten, alleinstehenden Tanne nieder, auf halbem Wege zwischen dem Wald und dem Obstgarten. Das Terrain vor uns stieg sacht an und engte den Horizont ein. Es erinnerte mich an meine Kindervorstellung, dass wir nahe am Nordpol lebten, und dass wir, wenn wir nur hinter den tiefen Rand des Himmels gelangen könnten, in die Polarzone kämen.

»Die Nordlichter haben uns nicht verlassen, Veronica?«

»Nein, sie rufen mich dort hinüber, im Winter.«

»Wirst du dieser Aussicht niemals müde, beschränkt und monoton, wie sie ist: ein paar unregelmäßige, von grimmigen Steinmauern unterteilte Felder?«

»Das ist doch nicht alles. Schau dir diese ewigen Wanderer an, die Wolken, die aus irgend einer geheimnisvollen Region heraneilen, um in deine Richtung hinüberzuziehen, wo ich niemals hinschaue. Wenn die Landschaft mehr Raum umfasste, könnte ich mich nie mit ihr vertraut machen. Und der Obstgarten – ist er dir aufgefallen? Dort gibt es nämlich jedes Jahr Vogel- und Schmetterlingsbiographien. Ach, Morgen und Abend sind wunderbar von diesen Fenstern aus! Aber ich muss zugeben, der Zauber verschwindet, sobald ich mich davon entferne. Surrey ist nicht schön.« Sie schloss das Klappfensterchen und setzte sich an den Tisch. Meine Langeweile verschwand bei ihr. Vielleicht gab es unter der ruhigen Oberfläche unseres Familienlebens doch etwas, das mich interessieren mochte.

»Veronica, findest du, dass sich Mutter verändert hat? Ich glaube schon.«

»Für mich ist sie immer dieselbe. Aber ich mache mir Sorgen wegen ihrer Gesundheit.«

Vor der Tür traf ich Temperance mit einem Wäschekorb.

»Oho!«, sagte sie, »du machst also de Runde. Verrys Stube stellt alle Besessnen in de Schatten, oder? De wird ganz und gar reingemacht – alle drei Monate. Se nennt dat de Jahreszeiten einsetzen. De is so absonnerlich, dat mi dat über de Hutschnur geht. Hast du irgendwelche schönen Sachen zum Herrichtn?«

Ihre Frage erinnerte mich an meine Koffer, und ich ging rasch hinauf, in der Absicht, mein Zimmer in Ordnung zu bringen. Der Ruf zum Mittagessen unterbrach mich, bevor ich noch begonnen hatte, und der zum Abendbrot kam, bevor irgendwelche Verbesserungen erzielt worden waren. Zur Bettgehzeit war mein Kopf ein einziges Chaos. Das Bild Veronicas kam mir in den Sinn, wie sie neben ihrer Wachskerze las oder wie sie durch das Klappfenster schaute, gefasst und zufrieden in ihrer vollkommenen Ordnung, und zugleich fühlte ich Bewunderung, die niemals nachließ, auch wenn ich keine Zuneigung zu ihr empfand. Wir schienen so weit auseinander wie zur Zeit unserer Kindheit.

Ich lechzte nach Beschäftigung und nahm mir vor, viele Aufgaben anzugehen, aber der schiere Versuch war tödlich für meine Absicht und mein Interesse. Meine Willensstärke sank in sich zusammen, wenn ich über die Zeit nachdachte, die sich vor mir erstreckte – ein verschwommenes, grenzenloses Meer; und ich behielt nur das Bemühen im Blick, nahe genug, um mich damit zu quälen.

Eines Tages bat mich Vater, nach Milford zu fahren, und da bat ich ihn um Geld für die Verschönerung meines Zimmers.

»Sei sparsam«, antwortete er. »Ich bin nicht so reich, wie die Leute glauben. Die *Locke Morgeson* war zwar versichert, aber sie war ein Verlust. Aber sag Deiner Mutter lieber nichts davon. Ich belaste sie nie mit meinen Geschäftssorgen. Was Veronica angeht – die hat nicht die geringste Ahnung von Geld und schert sich auch nicht darum, was es bedeutet.«

Als wir die Geschäfte aufsuchten, fand ich, dass eher er zur Extravaganz neigte als ich. Ich kaufte einen blau-weißen Teppich, ein Stück blau und weiß geblümten Chintz, zwei gepolsterte Stühle mit Haartuch-Bezug (gegen die hatte Vater Einwände) und einen hohen Spiegel, der zwischen die Fenster sollte und ihn über meine Eitelkeit staunen ließ. Was ich sonst noch brauchte, konnte ich selbst mit der Hilfe des Schreiners in Surrey anfertigen.

In einem der Läden hörte ich eine vertraute Stimme, die Zorn in mir weckte. Ich drehte mich um und sah Charlotte Alden aus Barmouth, das Mädchen, dass mich von der Wippe hatte fallen lassen. Sie konnte einen Ausdruck von Überraschung nicht unterdrücken, als sie die elegante Dame vor sich sah. Es war mein Kleid, das sie in Erstaunen versetzte. Wo mochte ausgerechnet *ich* mir Stil angeeignet haben?

»Miss Alden, wie geht es Ihnen? Erzählen Sie mir doch, ob Sie irgendwelche zuverlässigen Berichte über die jungen Jahre meiner Mutter sammeln konnten. Und werfen Sie auch heute noch kleine Mädchen von der Wippe?«

Sie antwortete nicht, und ich ließ sie stehen, wo sie stand, als ich zu sprechen begonnen hatte. Als wir aus der Stadt herauskamen, ließ mein Zorn nach, und ich schämte mich, dass ich so gehässig gewesen war. Zur Buße berichtete ich Vater die ganze Geschichte. Er lachte über das, was ich zu ihr gesagt hatte, und erzählte mir, dass er ihre Familie schon lange kannte. Charlottes Onkel war ein Verehrer von Mutter gewesen. Vielleicht hatte es ein Verlöbnis gegeben, aber gleichviel – der Einfluss seiner Familie hatte die Beziehung beendet. Das erklärte, wieso Charlotte mir in Miss Blacks Schule gesagt hatte, Mutter sei verliebt.

»Du durftest böse auf das Mädchen sein, aber die Tatsache, auf die sie anspielte, hätte dich nicht zu verletzen brauchen. Bist du noch so jung, dass du glaubst, dass nur diejenigen einander heiraten, die sich lieben? Oder dass diejenigen, die heiraten, nur einander geliebt haben und niemals jemand anderes?«

»Ich habe über diese Dinge nachgedacht, aber ich fürchte, dass die Liebe, genau wie die Religion, einen skeptisch werden lässt, wenn man genauer hinschaut.«

Eine oder zwei Meilen trotteten wir schweigend weiter.

»Ich frage mich, ob wohl jedermanns Kinder dem Betreffenden über den Kopf wachsen. Veronica und du, ihr macht mir wirklich Angst.«

»Was meinst du damit?«

»Die Demonstrationen eures Naturells, die ihr abliefert, treffen mich jedes mal unvorbereitet. Meine ursprüngliche Einschätzung, egal wovon sie herrührt – vom Nachdenken, von der Vernachlässigung meiner Verantwortung oder von Gott weiß was – erweist sich als unzutreffend. Ich habe mich gegenüber all dem gewappnet, was der Alltag so bringen mag – eine Lüge, einen Diebstahl, eine Gemeinheit –, aber von der Unterströmung, die euch wirklich trägt, habe ich nie eine Ahnung gehabt.«

»Wenn du unter die Oberfläche tauchst und die Wurzeln unseres Handelns entdeckst, die unter ihren Gezeitenströmen verankert sind, was dann? Musst du dann in Klagen über uns ausbrechen?«

»Nein, nein, aber das ist vages Gerede.«

War er unzufrieden mit mir? Was konnte er erwarten? Es stimmte, wir gingen alle unsere getrennten Wege. War es das? Vielleicht war er einsam. Ich betrachtete sein Gesicht. Es war nicht mehr so frohgestimmt, wie ich es von früher in Erinnerung hatte, aber noch immer offen, ehrlich, und in guter Verfassung. Ich nahm mir vor, auf seine Neigungen zu achten und sie zu berücksichtigen. Vielleicht war seine Selbstachtung nie hinreichend gefördert worden. Aber ich scheiterte mit diesem Plan, wie mit allen anderen.

»Wie du siehst, geht viel von meiner Zeit damit drauf, dass ich zwischen Milford und Surrey hin- und herfahre.«

»Ich werde dich oft begleiten.«

Wie es meine Gewohnheit war, ging ich nach unserer Ankunft in die Küche. Es war dunkel und still dort. Temperance stand am Feuer und kümmerte sich um etwas, das da kochte.

»Was gibt es zum Abendessen, Temperance? Ich habe Hunger.«

»Dat kann ik mi denken«, antwortete sie mürrisch. »Dat wirst du rausfinnen, wenn dat auf dem Disch steht.«

Sie nahm mit der Zange eine Kohle aus dem Feuer und blies heftig darauf, um eine Lampe damit anzuzünden. Als sie brannte, setzte sie sie auf den Kaminsims und enthüllte damit einen Mann, der im Hintergrund saß und seinen Stuhl auf zwei Beinen gegen die Wand gekippt hatte. Seine Füße ruhten auf der obersten Sprosse, und er drehte Däumchen.

»Hm«, sagte er, als er merkte, dass ich ihn beobachtete, »dat is wohl de älteste Dochter, wa?«

»Ja«, brüllte Temperance.

»Is je 'n stramme Deern, aber ik komm nich auf ihrn Taufnamen.«

»Dat is Cassandra.«

»Na, de is aber nich aus'er Bibel.«

»Warum gehst du nich und ziehst diin Sachen aus«, sagte Temperance unvermittelt.

»Ich lasse sie hier, das Feuer ist angenehm.«

»Dor is 'n beddere Feuer in de Guude Stube.«

»Wie geht's, Mr. Handy?«, fragte Vater beim Hereinkommen.

»Dat wär ganz gut, wenn nich miin Kauers Ärger machen täten; de plagen mi nachts. Ham Se von de *Adamant* gehört, Mr. Morgeson? Ik hädde gern de Kist von miin arme Jung. De Herr sei em gnädich, siin Knoken liegn inne Höhlen inne Tiefe.«

»Nu sei aber still, Abram. De Tee is fertig, Mr. Morgeson. Ik bring gleich de Schinken rein«, sagte Temperance.

Es gab keine Neuigkeiten von der *Adamant.* Ich blieb noch etwas, in der Hoffnung, herauszufinden, was an Mr. Handy Temperance so aufbrachte. Er war ein Mann um die sechzig, mit rundem Kopf und einer großen, empfindlichen Warze auf der einen Wange. Die beiden Hauer unter seiner Oberlippe ließen an ein Walross denken. Obgleich er keine Schönheit war, sah er durchaus anständig aus in seiner verschossenen Kleidung und seinen blauen Wollsocken, die von den Sockenhaltern so eng anliegend gehalten wurden, dass es an ein Wunder grenzte.

»Temperance«, sagte er, »miin Quitten sind disse Johr erstklassich. Ik hab se noch nich afpflückt, aber ik hab se immer wedder gezählt. Aber miin Schwiin wird nich annähernd dat wiegn, wat ik kalkoleert hab. Dat geschieht mi recht. Ik hädde dat nich aus ner Herde kopen solln. Wär Charity noch am Leeben, hädde ik dat nich gemacht. 'n Mann kann eenfach nich – also, ik meen, Tempy –, 'n Mann *kann* hier auf Erdn eenfach nich ohne 'n Fru auskommn.«

Sie kniff mich fest in den Arm, als sie mit dem Schinken vorbeiging, und ich hielt es für das beste, ihr zu folgen. Mutter sah sie lächelnd an und sagte: »Geh sachte mit Bruder Abram um, Temperance.«

»Von wegen Bruder, zum Düwel mit em!«, sagte sie bissig. »Mis Morgeson, wolln Se ein poor Quitten?«

»Gewiss doch.«

»Denn machen wi feste Marmelade disse Johr. Se kriegen de Quitten morgen.« Und sie zog sich mit milderem Gesichtsausdruck zurück. Ich erfuhr, dass Abram Handy ein Witwer war, und darauf erpicht, Temperance zur zweiten Ehegehilfin zu machen, und dass sie sich nicht entscheiden konnte, ob sie ihn nun nehmen sollte oder nicht. Sie hatte Mutter gebeichtet, dass sie auf dem Zaun hockte und nicht recht wusste, auf welcher Seite sie herabspringen sollte. Er war ein armer, hirnloser Kerl, das wusste sie wohl, aber er war ein so anständiger Mann wie nur irgendeiner und hatte mindestens so gute Aussichten auf Erlösung wie das klügste Kirchenmitglied, das je gelebt hatte. Mutter meinte, dass sie recht gerne Herrin eines Anwesens würde, das allein ihr unterstand. Abram besaß ein Haus, einen Garten, und hielt Schweine, Hühner und eine Kuh; sie bildeten den Gegenstand seiner Konversation. Mutter fand die Vermutung naheliegend, dass einer seiner Beweggründe Temperances Vermögen war; sie besaß mindestens zweitausend Dollar. Sich um ihren Forstbesitz zu kümmern, das Holz darauf zu schlagen, zu verkaufen oder es zu Holzkohle zu brennen, wäre das allergrößte Glück für ihn, der außer dem Himmelreich nichts so sehr liebte wie Besitz. Die Tragödie im Leben dieses alten Mannes war der Verlust seines einzigen Sohnes, der vor einem Jahr von einem Wal getötet worden war. Die *Adamant*, das Schiff, auf dem er gesegelt war, war noch nicht zurückgekehrt, und die Vorstellung, dass die Seemannskiste seines Sohnes zurückkommen könnte, war für Abram Trost und Hoffnung.

»Wir erfuhren vom Tod des armen Charming Handy am zehnten September, etwa drei Monate, nachdem Abram seine Besuche bei Temperance begann«, sagte Veronica.

»Hieß er wirklich Charming?«, fragte ich.

»Siin Mudder gab em de Nom«, hatte Abram gesagt. »Se gab em de Nom, de se aus so Romandingers hatte, de se immer un ewig gelesn hat.«

»Der Wievielte ist heute, Verry?«

»Der dritte Oktober.«

»Was geschah heute vor genau einem Jahr?«

»Arthur fiel vom Dach des Holzschuppens.«

»Verry«, rief er, »Das brauchst du meiner Schwester nicht erzählen. Jetzt weiß sie Bescheid über meine Narbe. Du sagst immer alles, sie nie. Du hast auch Narben«, flüsterte er mir zu, »die sehen manchmal rot aus. Darf ich meine Finger auf deine Backe legen?«

Ich nahm seine Hand und rieb seine Finger über die Schnitte. Sie waren nicht tief, aber sie sollten nie verschwinden.

»Ich wünschte, meine wäre so schön; sie ist nur ein kleines Loch unter meinem Haar. Soldaten müssen lange Narben haben, von großen, breiten Säbeln geschlagen, und ich bin ein Soldat, stimmt's, Cassy?«

»Habe ich dich schon singen hören, Cassy?«, fragte Vater. »Komm, lass uns ein bisschen Musik hören.«

»›Und die Sorgen, die den Tag bestürmen‹«, fügte Verry hinzu.

Ich war seit meiner Rückkehr noch kaum im Salon gewesen, obwohl das niemand bemerkt hatte. Unsere stillschweigende Übereinkunft war, dass wir uns um den Aufenthaltsort der anderen nicht kümmern sollten. Ich lief in mein Zimmer hoch, um Noten zu holen, und da ich keine Lampe dabei hatte, stolperte ich über meinen Schal und meine Haube und diverse Bündel, die jemand auf dem Boden abgelegt hatte. Ich ging die Hintertreppe hinunter in die Küche. Fanny war alleine da. Sie stand am Feuer und pfiff eine schrille Melodie.

»Hast du meine Haube und meinen Schal nach oben getragen?«

»Ja.«

»Bist du so nett und bringst diese Noten für mich in den Salon?«

Sie drehte sich weg und hielt die Hände hinter ihrem Rücken. »Wer war letztes Jahr Ihre Dienerin?«

»Ich hatte eine«, und steckte die Notenblätter unter ihren Arm. Sie flatterten eines nach dem andern zu Boden.

»Du musst sie aufheben, sonst bleiben wir die ganze Nacht hier, und Vater wartet im Salon auf mich.«

»Tut er das?«, und sie begann, sie aufzuheben.

»Fanny, ich bin sicher, ich könnte dich schrecklich bestrafen. Ich hätte nicht übel Lust, es zu tun.«

Sie ging langsam zur Tür. »Sagen Sie's ihm nicht«, sagte sie und blieb davor stehen.

»Ich werde es niemandem sagen, aber ich bin wütend. Lass uns gehen.«

Sie marschierte zum Klavier, legte die Noten darauf, und marschierte hinaus.

»Übrigens, Fanny«, flüsterte ich, »die Haube und der Schal gehören dir, wenn du sie brauchen kannst.«

»Ich denke schon«, flüsterte sie zurück.

Als ich in mein Zimmer zurückkehrte, fand ich es aufgeräumt, und die Bündel waren weggelegt worden.

Eines Tages besuchten uns Freunde aus Surrey. Sie sagten mir, ich hätte mich sehr verändert, und ich entnahm ihrem Tonfall, dass sie fanden, die Veränderung sei keine zum Besseren.

»Wie sich Veronica herausgemacht hat«, fuhren sie fort, »findest du nicht auch?«

»Ihr wisst doch wohl«, unterbrach sie, »dass Cassandra schwer krank war und nur mit knapper Not davongekommen ist.«

Ja, sie hatten von dem Unfall gehört, alle hatten das. Mr. Morgeson war sicher ein großer Verlust für seine Familie, noch dazu ein Mann in der Blüte seiner Jahre.

»Der Blüte seiner Jahre«, wiederholte Veronica.

Man bat sie, Klavier zu spielen, und sie ging sofort an den Flügel. Seltsames Mädchen; ihre Musik war so voll von wilder Klage, dass ich erneut bis auf den Grund meines Verlangens und meiner Verzweiflung stieß. Ihre Augen wanderten in meine Richtung; das Feuer ihrer schöpferischen Kraft leuchtete aus ihnen, nicht etwa die Gefühle, die mich zutiefst schmerzten. Ihr Gesicht war ruhig, weiß, gefasst. Sie hielt inne und berührte ihre Augenlider als ob sie weinte, aber in ihren Augen standen keine Tränen. In meinen freilich sehr wohl, und sie quollen schmerzlich unter den Lidern hervor. Um sie zu verbergen, räumte ich die Notenbücher um.

»Das ist ein ganz einzigartiges Stück«, sagte jemand. »Nun, Cassandra, machst du uns das Vergnügen? Wir sind sicher, dass du perfekt geworden bist.«

»Ich habe mich müde gesungen, bevor ihr gekommen seid.«

Im Durcheinander ihres Abschieds beugte sich Veronica über meine Hand und küsste sie, ungesehen. Es war eher ein Seufzer als ein Kuss, aber er ging mir durch und durch, ließ die Narben in meinem Gesicht kribbeln, als ob das Fleisch wieder lebendig geworden wäre.

»Komm doch bald einmal zum Tee zu uns. Wir sehen dich weder auf der Straße noch in der Kirche. Es muss dir langweilig sein, nachdem du aus einem Internat kommst. Aber Surrey hat auch seine Vorzüge.« Und die Tür schloss sich hinter ihnen.

»Aber Surrey hat auch seine Vorzüge«, wiederholte Veronica.

»Ja, die Luft ist einschläfernd. Ich gehe ins Bett.«

Ich nahm mir etwas vor, bevor ich an diesem Abend einschlief, das ich auch einhielt, denn ich sagte, »Lass das Tote seine Toten begraben.«

KAPITEL XXIV

Helens Briefe folgten mir. Sie hatte aus Rosville alles gehört, was passiert war, ließ sich darüber aber nicht aus. Ihre Briefe berichteten in minutiösem Detail von ihren Angelegenheiten. Das war ihre Art, mich von Gedanken abzulenken, die mich quälten, wie sie glaubte. »L.N.« wurde in Bälde erwartet. Seit seinem letzten Brief hatte sie sich mehr als einmal dabei ertappt, wie sie Listen von Dingen zusammenstellte, die sie in Sachen Garderobe gerne für einen bestimmten Anlass hätte, den er angedeutet hatte.

Von Alice hörte ich nichts und damit war ich zufrieden. Unsere Beziehung würde zu gegebener Zeit wieder aufgenommen werden, daran hatte ich keinen Zweifel. Auch von Ben Somers hörte ich nichts. Wahrscheinlich investierte er in einen neuen Plan. Dessen Ergebnisse würden mir zu Ohren kommen.

Meine Hauptbeschäftigung war, mit Vater auszufahren. Die Werften von Milford, die Türen seiner Banken und Reedereien wurden mir vertraut. Ich wurde Zeugin von Gelegenheitskäufen und Verträgen, und hörte viel Gerede über Schiffbruch, Meutereien, Versicherungsfälle, Meineide, Konkurse, Ruin und Schurkereien. Seine persönlichen Meinungen und die derer, die ihn aufsuchten, blieben im Hintergrund; die einzige Beziehung zwischen ihnen war – das Geschäft. Das Persönliche wurde in der gebannten Aufmerksamkeit, mit der geschäftliche Angelegenheiten betrieben wurden, vergessen. Dennoch schienen sie mir noch hinter etwas anderem her zu sein als dem bloßen Gewinn, etwas, das sie betäuben oder aufstacheln sollte, so dass sie vergessen könnten, dass das Menschenleben ein eitles Hin und Her ist.

Mutter machte Vater Vorhaltungen, weil er zuließ, dass ich männliche Gewohnheiten annahm. Er hielt es für eine gesunde Abwechslung; außerdem würde es nicht von Dauer sein. Solange ich seine Begleitung war, gab es Augenblicke, wo er sein Kontenbuch für ein anderes Buch eintauschte.

»Du sagst nie von dir, dass du ein Spieler bist, nicht, Locke?«, fragte Mutter. »Seltsam auch, dass du an Cassandra denkst in deinem Geschäftsleben, und nicht an mich.«

»Mary, könnte ich deine so felsenfesten Gewohnheiten denn aufbrechen? Cassy ist noch nicht gefestigt. Ich kann sie hierhin und dorthin führen. Und außerdem, mit ihr träume ich von der Jugend.«

»Ist die Jugend so schön?«, fragten wir beide.

»Wir glauben es jedenfalls, wenn wir sie in anderen sehen.«

»Nicht alle glauben das«, sagte sie. »Du meinst, Cassandra hat noch keine eigene Lebensweise. Sie wird es noch fertig bringen, uns die unseren abzugewöhnen; ist dir das klar?«

»Vielleicht.«

Ich machte es mir zur Gewohnheit, jeden Morgen, sobald ich aufgestanden war, das Meer zu konsultieren. Sein Anblick bestimmte dann, wie ich meinen Tag verbringen würde. Ich beobachtete es, studierte seine Veränderungen, versuchte seine Wirkungen zu verstehen, immer angezogen von seiner überwältigenden Materialität und der Leichtigkeit, mit der es mich ertrinken lassen konnte. Nachts am Ufer gab die unbestimmte, aufgewühlte Sphäre Laut, getrieben von einem Einfluss, der noch stärker war als sie selbst, was meine Seele drängte, Rede mit Gegenrede zu erwidern. Wenn ich tagsüber dorthin ging, sah mich niemand außer unseren Leuten, denn ich ging nie in Richtung des Dorfes. Mutter erspähte mich wie ein fernes Schiff; oder Tante Merce, die die sinnlose Gewohnheit hatte, aus jedem Fenster einen Augenblick hinauszusehen, als ob sie ewig auf die Ankunft einer Person wartete, die nie kam. Arthur sah mich auch, wenn er in den Felsen spielte, herumwatete, Krabben und kleine Fische fing, wie alle kleinen Jungen, denen die Vorliebe für das Amphibische im Blut liegt. Doch Veronica trat nie an die Fenster auf dieser Seite des Hauses, es sei denn, ein Schiff kam nach langer Reise heim. Dann interessierte sie sich ausschließlich für das Schiff, wollte sehen, ob die Flagge auf Halbmast flatterte, oder ob sie zerfleddert und zerrissen war, was an die denken ließ, die gestorben waren oder geheiratet hatten, seit das Schiff den Hafen verlassen hatte. Sie kannte nämlich die Namen von jedem einzelnen, der Surrey je verlassen hatte, und wusste über die Familienverhältnisse Bescheid.

Es dauerte Wochen, bis ich mit der Einrichtung meines Zimmers fertig war. Ich war bei Helens Hochzeit gewesen und zurückgekommen, und das Einrichten war immer noch im Gange. Die Erde war schneebedeckt. Die See war dunkel und rau unter den häufigen Nordwinden; manchmal auch grau und still in einer eisigen Atmosphäre; manchmal blau und glänzend unter der blassen Wintersonne. Am Tag, als das Zimmer fertig war, machte Fanny ein Holzfeuer, das munter brannte und die neuen Stühle, Tische, Teppich und Vorhänge zu freundlicher Geselligkeit einlud. Sie trafen sich und tanzten auf den runden Knöpfen des Feuerbocks. Es schien mir schon gleich, als sei ich wie das Zimmer. An mir war, anders als an Veronica, nichts Eigenartiges, nichts Suggestives. Meine Vorhänge waren aus blauem Chintz, mit dem auch das Sofa und die Stühle bezogen waren; der asketische Eindruck meiner beiden haartuchbezogenen Lehnstühle wurde vollkommen verdeckt. Die Wände waren bernsteinfarben gestrichen und lackiert. Bilder gab es keine, außer den leuchtenden Schatten. Auf der einen Seite stand eine Reihe mit blauem Damast bezogener Regale, und mein hoher Spiegel auf der anderen. Die Türen waren ebenfalls mit blauem Damast bespannt, der rundum mit Messingnägeln befestigt war. Wenn ich nichts zu tun hatte, zählte ich die Nägel. Den hölzernen Kaminsims, ursprünglich wie schwarzer Marmor angemalt, bedeckte ich ebenfalls mit Damast und fasste ihn ein. Ich schickte Fanny hinunter, Mutter und Tante Merce zu holen. Einstimmig erklärten sie sogleich, sie fühlten sich erstickt, zu viele Gegenstände im Zimmer, zu warm, zu dunkel, die Stoffeinfassung am Kamin würde Feuer fangen und mich verbrennen, es machte zuviel Mühe, sie zu pflegen. Was war unter dem Teppich, dass er so weich war und die Schritte so lautlos: Wie schön das war! Temperance, die meine Hilfe gewesen war, kam in diesem Augenblick herein und krächzte.

»Haben Se je so ’n zugestopftes Loch gesehn, Mis Morgeson?«

»Mir gefällt es mittlerweile«, antwortete sie, »es ist so gemütlich. Wie wunderschön dieses Blau ist!«

»Is ne Schande, dat se die Läden nich dicht hält. De Vorhänge werdn ganz schnell zu Lumpen verblassen, de Sonne brennt drauf.«

»Wie könnte ich sonst das Meer anschauen?«, fragte ich.

»Gott bewohr! Dat is mi ’n Rätsel, wie du di mit de Salzwater abgebn kannst.«

»Und dem Gestank des Seetangs«, fügte Tante Merce hinzu.

»Und seinen tausend trostlosen Schreien«, sagte Mutter.

»Gefallen euch meine bespannten Türen?«, erkundigte ich mich.

»Ik schwör«, rief Temperance aus, »de Nagels sind schief rinhaut! Dabei hab ik de ganze Zeit hinter Dexter gestanden. He hat gesagt, dat wär verdammter Unsinn, un dat du ganz schön verzogn siin musst, wenn du sowat willst. ›Du wirst für diin Arbeit bezahlt, Dexter‹, sag ik, ›stimmt dat nich?‹ ›Is wohl so‹, sagt he, und denn hat he mi zugezwinkert. ›Spar dir diin Gesabbel‹, sag ik. Ik glaub sicher, de Keerl is 'n Gauner un een Spitzbube, ik schwör di dat. Aber so sind se je alle.«

»Als ich jung war«, bemerkte Tante Merce, »durften junge Mädchen kein Feuer in ihren Zimmern haben.«

»Als wir jung waren, Mercy«, antwortete Mutter, »durften *wir* fast gar nichts haben.«

»Een Feuer in de Schlafstube is nich gesund«, fügte Temperance hinzu.

»Miss Veronica hat nie ein Feuer«, piepste Fanny, die dageblieben war, und gelegentlich mit den Schürhaken stocherte.

»Aber se sollte een habn!«, rief Temperance vehement. »Ik muss schon sagen, ik wunner mi, Mis Morgeson, dat Se nich darauf bestehn, wobei mi dat nix angeht.«

Vater wurde nach dem Abendessen hinaufgeleitet. Das Feuer war frisch gemacht worden; die Schirmlampe auf dem Tisch vor dem Sofa und der bequeme Sessel gefielen ihm. Er kam später oft herauf und blieb manchmal so lang, dass ich einschlief und, wenn ich wieder aufwachte, merkte, dass er immer noch da saß, rauchte und ins Feuer sah.

Veronica schaute zur Schlafenszeit herein. »Ich erkenne dich hier wieder«, sagte sie im Vorübergehen. Doch kam sie einige Augenblicke später im Morgenmantel wieder zurück, mit einem Kamm in der Hand, und stand beim Kamin und kämmte ihr Haar, das länger war als das einer Meerjungfrau. Das Feuer tat ihr wohl, und ich glaube, dieser Umstand überraschte sie.

»Warum hast du in deinem Zimmer nicht auch ein Feuer, Verry?«

»Ein Feuer würde mich ersticken. Doch in dieses Zimmer gehört eines. Es ist das einzig Reale hier.«

»Was wäre, wenn ich sagte, dass du mich ärgerst, du unnatürliches Mädchen?«

»Was wäre dann?«

Sie nahm ihr Haar zusammen und schüttelte es über ihr Gesicht mit demselben elfenhaften Blick, den sie als Kind hatte, wenn sie es sich über die Augen zog. Mir wurde bewusst, wie viel älter ich war.

»Ich sage es nicht, und werde es nicht sagen.«

»Mir wäre es lieber, du tätest es. Ich würde gerne mal etwas Natürliches von dir hören.«

Fanny, die mit einem Arm Holz hereinkam, hatte sie gehört. Statt es auf das Feuer zu schichten, legte sie es vor den Kamin, setzte sich mit einem Ausdruck des Vergnügens oben drauf und schaute uns beide erwartungsvoll an.

»Du magst Unfug, Fanny«, sagte ich.

»Ist es Unfug, wenn ich mir Schwestern anschaue, die sich nicht lieben?«, und mit einem schrillen Lachen zog sie ein Scheit unter sich hervor und warf es aufs Feuer.

Aus Veronicas Augen schossen mehr Funken als aus der aufgewühlten Glut, denn Fannys Worte machten sie wütend. Sie warf ihren Kopf in den Nacken, so dass ihr die Haare hinter die Schultern fielen, schoss auf Fanny zu, und hob sie von dem Holzstapel hoch, als sei sie ihr Taschentuch und nicht ein Mädchen, das fast genau schwer war wie sie selbst. Ich fuhr hoch.

»Bleib sitzen«, sagte sie zu mir mit ihrer leisen, unerbittlichen Stimme, und drückte Fanny gegen die Wand. »Ich muss mich um diesen kleinen Teufel kümmern. Wagst du zu denken«, wandte sie sich mit sanfter Gewalt an Fanny, »dass das, was du gerade gesagt hast, auf *mich* zutrifft? Kannst du, mit deinem kleinen, verhungerten Geist, dir ein Urteil über *sie* erlauben? Ich bewundere sie; du tust das auch. Ich *liebe* sie, und ich liebe dich, du jammervolles, dummes Gör.«

Ihre Kräfte schwanden und sie ließ sie los.

»Alle Liebeserklärungen an mich werden gegenüber Dritten gemacht«, dachte ich.

»Ich bin mir ganz sicher, Miss Veronica«, sagte Fanny, die weder Erstaunen noch Unwillen erkennen ließ über die Behandlung, die ihr zuteil geworden war, »dass Sie krank werden, ich kann's in meinen Knochen spüren.«

»Kümmer dich nicht um deine Knochen. Dreh mir das Haar hoch

und denk darüber nach, während du das tust, wie du deine teuflische Neugier loswirst.«

»Ich hab mein ganzes Leben lang nichts anderes zu tun gehabt«, antwortete sie, während sie sorgfältig Verrys Haare zu einem Knoten schlang, »als neugierig zu sein. Hab aber trotzdem nie viel rausgekriegt, bis auf in letzter Zeit«, und sie warf einen Blick in meine Richtung.

»Schmeiß sie raus, Cassandra«, sagte Verry, »wenn du sie anfassen magst.«

»Ich kehr erst noch den Feuerplatz, wenn's recht ist«, antwortete Fanny. »Ich bin nämlich ein gutes Arbeitstier. Gute Nacht, die Damen.«

Ich folgte Veronica, denn ich wollte wissen, ob ihr Zimmer ungemütlich war. Sie hatte seit meinen Besuch nur wenig verändert. Die Blumen waren umgestellt worden, der Ständer, auf dem die Kerze stand, war mit rotem Tuch bedeckt. Der tote Zweig und die Herbstblätter waren verschwunden, stattdessen gab es einen Strauss wehender Gräser, grün und frisch, und auf dem Tisch stand eine Vase mit einer weißen Blume.

»Es ist eiskalt hier, aber es sieht aus wie Sommer. Ist das Absicht?«

»Ja. Ich kann hier nicht lange sitzen; aber immerhin kann ich im Bett lesen, und auch schreiben, besonders unter meiner neuen Steppdecke, die du noch nicht gesehen hast.«

Sie bestand aus roten, schwarzen und blauen Seidenstückchen und war wundervoll gesteppt. Hepsey und Temperance hatten sie ihr gemacht.

»Was ist mit dem Klappfensterchen in diesen Winternächten?«

»Ich ziehe die Decke vom Bett und wickele mich ein, wenn ich rausschauen will.«

Wir hörten einen dumpfen Schlag auf dem Boden und Temperance erschien mit warmen, mit Flanell umwickelten Ziegelsteinen.

»Du weißt genau, dass ich diese Dinger nicht haben will«, sagte Verry.

»Meine Güte, wie eigensinnig du bist! Und du hast heute noch kein Bisschen gegessen.«

»Trag sie wieder raus.«

Ihre Stimme war so unnachgiebig, und dabei immer so sanft! Temperance musste die Ziegel notgedrungen vor der Tür deponieren, was sie mit einem Knall tat.

»Du könntest gut in Cassandras Zimmer schlafen, denk ich mir, ihr Bett ist breit genug für drei.«

Der Vorschlag wurde keiner Antwort gewürdigt, aber Verry sagte: »Du kannst mich ausziehen, wenn du willst, und hier bleiben, bis du dir sicher bist, dass ich nicht erfriere.«

»Ich bin schon so lange hier, dass ich ein Fieber hab. Ich kann wohl auch noch den Rest der Nacht hier bleiben.«

Nach Mitternacht rief sie mich, denn sie war bei Verry geblieben. Die hatte wieder einen ihrer geheimnisvollen Anfälle.

»Man kann nichts für sie tun; aber ich fürchte mich zu Tode, wenn sie so eine schreckliche Ohnmacht hat. Ich mag dann nicht allein sein.«

Veronica konnte nicht sprechen, aber sie bedeutete mir mit dem Kopf, dass ich gehen solle. Ihr Wille schien völlig darauf konzentriert, nicht das Bewusstsein zu verlieren. Gelegentlich geschah dies dennoch, und sie machte kreisende Bewegungen mit den Armen, die ich zu unterbinden versuchte, aber ihre Züge verzerrten sich so schrecklich, dass ich sie in Ruhe ließ.

»Darfst se nich anfassen«, sagte Temperance, deren Bemühungen, ihr Erleichterung zu verschaffen, sich darauf beschränkten, sie wieder zuzudecken und ihr das Nachthemd, das sie immer wieder hochwarf, über die Brust zu ziehen. Kaum ein Atemzug bewegte ihren Busen. Ich dachte mehr als einmal, dass sie überhaupt nicht mehr atme. Ihre zarte, jungfräuliche Schönheit rührten mich mit heiligem Mitleid. Wir saßen lange schweigend an ihrem Bett und obwohl es eiskalt war, froren wir nicht. Plötzlich drehte sie ihren Kopf zur Seite und schloss die Augen. Temperance deckte sie sacht zu und flüsterte: »Nu is dat vorbei, aber Gott bewohr, wie furchtbar dat is! Ik hatte gehofft, se wär von disse Anfälle geheilt.«

Einige Minuten später fragte sie: »Wie spät ist es?«

»Dat muss so wat um elf siin«, antwortete Temperance; es war aber beinahe vier. Sie döste wieder ein, öffnete jedoch bald wieder die Augen und machte eine Bewegung zum Fenster hin.

»Man kann eer nich helfen«, murmelte Temperance, »se muss da hin.«

Ich verstand sie und schob Verry meinen Arm unter den Nacken, um sie aufzurichten. Temperance wickelte sie in die Steppdecke ein, und gemeinsam trugen wir sie zum Fenster. Temperance öffnete es, ein eisiger Wind blies uns an.

»Es ist der Winter, der die kleine Verry umbringt«, sagte sie mit Kinderstimme. »Gottes Atem ist kalt über der Welt, und mein Leben schwindet. Aber bald kommt der Frühling, dann kommt es wieder.«

Ich sah zu Temperance hinüber, die ihr Gesicht ganz fürchterlich verzog, denn sie wollte weinen und versuchte krampfhaft, die Tränen zu unterdrücken. Ich konnte nicht an mich halten, und musste schmunzeln. Sobald ich schmunzelte, musste ich lachen, und dann ließ Temperance die Tränen fließen und lachte gleichzeitig. Veronica starrte uns an und wurde sich sogleich der Umstände bewusst. Sie ging wieder zum Bett zurück und lachte ebenfalls, leise. »Geht ins Bett, bitte. Ihr wart sicher lange hier, nicht?«

Ich ließ Temperance sie fest zudecken, küssen und sie ihr »liebstes un bestes Kind« nennen.

Ich konnte nicht sofort zu Bett gehen, denn Fanny hockte vor meinem Kaminfeuer, das sie wieder angefacht hatte, und sah zu, wie etwas kochte.

»Sie ist zu sich gekommen, nicht wahr?«, und rührte im Kessel. »Ich wusste, dass es so kommen würde, sie war so böse auf mich. Sie ist wie der alte Gottseibeiuns, bevor sie einen Anfall hat, und danach wie ein Engel. Ich mag Menschen, die ihr Auf und Ab haben. Ich hab sie so schon erlebt. Sie hat mich mal gebeten, die Türen verschlossen zu halten. Sie sind jetzt auch verschlossen. Aber *Sie* konnte ich nicht raushalten. Der Doktor hat gesagt, sie muss etwas Warmes trinken, sobald es ihr besser geht. Das hier ist Haferschleim.«

»Wenn er fertig ist, mach dich fort. Wenn's ein Unglück gibt, geht es dir besser, stimmt's? Du scheinst sehr guter Laune zu sein.«

»Erstklassig; dann bin ich nämlich wer.«

KAPITEL XXV

Noch vor dem Frühjahr gab es in Surrey drei Ereignisse von öffentlichem Interesse. Am Gloster Point, unterhalb unseres Hauses, wurde ein Leuchtturm gebaut. Nachts war da jetzt eine Brücke aus rotem, zitterndem Licht zwischen meinem Fenster und dem Turm, die die Entfernung zu verringern schien. Eine Uhr war am Turm der neuen Kirche im Westteil des Dorfes angebracht worden. Veronica konnte die Spitzen der vergoldeten Zeiger vom Oberrand ihres Fensters aus sehen und sie die ganze Nacht hindurch die Stunden schlagen hören, ganz gleich, ob der Wind aus dieser Richtung kam und den Klang herüber trug. Sie hörte gerne, wie die Stunden riefen, sie seien nun vergangen. Bald nachdem die Uhr montiert war, fiel ihr auf, dass Mrs. Crossmans Hund nachts nicht mehr bellte, wie es seine Gewohnheit gewesen war, und sie schickte ihr ein Briefchen, in dem sie sich danach erkundigte, denn sie fand etwas Poetisches an nächtlichen Geräuschen, und sie hoffte, dass es Mrs. Crossman genauso gehe. Fanny brachte das Briefchen hinüber und las es auch vor, weil Mrs. Crossman erklärte, sie könne Handschriftliches nicht mehr lesen seit sie die neue Brille habe, mit der ein Hausierer sie kürzlich betrogen hatte. Sie lachte und ließ Veronica ausrichten, sie sei die sonderlichste junge Frau ihres Alters, von der sie je gehört habe; dass der Hund jetzt nachts im Haus schlafe, weil er blind und taub geworden sei, dass Crossman aber einen neuen Hund, einen lauten Beller, anschaffen werde, wenn das liebe Kind es wünsche.

Der neue Hund kam schon bald. Er war so scharf, dass Abram Temperance erzählte, die Leute hätten Angst, bei Crossmans vorbei zu gehen. Sie vermutete, es sei nicht der Hund, der den Leuten Angst mache, sondern ihr schlechtes Gewissen, das sie zwickte, wenn sie an Dr. Snell dachten.

Das dritte Ereignis war Mr. Thrashers Erweckungskampagne. Sie begann im Februar, und bevor sie vorüber war, hörte ich die Aprilfrösche auf der sumpfigen Wiese hinter der Kirche quaken. Wir gingen zu allen Zusammenkünften, bis auf Veronica, die an ihrer Gewohnheit festhielt, nur Sonntagnachmittag zu gehen. Mr. Thrasher bemühte sich, mich zu bekehren, doch mit ihr unterhielt er sich nie. Sein Verhalten änderte sich, wenn er bei uns zu Hause war. Wenn sie auftauchte, riss der Mann die Maske des Geistlichen ab. Sie sagte, er sei ein Bibel-Drescher; für ihren Geschmack lasse er den Staub zu stark aus den Polstern der Kanzel stieben. Außerdem prangere er Sünder mit Schmähungen an und spicke seine Frömmigkeit mit scharfen Sarkasmen, so dass es einen anwidere. Mir gegenüber war er voller Abneigung, vor allem, seitdem er sie gesehen hatte. Er sagte, es sei wichtig, dass ich angesichts meines Einflusses in Surrey ein Beispiel gebe und fragte mich, ob ich nicht glaube, dass meine Rettung vor einem plötzlichen Tod in Rosville ein Zeichen der Vorsehung sei, dass ich für eine besondere Aufgabe aufgehoben war.

Surrey war nie so evangelikal wie unter seiner Seelsorge, und dabei blieb es, bis er auf ein größeres Feld seiner Nützlichkeit abberufen wurde und ein höheres Gehalt geboten bekam, damit er es bestelle. Wir sanken in eine mildere Form der Theokratie zurück, nachdem er uns verlassen hatte. Mr. Park entfachte um diese Zeit seinen Eifer erneut und nahm seine Gesprächsrunden wieder auf, aber Mutter gab wenig acht auf das, was er sagte. Es gab nun Tage, an denen sie ganz in ihrem Zimmer bleiben musste. Manchmal fand ich sie beim leisen Gebet. Einmal, als ich zu ihr ging, weinte sie laut und mit bitterer Stimme, die Hände über dem Kopf. Wenn sie sich wieder erholt hatte, war sie wie früher, außer dass ihr die praktischen Dinge nun gleichgültig waren. Sie suchte Aufheiterung und wollte mich doch tatsächlich um sich haben, damit ich sie zum Lachen bringen solle. Tante Merce war stets in ihrer Nähe, um sie wie ehedem zu verwöhnen, und so vergaßen wir diese Anfälle.

Abram Handy, durch die Erweckungskampagne von neuem religiösen Eifer entflammt, war auch von der zweiten Leidenschaft entflammt – der Liebe –, die ihn gleichfalls trieb, Temperance zu besuchen, und er bat sie mit so viel Eloquenz, ihn zu heiraten, bevor seine Kuh kalben würde, dass sie einwilligte und er glücklich war. Er verbrachte die Sonntagabende mit ihr und kam nach der Zusammenkunft der Kirchengemeinden, das Gesangbuch in der Hand. Sie war zornig und schämte sich, wenn ich zufällig sah, wie sie beide auf dem selben Stuhl saßen und mit zittriger Stimme »Grönlands eisige Berge« sangen. In der Folge hatte sie dann eine ganze Woche lang schlechte Laune.

»Wat wird Veronica ohne mi machen?«, sagte sie. »Ik schwör di, lever wär mi dat Abram Handy blieb mi ausm Weg. Wer braucht den schon?«

»Sie wird dich besuchen, und ich auch.«

»Ehrlich, tust du dat wirklich?«

»Wenn du versprichst, unsere Besuche zu erwidern und Abram ab und zu für eine Woche allein zu lassen.«

»Einverstandn. Ik kann eure Sachen flicken un mi um Mis Morgeson kümmern. Diin Mudder is auch nich mehr, wat se mal war, und du un Veronica habt nich de Spur von 'ner Ahnung von Hushaltsdingen. Ik seh gar nich, wat aus euch allen werden soll.«

»Wer soll dich ersetzen?«

»Ik will ja nich prahlen, aber ihr werdet in ganz Surrey nich een Menschenseel finnen, de zu euch kommt un hier wohnt, wie ik dat gemacht hab. Ihr werdet 'ne Irin nehmen müssen, de Irischen breiten sich nu überall aus, un de ole Hushälterrasse stirbt aus. Hepsey un ik sind de letzte Mohikaners un mit Hepsey geht dat bergab.«

Sie hatte recht; wir fanden nie ihresgleichen, und als sie uns im Mai verließ, kam eine keltische Dynastie ins Haus. Wir vermissten sie bitter. Verry war untröstlich. Symptome einer Auflösung der Ordnung wurden allenthalben sichtbar.

Im Sommer besuchte Helen Surrey. Ihre belebende Fröhlichkeit war das Mittel, mit dem sie uns um sich scharte. Sie wurde weder Veronicas Klavierspiels müde, noch unserer Gesellschaft; folglich mussten wir uns dort aufhalten, wo sie und das Klavier sich befanden. Wir schmückten den Salon jeden Tag mit Blumen. Veronica verlagerte einige ihrer Lieblingsbücher auf den runden Tisch und ließ heimlich einen Satz Blumenvasen besorgen. Als sie eintrafen, sagte sie, wir brauchten einen neuen Teppich, der dazu passen würde, und obgleich Mutter dagegen protestierte, war sie überschwänglich in ihrem Lob, als sie erst einmal den hübschen Brüsseler Teppich sah, weiß und voller roter Rosen. Helens Gegenwart erwies sich als erstaunlicher Ansporn; wir legten wieder mehr Wert auf uns. Ich sah Veronica nie so oft wie damals. Ihre Gesundheit verbesserte sich mit ihrer Stimmung. Ihr launiges Gerede versetzte uns in hysterisches Gelächter, wobei sie selbst nie mitlachte, aber die Wirkung genoss, die sie hatte. Ihr zu Gefallen änderte Helen ihren Kleidungsstil und kaufte in Milford ein Kleid, das Veronica ausgesucht hatte und für sie änderte. Bei der Anprobe dieses Kleides entdeckte sie die Buchstaben auf Helens Arm, und nie hörte ihr Interesse daran auf. Sie bat hinfort jeden Tag darum, sie sehen zu dürfen, und berührte sie mit ihren Fingern, so als hätten sie irgendeine okkulte Kraft.

»Du hältst sie für absonderlich, oder nicht?«, fragte ich Helen.

»Sie hat Genie, wird aber immer ein Kind bleiben.«

»Du irrst dich; sie war schon immer erwachsen.«

»Sie hat mit dem Erwachsenwerden schon vor langer Zeit aufgehört. Es ist ihr Genius, der sie weiterführt. Man kommt durch Erfahrung weiter.«

»Ich werde nichts mehr lernen.«

»Natürlich hast du furchtbares Leid durchgemacht, und das trennt dich von uns übrigen.«

»Du bist so klug wie immer.«

»Na ja, ich bin verheiratet, wie du weißt, und werde daher nicht mehr klüger werden. Die Eheschließung setzt der Klugheit der Frauen ein Ende; sie brauchen sie dann nicht mehr.«

»Du bist neunzehn Jahre alt?«

»Was für einen Sinn hat es, mit dir zu reden? Außerdem, wenn wir so weitermachen, erzählen wir uns vielleicht Geheimnisse, die besser nicht enthüllt werden sollten. Wir würden uns dann vielleicht nicht mehr so mögen; die Freundschaft verblasst, wenn es nichts mehr zu spekulieren gibt. Lassen wir die Blüte an der Frucht, selbst wenn wir wissen, dass im Kern ein Wurm sitzt.«

Ihr verdankte ich, dass ich nie eine Vertraute hatte. Ich neigte dazu, mein Herz auf der Zunge zu tragen, aber ihre gesunde Vernunft übte einen starken Einfluss in die Gegenrichtung auf mich aus. Ihre Lehren waren umso leichter nachzuvollziehen, als sie nie in meine Gefühlswelt eindrang.

Ihr Besuch war der Anlass, Höflichkeiten mit unseren Bekannten auszutauschen, die wir vernachlässigten, wenn wir allein waren. Tee-Gesellschaften waren in Surrey immer beliebt. Veronica ging mit uns zu einer, die von unserer Cousine Susan Morgeson veranstaltet wurde. Sie war erst zweimal zum Tee ausgegangen, seit sie erwachsen war, erzählte sie uns, und dann war es bei ihrer Freundin Lois Randall, einer Schneiderin. Diesem Mädchen las sie den Inhalt ihrer Notizbücher vor, und Lois vertraute Veronica ihrerseits ihre eigenen literarischen Texte an. Essays waren ihre Stärke. Wir trafen sie bei Susan Morgeson. Ich hatte sie noch nie gesehen, ohne dass sie etwas trug, das sie von Veronica hatte, und dieses Mal war keine Ausnahme. Sie trug eine sehr fein bestickte violette Seidenschürze auf einem mattblauen Kleid. Ich sah, wie Veronica das Gesicht verzog, als ihr Blick darauf fiel, und konnte mir die Bemerkung nicht verkneifen, »Ich hoffe, Lois' Essays sind besser als ihr Geschmack in Kleiderfragen.«

»Was Farben anlangt, ist sie ein Idiot, aber sie bewundert, was ich trage, so sehr, dass sie meint, die selben Sachen müssten auch ihr stehen.«

»Wie sie dir stehen?«

»Für mich sind Kleider ein Studienobjekt – für eine Anomalie wie mich ist das notwendig. Vielleicht eine Sünde, aber was soll ich machen? Ich sehe einfach gerne gut aus.«

Das Kleid, das sie damals anhatte, war ein indischer Stoff, Leinen, mit cremefarbenem Untergrund und einem Seidenfaden in lebhaftem Gelb, der in Streifen hineingewoben war. Jeder Streifen hatte einen zimtfarbenen Rand. Sie trug nichts Schmückendes außer einem veilchenblauen Band um den Kopf. Als der Tee gebracht wurde, fragte sie mich im Flüsterton, ob in der Tasse, die sie bekommen hatte, Tee oder Kaffee sei.

»Aber Cass«, sagte Helen, »machst du eine Sache daraus, weil sie das nicht weiß? Wie seltsam, dass dir nicht bekannt ist, dass sie weder das eine noch das andere trinkt.«

»Was trinkt sie denn dann?«

»Ist es exzentrisch, Milch zu trinken?«, fragte Verry und schluckte den Tee mit Kennermiene. »Das muss wohl Kaffee sein, nehme ich an, er brennt mich so im Mund.«

»Es ist grüner Tee«, sagte Helen, »trink ihn nicht, Verry.«

»Grüner Tee«, sagte sie versonnen. »Grünen Tee haben wir vor zehn Jahren in unserem alten Haus getrunken, und ich habe es nicht bemerkt! Cassandra, erinnerst du dich, dass ich einmal vier Tassen getrunken habe, als Mutter Besuch hatte. Ich habe die ganze Nacht gelacht, und Temperance hat geweint.«

Sie trug ihren Teil zur Unterhaltung bei, und unweigerlich erhielt sie die meiste Aufmerksamkeit. Meine Gleichgültigkeit galt als Stolz und ihre Zurückhaltung als Würde – und Würde war eben populärer als Stolz.

Bevor Helen abreiste, schrieb mir Ben, er werde nach Indien gehen. Es sei eine bei den Belemiten sehr beliebte Reise. Wenn der Brief bei mir ankäme, wäre er schon weg. Würde ich ihn in Erinnerung behalten? Er würde mich nicht vergessen, und er versprach mir eine indische Götterfigur. In achtzehn Monaten gedachte er wieder zu Hause zu sein, vielleicht auch früher. P.S. Würde ich meiner Schwester schöne Grüße ausrichten? N.B. Das Vermögen könnte entsprechend dem Testament seines Großvaters noch vor seiner Rückkehr aufgeteilt werden, und er wollte aus einer Vielzahl von Gründen, die er mir eines Tages zu erläutern hoffte, dabei aus dem Wege sein. Ich las Helen und Veronica den Brief vor. Helen lachte und sagte, »Unstet wie Wasser«, aber Veronica sah verärgert drein. Sie schloss die Augen, als wolle sie ihn vor ihrem inneren Auge heraufbeschwören, und fragte Helen brüsk, ob sie ihn nicht möge.

»Doch, aber ich habe meine Zweifel an ihm. Trotz all seiner Charakterstärke hat er ein Talent zum Versager.«

»Für mich ist er ein Verwandter«, sagte ich.

»*Ich* erhebe keinen Anspruch auf ihn«, sagte Veronica.

»Jedenfalls ist er nicht sehr anhänglich«, bemerkte Helen. »Du hast seit einem Jahr nichts von ihm gehört.«

»Aber ich wusste, dass ich von ihm hören würde«, sagte ich.

»Wir werden ihn wieder*sehen*«, sagte Veronica.

Ich blies Trübsal, nachdem ich seinen Brief erhalten hatte. Meine Jugend verflüchtigte sich; irgendwie hatte ich Mitleid mit mir selbst. Ich fand keine Gelegenheit, jene Gefühlsphasen lebendig zu halten, die meinem Lebensalter gemäß waren, und ich wurde nachlässig. Helens Einfluss verschwand mit ihr. Die Verhaltensregeln, die für Veronica so wichtig waren und deren Befolgung sie so anziehend machte, ließ ich gänzlich schleifen. Trotz alledem erfasste mich manchmal ein wildes Verlangen, in eine neue Welt aufzubrechen, die mit der alten nichts gemein haben sollte, am allerwenigsten eine Erinnerung daran, was meine Erfahrung aus mir gemacht hatte.

KAPITEL XXVI

Alice Morgeson schickte nach Tante Merce und bat sie, das Versprechen zu erfüllen, das sie ihr in Rosville gegeben hatte. Sie reiste mit unguten Gefühlen hin, blieb einen Monat und kehrte mit Alice zurück. Es gab mir einen schmerzhaften Stich, als wir uns trafen, was sie wohl bemerkte, denn sie wurde bleich und die Hand, die sie mir entgegengestreckt hatte, sank wieder herunter. Sie überwand diese Regung und bot sie mir erneut, doch ich nahm sie nicht. Ich konnte nicht beweisen, dass sie meinetwegen nach Surrey gekommen war, aber ich war mir sicher, dass es so war, genauso sicher wie ich wusste, dass es zwischen uns ein Band gab, das sie weder zerreißen noch zugeben wollte. Es schien, als erwartete sie von mir eine Erklärung oder Offenbarung, aber ich gab ihr keine; dabei mochte ich sie lieber denn je. Sie war ganz Geschäftsfrau und Beobachterin. Von ihrem Naturell her war sie nie gefühlsselig gewesen; nun war sie noch weniger selbstbezogen. Sie interessierte sich nicht mehr ausschließlich für die feine Gesellschaft, Mode und Haushaltsführung, sondern für die weitere Welt, weshalb sie den Wunsch hatte, mit Männern und Frauen unabhängig von ihrer sozialen Stellung Umgang zu pflegen. Sie hatte keines ihrer Kinder dabei; vor drei Jahren hätte sie das Haus nicht ohne sie verlassen. Ihr Haar war ein wenig grau geworden, und ein oder zwei Fältchen hatten sich um ihren Mund herum angesiedelt, doch sonst war sie unverändert. Ich war froh, als sie wieder abreiste, denn sie beobachtete mich genau und in aller Ruhe. Als sie gerade im Aufbruch war, sagte sie leise: »Was ist mit der Aufrichtigkeit geworden, auf die du so stolz warst?«

»Ich bin aufrichtiger denn je«, antwortete ich, »denn ich halte den Mund.«

»Jetzt, wo ich dich *en famille* gesehen habe, verstehe ich dich besser.«

»Und was denkst du jetzt?«

»Ich weiß nicht genau; die Puritaner tragen für vieles an deiner Mutter die Verantwortung –.« Sie wandte sich an sie und sagte: »Meine Kinder sind auch so verschieden.«

Mutter lächelte sie traurig an, als Fanny die Kutsche ankündigte, und sie fuhren los.

»Keine Besucher mehr dieses Jahr«, sagte Veronica gähnend.

»Keine angenehmen jedenfalls, denke ich«, antwortete ich.

»Die ganze Verwandschaft war dieses Jahr schon da«, bemerkte Tante Merce. Doch sie irrte; bald danach kam eine alte Dame, um den Winter bei uns zu verbringen. Sie wohnte nur vier Meilen von Surrey entfernt, doch hatte sie ihre gesamte Garderobe dabei und einen großen, grünen Papagei, den ihr Sohn aus fernen Landen mitgebracht hatte. Sie hieß Joy Morgeson; der Umstand, dass sie eine Cousine von Vaters Großmutter war, berechtigte sie, uns zu jeder Jahreszeit zu überfallen und uns »Cousinen« zu nennen. Sie habe gespürt, sagte sie, dass sie unbedingt kommen und regelmäßig zur Kirche gehen müsse, denn die ihr verbleibende Zeit auf Erden sei kurz. Joy war jedoch noch immer eine rüstige Frau, und so fromm sie auch war, erzählte sie doch mit größtem Vergnügen wüste Skandalgeschichten, deretwegen sie dann schwere Reueanfälle bekam. Sie steppte uns aufwendige Petticoats, strickte Arthur Strümpfe und machte sich nützlich. Mr. und Mrs. Elisha Peckham waren die nächste Überraschung. Sie kamen »vom Lande« und blieben zwei Wochen. Bis sie wieder gingen, verstand ich nicht genau, warum sie gekommen waren, aber da sie ihren Besuch genossen, war es unwichtig, ob ich es verstand oder nicht.

Die Wintersonnenwende war vorüber und wir hatten immer noch Gäste. Es gab viel zu tun, aber es ging unsystematisch vonstatten. Mutter oder Tante Merce wurden von ihren normalen Aufgaben abkommandiert, um sich um den Besuch zu kümmern; Fanny konnte erstmals im Familientableau eine wichtige Rolle spielen und Aufgaben übernehmen, die niemandem für sie eingefallen waren. Sie ging von der Schule ab; teilte Mutter mit, dass Lernen für sie unnütz sei. Alles, was sie für sich wollte, waren ihre Menschenrechte; dafür würde sie kämpfen; das war die Aufgabe der Armen. Mutter ließ sie tun, was sie wollte. Ihre Pflichten begannen damit, dass sie uns *en masse* zum Frühstück rief, und dieses Mal war das Experiment sogar von Erfolg gekrönt, denn wir kamen alle bei Tisch zusammen. Das Esszimmer war schon vollkommen hergerichtet, etwas, was vorher nie so früh geschehen war. Wir übrigen vermissten das sich hinziehende Frühstück, das so viel Zeit in Anspruch nahm.

»Wessen Werk ist das?«, fragte Vater, und sah auf dem Tisch herum.

»Es ist Fannys«, antwortete ich, und klapperte mit den Tassen. »Der ganze Kaffee muss auf einmal eingeschenkt werden, mach mich nicht nervös.«

Fanny brachte Buchweizenpfannkuchen herein und sah so stolz und bescheiden aus, wie Leute, die ihre eigenen Fähigkeiten bewundern.

»Aber Fanny«, sprach der Vater, »du hast Wunder gewirkt; du bist origineller als Cassy oder Verry.«

Ihre grünen Augen strahlten; ihr Ausdruck war so katzenhaft, dass ich erwartete, sie würde das Fell sträuben.

»Vaters Lob macht dir mehr Freude als unseres«, sagte Verry.

»Von Ihnen habe ich nie eins gekriegt«, antwortete sie und marschierte hinaus.

Vater schaute Verry an; er war verärgert, sagte aber nichts. Wir kümmerten uns danach nicht mehr um Fannys Rufen; aber sie fuhr mit ihren Bemühungen fort, und die waren Vater angenehm. Temperance erzählte mir, als sie eine Woche bei uns war, dass seine Mäntel, Hüte, Regenschirme und Peitschen nie so gepflegt worden waren wie jetzt bei Fanny. Er unterließ es von da an, uns zu fragen, wo seine Sachen waren, stattdessen ging er zu Fanny; und mir fiel auf, dass er viel Bedienung brauchte.

Temperance, die im größten Gästetrubel gekommen war, wie sie es nannte, ging nur ungern zu Abram zurück. Er war schon ein guter Mann, sagte sie; aber es war für eine Frau schrecklich, ihre Freiheit zu verlieren, besonders wenn die Freiheit soviel Freizeit mit sich gebracht hatte. »Dat glaubt ihr nich, miin Deerns, ik hab jede Lumpen in de ganze Hus gesteppt un gestoppt. *Er* will aber unbedingt de halbe Husarbeit selber machen; er is 'ne ewige Minna.« Trotzdem war sie guter Dinge und half Hepsey und allen anderen.

Die Gäste nahmen meine Zeit nicht in Anspruch und doch war es eine Erleichterung, als sie fort waren und das Haus wieder uns gehörte.

Ich fuhr wieder fast täglich nach Milford, um meine Augen an der kargen, flachen, grauen Landschaft zu weiden. Die Unwirtlichkeit des Winters hält unsere zarten Hoffnungen lebendig. Die Natur ist dann am freundlichsten; sie verhöhnt uns nicht mit ihrer Fruchtfülle. Es ist der Überfluss des Sommers, der uns peinigt – die langen, leuchtenden, blühenden Tage, die tauigen, strahlenden Nächte.

Als ich eines Abends im März das Haus betrat, fand ich es ungewöhnlich still. Ich war gerade in die Eingangshalle gekommen, als eine männliche Stimme an mein Ohr klang. Leise öffnete ich die Tür zum Salon und sah Ben Somers, der in einem Lehnstuhl vor dem flackernden Feuer saß und sich wärmte, sein leuchtendes Gesicht zu Veronica gewandt, die neben ihm war und einen kleinen Hitzeschirm zwischen sich und das Feuer hielt. »Sie ist immer vorbereitet«, dachte ich und betrachtete sie wie ein Bild. Ihr rubinrotes Merinokleid nahm das Licht auf, sie war, bis auf ihr Gesicht und ihre Haare, eine dunkelrote Wolke, über der ihr silberner Kamm leuchtete. Mit ihren schmalen Füßen klopfte sie auf den Teppich. Sie trug Stiefel in der Farbe ihres Kleides; Ben schaute sie gerade an. Mutter war auch da, und im Hintergrund machte ich Tante Merce und Fanny aus. Ich öffnete die Tür weit; als ein kühler Luftstrom sie erreichte, sahen sie in diese Richtung und riefen – »Cassandra!« Ben stand auf und streckte mir seine Hände entgegen.

»Ich bin zwar nur bis Kap Hoorn gesegelt, aber ich habe dir die Figur und vieles, was ich dir versprochen hatte, unterwegs von einem Schiff gekauft, dem wir begegnet sind. Ich bin erst seit einer Woche wieder zu Hause, und schon bin ich *hier*. Freust du dich? Darf ich bleiben?«

»Ja, ja«, rief die Gesellschaft im Chor, und ich konnte nichts sagen, weil ich mit dem Versuch, die Handschuhe abzuziehen, zu beschäftigt war. Vater kam herein und begrüßte ihn herzlich. Fanny lief nach einer Lampe; als sie sie hereinbrachte, wechselte Veronica die Stellung ihres Schirms und hielt ihn sich nah vor das Gesicht.

»War die Fahrt kalt, Locke?«, fragte Mutter und sah mit jenem Ausdruck von Zufriedenheit ins Feuer, den wir haben, wenn ein anderer Unangenehmes zu ertragen hat und nicht wir selbst. Nach demselben Prinzip haben manche es nötig und ihr Vergnügen daran zuzusehen, wie Verbrecher aufgehängt werden.

Mittlerweile hatten sich die Bänder meiner Haube verknotet. Fanny bemerkte es und wollte schon die Schere nehmen, doch Tante Merce, die einen solchen Verlust nicht ertragen konnte, griff ein und entwirrte sie. Alle Anwesenden waren so gebannt von dem Vorgang, dass das Gespräch aussetzte. Kurz danach wurde Tante Merce hinausgerufen und Mutter und Fanny gingen ebenfalls bald. Ben stand vor mir; aus seinen Augen schossen scharfe Strahlen, die mich durchbohrten. Sie blieben an den fadendünnen Narben haften, die meine Wange zeichneten und die durch die Kälte noch sichtbarer geworden waren.

»Immer noch tätowiert«, sagte ich leise, und zeigte darauf.

»Aha« – ein Schatten von Traurigkeit überflog sein Gesicht; er nahm meine Hand und küsste sie. Veronica, die ihren Schirm hatte sinken lassen, erwiderte meinen Blick in ihre Richtung völlig unbewegt. Als sie mich so betrachteten, sah ich mich mit ihren Augen. Ein hochgewachsenes Mädchen in Grau, dessen tiefe, beherrschte Stimme in ihren Ohren klang wie die fernen Geräusche, die wir des Nachts aus den Wäldern oder vom Meer hören, deren Gesicht unauslöschlich gezeichnet war, deren Haltung etwas Geheimnisvolles hatte. Ich glaube, um mich zu verstehen, hätten beide meine Persönlichkeit gern ausgelöscht, wenn es möglich gewesen wäre, denn auf ihre Art liebten sie mich beide.

»Was liest du da, Vater?«, fragte Veronica plötzlich.

»Die Post von heute; ich muss übrigens nach Boston; möchtest du mitkommen?«

»Meine Schwester Adelaide hat dich eingeladen, uns zu besuchen, Cassandra«, sagte Ben, »und kommst du auch, Veronica?«

»Danke, aber ich muss ablehnen. Wenn Cass fährt – und sie wird es tun – fahre ich vielleicht nach Boston.«

Er sah sie seltsam an. »Es wäre für dich nicht angenehm, Belem auszuprobieren. Ich hasse es, aber mit Blick auf Cassandra spüre ich eine schicksalszwingende Macht; ich brauche sie dort.«

»Darf ich also?«, fragte ich.

»Gewiss«, antwortete Vater.

»Bitte kommen Sie zum Abendessen«, rief Fanny, »wir haben etwas Besonderes für Sie, Mr. Morgeson.«

Wir sahen Mutter am Tisch sitzen, ein Buch in der Hand. Sie las gerade ein Kapitel aus »Die Stunde und der Mann« zu Ende. Mit streng prüfendem Blick musterte Tante Merce die Speisen. Als Vater sich setzte, neben Veronica, stand Fanny wie gewohnt hinter seinem Stuhl. Bens Haltung war völlig *dégagé*, aber er ließ sich nicht die geringste Kleinigkeit entgehen. Mir wurde das Bild dieses Augenblicks unvergesslich.

Wir sprachen über Helens Besuch – ein Thema, das freizügig kommentiert werden konnte. Veronica erzählte Ben, was Helen von ihm hielt; er errötete leicht, und sagte, dass man einer solch weisen Person nicht widersprechen könne. Als Vater die Bemerkung fallen ließ, Frauen hätten absonderliche Meinungen, gab Fanny einen hörbaren Schniefer von sich, und Ben schmunzelte.

Bald nach dem Tee begegnete ich Veronica in der Diele; sie hatte einen Zettel in der Hand. Sie blieb stehen und sagte zögernd, dass sie nach Temperance schicken werde; sie wolle sie hier haben, solange Mr. Somers da sei.

»Dein Weitblick erstaunt mich.«

»Sie ist mir immer ein Trost.«

»Brauchst du gerade einen besonderen Tröster?«

Sie schaute verwirrt, lachte und ließ mich stehen.

Temperance kam noch am selben Abend an, gerade rechtzeitig, um Fanny auszuschimpfen.

»Auf de musst du aufpassn«, sagte sie. »De is schlau wie de Fuchs. Ik hab se in de Hof getroffn, un se hat mi gesagt, dat eener, de 'n richter Edelmann sein könnte, zu Besuch is. ›Vielleicht wegen Cass‹, sagte sie, ›aber vielleicht auch nicht. Ich hab da meine Bedenken.‹ Also sowat!«, schloss Temperance während sie die Messer zählte. »Een fehlt. Alle Wedder! Dat habn se sicher zu de Schweine rausgeschmissen, dünkt mi.«

Als Ben Anstalten machte, abzureisen, baten wir ihn, noch zu bleiben. Er sagte so von Herzen »Ja«, dass wir lachen mussten. Doch es tat mir weh, dass er meine Reise nach Belem offenbar völlig vergessen hatte. »Mir gefällt Surrey so gut«, sagte er, »und ihr alle, dass ich mir einbilden könnte, ich sei auf den Shetland Inseln im Haus von Magnus Troil; so wild ist es hier, so *naïve*. Der unverdünnte Geschmack der Gischt ist ganz wundervoll.«

»Wir nehmen Cass als Norna«, sagte Verry; »aber im Übrigen musst du der Launenhafte sein; hast du vergessen, dass sie bald nach Belem reist?«

»Ich werde mich zu gegebener Zeit an Belem erinnern; keine Sorge, dass ich diesen verfl– verehrten Ort vergessen könnte. Ich kann doch wenigstens noch warten, bis Ihr Vater nach Boston fährt und wir zusammen reisen können. Wirst du bereit sein, Cassandra? Ich habe Adelaide gestern geschrieben, dass du kommst, und Mutter wird dich erwarten.«

Während seines Besuches stürmte es oft. Wir hatten schweren Regen und einen Orkan aus Südost, meerwärts, der unsere See dunkel und schlammig machte, selbst noch als der Sturm vorüber war und blaue Fetzen Himmel sichtbar wurden.

Wir trafen uns immer im Salon, der sich, weil Ben die Möbel, Kissen und Bücher durcheinander brachte, bald in etwas verwandelte, das stärker war als Veronicas Ordnungsliebe. Sie spielte für ihn oder sie lasen zusammen, und manchmal unterhielten sie sich. Er brachte ihr das Schachspielen bei, und dann stritten sie. An einem Tag – der mir endlos schien – waren sie so ausschließlich miteinander beschäftigt, dass ich sie nicht vor der Abenddämmerung suchen ging.

»Komm und sing für mich«, rief Ben.

»Du weißt also noch, dass ich singe?«

»Sing; es liegt ein Zauber in diesem schrägen Dämmerlicht; sing oder ich gehe zu den Felsen hinaus, um den Zauber zu brechen.«

Er ließ die Vorhänge fallen und setzte sich neben mich ans Klavier.

»Ich spür den Hauch der Sommernacht,
Düfte, die umfangen;
Die Bäume, Ranken, Blumen weckt,
Zärtliches Verlangen.

Wär' ich allein, ich sänge nicht
Dir Lob so zart;
Oh Nacht, die schöne Seele zeig,
Die meiner harrt!«

»Ein albernes Lied«, sagte Veronica und zog sich die Haare vors Gesicht. Keine Antwort. Sie glitt zum Blumenkorb, brach eine Rosenknospe von ihrem Stiel und bot sie ihm schweigend dar. Ob er sie nahm, weiß ich nicht; aber er erhob sich neben mir wie eine dunkle Wolke, und meine Augen folgten ihm.

»Komm Veronica«, flüsterte er, »mach mir dich zum Geschenk. Ich liebe dich, Veronica.«

Er sank vor ihr nieder; sie umfasste seinen Kopf und küsste ihn auf's Haar.

»Ich weiß es«, sagte sie mit klarer Stimme.

Ich schloss leise die Tür, dachte an den Ewigen Juden, ging nach oben, summte eine Melodie vor mich hin, und ging wieder hinunter in das Esszimmer, das hell erleuchtet war.

»Was ist das für Eingemachtes, Temperance?«, fragte ich, als ich zum Tisch ging. »Sind das Abrams Quitten?«

»De besten, de du in diin Lebdag gegessen hast.«

»Ruf Mr. Somers, Fanny«, sagte Mutter. »Ist Verry auch im Salon?«

»Ich werde sie rufen«, sagte ich, »ich habe mein Taschentuch dort liegen lassen.«

»Haben Sie da sonst noch was liegen lassen?«, sagte Fanny neben mir.

Ben hatte den Vorhang zurückgezogen und starrte in die Dunkelheit; Veronica ging auf dem Teppich hin und her.

»Habe ich nicht eine große musikalische Begabung?«, erkundigte ich mich.

»Bin ich glücklich?«, fragte sie und kam auf mich zu.

Ben wollte etwas sagen, aber Veronica legte ihm die Hand auf die Lippen und sagte:

»Warum soll ich ›stille schweigen‹, mein Liebling?«

»Kommt zum Abendessen und seid vernünftig«, drängte ich.

Das Licht machte einen neuen Ausdruck auf Verrys Gesicht sichtbar – ihr Blick war aus der Ruhe gebracht, aus der Bahn geworfen. Sie runzelte die Stirn, doch lächelte sie immer wieder und schien zudem gar nicht wahrzunehmen, dass sie wie ein normaler Sterblicher aß. Der kleine Teufel Fanny machte Experimente mit ihr, bot ihr dieselben Speisen mehrfach an, bis ihr Teller vollgeladen war mit Dingen, von denen sie nichts kostete.

Der nächste Tag war klar und voll milder Frühlingsluft. Ben und ich unternahmen einen Strandspaziergang. Wir waren schon halb am Leuchtturm, ehe er mich fragte, warum Veronica nicht mit uns kommen wollte.

»Sie geht nie am Meer spazieren; sie hasst das Meer.«

»Tatsächlich? Das wusste ich nicht.«

»Macht es dir etwas aus, dass du ihren Geschmack und ihre Gewohnheiten kaum kennst? Ich sage das ganz allgemein.«

»Du hältst mich wohl für eine besondere Nummer. Aber das Meer hier bezaubert mich; ich will am Meer leben und ein Haus bauen, dessen Fenster und Türen alle zum Meer gewandt sind.«

»Nicht, wenn du willst, dass Verry da wohnt.«

»Ich will ganz bestimmt, dass sie da wohnt. Es wird ihr gefallen. Magst du mich als Bruder haben? Kommst du nach Belem und hilfst, das Eis zu brechen? *Sie* könnte nie dorthin«, und er fing an, Kiesel über das Wasser zu werfen.

»Ich nehme dich gern als Bruder an. Du bist ein Narr – nicht, weil du sie liebst, aber Männer sind alle Narren, wenn sie verliebt sind; sie sind dann so berauscht von sich selbst. Ich mache mir aber Sorgen, weil du *eine* Schwäche hast.«

»Ja«, antwortete er hastig, »das weiß ich wohl. Ehrenwort, ich habe mich bemüht; warum mich nicht Gottes Führung überlassen? Hast du dich nicht auch einmal so gehenlassen?«

»Oh, du bist gemein.«

»Verzeih, liebe Cass. Ich *muss* mich jetzt gut benehmen, bestimmt. Wirst du an mich glauben? Ach, kennst du nicht die Stärke, die Kraft, die uns zuwächst, wenn wir voller Leidenschaft und Pflichteifer sind?«

»Das von *dir*, Ben.«

»Lass gut sein. Ich wusste, dass ich sie heiraten wollte, als ich sie das erste Mal sah. Ich liebe sie leidenschaftlich«, und er warf einen Kiesel weiter hinaus als die anderen davor, »aber sie ist so rein, so zart, dass meine Liebe von innen leuchtet, wenn ich mich ihr nähere, auch wenn ich vernarrt bin. Das ist gar nicht typisch für mich, weißt du«, sehr heftig. »Wird sie mich nie verstehen?«

Seine Miene verfinsterte sich, und er schaute mir so seltsam intensiv in die Augen, dass ich mich abwenden musste; er beunruhigte mich.

»Veronica wird dich wahrscheinlich nicht verstehen, aber du musst dich um dich selbst kümmern. Wie dir aufgefallen ist, sind wir sehr verschieden. Sie ist rein, edel, schön und besonders. Ich werde euch nicht in eure Beziehung hineinreden.«

»Du musst aber, du tust es auch. Wir werden es bemerken, wenn du nichts sagst. Du hast große Macht, hohe Zauberin.«

»In der Tat. Wie machtvoll ist doch mein Leben!«

»Du kommst oft an diese Ufer. Bist du hier nicht anders als sonst? Dieses farblose Bild vor uns – diese unbestimmten Räume von Meer und Land – die Bewegung des einen – die Stille des anderen – spürst du nicht, dass du geistige Kraft besitzt?«

»Ist das Kraft? Es ist Schmerz.«

»So ist dein Gold noch nicht geläutert.«

»Ja, ich gestehe, dass ich ein Gefühl von Kraft habe, aber es ist nichts Geistiges.«

»Lass uns umkehren«, sagte er plötzlich.

Gedankenverloren gingen wir an unseren Fußspuren im nassen Sand entlang. Als wir nach Hause kamen, teilte man uns mit, dass Veronica mit Fanny auf eine Exkursion gegangen sei. Sie kam erst zum Abendessen zurück, sah elfenhaft aus und benahm sich seltsam, als ob sie Eingebungen erhalten hätte. Ich bildete mir ein, dass der Ausdruck, mit dem Ben sie betrachtete, der Bellevue Pickersgill-Ausdruck sein könnte, er war so anders als alles, was ich bisher gesehen hatte. Da war eine hochmütige Neugier in seinem Gesicht. Als sie an ihm vorbei ging, sah er in ihre Augen und bemerkte den Silberblick, der sie so weit in die Ferne schauen ließ.

»Veronica, wo bist du gerade?«, fragte er.

Der Ton seiner Stimme weckte Mutters Aufmerksamkeit, ein verständiger Blick wurde gewechselt, und dann suchten ihre Augen meine. »Es ist nicht, was du denkst, Mama«, telegraphierte ich. Aber Verry brachte ihre Augen immer noch nicht zurück in die Welt, sondern sagte bloß: »Ich bin doch hier, oder etwa nicht?«, und verließ den Raum, um sich in ihr Zimmer zurückzuziehen. Dort fand ich sie; sie sah aus dem Klappfenster.

»Die Knospen fangen an zu schwellen«, sagte sie. »Ich werde bald kleine Stimmen aus der Erde hervorbrechen hören. Ich werde jetzt jeden Tag froh.«

»Weil die Erde wieder grün wird?«, fragte ich aufmunternd.

Sie schloss das Klappfenster, sah mich an und sagte: »Ich werde sofort hinuntergehen.« Aus irgendeinem Grund traten mir Tränen in die Augen, die sie sah, als sie die Kerze nahm. »Ich werde spielen«, sagte sie eilig, »komm.« Sie rannte vor mir hinunter, drehte sich aber am Fuß der Treppe um, deutete auf die Tür zum Salon und sagte: »Ist er mein Mann?«

»Beantworte dir das selbst. Geh hinein in Gottes Namen.«

Am Feuer plauderte Ben mit Vater; er streckte seine Hand nach ihr aus, so fest und selbstsicher, und sah dabei so vornehm aus, dass mich Bewunderung für ihn schmerzlich durchfuhr. Sie legte ihre Hand einen Augenblick in seine, ging dann zum Klavier und begann, göttlich zu spielen, was ihn an ihre Seite zog. Vater schälte und drehte seine Zigarre, während er sie beide mit nachdenklichem Gesicht betrachtete.

KAPITEL XXVII

Als wir nach Boston fuhren, gingen wir, wie Ben empfohlen hatte, in ein anderes Hotel; wir kehrten dem alten Bromfield den Rücken und zogen ins Tremont. Der Abend dämmerte, als wir eintrafen, und sogleich wurde in einem großen Raum mit dunklen Mahagonimöbeln der Tee serviert. Die Atmosphäre bedrückte Veronica, die ihr Abendessen schweigend zu sich nahm.

»Charles Dickens ist hier, Sir«, sagte der Kellner, der Ben kannte. »Zwei Figuren aus dem *Raritäten-Laden* sind gerade nach oben gegangen, Sir. Sein Zimmer ist genau hier drüber, Sir.«

Veronica blickte anbetungsvoll zur Decke hoch.

»Dann«, sagte Ben, »sind auch unsere Jäger von Belem heraufgekommen. Irgendjemand aus Belem da, John?«

»Oh ja, Sir, jeden Tag.«

»Ich will sie mal aufsuchen«, sagte er zu uns, aber er kehrte bald zurück und bat uns, Dickens nicht anzuschauen, falls wir die Gelegenheit dazu erhalten sollten.

Veronica gab ihn seufzend auf und verlor damit die Chance, zusammen mit jenem ständigen und unweigerlichen Beefsteak verewigt zu werden, das ihm, bedeckt »mit dem schwärzest möglichen Pfeffer«, jeden Tag serviert wurde.

Vater hatte auf der Suche nach einer Zigarre den Raum verlassen, und so fragte Ben Veronica, was sie denn tun wolle, während er in Belem war.

»Um diesen Tisch mit seinen Löwenklauenfüßen herumgehen.«

»Ich werde von dir weg sein.«

»Herrje!«

»Soll das unser Abschied sein?«

»Vater«, rief sie, als er mit einem Theaterprogramm eintrat, »soll ich diesen Freund von Cassy überhaupt heiraten?«

»Hast du den Mut dazu? Kennt ihr euch?«

»Nachdem ich Cassandra so lange kenne, Sir«, hub Ben an, aber er wurde von Veronica unterbrochen, die ausrief: »Wir kennen uns überhaupt nicht. Wozu sollen wir einen *so* aussichtslosen Versuch unternehmen? Ich bin mehr als achtzehn Jahre alt, und kennst du mich etwa, Vater?«

»Wenn ich dich nicht kenne, dann weil du keinen Schatten hast.«

»Soll ich also?«, und schenkte Ben ein hinreißendes Lächeln. »Ich verspreche es.«

»Auch ich verspreche es, Veronica«, und in seinen Augen ging der Himmel auf.

»Wir werden sehen«, sagte Vater. »Also, wer will ins Theater?«

Wir lehnten ab, aber Ben signalisierte seine Bereitschaft, ihn zu begleiten.

Wir nahmen den ersten Morgenzug, so dass Vater vor dem Abend zurückkehren konnte, und durchfuhren in einer Stunde die Holzhäuser der Vororte von Belem, die an einen alten Sumpf grenzten, von dem sich das Meer schon lange zurückgezogen hatte. Wir nahmen eine Droschke und fuhren in die Norfolk Street, an deren oberem Ende, eine Meile entfernt, seines Vaters Haus lag, wie Ben sagte. Es war keine anheimelnde Straße, und als wir vor einem riesigen, quadratischen, dreistöckigen Haus hielten, sah sie noch düsterer aus. An einer Seite war ein Tor, das den Eingang in eine gepflasterte Auffahrt versperrte, mit weißen, hölzernen Urnen auf den Torpfosten. Auf jeder Straßenseite befanden sich ähnliche Häuser, mit den gleichen Toren. Über den gepflasterten Hof des gegenüberliegenden Hauses rasselte eine Kutsche, die von zwei feisten Pferden gezogen wurde, und als die Kutsche wendete, sahen wir zwei vornehm angezogene alte Damen darin, die sich verneigten und Ben zulächelten.

»Die Miss Hiticutts – pro Stück hunderttausend wert.«

»Hunderttausend pro Stück«, wiederholte ich mit so gequälter Bewunderung, dass mein Vater lachte und Ben finster drein blickte. Ein Diener in Leinenjackett öffnete die Tür. »Sind Sie es, Mr. Ben?«

»Mach die Salontür auf, Murph. Wo sind meine Mutter und meine Schwester?«

»Miss Somers macht gerade ihre Übungen, und Mrs. Somers ist beim aalen Herrn«, während er die Tür öffnete und es gleichzeitig fertigbrachte, Vaters Hut zu nehmen.

»Setz dich, Cassandra. Ich werde schauen, ob ich jemanden finde.«

Die Frage, wohin ich gehen sollte, stürzte mich in Verwirrung. Der Raum war groß und dunkel und ein völliges Durcheinander von Tischen und Sofas. Die Tische waren mit Lampen, Büchern und Nippes jeglicher Art vollgeladen, die Sofas mit englischen und französischen Zeitschriften, Romanen und Zeitungen bestreut. Ich ging zum Fenster, während Vater sich auf dem Klavierhocker niederließ.

Meine Aufmerksamkeit wurde auf einen großen Hund im Hof gelenkt, der an einen Pfosten in der Nähe einer Pumpe gekettet war, wo ein Mann einem hübschen braunen Pferd Wasser gab und gleichzeitig ein Individuum im Auge behielt, das auf einem Steinblock stand und in einen weiten Samtmantel, einen weißen Filzhut und an den Hacken abgetretenen Schuhen gekleidet war. Er hatte eine Kutschpeitsche in der Hand – die hübscheste Hand, die ich je gesehen hatte –, mit der er nach dem Hund schnalzte, der wütend knurrte. Ich hörte Bens Stimme und Vorhaltungen, dann ein behäbiges Lachen von Samtmantel, der dem Hund eine überzog, dass er in die Luft sprang. Ben machte ihn los, wurde stürmisch begrüßt und abgeleckt. »Platz, du Narr! Runter, Rash!« sagte er. »Schau«, und deutete auf das Fenster, an dem ich stand. Der Herr mit der Kutschpeitsche schaute mich ebenfalls an. Seine Ähnlichkeit mit Ben ließ meine Vermutung Gewissheit werden, dass sie Brüder waren. Von der Episode mit »Rash« her zu schließen, musste er ein liebenswürdiges Naturell haben, dachte ich bei mir. Ich wandte mich ab und stieß fast mit einer Dame zusammen, die mir mit einem raschen, kleinen Lachen die Finger entgegenstreckte und sagte:

»Sehr erfreut. Wo ist Ben, damit wir einander ordentlich vorgestellt werden?«

»Hier, Mutter«, sagte er hinter ihr, den Hund im Schlepptau. »Du hast doch Cassandra, meine alte Freundin, erwartet, und Mr. Morgeson ist mitgekommen, um sie bei uns abzuliefern.«

»Ja, richtig. Rash, geh hinaus, Schatz. Mr. Morgeson, ich muss Ihnen leider sagen« – sie sprach jetzt gewählter –, »dass Mr. Somers aufgrund seiner Gicht sein Zimmer nicht verlassen kann. Darf ich Sie hinaufbringen?«

»Ich habe nur wenig Zeit«, schaute auf seine Uhr und stand auf. »Ist Ihnen die alte Freundschaft zwischen Ihrem Sohn und Cassandra hinreichender Grund, dass ich sie hier bei Ihnen lassen kann? Ganz zu schweigen von der entfernten Verwandtschaft, von der wir annehmen, dass sie zwischen uns besteht.«

»Aber natürlich, sehr erfreut. Adelaide erwartet sie«, sagte sie vage. Ich sah sofort, dass sie noch nie ein Wort von unserer Verwandtschaftsbeziehung gehört hatte. Ben hatte wirklich ganze Arbeit geleistet, was meine Einladung nach Belem anlangte. Aber ich wollte dableiben, trotz Mrs. Somers' Empfang.

Mr. Somers saß auf Kissen gestützt im Bett, in einem geblümten Morgenrock, mit einer Flasche Colchicin und einem Stoß von Kongressberichten auf einem Gestell neben sich. Seine Jovialität war extrem; es war offensichtlich, dass er der Gicht nicht erlaubte, seinem Betragen in die Quere zu kommen, obgleich die Gelenke seiner Hände verdreht und knotig waren. Er verbreitete sich über Bens lange unerfüllten Wunsch, dass ich sie doch besuchen solle, und dankte Vater für seine Bereitschaft, dies zuzulassen. Er erwähnte das Memento der Miniatur und lieferte jedes Detail von Locke Morgesons früher Heirat, wobei er den genauen Grad der Blutsverwandtschaft erklärte – es war nur eine sehr entfernte. Ich schaute Mrs. Somers an, die weiter weg saß und mich mit schrägem Blick begutachtete, was, wie ich später herausfand, ihre Art war, jene anzuschauen, an denen sie zweifelte oder die sie nicht mochte. Ihre Augen änderten ihren Ausdruck, als sie meinen begegnete, in einen von hochnäsigem Erstaunen, was besagte, dass es keine Blutsbande zwischen uns geben konnte. Sie ärgerte mich und machte mich verlegen. Ich versuchte, mir etwas einfallen zu lassen, das ich sagen konnte, und äußerte ein paar Worte, die mir ungewöhnlich trivial und unbeholfen gerieten. Mr. Somers kam auf die Politik zu sprechen. Die Tür öffnete sich, und Bens Bruder kam herein, mit gesenktem Blick. Er näherte sich dem Fußteil des Bettes, lehnte sein Kinn auf die Kante, sah seinen Vater an und sagte mit bemerkenswert klarer und lauter Stimme:

»Den Scheck.«

Mr. Somers hustete hinter vorgehaltener Hand. »Morgen genügt es auch, Desmond.«

»Heute genügt es auch.«

»Desmond«, sagte Ben mit leiser Stimme. »Du hast Mr. Morgeson und Miss Morgeson nicht bemerkt. Mein Bruder, Cassandra.«

»Verzeihung, guten Morgen«, und er zog seinen Hut mit einer gewissen Anmut, die ihm gut stand, wenn auch deutlich desinteressiert. Mrs. Somers sagte mit sanfter Stimme: »Zieh doch bitte die Klingel, Des.« Er warnte sie mit einem satirischem Lächeln und riss so stark am Klingelband, dass es herunterfiel. Ihr rosiges Gesicht wurde dunkelrot, aber er war schon weg. Vater schaute auf seine Uhr und erhob sich nur zu bereitwillig.

»Sie müssen wenigstens mit uns essen, Mr. Morgeson.«

»Ich muss wegen meiner Tochter nach Boston zurück; sie ist dort allein.«

»Bist du so nachlässig gewesen, Ben«, sagte sein Vater freundlich, »sie nicht auch mitzubringen?«

»Sie wollte nicht kommen. Natürlich, Vater.«

Ein großes, schwarzhaariges Mädchen von fünfundzwanzig Jahren eilte herein.

»Aber Ben«, sagte sie, »wir haben dich gar nicht erwartet. Und das ist Miss Morgeson«, und schüttelte meine Hand. »Sie bleiben doch einen Monat, oder?« Sie nahm ihr Kinn in die Hand und musterte mich mit kühler Direktheit. »Papa, meinst du, sie sieht wie Caroline Bingham aus?«

»Ja, tatsächlich, aber hübscher. Sie ist eine große Schönheit«, und nickte mir zu.

»Findest du *wirklich*, dass sie ihr ähnlich sieht, Somers?«, sagte Mrs. Somers ablehnend.

»Ganz sicher, aber sie ist schöner«, antwortete Adelaide für ihn, ohne ihre Mutter anzuschauen.

»Möchten Sie auf Ihr Zimmer gehen?«, fragte sie. »Was für ein hübsches Kleid!« und fasste mich am Ärmel, ihr Kinn noch immer in der Hand. »Wir werden Spaziergänge zusammen unternehmen; Belem eignet sich gut zum Spazierengehen. Papa, wie fühlst du dich jetzt?«

Sie ließ zu, dass ich mit Vater hinunterging, ohne selbst nachzukommen, und schickte Murphy mit Wein und Gebäck hinein. Ich legte meine Arme um Vaters Hals und küsste ihn, denn ich hatte jetzt im letzten Moment ein Gefühl von Einsamkeit, das ich nicht genau erklären konnte.

»Du wirst nicht lange bleiben«, sagte er. »Die Atmosphäre hier ist bedrückend.«

»Künstlich, findest du nicht? Es muss das Blut der Bellevue Pickersgills sein, das hier dicke Luft macht.«

»Es ist Zeit«, sagte Ben, mit Vaters Hut in der Hand.

Adelaide war an der Tür und nahm höflich Abschied von ihm, und Mrs. Somers verneigte sich vom obersten Treppenabsatz herunter und enthüllte dabei ein Paar gewichtige Fußgelenke, deren Basis in einem

Paar schäbiger, plumper Pantoffeln ruhte. Adelaide brachte mich dann auf mein Zimmer und sagte mir, ich solle mich nicht umziehen, sondern rasch herunter kommen, denn das Essen war fertig. Als ich eine Glocke hörte, eilte ich in den Salon hinunter, wo wir vorher gewesen waren, und wartete auf Anweisungen, was das Essen anlangte. Adelaide kam sogleich. »Wir essen jetzt. Kommen Sie und setzen Sie sich neben mich«, und bot mir ihren Arm. Mrs. Somers, Desmond, und ein Mädchen von fünfzehn Jahren waren bei Tisch. Letztere war gerade aus der Schule gekommen, schloss ich aus der Tatsache, dass ein Beutel mit Büchern an ihrem Stuhl hing. Murphy trug die Suppe ab, und ich gewann den Eindruck, ich sei vergessen worden. Während ich meine aß, starrten alle abwesend ins Leere, bis Murphy den Hammelbraten hereinbrachte, alle bis auf Adelaide, die ihre Zähne mit einer trockenen Brotkruste rieb und dabei so tat, als sie sei dabei, sie zu verspeisen. Desmond behielt die Karaffe bei sich und trank ab und zu ein Glas.

»Was ist das für Wein, Murphy?«, fragte Mrs. Somers. Er antwortete zögernd, »ich glaube, es ist der Juno, Ma'am.«

»Du hast den Schlüssel aus Papas Zimmer gestohlen, Des«, sagte das Mädchen. Er wedelte mit dem Tranchiermesser in ihre Richtung, eine Geste, die sie nur mit »Bäh!« beantwortete, während sie sich hingebungsvoll dem Hammelbraten widmete. Sie aßen alle viel, vor allem das Mädchen, dessen großer Mund voller strahlender Zähne war. Mrs. Somers gestikulierte mit ihrem Glas, Murphy solle ihr den Wein bringen, und nachdem sie einen Teelöffel voll eingeschenkt hatte, hielt sie es an die Lippen, als sei sie dabei zu üben, wie man sich zutrinkt. Auch ihre Hände waren schön; sie hatten alle schöne Hände mit anmutigen und ausdrucksvollen Bewegungen. Als Ben eintraf, trug Murphy die Speisen vor ihm auf, und Adelaide begann eine lebhafte, brillante Konversation. Er bat nicht um Wein, aber ich sah, wie er sich danach umschaute und zu Desmond hinüber blickte. Die Karaffe war leer. Nach dem Dessert erhob sich Mrs. Somers, und wir folgten, aber sie ließ uns bald allein, und wir gingen in den Salon. Das Mädchen setzte sich neben mich und sagte: »Ich heiße Ann Somers. Ich werde nie vorgestellt. Adder, meine Schwester, ist immer im Wege. Sie verstehen. Ich bin sicher, dass Ben mich Ihnen gegenüber nie erwähnt hat. Man spricht nie von mir, niemand nimmt Notiz von mir. Ich habe noch nie neue Kleider bekommen, aber Papa ist mein Freund, die treue Seele.«

Adelaide betrachtete sie mit derselben exquisiten Gleichgültigkeit, die sie ihrer Mutter und Desmond zuteil werden ließ. »Möchten Sie auf Ihr Zimmer gehen«, fragte sie erneut. »Sie sind vielleicht zu müde für einen Spaziergang?«

»Gott!«, sagte Ann, »lass sie doch machen, wozu sie Lust hat. Adder, sei nicht gar so unausstehlich.«

Ich nahm meine Haube; sie nahm sie mir weg und setzte sie sich selbst auf, als wir die Treppe hinaufgingen.

»Murph soll Ihnen Ihren Koffer hochbringen«, sagte Ann und öffnete den Schrank. »Aber hier ist kein Platz, um etwas aufzuhängen. Die Garderobe der Großmogulin ist im Weg.«

Mein Zimmer war herrschaftlich in Größe und Ausstattung. Die Nachmittagssonne schien herein, wo der Fensterladen hinter dem mattroten Vorhang offen war, und beleuchtete das Porträt einer langfingrigen alten Dame in scharlachrotem Umhang, das in der Nähe des gigantischen Himmelbetts über einem großen Stuhl hing, der mit verschossenem grünen Damast bezogen war.

»Großmutter Pickersgill«, sagte Ann, die bemerkte, dass ich das Bild betrachtete. Adelaide schaute es ebenfalls an. »Es ist ein Werk von Copley«, sagte sie, »dem späteren Lord Lyndhurst. Großvater hatte ihn eingeladen, und er ging zu einer von Großmutters Gesellschaften. Er machte ihr Komplimente wegen ihrer Schönheit. Aber wie Sie sehen, hat sie keine schönen Hände. Wir haben die Pickersgill-Hand«, und spreizte ihre Finger wie einen Fächer. »Sie war ein richtiger alter Geizkragen«, fuhr Ann fort, »und ließ so viele Abnäher in Mutters Unterkleidung machen, dass sie sie unendlich lang tragen konnte. Auch den Dienstboten gegenüber war sie ein Biest.«

Mein Koffer wurde gebracht. Ich schloss ihn auf und packte aus, während Adelaide eine Schublade in einer großen Kommode aufzog.

»Ach, die ist voll mit Mamas Staatskleidern«, sagte Ann vertraulich. »Ich werde nach Hannah läuten.« Adelaide war damit beschäftigt, den Inhalt der Schubladen auf den Fußboden zu werfen. »Hier sind ihre Ballkleider«, fuhr Ann fort, als ein rosafarbenes, mit prachtvoller Spitze besetztes Satinkleid herausfiel. »Der alte Carew hat die Spitze für sie herübergebracht.«

»Hol einen Korb, Hannah, und bring die Sachen irgendwohin, in einen anderen Schrank von Mrs. Somers.«

»Die Goldfransen, erinnerst du dich, Adder? Sie sah aus wie ein Elefant mit seinem Tragesitz, als sie das trug.«

Ihre Impertinenz inspirierte Adelaide, die nun in den Strom von Sottisen einstimmte, mit dem sie über ihre Mutter und über andere Verwandte herzogen, die beiläufig Erwähnung fanden. Statt schockiert zu sein, genoss ich das und wünschte mir sehnlichst, ebenso brillant zu sein, denn mein Wortschatz war mangelhaft, und mein Minderwertigkeitsgefühl blieb während meines gesamten Aufenthaltes in Belem lebendig. Ich errötete oft, lächelte albern und litt generell unter der Sorge, ich sei *gauche*.

Da sie keine Anstalten machten, mich alleine zu lassen, zog ich mein Reisekleid mit einiger Nervosität aus, denn ich war schwach genug, mit meinem eleganten Auftreten und meiner Garderobe Eindruck machen zu wollen. Auf ihrem Seziertisch fühlte ich mich unendlich entmutigt. Die verschlagene, scharfe, egoistische Art, mit der sie mich beäugten, brachte alle meine Schwachstellen zum Vorschein. Mein Kleid schien schlecht genäht, mein Haar unvorteilhaft frisiert, mein bester Kragen und mein bestes Band, die ich anzog, waren nichts im Vergleich zu der Spitze, die ich gerade zu Boden fallen gesehen hatte. Als wir hinuntergingen, war es dämmrig. Ann sagte, sie müsse Schulaufgaben machen, und ließ uns am Kamin des Salons alleine zurück. Adelaide zündete eine Kerze an und nahm sich einen Roman, den sie auf ein Sofa ausgestreckt las. Sich auf ein Sofa auszustrecken war eine Familieneigenschaft, wie ich herausfand, obwohl sie doch alle bei bester Gesundheit waren, ausgenommen Mr. Somers. Ich wanderte in den Zimmern auf und ab. »Früher waren sie einmal schön«, sagte Ben, der aus einer dunklen Ecke auftauchte, »aber jetzt ist alles heruntergekommen. Mutter ersetzt nichts, wenn sie es irgendwie vermeiden kann. Sie ist eine schreckliche Aristokratin«, fuhr er mit leiser Stimme fort. »Sie ist festgefahren in Vorstellungen, die den Belemer Institutionen eigen sind, und die entwickeln sich ausschließlich rückwärts. Wir machen uns trotzdem über jedermanns

Ansprüche lustig, nur nicht über unsere eigenen. Du hast mich schief angesehen, weil ich das Einkommen der Hiticutts erwähnt habe; es lag einfach in der Luft.«

»Es amüsiert mich, hier zu sein.«

»Natürlich, aber bring Adelaide auf Trab. Sie ist echt, hat einen guten Verstand und verachtet ihren Lebensstil halbwegs, aber sie kennt keinen anderen und ist außerdem stolz.«

»Kommen Sie, wir wollen sehen, ob wir Tee auftreiben können«, sagte sie gähnend und legte ihr Buch weg. »Warum zündet dieser faule Murph nicht die Lampe an? Ich wollte, Papa wäre unten und würde die Dinge regeln.« Am Teetisch war niemand außer Mrs. Somers.

»Ben ist sehr höflich, finden Sie nicht auch?«, sagte sie mit ihrem sonderbaren Lachen, das mir Gänsehaut machte, als er einen Stuhl für mich heran zog. Ihre Stimme machte mich schwindlig, aber ich lächelte. Ben war in Belem nicht der selbe, das sah ich sofort, und ich wunderte mich nicht mehr über dessen Einfluss auf ihn oder über die Veränderlichkeit seiner Pläne und Unternehmungen. Mrs. Somers gab mir Tee aus einer spinnenförmigen, silbernen Teekanne, die mit einem spinnenförmigen Sahnekännchen und einer spinnenförmigen Zuckerschale verwandt war. In der polierten Platte des Mahagonitisches spiegelte sich ein Paar hoher, silberner Kerzenhalter, und die Teller, die aus krummem, blauweißem chinesischen Porzellan waren, wackelten und klapperten, wenn wir sie berührten. Der Tee war köstlich. Ich erwähnte das, aber Mrs. Somers geruhte nicht zu antworten. Wir wurden mit bestrichenem Brot, Butter und Bratäpfeln verköstigt. Adelaide aß sechs Stück.

»Bei uns gibt es nicht sowas wie eure Surrey-Abendessen«, bemerkte Ben.

»Woher willst du das wissen?«, fragte seine Mutter. Bens Augen blitzten wütend, und er biss sich auf die Lippen. Adelaide fing zu sprechen an, bevor ihre Mutter mit ihrer Frage fertig war, als ob sie nur deren Stimme als Ansporn brauchte, um *per contra* lebhaft und angenehm aufzutreten.

»Hepburn muss uns zum Tee einladen. Ihre Marmelade und ihr Tratsch sind wunderbar. Tante Tucker könnte uns auch einladen, wenn

Haushälterin Beck es zulässt. Ich mag Auseinandersetzungen beim Tee mit den alten Hindus. Sie mögen uns auch, Ben; auch wir sind die Kinder von Hindus – über den Rest der Welt erhaben. Es wird ein, zwei Einladungen zu Ehren dieser jungen Person geben.«

»Zum Teufel mit den Einladungen!«, sagte er. »Dann müssen wir hier auch einen großen Abendrummel machen, und das hasse ich.«

»Aber wir sind eine Geselligkeit schuldig«, sagte Mrs. Somers. »Ich habe schon daran gedacht, eine zu geben, wenn Mr. Somers erst wieder auf den Beinen ist.«

»Das fällt mir überhaupt nicht ein«, sagte Adelaide, die ihrer Mutter den Rücken zuwandte. »Wir werden keine Einladung geben, bis nicht eine für unsere junge Freundin stattgefunden hat, Ben.« Ben und ich besuchten seinen Vater, der sich nach der Temperatur, dem Wasser und den diätetischen Eigenschaften von Surrey erkundigte. Er war liebenswürdig, aber in seiner Liebenswürdigkeit entstand keine Nähe. Er glitt über das Eis des schönen Scheins, und das war seine Aufgabe in seiner Familie. Er erfüllte sie gut, aber manchmal war es anstrengend. Seine Familie brach ab und zu das Eis auf, was wohl zur Folge hatte, dass er in den Tiefen der Realität versank. Ich lernte, den Mut zu achten, den er hatte, obwohl seine Karten so schlecht waren. Als er Bellevue Pickersgill wegen ihres Geldes heiratete, hatte er seinen Meister gefunden und erhielt im Gegenzug nur das Privileg, ihre Steuern zu bezahlen. Simon Pickersgill, ihr Vater, legte den Großteil seines Vermögens für seine Enkel fest. Es sollte unter ihnen verteilt werden, wenn der jüngste Sohn das Alter von einundzwanzig Jahren erreicht haben würde, ein Ereignis, das, wie ich vermutete, stattfand, als Ben unterwegs nach Indien war. Desmond und ein älterer Sohn, der überall, nur nicht zu Hause wohnte, trieben Schindluder mit dem Zinseinkommen. Da das Hauptkapital in der Zukunft ihnen gehören sollte, oder fast alles, warum sollten sie es dann nicht ausgeben?

Schließlich schaute Mr. Somers auf seine Uhr, ein sanfter Hinweis, dass es Zeit für uns war, uns zurückzuziehen. Adelaide war noch immer im Salon, lag auf ihrem Lieblingssofa und starrte die Decke an. Ich bat, mich zurückziehen zu dürfen, was sie gestattete, ohne den Blick zu wenden. Obwohl ich in dieser Nacht tief schlief, wurde ich vom Weinen eines kleinen Kindes geweckt. Die Fremdheit des Zimmers und das fortgesetzte Weinen, das ich nicht lokalisieren konnte, hielten mich immer wieder längere Zeit wach, bis die Morgendämmerung durch die Vorhänge lugte.

KAPITEL XXVIII

Einige Tage nach meiner Ankunft hatte Mrs. Somers ein paar Freunde zu Tisch. Die Töchter eines Senators, wie mir Ann mitteilte, und ein ehemaliger Gouverneur, was ich ansonsten nicht bemerkt hätte, denn ich wurde nicht vorgestellt. Das Essen war aufwändig und Desmond übernahm die Honneurs. Als sie bei den Walnüssen waren, fragte eine der Damen nach dem Baby.

Mrs. Somers gab Desmond ein Zeichen, und er zog am Klingelband, diesmal sachte. Augenblicklich erschien eine ältere Frau mit einem wenige Monate alten Kind, das schwächlich und ängstlich aussah. Mrs. Somers nahm es ihr ab und platzierte es auf dem Tisch, es wackelte und nickte zum Gezwitscher der Gäste. Ben warf mir von der anderen Seite des Tisches her einen Blick zu, der mir einiges klar machte. Seine Reise nach Indien war sinnlos gewesen, denn das Vermögen würde weitere einundzwanzig Jahre minus einige Monate gebunden bleiben, wenn nicht die Vorsehung einschritt. Adelaide nahm das Kind nicht zur Kenntnis, aber Desmond pochte mit seinem Glas auf den Tisch, um es abzulenken, denn es war damit beschäftigt, seine Fäustchen zu verschlingen und vor Zorn zu weinen. Als Murphy ankündigte, dass der Kaffee im Salon angerichtet sei, brachte das Kindermädchen das Baby hinaus, und nachdem Kaffee und Biskuitkuchen serviert worden waren, fuhren die Gäste wieder ab. An diesem Nachmittag kamen Freundinnen von Adelaide zu Besuch, denen sie mich als »Cousine« vorstellte. Nachdem sie gegangen waren, zog sie gründlich über sie her. Eine verdankte ihren Ruhm der Tatsache, dass sie die Winter in Washington verbracht und sich die Freundschaft von

John C. Calhoun zugezogen hatte. Eine andere war eine Künstlerin, die ein idealisiertes Porträt ihres Vorfahren Sir Roger de Roger gemalt hatte; nicht der Ahnherr, der vor einigen Jahren als Weber aus Glasgow herübergekommen war, sondern der, der auf dem Familiensitz geblieben war. Eine dritte rezensierte Bücher und sammelte Autographen.

Am nächsten Nachmittag kam eine der Miss Hitticuts von gegenüber, in einem wundervollen Kamelhaarschal und einem schäbigen Kleid. »Wie *geht* es Mr. Somers?«, fragte sie. »Er ist wirklich ein Märtyrer.«

Da kam gerade Mrs. Somers herein. »Meine liebe Bellevue, du pflegst ihn so hingebungsvoll, dass du dich ja völlig verausgabst; wann warst du zuletzt an der frischen Luft?« Sie wartete die Antwort nicht ab, sondern wandte sich an Adelaide mit: »Dies ist deine junge Freundin, und wo ist mein Liebling, Mr. Ben, und die kleine Miss Ann? Gibt es bei euch etwas Neues? Ich war gestern bei Harris, um ihr zu sagen, dass sie den alten Mist aus ihrer Leihbücherei hinausschmeißen und endlich ›das neue Regime der Romane‹ beginnen lassen muss, das unaufhaltsam über uns kommt.«

Adelaide sprach zunächst langsam, und erhob sich dann in Regionen, in denen ich noch nie eine Frau gesehen hatte – in eine intellektuelle Sphäre. Miss Hitticut folgte ihr und ich erlebte ein ungekanntes Vergnügen. Mrs. Somers schwieg, aber hörte wegen Miss Hitticut respektvoll zu, denn sie war von echtem Belemer azurblauem Blut, sowohl von ihrer Abstammung her als auch wegen ihrer Geistesgaben; zudem war sie reich und hatte nicht die Absicht, jemals zu heiraten. Es war eine Pickersgillsche Manie, zuvorkommend gegenüber Personen zu sein, die über die Macht von Erbschaften verfügten. Mrs. Somers besaß bereits ein ererbtes Vermögen in Gestalt von Haarreifen und Tafelsilber. Während sie so tat, als höre sie Adelaide zu, musterte sie mich mit schrägem Blick. Adelaide war so voller *esprit*, dass mich meine Unterlegenheit wieder einmal tief betroffen machte. Seit dieser Zeit hatte ich Respekt vor ihr, der auch später nie nachließ, obwohl sie einen Engländer heiratete, der sie, weil er zu cholerisch war, um in Amerika zu leben, nach Florenz mitnahm, wo sie sich mit ihren eigenen Handtüchern und Tafelsilber niederließen, und wo sie wohl bleiben werden, denn ihr Herz ist zu eng, als dass es noch Raum für die Angelegenheiten Belems haben könnte.

Miss Hitticut plauderte nach Herzenslust, bis sie genug hatte, lud uns für wann immer zum Tee ein, auch Ben und Miss Ann, die seit dem Frühstück nicht mehr gesehen worden waren.

Aprilschauer fesselten uns einige Tage ans Haus. Ann weigerte sich, zur Schule zu gehen. Sie brauche Ferien, und außerdem brauche Papa sie, denn sie sei schließlich die Einzige, die ihn pflegen konnte. Ihre Mutter sagte, sie müsse zur Schule gehen.

»Wer kann mich dazu zwingen, Mama?«

Desmond ließ die Kutsche für sie vorfahren. Als sie da war, setzte er sie hinein, setzte sich neben sie, und brachte sie mit provokanter Nonchalance zur Schule. Murphy mit seinem Hut mit Samtband legte ihren Beutel sehr förmlich an der Eingangstür ab, wofür Ann ihm einen leichten Schlag auf die Wange gab und ihn einen alten Kater nannte. Doch es blieb ihr nichts anderes übrig, als zu Fuß im Regen nach Hause zu gehen, nachdem sie eine Stunde umsonst auf ihn gewartet hatte.

Mr. Somers konnte mit Hilfe eines Stocks in seinem Zimmer umherhumpeln und sagte, er werde bald wieder ganz auf der Höhe sein. Er bat Adelaide, ein paar Bücherregale im dritten Stock aufzuräumen, denn er wollte ohne Durcheinander lesen können. Wir gingen gemeinsam hinauf und sortierten einige Einzelbände, Stapel von unitarischen Predigten, gebundene Zeitschriften, politische Texte und haufenweise Geschichtsbücher. Ben setzte sich auf einen Stapel Bücher und freute sich darüber, uns beide zusammen zu sehen.

»Das hier ist ein schreckliches Loch«, sagte er. »Ich war seit Ewigkeiten nicht mehr hier oben. Wie sehen die Regale aus?«

Ein Schluckauf ließ uns zur Tür blicken.

»Es ist nur Des, in seinem üblichen Nachmittagszustand«, sagte Ben.

Sie nickte, als er die Tür aufstieß und seinen Kopf hereinstreckte. »Was zum Teufel macht ihr hier? Diese Region gehört dem Chaos und der Alten Nacht«, und schlug nacheinander mit den Troddeln seines Hausmantels auf die Paneele. Keiner antwortete ihm. Adelaide zählte eine Bücherreihe durch und Ben pfiff vor sich hin.

»Zur Hölle mit dir, Ben«, sagte er schleppend, »dir ist scheinbar nie langweilig. Ihr sollt alle verflucht sein. Ich hasse euch alle, besonders die Kalmückin da drüben – diese sibirische Steppengeburt mit dem Malachitherzen, unsere Schwester.«

»Ach, kommen Sie da weg, Mr. Desmond. Was tun die Armen denn, dass Sie sie so beschimpfen müssen?« Und die Frau, die damals beim Mittagessen das Kind hereingebracht hatte, nahm seinen Arm und zog ihn fort.

»Sarah wird ihn nie aufgeben«, sagte Ben.

»Sie schwört, dass er etwas Gutes in sich hat. Für mich ist er ein armer Teufel«, und blätterte mit ihrer schönen Hand die Buchseiten um; eine Hand, wie ich sie soeben an die Tür hatte schlagen sehen – eine Hand, die ihr Ebenbild in Bens Haar ergriff. Adelaide war durch meine Anwesenheit keineswegs peinlich berührt. Weder suchte sie meinen Blick, noch wich sie ihm aus. Aber Ben sagte, »Du bist nachdenklich.«

»Ist sie das?« Und Adelaide blickte auf.

»Ihr seid euch alle so ähnlich«, sagte ich.

»Du hast recht«, antwortete sie ernst. »Unser Großvater –«

»Zum Teufel mit ihm!« unterbrach Ben. »Ich wünschte, er wäre nie geboren. Bist du stolz darauf, Addie, wie die Pickersgills zu sein? Ich weiß schon, dass du's bist. Denk dran, dass der Pickersgill-Teil von uns derjenige ist, der seinesgleichen hasst. Ich gehe; ich mache einen Spaziergang.«

Nachdem er gegangen war, sagte Adelaide kühl, dass er sehr visionär veranlagt sei, Veränderungen vorhersagte, die es nicht geben konnte, und entschlossen war, sie zu schaffen.

»Warum hat er mich hergebracht?«, fragte ich, als ob ich mich in einem Traum befände.

»Bens Gastfreundschaft kommt von Herzen. Er ist wie Papa. Außerdem bist du mit uns verwandt – auf der Somersseite, und bist der erste Besuch, den wir je hatten, der nicht aus Mutters Verwandschaft kam. Weißt du denn auch nicht, dass Bens Freundschaft sehr aufrichtig ist – sehr stark?«

»Ich fange an, die Pickersgills zu verstehen«, bemerkte ich wie im Traum. »Wie Worte, so sie denn größere Bedeutung haben, an ihnen abprallen, wenn man sie an sie richtet. Wie unmöglich es ist, den Eindruck, den sie machen, zurückzugeben. Wie unfähig sie sind, das zu schätzen, was sie sich nicht zum Nutzen ihrer eigenen Idiosynkrasien aneignen können.«

Sie blickte mich mit mildem Interesse in ihren schwarzen Augen an, als ob sie der Diskussion eines abstrakten Themas lauschte.

»Sind sie tödlich verderbt?«, fuhr ich fort mit diesem Traum. »Es ist nicht fair – ihre übermächtige Persönlichkeit – das ist anderen gegenüber nicht fair. Sie ist zuviel für mich, obwohl ich weiß, dass *alles* Lug und Trug ist.«

»Ich kenne mich in der Moralphilosophie nicht aus.«

»Miss Somers«, sagte Murphy und klopfte an, »wenn Major Millard unten wäre?«

»Ich komme.«

Sie lächelte, als sie mich wieder ansah. Ich starrte sie an mit einem einzigartigen Gefühl. War ich ihr nahe gekommen, oder hatte ich mich zum Narren gemacht?

»Im Schränkchen ist guter Pfefferkuchen. Soll ich dir nicht ein Stück holen?«

Ich erwachte aus meinem Traum.

»Major Millard ist ein alter Beau. Komm hinunter und fessele ihn. Er mag blonde Frauen.«

Ich lehnte den Pfefferkuchen ab und nahm den Major an. Er war ein älterer Herr in sehr viel gestärktem Leinen, der sich damit vergnügte, Ann zu necken, der das gefiel, und die es ihm in Frechheiten heimzahlte. Adelaide spielte mit ihm Schach. Desmond schlenderte gegen neun Uhr herein, ließ sich in einen Stuhl hinter dem Sofa fallen, auf dem ich saß, und legte seinen Arm über die Lehne. Das Schachbrett wurde beiseite geräumt und eine Klatsch- und Tratsch-Unterhaltung begann, an der Mrs. Somers, die auf einem Sofa gegenüber saß, teilnahm, aber nicht Desmond. Ich beobachtete Mrs. Somers, wie sich ihre Finger mit der feinen Wollstrickerei bewegten, und fühlte mich, trotz meines Ausbruchs vorhin, gelassener und in meiner Identität gefestigter, als ich mich seit meiner Ankunft in Belem gefühlt hatte. Sie lachten gerade über eine witzige Beschreibung, die Ann von einem Treffen zwischen Miss Hitticut und Mr. Pearsall gab, dessen

Zeugin sie geworden war. Mr. Pearsall war ein Gentleman, der erst kürzlich mit mehreren Hunderttausend Rupien aus China zurückgekehrt war, wo er zwanzig Jahre gelebt hatte. Ihre Schilderung von Miss Hitticut, die versucht hatte, zwanzig Jahre jünger zu erscheinen, war ausgezeichnet. Ben wickelte die Wolle seiner Mutter auf und wieder ab und lachte, bis ihm die Tränen über die Wangen liefen, doch Major Millard sah aus, als fühle er sich unwohl, als erwarte er, dass ihn die satirische Ann *à-la* Hitticut auftischen würde, wenn er gegangen wäre. Noch ehe das Gelächter verklungen war, hörte ich eine leise Stimme an meinem Ohr und spürte die leichte Berührung eines Fingers auf meiner Wange.

»Woher sind diese Narben?«

Ich wischte mir mit dem Taschentuch über die Wange und antwortete: »Ich habe sie mir in einer Schlacht geholt.«

Er erhob sich aus seinem Stuhl und ging langsam durchs Zimmer in den dunklen vorderen Salon. Major Millard verabschiedete sich, und Mrs. Somers und Ann folgten ihm und kamen nicht zurück. Als Ben sich mit einem Seufzer der Erleichterung auf dem Sofa ausstreckte, tauchte Desmond aus dem Dunkel auf und stellte sich hinter ihn. Er lehnte an einer Säule, die Hände in den Jackentaschen, und seine Augen fixierten mich prüfend. Ben drehte seinen Kopf zu mir und sprang so plötzlich auf, dass ich hochfuhr; aber Desmonds Augen rührten sich nicht, bis Ben vor ihm stand. Dann lächelte er ihn hochmütig an und bat ihn, sich doch wieder hinzulegen.

Ich ging ans Klavier und ließ meine Finger über die Tasten gleiten.

»Spielst du? Kannst du singen?«, fragte Adelaide und richtete sich auf.

»Ja.«

»Sing bitte. Ich verstehe nichts von Musik, aber ich mag sie.«

»Irgendein altes Lied«, sagte Ben.

Ich sang:

> »Trink mir nur mit den Augen zu,
> Und meine werden grüßen«,

Ich wurde gewahr, dass Desmond neben mir stand. Mit vollkommen reiner Stimme fiel er ein:

»Den Durst, der aus der Seele kommt,
Muss Göttertrank versüßen.«

Als der Klang seiner Stimme durch den Raum schwebte, sah ich die weißen Seevögel, wie sie zwischen unserer tiefblauen Sommersee und unserem Sommerhimmel aufblitzten, und die dunklen Felsen, die sich in den murmelnden Wellen hoben und senkten.

KAPITEL XXIX

Eines schönen Nachmittags brachen Adelaide und ich zu einem Spaziergang auf. Wir mussten die ganze gewundene Länge der Norfolk Street gehen, bis wir in die Randgebiete Belems kamen und in seine tiefgelegenen Felder, die noch nicht grün waren. Das, sagte sie, sei die Promenade der eleganten Welt. Nach dem Mittagessen um zwei Uhr ging man in Belem spazieren. Ihre gesamte Bekanntschaft schien auf der Straße zu sein – so viele Verbeugungen wurden gemacht und mit Würde erwidert. Es gab keinerlei Versuche, näher miteinander umzugehen, nichts jenseits der Förmlichkeit eines künstlichen Lächelns.

Auf dem Rückweg trafen wir Desmond mit einer Dame, und eine Serie von Verbeugungen fand statt. Desmond behielt den Hut in der Hand, bis wir vorbeigegangen waren. Sein Gesichtsausdruck unterschied sich so stark von dem, den ich zuletzt bei ihm gesehen hatte, als ich ihm am Frühstückstisch begegnete, wo er in desperater Stimmung war, dass es mir einige Minuten lang Stoff zu mentalen Kommentaren gab.

»Das ist Miss Brewster«, sagte Adelaide. »Sie ist eine Erbin und schätzt Desmonds Aufmerksamkeiten. Sie wird ihn aber nicht heiraten.«

»Ist jede Frau in Belem eine Erbin?«

»Die, die der Rede wert sind, ja, und jeder Mann ist ein Glücksritter. Geld heiratet Geld; diejenigen, die keines haben, heiraten nicht. Diejenigen, die zuwarten, hoffen. Aber die großen Vermögen in Belem werden aufgeteilt. Die Rasse der Millionäre ist im Niedergang.«

»Ist das Ann dort drüben?«

»Ich glaube schon, nach der verdrückten Haube zu schließen.«

Es war in der Tat Ann, die mit der universalen Verneigung und Grimasse an uns vorüberging und dem öffentlichen Geist mit ihren feinen Manieren Tribut zollte. Sie machte jedoch schon bald kehrt, holte uns ein und schlug vor, einen Abstecher in die Drummond Street zu machen, wo eine enge Freundin der Familie wohnte, »die alte Hepburn.« Unsere Chance, von ihr zum Tee eingeladen zu werden, könnte zur Wahrscheinlichkeit werden, wenn sie einen flüchtigen Blick auf uns erhaschen würde; um diese Zeit sitze sie immer mit ihrem Voltaire am Fenster, oder mit ihrem Rousseau. Der Vorschlag wurde angenommen, und bald kamen wir in die Nähe des Hauses, das hinter einer Reihe hoher Bäume stand und sehr trostlos aussah, da drei Viertel seiner Fenster von hölzernen Läden verdeckt waren.

»Geht langsam«, sagte Ann. »Ich sehe sie in unsere Richtung blinzeln. Sie hat ihren Satinmantel noch nicht abgelegt.«

Bevor wir vorüber waren, kam ein schmutziges kleines Mädchen aus dem Tor. Es trug ein Paar riesiger Schuhe und eine Segeltuchschürze, die sie fast ganz bedeckte, und sollte uns zurückholen. Mrs. Hepburn hatte uns gesehen und wünschte, dass wir hereinkämen. Sie wollte nämlich wissen, wen Miss Adelaide in ihrer Begleitung hatte, und sich mit ihr unterhalten. Sie lief zurück und erschien noch einmal an der Tür, außer Atem und mit einem Schuh weniger. Als wir den kleinen Salon betraten, hielt uns eine alte Dame im schwarzen Kleid und tiefen Cape ihre verwelkte Hand entgegen, ohne aus ihrem hochlehnigen Armstuhl aufzustehen. Sie lächelte uns an, aber schüttelte den Kopf wütend in Richtung des kleinen Mädchens, das in der Tür herumstand.

»Mari, Mari«, rief sie, aber keine Mari kam, und das kleine Mädchen nahm uns unsere Schals ab, denn Mrs. Hepburn sagte, dass wir dableiben müssten, nachdem sie uns nun in ihr Anwesen hinein gelockt habe. Ann machte sie hinter ihrem Rücken nach, benahm sich aber unterwürfig, wenn sie ihr gegenüber stand. Der Name Morgeson gehöre in die frühe historische Zeit Neuenglands, belehrte mich Mrs. Hepburn. Ich hatte das nicht gewusst, neigte aber den Kopf, als sei ich nicht so ignorant. Die alte Mari musste wegen des Konfekts konsultiert werden, und sie ging sie suchen.

»Was für eine verschlagene alte Katze sie doch ist!«, sagte Ann. »Wie raffiniert sie vorgeht! Sie durchkämmt Belem in ihren Samtschuhen, um jedermanns Hintergrund herauszufinden. Riecht ihr nicht auch Toast mit Butter?«

»Euer Vater macht das Beste aus der Gicht«, sagte Mrs. Hepburn, als sie zurückkam. »Wie geht es Desmond? Er ist vielleicht der schlimmste von euch allen, aber ich mag ihn am liebsten. Ich werde sein Lob nicht an dich verschwenden, Adelaide.« Und sah mich an.

»Er verbeugt sich sehr hübsch«, sagte ich.

»Er ähnelt seiner Mutter, die eine große Schönheit war. Mr. Somers sah auch gut aus. Ich war vor dreißig Jahren auf einem Ball bei Gouverneur Flam. Eure Mutter war damals kaum fünfzehn, Adelaide. Sie war gerade frisch verheiratet und eröffnete den Ball.«

Während der ganzen Zeit studierte sie mich mit einem Paar kleiner, runder Augen, in denen die Farbe verblasst war, die aber durchaus in der Lage waren, mich zu entziffern.

Tee wurde bei Kerzenlicht serviert, auf einem kleinen Tisch. Mrs. Hepburn wachte über allem, sprach ohne Unterlass und zog das kleine Mädchen an den Ohren oder schubste sie an den Schultern, im Glauben, wir sähen es nicht. Der Toast war gut gebuttert, das Konfekt war köstlich und der Kuchen himmlisch, wie Ann sagte. Mrs. Hepburn aß wenig, erzählte uns aber viel über bevorstehende Heiraten und Einkommen, die in deren Gefolge anwuchsen oder schmolzen. Als der Tee vorüber war, sagte sie zu dem kleinen Mädchen, das das Geschirr abtrug: »Untersteh dich, vom Kuchen oder dem Konfekt zu naschen, und bring mir zwei Scheite Holz, du Schlampe.« Sie arrangierte die Scheite auf dem niederbrennenden Feuer hinter einem hohen Kamingitter aus Messing, zog ein Tischchen an die Feuerstelle, zündete zwei Kerzen an und legte einen Packen Karten darauf.

»Vielleicht kommt jemand, so dass wir spielen können.«

In der Zwischenzeit döste sie im Sitzen, ging umher, redete und döste wieder ein, wie ein gerissener alter Papagei.

»Sie hat sehr viel Geld auf der hohen Kante«, flüsterte Ann hinter einem Buch. »Sie ist über siebzig. Ach, jetzt macht sie ihre Katzenaugen auf!«

Adelaide träumte, wie es ihre Art war, auf dem rutschigen Haartuchsofa und blickte in das matte Feuer, während ich mich im Raum umschaute. Sein Stil gefiel mir, obwohl er streng und steif war. Ein hässlicher türkischer Teppich bedeckte den Boden, an der Wand stand eine Anrichte mit zwei silbernen Krügen darauf und zwei hohen Vasen, die mit Kunstblumen unter Glasschirmen gefüllt waren. Alte Porträts hingen darüber. Eines betrachtete ich genauer.

»Das ist das Porträt von Graf Rumford«, sagte Mrs. Hepburn.

»Können wir nicht die Briefe sehen?«, bettelte Ann. »Und zeigen Sie uns Ihren Schmuck? Wir haben ihn seit drei oder vier Jahren nicht mehr durchgeschaut.«

»Ja«, antwortete sie wohlwollend, »läute die Glocke.«

Eine alte Frau kam, der Mrs. Hepburn mit freundlicher Stimme sagte: »Die Schachtel aus meinem Schreibtisch.« Adelaide und Ann sagten, »Guten Tag, Mari.« Als sie die Schachtel brachte, schloss Mrs. Hepburn sie auf und nahm ein paar vergilbte Briefe heraus, die wir anschauten und denen wir hier und da etwas Pariser Tratsch von vor vielen, vielen Jahren entnahmen. Sie waren an Cavendish Hepburn adressiert und stammten von seinem Freund, dem Originalsujet des Porträts. Aber die Briefe wurden bald beiseite gelegt, und wir untersuchten den Inhalt der Schachtel. Alte Broschen, auf Elfenbein gemalte Miniaturen, Schattenrisse, Haarreifen, Halsketten, Ohrringe, Kettchen und Ringe.

»Haben Sie den getragen?«, fragte Ann mit begehrlicher Stimme, während sie einen riesigen Saphirring auf ihren Zeigefinger steckte.

»Als Mr. Hepburn noch lebte«, antwortete sie, nahm eine kleine Schatulle, machte sie auf und gab sie mir. Sie enthielt ein ungewöhnliches Paar Ohrringe und eine Brosche aus Aquamarin, in einer Fassung, die wie ein Netz durchbrochen war.

»Sie stehen Ihnen. Würden Sie so altmodische Schmuckstücke annehmen? Legen Sie die Ohrringe an; hier, Ann, mach sie fest.«

Ann starrte erst sie an, und dann mich, vor Verwunderung darüber, was wohl ein so unerwartetes Geschenk ausgelöst haben mochte.

»Soll ich die wirklich haben? Warum geben Sie sie gerade mir? Sie sind wunderschön«, antwortete ich.

»Sie kamen vor langer Zeit aus Europa«, sagte sie. »Und zufällig stehen sie Ihnen.«

»›Sabrina schön,
Unter der glas'gen, kühlen, klaren Welle,
In Zöpfe aus gedrehten Lilien knüpfend
Die lose Schleppe deines bernsteinreichen Haars.‹«

»Für diese Zeilen vergebe ich ihm *Das verlorene Paradies*«, sagte Adelaide.

»Sie sind sehr lang, diese Ohrringe«, bemerkte Ann.

Ich steckte die Brosche in die Schleife, die ich trug. Mrs. Hepburn schüttelte zustimmend die weißen Satinschleifen ihres Häubchens.

Der Türklopfer klang. »Hier kommt unser Spielpartner«, rief sie.

»Es ist sicherlich schon spät, Madame«, sagte Adelaide, »ich nehme an, es ist jemand, der nach uns geschickt worden ist. Wie Sie wissen, machen wir nie unangekündigte Besuche außer bei Ihnen, und unsere Leute wissen deshalb, wohin sie schicken müssen.«

»Spät oder nicht, für ein Spiel werdet Ihr hier bleiben«, sagte sie, als Ben, den Hut in der Hand, hereinkam, und erklärte, dass er seit Anbruch der Dunkelheit auf der Suche nach uns war. Mrs. Hepburn stutzte die Kerzen und läutete. Das kleine Mädchen, das verstört wirkte, als sei sie aus einem Nickerchen aufgescheucht worden, brachte ein Tablett, das sie auf die Anrichte stellte.

»Geh ins Bett«, flüsterte Mrs. Hepburn hörbar. Sie blickte prüfend auf das Tablett, nahm eine silberne Schüssel herunter, die sie hinter das Kamingitter stellte, und mischte dann die Karten.

»Ann, du darfst dich zu mir setzen und lernen.«

»Wenn es Whist ist, Madame, das kenne ich. Ich habe letzten Sommer jeden Nachmittag in Hampton gespielt, und wir haben einen hübschen polierten Tisch ruiniert, weil wir ihn so mit unseren Fingernägeln zerkratzt haben, wenn wir die Karten aufnahmen.«

»Die jungen Leute heutzutage machen zuviel.«

Ich saß im Schatten der Anrichte; Ben lehnte daran.

»Wann hast du Whist gespielt, Cassandra?«, fragte er mit leiser Stimme. »Erinnerst du dich?«

»Bin ich Cassandra?«

»Hast du das auch vergessen?«

»Ich erinnere mich an den Regen.«

»Es ist noch nicht Oktober.«

»Und die gelben Blätter kleben nicht an den Scheiben. Würdest du gerne Helen wiedersehen?«

»Kommen Sie, Ben, und spielen Sie mit mir«, rief Mrs. Hepburn.

»Ann, probier dein Geschick«, drängte ich, »und erlöse mich.«

»Sie kann es versuchen«, sagte Mrs. Hepburn scharf. »Mögen Sie Spiele nicht? Ich hätte vermutet, dass Sie von Ihrem Naturell her eine kühne Spielerin sind.« Sie teilte die Karten rasch aus und war bald in ihr Spiel versunken, obwohl sie gelegentlich mit Ann stritt und einmal den Kerzenhalter umwarf. Adelaide spielte heroisch und wurde gelobt, obwohl sie, wie ich wusste, Kartenspiele hasste.

Zwei Stunden vergingen, ehe wir entlassen wurden. Das Feuer ging aus, die Kerzen brannten herunter, und was immer der Inhalt der silbernen Schüssel sein mochte, so war er längst kalt. Als Mrs. Hepburn sah, dass wir entschlossen waren zu gehen, schickte sie uns zur Anrichte, um uns ein paar Erfrischungen zu holen. »Mein Glühwein ist kalt«, und nahm den Deckel von der Schüssel. »Aber Mari, was ist das?«, sagte sie, als die Frau geräuschlos mit einer Schale heißem Glühwein hereinkam.

»Ich wusste, wie es laufen würde«, antwortete sie und reichte sie ihrer Herrin.

»Du meinst, ich bin eine hoffnungslose alte Sünderin, Mari. Jetzt lass mal deine Tugendhaftigkeit beiseite; du machst mir Angst.«

Sie goss die Schüssel in kleine silberne Becher und gab sie uns. »Die Gabe eines Freundes« war darauf eingraviert. Ihre Finger waren wie Eis, und ihr Kopf zitterte vor Erschöpfung, aber ihre Stimme war lebhaft und sie hatte ein strahlendes Lächeln. Ann aß reichlich vom Biskuitkuchen und ließ den Glühwein aus, aber ich trank meinen zum Andenken an den Stifter des Bechers.

»Du kennst diesen Sherry, Ben«, und Mrs. Hepburn wies ihn mit einer Kopfbewegung auf einen Krug hin. Er griff danach und zog die Hand zurück. »Heute nicht«, sagte er. Mari kam mit unseren Schals, und wir eilten fort und hörten dabei, wie sie die Tür hinter uns verriegelte. Ben nahm meinen Arm, und die Mädchen gingen rasch vor uns her. Es war eine weiße, dunstige Nacht, und der Mond wälzte sich in den Wolken.

»Lass uns den Geruch von Heps Karten auslüften«, sagte Adelaide, »und zum Wolfs-Point gehen.«

»Willst du?«, fragte er mich.

»Ja.«

Ann hüpfte. Ein nächtlicher Ausflug war genau nach ihrem Geschmack.

»Du darfst morgen kein Zahnweh haben oder so tun, als könntest du nicht laufen«, sagte Adelaide.

»Kein Schlangengezisch mehr, Adder. *En avant!*«

Wir gingen die Norfolk Street hinunter, die nun dunkel und still war, und erreichten unser Haus. Ein Licht brannte in einem Zimmer im dritten Stock, und ein Fenster stand offen. Desmond saß daran, die Arme auf der Brust verschränkt, rauchte und betrachtete etwas außerhalb unseres Gesichtskreises. Ann redete ihn spöttisch an, aber ganz leise, während Ben das Hoftor aufschloss und hineinging, um Rash zu holen, der ruhig herauskam, und wir gingen weiter. Ich blickte mich um und stolperte.

»Was ist los?«, fragte er. »Hast du Angst?«

»Ja.«

»Wovor?«

»Dem Fürsten der Finsternis.«

»Der Teufel ist ein kleines Stück hinter uns.«

»In dir also auch?«

»In Rash. Schau ihn dir an. Er ist größer als Fausts Hund, kann höher springen und ist schwärzer. Man hört nicht das leiseste Geräusch von ihm, wenn er mit seinem Spielgefährten herumtollt.«

Wir ließen die letzte richtige Straße auf dieser Seite der Stadt hinter uns und bogen in eine Landstraße ein, die von Bäumen und Büschen gesäumt war, die die Landschaft vor uns verbargen. Wir krochen durch eine Lücke, überquerten zwei oder drei feuchte Äcker, stiegen einen Hügel hinauf und erreichten eine steile Felskante, über deren erdbedeckten Kamm wir gingen. Unterhalb sah ich einen Streifen Meer, von allen Seiten eingefasst, denn das Licht war zu undeutlich, als dass ich den engen Durchlass hätte sehen können. Es sah milchig, neblig und unbestimmt aus. Die vorspringenden Ufer dämpften seine Stimme, falls es je eine besessen haben sollte. Adelaide und Ann kauerten am Rand des Felsens und rezitierten im Sprechgesang aus einem Gedicht, das folgendermaßen anfing:

> »Deine Gedanken müssen zu tief fließen,
> Als dass sie sich von müß'gen Augen sehen ließen;
> Zu ernst und tief ihr Strom.«

Ihre falsche Betonung und der Wortreichtum des Gedichts überzeugten mich, dass Lyrik für sie etwas Artifizielles war. Ich wandte mich ab. Die dunkle Erde und der wogende Himmel waren besser. Ben folgte mir.

»Ich hoffe, dass morgen ein Brief von Veronica kommt«, sagte er stöhnend.

»Veronica! Warum Veronica?«

»Quäl mich nicht.«

»Sie schreibt selten Briefe.«

»Ich habe ihr aber geschrieben.«

»Mir hat sie nie geschrieben.«

»Es könnte ein Verfahren sein, mit dem ihr Euch einander offenbaren könntet.«

»Ben, deine heimatliche Luft ist gesundheitsschädigend.«

»Du lachst. Mir geht es nah, was du sagst. Ich versuche, nicht zu Hause den Missionar zu spielen, denn mein Feld liegt anderswo.«

»Es war klug von dir, Veronica nicht hierher zu bringen, das kann ich jetzt schon sehen.«

»Sie würde das sehen, weswegen ich mich selbst hasse.«

»Mit einer Freundin kann man sich weiter vorwagen als mit einer Geliebten.«

»Ich dachte, *du* könntest die Folgen meines Umgangs verstehen. Zum Teufel mit ihnen allen! Kommt, Mädchen, wir müssen zurück.«

KAPITEL XXX

In dieser Nacht zog ich mir eine Erkältung zu. Belem war immer feucht, aber die Mitternachtsfeuchte war am schlimmsten. Mrs. Somers schickte mir Arznei. Adelaide fragte mich nachdenklich, was mich denn krank mache, und fühlte ihren eigenen Puls. Ann kritisierte die Rüschen meines Nachthemds und warf mir vor, falsche Spitze zu tragen; doch Krankenpflege war ihre Stärke, und so blieb sie bei mir, ärgerte mich damit, dass sie ständig meine Kissen aufschüttelte, und brachte mir Schüsseln mit seltsamen Mixturen zu trinken, die sie die Köchin zubereiten und ihren Vater hatte probieren lassen.

Bevor ich wieder aufstand, stattete mir Mrs. Somers einen Besuch ab.

»Es geht Ihnen schon wieder recht gut, höre ich«, sagte sie kühl.

Ich fühlte mich, als hätte ich meine Krankheit vorgetäuscht.

»Ich dachte, Sie seien bemerkenswert gesund, Sie sind so kräftig gebaut.«

Adelaide war anwesend und antwortete statt meiner. »Du *bist* von zarter Konstitution. Das kommt wohl daher, dass du nicht auf dich acht gibst.«

»Vielleicht sollte man Wolfs-Point besser meiden.«

»Ich gehe schon seit fünfzehn Jahren zum Wolfs-Point, tags oder nachts, sehr oft.«

»Mr. Munsters Diener hat diese Nachricht für dich abgegeben«, sagte ihre Mutter und reichte sie ihr.

Sie las eine Einladung zu einer kleinen Gesellschaft vor, von Miss Munster, einer Cousine.

»Sie werden nicht hingehen können«, bemerkte Mrs. Somers in meine Richtung.

»Doch, du kommst mit«, sagte Adelaide, »es handelt sich um eine Aufmerksamkeit deinetwegen.«

Sie antwortete ihrer Mutter niemals, fragte sie niemals etwas, so dass das Gespräch zwischen ihnen recht einseitig blieb.

»Geh mit mir einkaufen, Adelaide; ich brauche Spitze«, bettelte ich.

Mrs. Somers schaute in ihre Schubladen, aus denen Adelaide ihre feinen Sachen herausgeworfen hatte, und fand meine dort, sagte aber nichts.

»Wir gehen auf eine Gesellschaft, Ann. Dank deiner Speisen und deiner Pflege«, als ich sie in der Diele traf.

»Wo ist dein Abendkleid?«

»Eingepackt – wie meine Talente.«

»Der alte Cousin Munster, der Pirat, der sein Geld im Opiumhandel gemacht hat, hat schöne Dinge in seinem Haus. Ich nehme an«, sagte sie kokett, »dass du Ned Munster treffen wirst; er *musste* mich heute unbedingt nach Hause begleiten. Ich weiß, er möchte, dass ich mit ihm ausgehe.«

Wir verbrachten den Abend im Gespräch über unsere Garderobe. Adelaide zeigte mir ihren Kamelhaarschal, den ihr Desmond mitgebracht hatte, und ihre Kleider. Ann probierte sie alle an, stolzierte auf und ab und stand auf Zehenspitzen vor dem Spiegel, während ich ein Taschentuch mit der Spitze umsäumte, die ich gekauft hatte. Nachdem sie fort waren, legte ich mein Kleid aus und bekam Zweifel. Es war ein schweres weißes Seidenkleid, mit einem blauen Satinstreifen. Vielleicht war es zu altmodisch, denn es hatte Mutter gehört, die es nie getragen hatte. Die Ärmel waren mit blauen Samtbändern gepufft, und die Taille war mit einem Volant aus demselben Stoff bedeckt. Doch es musste genügen, denn ich hatte kein anderes.

Wir sollten um neun Uhr gehen. Adelaide kam schon angekleidet in mein Zimmer und hatte die Haare genauso frisiert wie ich. Sie sah gut aus, trotz ihres mongolischen Gesichts.

»Papa erwartet uns in seinem Zimmer, er hat sich hingelegt.«

»Warte noch«, bat ich. Ich band meine Haare auf, löste die Zöpfe, bürstete so viele Locken wie möglich aus, drehte alles lose zusammen und steckte es mit Nadeln fest, band ein schmales Haarband aus rotem Samt um den Kopf und lief ihr hinterher.

»So ist es viel besser«, sagte sie, »du bist ganz verwandelt.«

Desmond war auch da, wie gewöhnlich nachlässig gekleidet, und lehnte über dem Fußteil des Bettes, und Ann hockte an der Kante. Mrs. Somers las.

»Papa«, sagte Ann, »stell dir vor, die alte Hepburn hat ihr ein wunderbares Paar Ohrringe geschenkt.«

»Tatsächlich? Wo sind sie?«, fragte Mrs. Somers.

»Das überrascht mich nicht«, sagte Mr. Somers. »Mrs. Hepburn weiß, wem sie etwas schenkt. Warum tragen Sie sie nicht?«

»Ich hole sie«, sagte Ann.

Mr. Somers machte uns noch mehr Komplimente. Er fand, dass zwischen Adelaide und mir ein schöner Kontrast bestünde, spielte auf Diana an, erwähnte, dass meine Haare bemerkenswert voll seien, und begann mit einem Vortrag über das Wachsen und Vergehen der Haare, als sie mit den Ohrringen zurückkam.

»Es ist hier zu dunkel«, sagte sie.

Desmond, der geschwiegen hatte, nahm die Kerze, bei deren Schein Mrs. Somers las, und hielt sie für Ann hoch, nahe an mein Gesicht. Die Prozedur war vorüber, doch die Kerze wurde nicht zurückgestellt, bis Mrs. Somers in scharfem Ton nach ihr verlangte.

»Ich bin ziemlich sicher«, murmelte Mr. Somers, der allmählich schläfrig wurde, »dass Mrs. Hepburn sie an einem Abend getragen hat, als sie zu den John Munsters ging, vor vierzig Jahren, und jetzt trägst du sie und gehst zu seinem Sohn. Wie die Ereignisse sich wiederholen!«

Der Diener der Munsters öffnete uns die Tür.

Es war sehr voll. »Sehr erfreut«, sagten Mr., Mrs. und Miss Munster, und inmitten lauten Stimmengewirrs sanken wir in die Bedeutungslosigkeit zurück. Adelaide gesellte sich zu einer Gruppe, die sich mit fröhlichsten Mienen so laut sie konnten unterhielten.

»Sie haben angeblich einen Murillo hier, gehen wir ihn suchen«, sagte Ben.

Er war in einem kleinen Zimmer. Während wir eine schöne, dunkelhaarige Frau betrachteten, die auf braunen Wolken stand und deren Hände so dick waren, dass ihre Finger sich spreizten, brachte Miss Munster einen jungen Herrn zu uns, der das Munstergesicht hatte.

»Mein Bruder bittet, Ihre Bekanntschaft machen zu dürfen, Miss Morgeson.«

Ben zog sich zurück, und Mr. Munster hob gewandt zu reden an, wobei seine Augen umherstreiften, und wiederholte Worte, die er sonst vielleicht vergessen hätte. Von meiner Seite waren keinerlei Bemerkungen erforderlich. Zum angemessenen Zeitpunkt bat er, mich durch die Räumlichkeiten führen zu dürfen und bot mir seinen Arm. Als wir die Eingangshalle durchquerten, sah ich, wie Desmond, den Hut in der Hand und in makellosem Abendanzug, sich vor Miss Munster verbeugte.

»Ihr Cousin Desmond, der auch der meine ist, ist ein gutaussehender Mann, finden Sie nicht? Wollen wir ein paar Worte mit ihm wechseln?«

Ich blieb stehen. »Ich will sein *devoir* nicht unterbrechen.«

Er verbeugte sich ergeben.

»Mein Cousin Desmond«, dachte ich. »Lass mich diese Schönheit einmal genau ansehen.«

Er sah besser aus als Ben, sein Teint war dunkler, sein Haar schwarz. Seine Wangenknochen waren leicht gerötet, so als ob er einmal errötet und ihm dies geblieben wäre. Die Farbe seiner Augen konnte ich nicht ausmachen. Als wollte er meinen Zweifel beheben, kam er auf uns zu; sie waren dunkelblau, und die Lider von langen schwarzen Wimpern gesäumt. Ich dachte darüber nach, ob etwas Animalisches in diesen Augen sei. Er stand neben mir und zwirbelte seinen kräftigen Schnurrbart.

»Was für ein hübsches Boudoir das hier ist«, sagte ich und ging rückwärts in das kleine Zimmer hinter uns.

»Ned«, sagte er abrupt, »du musst Miss Morgeson freigeben; ich bin hier, weil ich sie sehen will.«

»Natürlich«, antwortete Ned, »ich gebe frei.«

Bevor wir noch ein Wort gewechselt hatten, berührte Mrs. Munster Desmond an der Schulter und teilte ihm mit, er müsse unbedingt mit ihr kommen, damit sie ihn dem Grafen Montholon vorstellen könne.

»Bringen Sie ihn her, bitte.«

»Sie Tyrann«, antwortete sie spielerisch, »der Graf wird kommen.«

Er brachte einen Stuhl. »Setz dich, du bist blass. Du warst krank.«

Er brachte einen zweiten, setzte sich mir gegenüber und fächelte sich mit seinem Hut Luft zu.

Mrs. Munster kehrte mit dem Grafen zurück, einem älteren Herrn, und Desmond erhob sich, behielt aber eine Hand auf der Lehne seines Stuhls. Sie sprachen Französisch. Die Freizügigkeit ihres Gesprächs schloss aus, dass sie sich vorstellten, ich könnte es verstehen. Der Graf machte eine Bemerkung über mich. Desmond antwortete und sah mich an, und beide zogen an ihren Schnurrbärten. Der Graf wurde alsbald weggerufen und Desmond setzte sich wieder auf seinen Stuhl.

»Ich habe verstanden, was ihr gesagt habt«, sagte ich.

»Von wegen.«

Er platzierte seinen Hut auf einer Blumenvase. Sie kippte um, er richtete sie gemächlich wieder auf und sagte, als er sich zu mir beugte:

»In einer Schlacht.«

»Ja.«

»Und Frauen wie du, rein, ohne Familienlaster, werden manchmal in Versuchung geführt, kämpfen und leiden.«

Seine Worte, aber noch mehr seine Stimme, ließ mich zusammenzucken.

»Selbst Schlachten, die keine Sieger haben, hinterlassen Narben«, antwortete ich.

»Überzeuge mich bitte restlos davon, dass Frauen mit ihren spontanen Reaktionen vernünftig umgehen können, sie sogar ausloten können, und ich werde ewig in deiner Schuld stehen.«

»Vielleicht – doch hier kommt Ben.«

Er sah mich seltsam an.

»Du findest es hier sicher sehr langweilig, Cassandra«, sagte Ben und gesellte sich zu uns.

»*Cassandra*«, sagte Desmond, »langweilst du dich?«

Der Ton, in dem er meinen Namen aussprach, ließ meinen Puls wie eine Uhr schlagen. Mechanisch erhob ich mich auf Bens Anweisung hin.

»Man geht zum Abendessen. Es gibt Wild. Munster sagte, ich solle an der nordöstlichen Ecke des Tisches Platz nehmen, Des.«

»Dann setze ich mich an die südwestliche«, antwortete er und nickte einem hochgewachsenen Gentleman zu, der mit Adelaide vorüber ging. Als wir ihn verließen, war er in die Betrachtung eines geschnitzten Eichenstuhls versunken, wohl in geheimer Seelenverwandschaft mit der Maserung des Holzes. Die Natur beeindruckt uns mit *ihren* Phänomenen zu Zeiten, wenn andere Ressourcen nicht verfügbar sind.

Wir mussten an der Tür zum Speiseraum warten, weil das Gedränge so groß war.

»Welches ist dein Lieblingsmärchen?«, fragte Ben.

»Ich weiß, welches du magst.«

»Welches denn?«

»Blaubart. Du hast Ähnlichkeit mit Schwester Ann im Turm.«

»Glaubst du, ich sehe ›nichts als den Sonnenstaub, nichts als das grüne Laub‹? Ich glaube, du magst Blaubart auch.«

Das war ein guter Witz, über den wir beide lachen mussten.

Als ich Desmond wiedersah, war er umringt von Männern, darunter der französische Graf, und trank Champagner. Er hielt eine Flasche in der Hand und redete schnell. Die anderen lachten. Sein lustloser, düsterer Ausdruck war verschwunden; statt eines selbstsüchtigen, gelangweilten Mannes mit einem Hang zur Grausamkeit sah ich einen brillanten, jovialen Gentleman. Wer war der echte?

»Iss dein Gelee«, sagte Ben.

»Ich schaue mir lieber deinen Bruder an.«

»Lass meinen Bruder in Ruhe.«

»Du siehst ›nichts als den Sonnenstaub, nichts als das grüne Laub.‹«

Miss Munster gab der Hoffnung Ausdruck, dass ich versorgt sei. Wie fröhlich Desmond war! Sie hatte lange nicht mehr einen solchen Ausdruck in seinem Gesicht gesehen. Und wie stark man ihm die Familienähnlichkeit ansah.

»Was sieht man mir an, May?«, fragte Ben.

»Ach, wir kennen ärgere Exzentriker als dich. Was hast du jetzt vor? Du bist nicht so offen wie Desmond.«

Er lachte, als er zu mir herüber sah, und dann rief uns Adelaide zu, es sei Zeit zu gehen.

Wir waren bei den letzten; die Kutsche wartete schon. Wir verabschiedeten uns von Mrs. Munster, die sich beklagte, dass sie so wenig von uns gehabt hatte. »Ich habe gehört, dass Mrs. Hepburn Sie ungemein schätzt, Miss Morgeson. Sie ist eine bemerkenswerte Frau, hat großen Einfluss.« Ich erwähnte meine einzige Begegnung mit ihr. Gäste gingen lächelnd die Treppe hinauf und kamen nicht mehr lächelnd wieder herunter, da sie nun ihrer Besuchsmanieren entbunden waren. Wir fuhren schweigend nach Hause, nur Adelaide gähnte fürchterlich, und dann schleppten wir uns die hohe Treppe hinauf und trennten uns mit einem müden »gute Nacht.«

Ich löschte meine Kerze, als ich meinen Schal darauf fallen ließ, und tastete vergeblich nach Streichhölzern auf dem Tisch und im Regal.

»Dann eben im Dunkeln ins Bett«, sagte ich und zog die Handschuhe aus, löste mein Haarband, denn es drückte mich, und zog die Haarnadeln heraus. Doch plötzlich packte mich das Verlangen, in den Spiegel zu schauen. Ich war mir selbst unvertraut und musste nachsehen, was mein Anblick jetzt gerade anzeigte.

Ich schlich hinunter ins Esszimmer, tastete mit den Fingern an der Anrichte, am Kaminsims und auf dem Tisch entlang, fand jedoch nichts, womit ich meine Kerze hätte anzünden können.

»Vielleicht ist das Feuer im Salon noch nicht ganz aus«, dachte ich, »dort kann ich sie anzünden.« In der Diele stieß ich an den Hutständer und warf einen Stock um, der mit lauten Getöse umfiel. Die Tür zum Salon stand einen Spalt offen; das Feuer war noch nicht erloschen, und Desmond stand davor und sah zu, wie es niederbrannte.

»Was ist?«, fragte er.

»Die Kerze«, stotterte ich, verwirrt, weil ich einerseits stehen bleiben musste, um sie angezündet zu bekommen und andererseits der Anstand gebot, mich im Dunkeln zurückzuziehen.

»Soll ich sie anzünden?«

Ich machte einen Schritt nach vorne und reichte sie ihm. Ihm wurde es warm, als er sie zwischen die Stangen des Gitterrostes hielt, und mir wurde es kalt. Zitternd und mit klappernden Zähnen gelang es mir zu sagen: »Mit einem Stück Papier würde es gehen.« Er hob rasch den Kopf und stieß ihn dabei heftig gegen die Marmorkante. Unwillkürlich schloss ich die Tür und lehnte mich dagegen, um die Wirkung des Stoßes abzuwarten, doch da spürte ich einen Druck gegen die Außenseite, gab nach und trat zur Seite. Mrs. Somers kam herein mit einer brennenden Kerze in der Hand und hielt mit der anderen ihren Morgenmantel über der Brust zusammen.

»Was macht ihr hier?«, fragte sie streng, aber ganz leise. Ihre Augen funkelten wie die eines Panthers.

»Machen?«, antwortete ich. »Bleiben Sie und sehen Sie selbst.«

Sie rauschte zu Desmond und ich folgte ihr; er hielt seine Hände an den Kopf und war sehr bleich, entweder infolge des Stoßes oder aus einem anderen Grund. Selbst die Röte in seinen Wangen war verflogen. Sie sah ihn scharf an, er nahm seine Hände vom Kopf und erwiderte ihren Blick. »Ich bin nicht betrunken«, sagte er leise. Sie machte eine beleidigende Geste in meine Richtung, die bedeutete: »Ist die eines deiner Abenteuer?«

Die Glut in ihren Augen entfachte eine noch heftigere in seinen; er machte drohend einen Schritt nach vorne.

Wut durchfuhr mich – wie ein heftiger Regen, der die wilde See flach schlägt. Ich legte ihr meine Hand auf den Arm, sie schnappte wie ein Wolf danach, doch ich sagte ganz ruhig: »Sie sanftes, herzensgutes Wesen voller weiblicher Gefühle, gestatten Sie mir, dass ich meine Kerze an der Ihrigen entzünde!«

Ich hob sie vom Kamin auf, zündete sie an, und hielt sie ihr lachend vors Gesicht, obwohl ich nie weniger fröhlich gewesen war. Aber es war mir gelungen, ihn zurückzuhalten.

Sanft nahm er die Kerze.

»Verlasse das Zimmer«, sagte er zu ihr.

Sie bedeutete mir zu gehen.

»Nein, du sollst gehen.«

Sie machten gleichzeitig eine Handbewegung, er, um zu insistieren, sie, um abzuwehren, und mir fiel wieder auf, wie ungeheuer ähnlich sie einander waren.

»*Desmond*«, flehte ich ihn an, »lass mich bitte gehen.«

Eine tiefe Röte überzog sein Gesicht. Er verbeugte sich, öffnete die Tür weit und folgte mir bis zum Fuß der Treppe. Ich streckte meine Hand nach der Kerze aus, denn er hatte beide.

»Du, erst musst du mir verzeihen.«

»Was?«

»Vieles? Ach – vieles.«

Was mein Gesicht ausdrückte, hätte ich ihm nicht sagen können. Er küsste meine Hand und wandte sich ab.

Am oberen Treppenabsatz sah ich hinunter. Er stand da, sah nach oben und schaute mir nach. Ob er wieder zurückging, um mit seiner

Mutter zu konferieren, habe ich nie erfahren. Wenn er es tat, dann musste der Ausdruck auf seinem Gesicht ihr Sorgen machen. Ich ging zu Bett und dachte darüber nach, was eine Kerze doch für Unfug anrichten konnte. Nachdem ich sie gelöscht hatte, glühte ihr Docht in der Dunkelheit wie ein einäugiger Dämon.

KAPITEL XXXI

Eine weitere Woche verstrich. Ben hatte einen Brief von Veronica erhalten, in dem sie ihm mitteilte, Briefe schreiben sei eine Form der Komposition, die sie nicht schätze. Er solle zu ihr kommen, dann gäbe es keinen Bedarf an Schriftlichem. Ihr Brief regte ihn auf. Mit zäher Hartnäckigkeit hatte er auf der Lauer gelegen, um sie einzufangen, und nun war er irritiert von ihrer Schlichtheit und Offenheit. Ich konnte ihm keinen Trost spenden und wollte es auch nicht. Es kam mir zupass, dass seine Gefühle für sie seinen Scharfblick mir gegenüber schwächten.

Als er den Ausdruck sah, mit dem Desmond mich an jenem Abend anschaute, als Major Millard da war, war er alarmiert, und ich erwartete eine Demonstration seiner Wachsamkeit und seines Argwohns, aber es zeigten sich keinerlei Symptome. Ich war froh darüber, denn ich liebte Desmond. Ich wusste es seit dem Abend von Miss Munsters Einladung. Am Morgen darauf wachte ich in der Gewissheit auf, dass sich meine Seele ein herrschaftliches Haus des Genusses errichtet hatte. Seine Kuppel und seine Türme waren fest und vollendet und leuchteten in einem Licht, das es »nie gab an Land und auf See.« Wie freudig mich diese Stimmung erregte! Sogar das Antlitz der Nemesis war verhüllt. Kein Auge sah den reinen, blassen Nimbus darüber. *Ihn* sah ich nur noch als Erscheinung, denn plötzlich war er zum unauffälligsten Mitglied der Familie geworden, schweigend und abwesend. Eine unumstößliche Familienregel besagte, dass niemandem nachspioniert wurde. Unter der Macht jenes Geistes, der mich von allen äußeren Einflüssen abschottete, hielt Mrs. Somers ihre bösen Gefühle ein Weilchen unter Verschluss und war still. Vielleicht beobachtete sie mich, aber sie ließ mich in Ruhe. Mr. Somers war mit dem Thema Ventilation beschäftigt. Ann, die sich selbst davon überzeugen wollte, dass sie musikalisches Talent besaß, übte nachmittags, bis sie von Adelaide hinausgeworfen wurde, die in einem Anfall abstruse Werke las und manchmal mit den Fingern zwischen den Buchseiten nach mir suchte, um mich in abstrakte Konversationen zu verwickeln, die ihr, wiewohl ich wenig Anteil daran hatte, dienlich waren.

Jenem Teil der Welt der Gefühle, den ich gerade kartographierte, stand sie zutiefst gleichgültig gegenüber. Meine Erfahrungen wären ihr erniedrigend vorgekommen. Da sie nicht auf mich zugehen wollte, ging ich auf sie zu und hatte etwas davon.

Ben, der schon immer der Liebling seines Vaters gewesen war, hielt sich in seiner Nähe auf, fuhr mit ihm aus und machte gesellige oder geschäftliche Besuche, wobei er ein heimliches Ziel vor Augen hatte, das ihn auf der Hut sein ließ.

Ich war nun drei Wochen in Belem und beschloss, in einer Woche nach Hause zurück zu fahren. Meine Empörung über Mrs. Somers seit unserem mitternächtlichen Zusammentreffen hatte mir nicht etwa den Gedanken aufgedrängt, meinen Besuch abzukürzen. Im Gegenteil, ich war nun befreit von jeglicher Rücksichtnahme oder Befürchtung, was ihre Meinung anlangte. Ich hatte ihre Grenzen entdeckt.

Es war Samstagnachmittag. Ich dachte darüber nach, dass ich nur noch wenige Tage in Belem hatte, und als ich die Ereignisse meines Besuchs und die Leute, die ich getroffen hatte, samt ihren Gewohnheiten und Unterschieden Revue passieren ließ, entrollte ich ein ganz schönes Panoramagemälde, mit lebhaften Farbflecken darin. Ich legte es in meinem Gedächtnis ab, damit ich es künftig einmal wieder aufrollen konnte. Dann fiel ein leichter Schatten wie ein Vorhang in mein Gemüt, der erste, der meinen königlichen Palast, mein mentales Paradies verdunkelte!

Ich seufzte. Freudlose, leere, öde Stunden kündigten sich mir an und gingen mir durch den Sinn, bis ihre leeren Gestalten ihn verdüsterten. Ich musste etwas unternehmen! Ich würde ausgehen; ein Spaziergang würde mir gut tun. Überdies würde ich alleine gehen, weil ich Abschiedsgeschenke für Adelaide und Ann kaufen wollte. Als ich in der Norfolk Street von Geschäft zu Geschäft wanderte, ohne die Dinge zu finden, die ich haben wollte, bog ich in eine Querstraße ab und fand den richtigen Laden. Ich las »Drummond Street« auf der Giebelwand eines alten Hauses, und der Wunsch, mich mit jemandem in einer Sprache auszutauschen, die sich von der meiner Gedanken unterschied, hieß mich, Mrs. Hepburn aufzusuchen. Ich gelangte bald an ihr Haus und klopfte an die Tür, die von Mari geöffnet wurde. Der Ablauf hatte sich insofern bereits geändert, als ich ihr in einen anderen Raum folgte als jenen, in dem ich damals Mrs. Hepburn begegnet war. Er war düster, lang und schmal, mit einem großen Fenster, das sich auf einen altmodischen Garten hin öffnete und durch das ich eine verfärbte marmorne Flora sah. Mrs. Hepburn saß am Fenster, in ihrem Lehnstuhl. Sie hielt mir die Hand hin und dankte mir dafür, dass ich eíne alte Frau besuchen kam. Sie wies mit dem Kopf in eine dunkle Ecke und sagte, »Da ist ein junger Mann, der ebenfalls gelegentlich ganz gerne eine alte Frau aufsucht.« Der junge Mann von neunundzwanzig Jahren war Desmond. Er durchquerte das Zimmer und bot mir die Hand. Wir hatten uns nicht mehr gesprochen, seit wir uns in jener denkwürdigen Nacht an der Treppe trennten. Hastig brachte er Stühle und stellte sie neben Mrs. Hepburn, die ihre Brille von einem seidenen Nähbeutel neben sich nahm und uns musterte. Sie rief, »Aha! Was haben wir denn da?«

»Ist es etwas an mir, Madam?«, sagte Desmond, und schob seinen Kopf vor mein Gesicht, so dass es vor ihr verborgen war.

»Etwas an euch beiden! Haltet den Dieb!«

Sie strich mit ihrer zerbrechlichen Hand über meinem Ärmel und murmelte, »Sieh an! Dieselben Merkmale.«

Ich sprach die Verschiedenheit der Zimmer an. Das, in dem wir uns befanden, erinnerte mich an eine Eidechse! Die Wände waren in einem leichten Grau gehalten, und jedes Möbelstück war mit schlichtem, gelbem Chintz bezogen. Der Teppich war blassgrün. Sie antwortete, dass sie immer am zweiundzwanzigsten April aus ihrem Wintersalon in dieses Sommerzimmer umzog, und das war gestern gewesen, denn sie liebte es, die Bäume und Sträucher des Gartens, die so alt waren wie sie selbst, grünen zu sehen. Die Kastanie hatte mehr als siebzig Mal ausgetrieben, und der verkrüppelte Pflaumenbaum, dessen Früchte zu wurmig zum Essen waren, war dabei, an Altersschwäche einzugehen. Was die Ulmen im unteren Teil des Gartens anlangte – ihres Wissens waren sie tausend Jahre alt.

»Die Ulmen sind tausend Jahre alt«, wiederholte ich innerlich immer wieder, während sie mit Desmond von einem Thema zum nächsten glitt. Seine Konversation ließ erkennen, dass er so kultiviert wie jeder normale Gentleman war, wenn das Pickersgill-Element nicht zum Vorschein kam. Die Gestalt der Gartengöttin verschwamm; die Sonne war hinter der Gartenmauer verschwunden. Der Garten wurde dämmrig, und die Ulmen neigten ihre Wipfel mir zu. Ich wurde still und lauschte dem Fall des Lotbleis, das immer wieder von der obersten Spitze jenes Herrschaftssitzes herabfiel, auf den Schatten gefallen waren. Loteten sie seine Grundmauern aus?

Mein Blick schweifte durch den Garten, auf der Suche nach der Quelle eines Gefühls, das mich nun überfiel – nicht er, sondern mein Gemüt ließ es entstehen – in einem Garten viele Meilen entfernt, wo eine Ulmenreihe nickte, unter der *Charles Morgeson* stand.

»Ich bin froh, dass du da bist, mein Liebling, riechst du die Rosen?«

»Gehen Sie?«, hörte ich Mrs. Hepburns Stimme wie von weither sagen. Ich stand an der Tür.

»Ja, Madam; der Sommersalon kann den Sonnenuntergang nicht aufhalten.«

»Kommen Sie wieder. Wann reisen Sie aus Belem ab?«

»In ein paar Tagen.«

Desmond verzog das Gesicht und ging ans Fenster.

»Wer fährt mit Ihnen zurück«, fuhr sie fort, »Ben? Er spielt gern den Lotsen.«

»Ich hoffe es. Ihm zu Gefallen bin ich hierher gekommen.«

»Bah! Sie sind hierher gekommen, weil Mr. Somers so einen Einfall hatte.«

»Nun ja, irgendwie wurde mir gestattet zu kommen.«

»Es war absolut richtig. Eine Frau wie Sie braucht nicht zu fragen, ob sich etwas schickt.«

Desmond drehte sich vom Fenster weg und schenkte ihr ein warmes Lächeln, das sie mit einem zufriedenen Nicken erwiderte.

Die implizierte Schmeichelei klingelte angenehm in meinen Ohren und beschwichtigte einen Zweifel, der mich plagte. War mir klar, wie stark das Prestige jener Heiligen von Belem mich beeinflusste oder wie stolz mich die Gewissheit machte, mit jenen in Verbindung zu stehen, die ganz offensichtlich das Mal ihrer hohen Kaste trugen?

»Geh mit mir«, forderte er mich auf, als wir die Treppe hinunter gingen.

Wir verließen die Drummond Street und kamen auf einen großen öffentlichen Rasenplatz. Rosa Wölkchen segelten im Zenith, und es blies ein warmer, milder Wind. Ich dachte an Veronica, die der Frühling immer so ruhig und glücklich machte, und der Gedanke gab dem Wechsel der Stimmungen, die ich durchlaufen hatte, den Rest. Das Ruder meiner Willenskraft war gebrochen.

»Vom Moss-Hügel dort oben hat man einen schönen Blick«, sagte er. »Wollen wir hinaufgehen?«

Ich nickte, lehnte seinen Arm ab und trottete neben ihm her. Vom Gipfel aus war Belem nur zur Hälfte sichtbar. Seine alten, krummen Straßen senkten sich und verschwanden aus dem Blickfeld. Wolfs-Point und sein schmaler Streifen Meer waren rechts von uns. Ich fing an, von unserem Spaziergang zu erzählen und gab eine ausführliche Beschreibung, als er mich unvermittelt fragte, warum ich nach Belem gekommen sei.

»Ich weiß«, sagte er, »dass du nicht gekommen wärst, wenn es irgendwelche zarten Bande zwischen dir und Ben gegeben hätte.«

»Danke für deine Andeutung. Aber ich musste diesen Besuch einfach machen; wie hätte ich sonst herausfinden können, dass ich ihn nicht hätte machen sollen?«

»Es tut dir leid, dass du gekommen bist?«

»Veronica wird es mir nicht danken.«

»Wer ist das?«

»Meine Schwester. Ben liebt sie.«

»Ben liebt eine Schwester von dir? Mein Gott – wie? seit wann? wo? Und wie hast du ihn kennengelernt?«

»Dieses Kapitel der Zufälle braucht nicht nacherzählt zu werden. Kannst du ihm helfen?«

»Was kann ich schon tun?«, sagte er brüsk. »Es gibt wenig Zuneigung zwischen uns. Du weißt, was für ein Teufelshaushalt unserer ist, aber er ist einer von uns – er hat Angst.«

»Wovor?«

»Vor Mutter – vor unserem Erbgut – vor sich selbst.«

»Ich durfte nicht erwarten, dass du positiv über ihn sprichst.«

»Natürlich nicht. Hat deine Schwester kein Vermögen?«

»Nein. Männer, deren Handelsware aus Schiffen besteht, pflegen bankrott zu sterben.«

»Dein Vater ist Geschäftsmann?«

»Sogar in diesem Metier der größte dieses Namens.«

»Wir alle sind Verfügungsbeschränkungen unterworfen. Bens Zuschuss ist kleiner als meiner. Was Geld anlangt, ist er sorglos; deshalb ist er Papas Liebling.«

»Warum unternehmt ihr nicht selbst etwas?«

»Meinst Du? Du kennst uns noch nicht lange. Hast du Ben schon dazu gebracht, etwas zu unternehmen?«

Ich marschierte wortlos den Hügel hinunter. Als wir wieder bei Mrs. Hepburn vorbeikamen, sagte er: »Mein Großvater war der Sohn eines Earl.«

»Deswegen mag dich Mrs. Hepburn. Mein Großvater war Schneider. Ich hätte ihr das sagen sollen, als sie mir den Aquamarin-Schmuck gab.«

»Hättest du den Mut dazu gehabt?«

»Ich vergaß sowohl die Tatsache als auch den Mut.«

Ich eilte weiter, denn es wurde dunkel, und gleich danach sah ich Ben auf den Stufen des Hauses.

»Bist du spazieren gegangen?«

»So sieht es aus. Ja, mit mir«, antwortete Desmond. »Bist du mir nicht dankbar, dass ich mich um deine Freundin gekümmert habe?«

»Das muss eine Laune von Cassandra gewesen sein.«

»Gewöhn' ihr ihre Launen ab, wenn du kannst –«

»Das *werde* ich.«

Wir gingen zusammen in den Salon.

»Was glaubt ihr, wo ich gewesen bin?«, fragte Ben.

»Wo?«

»Beim Arzt. Das *Baby* ist krank«, und er schaute Desmond scharf an.

»Ich hoffe, es wird noch viele Jahre leben«, sagte ich.

»Ich weiß, worauf du hinaus willst, Ben«, sagte Desmond. »Ich habe mir gewünscht, das Balg sei tot, aber, bei meiner Seele, ich habe einen noch stärkeren Wunsch – der hat mich das *vergessen* lassen.«

Seine Stimme war ohne Falsch; er sprach die Wahrheit.

»Vergib mir, Des.«

»Keine Ursache«, antwortete er und trollte sich davon.

Das machte mich glücklich. Jene Spur von Menschlichkeit ließ mir warm ums Herz werden. Noch eine würde ich vielleicht nicht erleben. »Ich wollte«, sagte ich, »der letzte Tag, die letzten Augenblicke meines Besuchs wären gekommen. Du wirst mich künftig in Surrey sehen. Dort werde ich leben und sterben.«

»Heute Abend«, sage Ben, »werde ich es Papa sagen.«

»Das ist das Beste.«

»Schreckliche Stimmung!«

»Sie würde Verry umbringen.«

»Du gedeihst dabei«, sagte er, nicht ohne ein Quentchen Irritation in der Stimme.

»Gedeihst!«

Adelaide und Ann nahmen meine Geschenke huldvoll an. Sie sprachen vom Besuch des Arztes. Ann sagte, das Kind sei am Zahnen, denn sie hatte seinen Gaumen befühlt. Es war weiter nichts, kein Grund zur *Sorge*. Sie würde es Desmond und Ben sagen und ihrem Bruder mit unbekanntem Aufenthaltsort einen Brief schicken.

»Miss Hiticutt hat nach uns geschickt und uns zum Tee hinüber gebeten«, teilte mir Adelaide mit. Das schwarze Seidenkleid, das ich trug, sei gut genug, denn wir müssten sofort gehen.

Der ruhige, förmliche Abend war eine Wohltat, obwohl mich der Wunsch umtrieb, Mrs. Somers über Bens Verlobung zu informieren, um sie in Rage zu bringen. Wir kamen zu früh nach Hause, um schon zu Bett zu gehen, befand Adelaide. Außerdem habe sie Lust auf Musik. Ich sollte singen. Mrs. Somers saß am Kamin, besserte feine

Servietten aus und nickte über ihrer Arbeit ein. Sie sah so aus, als sei sie entschlossen, jedes Risiko eines mitternächtlichen Gesprächs mit Desmond abzuwenden. Besagter Herr lag derweil schlafend auf einem Sofa. Ich setzte mich ans Klavier und fragte mich, ob ihn der Wein, der Überdruss oder der Wunsch, die Zeit bis zu meiner Rückkehr totzuschlagen, hatte einschlafen lassen. Ich berührte die Tasten sanft, wartete auf eine interpretierende Stimme und sang halb unbewusst Schillers Zeilen:

»Ich höre rauschende Musik, das Schloss ist
Von Lichtern hell. Wer sind die Fröhlichen?«

Desmond machte ein unartikuliertes Geräusch und sprang auf, als sei er gerufen worden. Gleich darauf stieg er leise über die Sofalehne und beugte sich über mich. Ich schaute auf. Seine Augen waren klar, sein Gesicht sprach Bände. Obwohl Adelaide dicht daneben saß, merkte sie nichts. Ihre Augen waren nach oben gerichtet, und ihre Finger lagen matt in ihrem Schoß. Die lebhaftere Ann ließ zu ihrer eigenen Befriedigung hie und da eine Note in meinen Gesang einfließen. Mrs. Somers konnte ich nicht sehen, aber ich brach ab, drehte mich mit dem Klavierhocker herum und sah ihr direkt ins Gesicht. Sie erwiderte meinen Blick, starrte mich mit blassen und undurchdringlichen Augen an und hob an, ihren Fuß über Kniehöhe zu schwingen; ihr Schuh, der an der Hacke bereits herunterhing, fiel herab. Ich hob ihn trotz ihrer abwehrenden Bewegung auf und steckte ihn wieder an ihren Fuß.

»Ich spreche gleich mit Ihnen«, flüsterte sie und schaute Desmond an.

Er hörte sie, und sein Gesicht blitzte so kampfeslustig, dass ich mich über meinen Wunsch schämte, mich mit ihr auseinanderzusetzen.

»Gute Nacht«, sagte ich abrupt, und wandte mich ab.

»Wir sind alle müde, bis auf diese vorbildliche Hausfrau mit ihren Servietten«, rief Ann. »Wir lassen sie alleine.«

»Cassandra«, sagte Adelaide, als wir die Treppe hinaufgingen, »wie gut du aussiehst!«

Ann hob ihre Kerze hoch und bemerkte, meine Augen leuchteten wie die einer Katze.

»Hiticutts Tee war zu stark«, fügte Adelaide hinzu. »Er weitet die Pupillen. Ich finde es schade, dass du fortgehst«, und küsste mich. Diese Gunstbezeigung hätte mich zu jeder anderen Zeit gerührt, aber jetzt war ich froh, dass sie ging und mich allein ließ. Ich setzte mich an den Schminktisch und war gerade dabei, einige Fläschchen zu arrangieren, als Mrs. Somers hereinrauschte. Außer Atem fing sie von oben herab an:

»Was soll das heißen?«

Mich überkam eine große Müdigkeit; meine Gedanken schweiften in die Ferne, und ich sprach und rührte mich nicht, bis sie mich heftig am Ärmel zog.

»Wenn Sie mich anfassen, werde ich zornig werden. Hat Sie eines Ihrer Kinder jemals geschlagen?«

Sie wurde purpurrot vor Wut und ging vor meinen Augen auf wie eine Pfingstrose.

»Wann fahren Sie nach Hause?«

Ich zählte laut, »Sonntag – Montag«, und hielt bei Mittwoch inne. »Ben begleitet mich.«

»*Er* darf gehen.«

»Und Desmond nicht?«

»Kennen Sie Desmond?«

»Nicht gänzlich.«

»Er hat mit Puppen, wie Sie es sind, gespielt und sie zerbrochen.«

»Herrje, er hat die Grausamkeit eben geerbt! Kann *ich* erwarten, nicht zerbrochen zu werden?«

Sie griff nach einem gläsernen Pokal, als wolle sie ihn werfen, aber sie fasste ihn so fest, dass er zersplitterte. »Schon wieder einer der Pickersgill-Schätze perdu; bestimmt ist es einer«, dachte ich.

»Ich trage bereits Narben, wie Sie sehen. Ich bin ›in Konvulsionen groß geworden.‹«

Ihre Tat schien ihr die Sprache wieder zu geben, aber sie musste sich dazu zwingen, das zu sagen, was sie vorhatte. Aus irgendeinem Grund konnte sie nicht so wütend bleiben, wie sie es wollte. Was sie sagte, will ich nicht wiederholen.

»Madam, ich habe keine Pläne. Wenn ich ein Ziel habe, so ist es bislang noch ohne Gestalt. Wenn Gott uns bewahrt, was kann man dann tun?«

Sie machte eine verächtliche Handbewegung.

»Sie haben kein Herz, das mir für das danken könnte, was vielleicht mein Werk ist«, und ich machte die Tür auf.

Ben stand auf der Schwelle.

»Um Gottes Willen, was ist los?«

Ich wies auf seine Mutter. Sie sah unsicher aus, machte einen Schritt nach vorne und legte ihre Hand auf seinen Arm, aber er schüttelte sie ab.

»Du kannst mich einen Narren nennen, Cassandra, weil ich dich hergebracht habe«, sagte er bitter, »und außerdem grausam, weil ich dich all diesen Torturen ausgesetzt habe. Ich wusste, wie es mit Mutter sein würde. Was ist los, Madam?«, fragte er herrisch und sah ihr dabei so ähnlich, dass mich schauderte.

»Nicht hinter dir ist sie her«, rief sie hitzig aus.

»Das will ich auch meinen.« Und er führte sie rasch hinaus.

Als ich eintrat, hörte ich Mrs. Somers am Frühstückstisch sagen, »Wir werden Miss Cassandra am Mittwoch verlieren.« Ich blickte Desmond an, der geistesabwesend seinen Toast kaute. Er machte ein Zeichen, dass ich mich neben ihn setzen solle, und ich gehorchte. Ben sah diese Bewegung, und ein schmerzlicher Ausdruck glitt über sein Gesicht. In diesem Augenblick fiel mir ein, dass es ein seltenes Ereignis war, dass Desmond am Abend und am Morgen zu sehen war. Mr. Somers griff die Bemerkung von Mrs. Somers auf, wo sie sie abgebrochen hatte, und verbreitete sich darüber, bis das Frühstück vorbei war, und zwar so höflich und langatmig, dass ich die Überzeugung gewann, Bens Herzensangelegenheit sei enthüllt worden. Er lud mich ein, mit in die Kirche zu kommen, und verbrachte den ganzen Abend im Salon, und obwohl Desmond den ganzen Tag und den ganzen Abend in meiner Nähe blieb, hatten wir keine Gelegenheit, miteinander zu reden.

KAPITEL XXXII

Am Dienstagmorgen verschickte Adelaide Einladungen für eine Abschiedsvergnügung, wie sie es nannte, die Dienstagabend stattfinden sollte. Mrs. Somers heuchelte großes Interesse und stellte mich an, ihr beim Abstauben von Gläsern und Porzellan zu helfen, von dem sie sagte, es sei »zu wertvoll für Dienstbotenhände.« Wir verbrachten den Vormittag zum Teil im Esszimmer und zum Teil in der Anrichte. Ann war bei uns. Wenn sie hinausging, schwieg Mrs. Somers, wenn sie da war, plauderte sie. Während wir so beschäftigt waren, kam Desmond herein, in Reithosen und mit Gerte in der Hand.

»Was für ein Unsinn!«, sagte er und berührte meine Hand mit der Gertenschlaufe. »Fährst du nach dem Mittagessen mit mir aus?«

»Ich brauche die Pferde um drei Uhr«, sagte seine Mutter, »ich muss zu Mrs. Flints Beerdigung. Sie war eine Freundin der Familie, wie du weißt.« Die Beerdigung konnte nicht verschoben werden, nicht einmal für Desmond. Er bekam sofort schlechte Laune, beschimpfte Murphy, der gerade einen Tellerhalter auf der Anrichte füllte, weil er mit den Tellern klapperte; nannte Ann eine Göre, weil sie ihn auslachte, und biss eine Zigarre in Stücke, weil er sie nicht anzünden konnte. Rash war ihm hinterhergelaufen, die Nase an seinen Hosenbeinen, in der Hoffnung auf einen Spaziergang. Ich freute mich, dieses Zeichen freundlicher Beziehung zwischen ihnen zu sehen. Als Rash ihn stärker als zuvor stupste, sah er nach unten und stieß ihn mit dem Fuß weg.

»Edles Geschöpf«, sagte ich, »versuch es doch mit der Peitsche bei ihm. Rash, geh zu deinem Herrn«, und ich öffnete die Tür. Zwei kleinere Hunde, die Desmond gehörten, versuchten eilig hereinzukommen, aber ich machte ihnen die Tür vor der Nase zu, woraufhin sie so laut winselten, dass Mrs. Somers sich dazu hinreißen ließ, ihn dafür zu beschimpfen, dass er seine Hunde ins Haus gebracht hatte. Es kam zu einem Wortwechsel, der damit endete, dass Desmond erklärte, er gehe jetzt, um eine Terrierhündin zu holen und nach Hause zu bringen. Beim Hinausgehen warf er mir von der Tür aus einen Blick zu, den ich mit einem Lächeln erwiderte, das ihn laut durch die ganze Diele stampfen ließ. Als sie ihn hörte, konnte Mrs. Somers ihre Gefühle vor mir nicht verbergen. Innerlich seufzend wischte ich meine letzte Untertasse ab und begab mich auf mein Zimmer und las, bis ich von Mrs. Somers zu einer Beratung über die Frage der Möbelüberzüge gerufen wurde. Desmond kam nach Hause, sprach jedoch mit niemandem. Wie am Tag zuvor hielt er sich in meiner Nähe auf.

Am Nachmittag nahmen Adelaide und ich die Kutsche und schauten bei den Leuten vorbei, die wir am Abend nicht bei uns erwarten konnten. Sie schrieb P.P.C. auf meine Visitenkarten und fand den Gedanken, Abschiedsbesuche bei Fremden zu machen, komisch. Unser letzter Besuch galt Mrs. Hepburn. Als ich den Raum betrat, in dem ich Desmond zum letzten Mal getroffen hatte, überkam mich eine sanfte Melancholie. Wir würden einander wohl nicht mehr alleine sehen. Mrs. Somers' Strategie, dies zu verhindern, würde von Erfolg gekrönt sein, denn ich würde keinen Widerstand leisten. Mrs. Hepburn konnte ich von meinen Gefühlen kein Sterbenswörtchen mitteilen – Adelaide war dabei – selbst wenn ich den Drang dazu gehabt hätte; und Mrs. Hepburn würde es mir nie verzeihen, wenn ich mir so etwas Konventionelles wie eine Szene oder eine indiskrete Bemerkung zu Schulden kommen ließe. Diese alte Dame hatte mir eine Lektion erteilt. Ich trat ans Fenster, neugierig, ob ein Assoziationsstrang erneut vibrieren würde. Nichts war zu spüren; die Maschinerie, die mich in Schwung gebracht und gebremst hatte, hatte keine Kraft mehr.

Als wir uns verabschiedeten, sagte Mrs. Hepburn:

»Wenn Sie nächstes Jahr nach Belem kommen und ich noch unter den Lebenden weile, dann lade ich Sie ein, einen Monat mein Gast zu sein. Aber es sollte Sommer sein. Ich fahre dann aus und hätte Sie gerne als Gesellschafterin.«

Vielleicht sah sie mir meine Unentschlossenheit an, denn sie fügte rasch hinzu, »Sie müssen nichts versprechen – lassen Sie die Zeit entscheiden«, und schüttelte mir freundlich die Hand.

»Hep hat einen Narren an dir gefressen, auf ihre selbstsüchtige Art«, bemerkte Adelaide, als wir losfuhren. Sie wies den Kutscher an, auf dem Heimweg am »Leslie Haus« vorbeizufahren, das sie mir zeigen wollte. Eine Großtante hatte dort gelebt und war dort gestorben und hatte das Haus – eines der ältesten in Belem – ihrem Bruder Ned vermacht.

»Wem von euch ähnelt er?«

»Desmond, nur schlimmer. Sie sind nur ein Jahr auseinander. Sie wurden zusammen erzogen, im Kinderzimmer gehalten, bis sie große Jungen und Tyrannen waren, und dann ins Ausland geschickt. Sie waren drei Jahre in Amiens.«

»Da sind Desmond und Ben; sie gehen die Straße entlang, die wir kommen.«

Sie sah hinaus.

»Ich wette, sie streiten. Ben ist ein Besserwisser und hält Des Vorträge.«

Als wir im Haus waren und Adelaide mit der alten Dienerin ihrer Tante sprach, kreisten meine Gedanken um Desmond. Worüber hatten sie gestritten? Desmond war blass und lachte, aber Ben war rot im Gesicht und sah wütend aus.

»Warum starrst du mich so an?«, fragte Adelaide als wir wieder in der Kutsche saßen.

Es lag mir auf der Zunge zu sagen, »weil ich von allen Seiten unter Beschuss bin.« Ich tat es aber nicht; sondern fragte sie stattdessen, ob sie nie den stieren Blick von Leuten in ihrer besten Haube und mit Visitenkartenschachtel in der Hand bemerkt habe? Sie sagte, »Doch«, und schüttelte ihr Taschentuch aus, als ob sie ihre eigene Steifheit abschütteln wollte.

Nach einem frühen Abendtee nötigte sie mich zu singen, und so schoben wir auf, uns für den Abend umzuziehen, bis Mrs. Somers im violetten Satinkleid mit Federkopfschmuck hereinrauschte.

»Jetzt müssen wir aber los«, sagte sie, »und uns fertig machen.«

»Was wollen Sie tragen?«, fragte Mrs. Somers und empfahl ein gewisses hässliches, bordeauxrotes Seidenkleid.

»Zieh das bloß nicht an«, sagte Adelaide auf der Treppe. »Dieses Kleid macht deine Haare zu gelb.«

Aus dem dritten Stock hörte ich lautes Gelächter und schwere Schritte, während ich in meinem Zimmer war; und als ich hinunter ging, sah ich zwei Herren im Abendanzug bei Desmond am Klavier stehen und singen: »*Schenk ein, schenk ein, den funkelnden Wein.*« Es waren, wie Ann mir mitteilte, Collegefreunde von Des, die wohl für ein paar Tage zu Besuch gekommen waren; unangenehme Leute, natürlich. Sie waren oft in Belem, um zu reiten, zu fischen oder Billard zu spielen. »Papa kann sie nicht ausstehen«, sagte sie abschließend. In diesem Moment kam Mr. Somers herein, *en style diplomatique*, seine gichtigen weißen Hände von Manschetten verdeckt und um den Hals eine weiße Krawatte. Er schien ihre Bemerkung widerlegen zu wollen, so freundlich war er in seiner Begrüßung der jungen Herren. Desmond drehte sich vom Klavier um, als er seinen Vater hörte, und erblickte mich. Er wollte auf mich zugehen, doch seine Aufmerksamkeit wurde von einem der jungen Herrn in Anspruch genommen, der mich unmäßig lange angestarrt hatte, und er ließ sich, scheinbar gleichgültig, wieder nieder und beantwortete irgendeine Frage, die mich betraf. Er sah genauso aus wie damals, als ich ihn zum ersten Mal sah – rotgesichtig, hochmütig und gelangweilt. Seine Haare und sein Anzug waren unordentlich, seine Stiefel hatten Lehmspritzer und es war offensichtlich, dass er nicht die Absicht hatte, zu der Einladung zu erscheinen.

Adelaide rief, ich solle an ihrer Seite bleiben, aber ich schlich mich hinaus, als ich glaubte, es würde niemand mehr kommen und suchte eine ruhige Ecke, in die Mr. Somers Desmonds Freunde brachte und sie als die Söhne seiner Kommilitonen aus dem College vorstellte. Er ließ sie da, den einen gegen den Kaminsims gelehnt, den anderen über die Rückenlehne eines Stuhls hängend. Sie waren leicht benommen vom Alkohol und schienen aufzutauen, während ich aufmerksam vom einen zum anderen sah.

»Sie sind zu Besuch in Belem«, sagte einer.

»Das ist richtig«, antwortete ich.

»Es ist mir zu verdammt aristokratisch hier; im Vergleich hiermit ist Beacon Street ein Nichts.«

»Wo ist Beacon Street?«

»Das *wissen* Sie nicht? Und die Mall?«

»Auch nicht.«

Unser Gespräch wurde von Ben unterbrochen, den ich seit dem gestrigen Tag nicht mehr gesehen hatte. Er war verreist gewesen und hatte Geschäftliches für seinen Vater erledigt. Wir sahen uns an, ohne zu sprechen, errieten aber unsere Gedanken. »Du *bist* so echt und edel wie ich das glaube, Cassy. Ich brauche das. Du wirst mir keine Steine in den Weg legen.« »Treuer und guter Ben – prüfst du dich selbst auch streng genug? Bist du nicht geneigt, deine Pläne umzusetzen, ohne *mich* in Betracht zu ziehen?« Was auch immer unsere inneren Kommentare dazu waren, wir lächelten einander mit der Aufrichtigkeit echter Freundschaft an. Ich bemerkte, wie Mr. Digby zu Mr. Devereaux gewandt seine Braue hochzog, der seine Meinung zurücktelegraphierte: »Mit denen ist es aus.«

»Hey, Somers«, sagte der erstere, »was machst du so zur Zeit?«

»So etwa dasselbe, was ich immer zu tun habe.«

»Willst du in Belem bleiben?«

»Nein.«

»Hab ich mir gedacht. Aber was ist mit Des los in letzter Zeit? Er ist ein Langweiler.«

»Vielleicht macht er gerade nochmal einen Kurs, den er in seiner Karriere mit euch ausgelassen hat. Wir müssen die gleichen Runden drehen, wie ihr wisst.«

»Das wird ihm nicht viel bringen, wenn er durch ist«, sagte Mr. Devereaux.

Miss Munster kam zu uns in der Absicht, unser Konklave aufzubrechen, und verließ uns bald wieder mit Mr. Digby und Devereaux im Schlepptau.

»Ich habe es mir anders überlegt«, sagte Ben, »das mit dem dich nach Hause begleiten.«

»Sind deine Pläne wieder kompliziert geworden?«

»Kannst Du allein nach Surrey fahren?«

»Warum sollte ich nicht?«

»Mir ist die Idee gekommen, für den Sommer in die Schweiz zu fahren. Ob Veronica im Herbst bereit sein wird?«

»Wie soll ich das beantworten? Wirst du dich nicht von ihr verabschieden?«

»Vielleicht. Ja, – ich muss«, sagte er aufgeregt; »wir reden morgen weiter darüber. Ich fahre mit dir nach Boston; Papa kommt auch mit. Wie gut du heute Abend aussiehst, Cassy! Was ist das für ein Kleid?« und fasste den Stoff an. »Ist das Baumwollseide oder Seidenbaumwolle? Es ist weich und leicht. Wie zart du bist, mit deinem goldenen Haar und deinen kornblumenblauen Augen!«

»Wie poetisch! Mein Kleid ist neu, und Adelaides Schneiderin hat es gemacht.«

»Mutter ruft mich. Was sie aber auch für einen Kopfputz aufhat!«

»Was ruft dich in die Schweiz?«, grübelte ich.

Ich lauschte auf Desmonds Stimme, die in dem lauten, ordinären Stimmengewirr, das die Räume füllte, wie eine Silberglocke geklungen hätte. Alle Frauen redeten schrill und die Männer antworteten im Falsett. Er war nicht da, und ich ging unbeachtet umher, denn der Höhepunkt der Geselligkeit hatte eingesetzt und ich hätte mich zurückziehen können, wenn ich es gewollt hätte. Ich setzte mich auf einen Stuhl neben einer offenen Tür und hatte einen Blick in einen kleinen Raum auf der anderen Seite der Diele, der nur für solche Gelegenheiten geöffnet wurde; dort war niemand. Ich bemerkte, dass mein Schnürsenkel aufgegangen war, und bückte mich, um ihn zuzubinden, und als ich wieder in den Raum hinüber sah, stand Desmond unter dem Kronleuchter, Hände in den Taschen, den Blick gesenkt, die Haare unordentlich. Strähnen fielen ihm in die Stirn, gegen die karminrote Tapete sahen sie ganz besonders schwarz aus. War es das, was sein Aussehen so unerklärlich verändert hatte?

Er hob den Kopf, sah über den Gang und entdeckte mich.

»Komm her«, signalisierte er. Ich erhob mich mechanisch und schaute mich unwillkürlich um. Die Gäste defilierten durch den Salon in den Raum, wo die Erfrischungen angerichtet waren. Als der letzte dort war, verließ ich den freundlichen Schutz meiner Nische beim Kamin und stellte mich so nah vor ihn, dass ich seine Nasenflügel beben sah! Ein Ausdruck von Schmerz trat in sein Gesicht und machte es weich. Ich hatte gewollt, dass er mir gefallen sollte; *jetzt* wollte ich ihm gefallen. Es schien, als habe er nicht die Absicht zu sprechen und dass er mich zu sich gerufen hatte, damit ich Zeugin eines inneren Kampfes in ihm werden solle, zu dem ich den Schlüssel später in den Tiefen meines eigenen Herzens suchen sollte. Ich beobachtete ihn schweigend, und es ging vorüber. Als er die Tür mit dem Fuß zustieß, ließ die Bewegung etwas auf seiner Brust schwingen und glitzern – einen Ring an seiner Uhrkette, kleiner als ich ihn hätte tragen können: der Rubinring einer Frau. Der kleine Weibsteufel, der in jenen, die einen Balken im eigenen Auge haben, steckt und ihnen hilft, die Splitter aus den Augen anderer zu entfernen, brachte mich auf einen Gedanken. Ich deutete auf den Ring. Er senkte seinen Blick und sagte: »Ich habe sie geliebt, dass es eine Schande war, und sie hat mich geliebt, dass es eine Schande war. Wann soll ich das abnehmen – verfluchtes Zeichen?« Und er riss den Ring mit Daumen und Zeigefinger ab.

Ich erstarrte vor Tugendhaftigkeit.

»Du solltest dir zu diesem Thema keine Tragödie zusammenreimen. Sie ist keine Ausgestoßene. Sie ist heute Abend hier. Wenn jemand in den Abgrund gezogen wurde, dann waren wir es beide.«

»Und deine anderen Schwächen?«

»Ach!«, sagte er in einem schrecklichen Ton, »wir werden sehen.«

Ein sachtes Klopfen an der Tür; es war Ben. Ich trat einen Schritt zurück und er kam herein. »Bringst du Cassandra zum Essen?«, sagte er und wurde blass.

»Nein.«

»Dann komm mit mir; du musst.« Und er legte meinen Arm in seinen.

»Willkommen, und Lebewohl, Cassandra!«, sagte Desmond und versperrte die Tür. »Gib mir deine Hand.«

Ich gab ihm beide Hände. Er küsste erst eine und dann die andere, und trat zur Seite, um uns hinausgehen zu lassen. Aber Ben ging nicht; er kramte nach seinem Taschentuch, um sich die Stirn zu wischen, auf der Schweißperlen standen.

»*Allons*, Ben«, sagte ich.

»Geht schon, geht«, sagte Desmond und hielt die Türe weit auf.

Eine schmerzhafte Neugier drängte mich, die Besitzerin des Rubinrings zu entdecken. Der freundliche, aber kleingeistige Teufel, von dem ich sprach, entwarf Reden, mit denen ich sie hätte angreifen können, wenn ich sie fände. Umsonst sah ich jede anwesende Frau an; nicht ein trauerndes oder schuldbewusstes Gesicht war darunter. Dann ersetzte ein anderes Gefühl meine Neugier. Ich vergaß die Frau, die ich suchte, und erinnerte mich an die Liebe, die ich für Desmond empfand. Ich sehnte mich wahnsinnig danach, ihn zu sehen – wahnsinnig danach, noch einmal seine Hand zu berühren. Ich hätte die Natter an meinen Busen legen und mich in den ewigen Schlaf saugen lassen können, wie Kleopatra; doch *Caesar* war im Weg. Er blieb bei mir, bis die Lichter heruntergedreht wurden.

Digby und Devereaux kommentierten Desmonds Verschwinden und Mrs. Somers gähnte höflich, während sie darauf wartete, dass sie nach den Kerzen verlangten.

»Wenn du mich begleiten willst, Ben«, sagte ich, »dann ist es jetzt Zeit.«

Und er schlich mit hinaus. Er wahrte ein entschiedenes Schweigen. Ich schüttelte ihn und sagte – »*Veronica*.« Er legte mir die Hand auf den Mund und schaute ungehalten, was ich nicht zur Kenntnis nahm, denn ich flüsterte ihm ins Ohr: »Weißt du jetzt, dass ich Desmond *liebe*?«

»Wirst du ihn in unser Paradies bringen?«

»Wohin?«

»Unser Heim, nach Surrey.«

»Würde ein Erzengel mit flammendem Schwert die Sache nicht erst reizvoll machen?«

»Wenn du Desmond Somers heiratest«, sagte er streng, »wirst du dich in Konflikt mit drei Leben setzen – deinem, meinem und Veronicas. Welches Unwesen hat diesen schrecklichen Missklang angestimmt? Hat dich die Leidenschaft so im Griff, dass du die Zukunft, die du dir bietest, nicht erkennen kannst?«

»Imperator, du hast eine angenehme Art, die Dinge beim Namen zu nennen. Aber da kommen sie gerade durch die Diele. Gute Nacht.«

KAPITEL XXXIII

Am nächsten Morgen um elf Uhr war ich fertig zur Abreise. Alle standen an der offenen Tür der Eingangshalle und kritisierten, wie Murphy meine Koffer auf der Droschke festgebunden hatte. Die Herren Digby und Devereaux, beide im schwarzen Seidenschal, hingen über dem Treppengeländer; Mrs. Somers, Adelaide und Ann standen in der Tür. Mr. Somers und Ben standen bereits auf dem Weg und warteten auf mich. Ich durchlief folglich die Zeremonie des Abschiednehmens, eine Zeremonie, die von allen Seiten mit so viel Munterkeit vollzogen wurde, dass es Anlass zu wohlerzogener Heiterkeit gab. Ich machte meinen Abgang wie in einer bürgerlichen Komödie, aber mit einem bitteren Gefühl der Demütigung, denn durch ihre künstliche, absichtliche Unberührtheit war ich gezwungen, ihnen mit Manieren entgegen zu treten, die ihren eigenen entsprachen.

Ich schaute aus dem Kutschfenster, um einen letzten Blick auf mein Zimmer zu erhaschen. Das Kammermädchen war schon da und hatte die Läden geöffnet, um das Sonnenlicht auf den Schauplatz der königlichsten Träume scheinen zu lassen, die ich je gehabt hatte. Das Gespenst meiner Individualität würde dort allenfalls so lange lauern, bis die Stühle, die ich hingestellt, die Bücher, die ich zurückgelassen, die Papierfetzen oder Blumen, die ich fallengelassen hatte, entfernt oder aufgekehrt werden konnten.

Auf dem ganzen Weg nach Boston bedrückte mich der Übergang in meinen alten Zustand. Ich empfand Verdruss und Abscheu vor der Notwendigkeit, Beziehungen wieder aufzunehmen, die keinen Bezug zu dem Gefühl hatten, das mich mit Belem verband. Als wir im Tremont eingekehrt waren und während ich zuschaute, wie ein melancholischer Kellner zeremoniell Servietten zu Fächern faltete, entdeckte ich eine geistige Zwischenfarbe, die meinen Gedanken einen malerischen Anstrich verlieh. Meine Romanze, ihre Freuden und Leiden, mussten nun in den Rahmen der wilden See und der Küste von Surrey gefasst werden. Ich bedachte unser alleinstehendes Haus mit der Würde einer Bühne, auf der das Drama, das meine Gedanken zwanghaft und unaufhörlich aufführten, ungestört voranschreiten konnte und ein Geheimnis bleiben sollte, das zu offenbaren ich nicht versucht sein würde. Bis nach dem langweiligen Diner überspannte ein kompletter Regenbogen aus Träumen das Gewölbe meiner Gedanken. Mr. Somers vertrieb ihn, indem er Ben etwas zu erledigen schickte. Dass das ein Vorwand war, sah ich an Bens Gesichtsausdruck. Folglich sah ich Mr. Somers erwartungsvoll an, nachdem Ben gegangen war. Zuerst redete er herum, dann plänkelte er. Ich wartete immer noch darauf, was er sagen wollte, ohne ihm irgendwelche Hilfestellung zu geben. Er war sich sicher, sagte er schließlich, dass mein Besuch bei seiner Familie mich überzeugt hatte, dass seine Kinder nicht die Bestimmung ändern konnten, die ihnen von ihren Vorfahren auferlegt worden war, ohne beklagenswerte Folgen für *andere* heraufzubeschwören. »Gewiefter Papa«, kommentierte ich innerlich. Ob ich nicht das Elend ungleicher Ehen gesehen hätte?

»Wie in einem Spiegel, ein dunkles Bild.«

Zweifellos, fuhr er fort, hätte ich die erratischen Tendenzen in *Bens* Charakter wahrgenommen, der gut und honorig, aber eben auch leicht zu beeindrucken und ein Träumer sei. Fände ich das nicht auch?

»Ganz im Gegenteil. Haben Sie nie die Regel bemerkt, die seinen Träumen zugrunde liegt und die im anhaltenden Widerstand gegen jene Vorfahren besteht, derer Sie sich rühmen?«

»Na, na, *na*?«

»Geld, Familie, Einfluss, – das ist das Gebimmel, dessen auch Sie gelegentlich müde sein müssen, Mr. Somers.«

»Ben hat mich enttäuscht, das muss ich zugeben.«

»Meine Schwester ist exzentrisch. Falls sie ihn heiratet, wird das Auswirkungen auf das Programm der Familie haben. Sie müssen ihn vom Stammbaum der Familie abhacken.«

Er nahm eine Zeitung, verneigte sich vor mir, ohne verärgert zu wirken, und las eine Spalte oder zwei.

»Es mag absurd sein«, und er schaute über seinen Brillenrand, als habe er die Bemerkung in seiner Zeitung entdeckt, »wenn Eltern gegen die Ehen opponieren, die ihre Kinder einzugehen beschließen, und ich bitte Sie darum, zu beachten, dass ich gegen Ben *opponieren* mag, nicht aber ihm *Widerstand leisten* werde. Sie wissen sehr gut«, und in einem Ausbruch von Ärger und Offenheit ließ er die Zeitung fallen, »dass dafür bei Mrs. Somers höllisch gebüßt werden muss, denn sie hat in dieser Angelegenheit das entscheidende Wort. Sie hat noch nicht einmal einen Verdacht. Ich muss schon sagen, dass Ben sich schon wieder irrt. Ich meine, ich glaube es.«

Ich schaute ihn etwas freundlicher an. Das eine unanständige Wort, das er ausgesprochen hatte, hatte eine wunderbare Wirkung, nachdem der Überraschungsmoment vorüber war. Wirkliche Augen erschienen in seinem Gesicht, und Ehrlichkeit klang in seiner Stimme. Ich glaube, er fing an zu denken, dass er mir seine Nöte auch in anderen Angelegenheiten anvertrauen könnte, als Ben zurückkehrte. Jedenfalls waren zwischen uns freundliche Gefühle entstanden. Er sagte zu Ben in vertraulichem Ton, als wären wir Partner bei einer geheimen Schuld: »Du musst es deiner Mutter sagen; wirklich, du musst.«

»Du hast mit Cassandra über ihre Schwester gesprochen«, antwortete er gleichgültig. Mr. Somers bekam in seinem Bemühen um wechselseitiges Vertrauen einen Dämpfer.

»Kannst du Geld auftreiben, falls Desmond heiraten sollte?«, fragte Ben. »Genug für uns beide?«

»Desmond? Der heiratet nie.«

»Die Möglichkeit besteht ganz gewiss.«

»Du weißt, welche Belastungen ich habe.«

Ich klingelte nach Eiswasser, und als es der Kellner brachte, sagte ich, es sei Zeit, zu Bett zu gehen.

»Also«, sagte Mr. Somers, »ich werde Ihnen ein angemessenes Frühstück anbieten, damit Sie für die Reise gerüstet sind – ein Beefsteak und getoastetes Brot. Trinken Sie kein Eiswasser, nehmen Sie lieber etwas Wein.«

Ich stellte das Glas Eiswasser hin und lehnte den Wein ab. Ben hob seine Augenbrauen und fragte:

»Wann soll ich aufstehen, Sir?«

»Ich werde dich rufen; du kannst also ruhig schlafen.«

Er öffnete die Tür und sagte mir sehr freundlich gute Nacht.

»Die Kutsche ist bereit«, gab ein Kellner bekannt, als wir unser Frühstück beendet hatten. »Wir sind fertig«, sagte Mr. Somers. »Ich habe ein Paket Sandwiches für Sie bestellt – Roastbeef, keine Schinken-Sandwiches – und hier ist eine Flasche Weinschorle.«

Ich dankte ihm und band mir die Haube.

»Hier ist auch ein Brief«, er öffnete seine Brieftasche und zog ihn hervor, »für Ihren Vater. Er enthält unsere Entschuldigung dafür, dass wir Sie nicht begleiten, und die eine oder andere Anspielung«, wobei er den Versuch machte, Ben zuzuzwinkern, der jedoch fehlschlug, weil seine Augen für diese Art von banalem Humor zu ungeübt waren.

Er entschuldigte sich dafür, dass er wegen der Morgenluft nicht zum Bahnhof mitgehen könne, und Ben und ich machten uns auf den Weg. In der Einfahrt wartete der Kellner mit einer Schachtel auf uns. »Für Sie, Miss. Der Laufbursche eines Blumenhändlers hat sie gerade gebracht.« Ich öffnete sie in der Kutsche, und als ich Blumen sah, wollte ich sie schon herausnehmen und Ben zeigen, als mir das Band auffiel, mit dem sie gebunden waren – ein Stück einer meiner Kragenschleifen, die ich nicht vermisst hatte. Natürlich kamen die Blumen von Desmond und die Hälfte des Bandes befand sich in seinem Besitz; die Enden waren ausgerissen, als ob es mit einem Messer zerschnitten worden sei. Statt die Blumen herauszunehmen, zeigte ich ihm die Schachtel.

»Was für ein seltsames Bukett«, sagte er.

Im Abteil legte er mir ein Schmuckkästchen in die Hand und einen dicken Brief für Verry, gab mir einen Kuss und war nicht mehr zu sehen.

»Keine Spur außer diesen Blumen«, und öffnete sie wieder. »In meinem Zimmer in Surrey werde ich Euch herausnehmen«, und schloss die Schachtel. Das metallische Klopfen der Eisenbahnräder drehte sich rhythmisch in meinem Kopf und schloss für viele Meilen jeglichen Gedanken aus. Dann sah ich hinaus in den dahinfliegenden Himmel – es war schon fast Mai. Der Tag war mild und schön. In den Tälern breitete sich das junge Gras wie ein sanftes Tuch über die Erde. Auf den Hügeln und den ungeschützten Feldern lag das alte Gras wie struppige Matten. Ein paar Vögel durchstreiften sorgenvoll die Luft, denn die Zeit der Liebe war nah, und ihre Nester waren noch nicht fertig. Um zwölf Uhr kam ich in der Stadt an, in der die Eisenbahn in die Gegenrichtung der Straße nach Surrey abbog und wo eine Postkutsche auf ihre Zuladung an Passagieren der Eisenbahn wartete. Ich war die einzige Dame »an Bord«, wie einer der Passagiere intelligenterweise bemerkte, als wir losfuhren. Sie waren angenehme Reisegefährten, denn sie waren untereinander kurz angebunden und mir gegenüber schwiegen sie. Wir fuhren mehrere Meilen, bevor wir uns aneinander gewöhnt hatten, aber dann gaben wir der entspannenden Wirkung nach, die von einer Postkutsche ausgeht. Ich aß meine Sandwiches zu Mittag und dankte Mr. Somers innerlich für seine Fürsorge, wenngleich mir Schinken lieber gewesen wäre als Roastbeef. Als ich einen Schluck aus meiner Flasche nahm, schauten zwei der Männer überrascht drein und spuckten heftig aus dem Fenster. Ich bot sie ihnen an. Sie lehnten ab und sagten, sie hätten das, was sie brauchten, in der Bahnhofs-Gaststätte zu sich genommen, die nach den strengsten Prinzipien der Temperenzler betrieben werde.

»Diese Prinzipien sind grausam, wenn Reisende einmal eine Kolik haben oder eine Abneigung gegen den Bahnhofs-Tee oder Kaffee«, sagte ich.

Darauf herrschte fünfzehn Minuten Schweigen; dann wandte sich einer von ihnen zu mir und sagte: »Sie haben ein feines Köpfchen, Madam.«

»Zu fein?«

»Vergesslich, vielleicht.«

Ich verbeugte mich, weil ich die Unterhaltung nicht ausdehnen wollte.

»Ihr Kreislauf ist zu heftig«, fuhr er fort.

Der Mann, der neben ihm saß, drehte sich jetzt um, musterte mich und teilte mir mit, dass Elektrizität mir sehr gut tun würde.

»Quatsch«, antwortete er, »das ist Humbug.«

In der sich anschließenden Diskussion war ich vergessen. Sie dauerte bis zu unserer Ankunft in einem Dorf, wo einer von ihnen wohnte. Er verließ uns und erzählte uns noch, er sei ein »geborner Knocheneinrenker«. Einer nach dem anderen verließen die Passagiere die Kutsche, und auf den letzten fünf Meilen war ich allein. Ich vertrieb mir die Zeit, indem ich eine Menge trivialer Überlegungen anstellte, zu denen ich von den Dingen, die ich an der Strecke sah, angeregt wurde, bis die alten und neuen Kirchtürme von Surrey in den Blick kamen, und die gebogenen Linien an beiden Enden der ansteigenden Küste. Wir erreichten jenen Punkt der nördlichen Straße, wo der Hang sich zum Meer hin zu senken beginnt, und ich hing aus dem Fenster, um die bescheidenen Dächer des Dorfes unten zu sehen. Die Straßen und Anwesen sahen so belanglos aus wie die eines Spielzeugdorfs. Ich konnte keine Bewegung wahrnehmen, hörte nichts vom Gesumm des Lebens. An einer Wegkreuzung, die die Kutsche ins Dorf führen würde, ohne an unserem Haus vorbeizukommen, folgte ich einer plötzlichen Laune. Ich würde sie zu Hause überraschen und zur Hintertür hereinkommen, während sie noch darauf warteten, die Kutsche kommen zu hören. Der Kutscher ließ mich aussteigen, und ich stand an der Straße, bis er außer Sichtweite war.

Eine Brise wehte, durchdringend, aber geräuschlos. Die Felder und die Häuser in der Ferne, mit denen sie gesprenkelt waren, schliefen im fahlen Sonnenlicht, ohne dadurch gestört zu werden. Die Krähen schrien und flogen über den Wald im Osten. Ich ging langsam. Die Straße war verlassen. Mrs. Crossmans Haus war das einzige, an dem ich vorbei musste; seine Läden waren geschlossen und der Hof war leer. Als ich mich unserem Haus näherte, überkam mich heftige Eile, doch meine Füße schienen am Boden zu kleben. Sie waren bleischwer. Wie in einem Traum zwang ich mich weiter. Im Schutz der Mauer unseres Obstgartens wendete ich das in einer unbestimmbaren Farbe gehaltene Futter meines Merinomantels nach außen, breitete meinen Schleier über die Haube und machte meine Schultern krumm, und so ging ich die Wageneinfahrt hinunter, an den Esszimmerfenstern vorbei, in den Stallhof. Die Strahlen der untergehenden Sonne fielen auf das Glas der Lampe im Leuchtturm und gaben der Atmosphäre einen gelblichen Schimmer. Die Tauben flogen das Dach des Holzschuppens hinauf und hinunter und gurrten um die Pferde herum, die im Hof standen. Ein Junge trieb Kühe in den Stall und pfiff dabei eine muntere Melodie. Er hielt damit inne, als er mich sah, aber ich drohte ihm mit dem Finger und rannte hinein. Ich schlüpfte in den Vorflur, ließ Haube und Schal fallen und horchte an der Tür nach den vertrauten Stimmen. Mutter musste da drinnen sein, wie es ihre Gewohnheit war, und Tante Merce. Vielleicht sogar alle, denn ich hatte unterwegs niemanden gesehen. Innen redete niemand. Der letzte Sonnenstrahl fiel durch das Türoberlicht gelb auf meine Hand und verblasste, bevor ich die Tür öffnete. Auf der Schwelle hielt mich die Stille fest, die mich ansprang und in erstickende Umarmung nahm. Mutter saß in ihrem Stuhl am Feuer, das ausgegangen war, denn die Scheite waren schwarz, und einer war dicht neben ihre Füße gefallen. Ein weißer Flannellschal bedeckte ihre Schultern; ihr Kinn ruhte auf ihrer Brust. »Sie ist krank und ist eingeschlafen«, dachte ich und streckte meine Hände aus, durch diese schreckliche Stille, um ihren Schlummer zu stören, und schaute auf die Uhr. Es war fast sieben. Eine Tür schlug irgendwo im Obergeschoss, so laut, dass ich zusammenzuckte, aber sie wachte nicht auf. Ich trat zu ihr, ganz verwirrt, und stolperte gegen den Tisch, der zwischen uns stand, aber schließlich erreichte ich sie. Oh, ich hatte es gewusst! Sie war tot! Die Menschen müssen sterben, sogar auf ihren Stühlen, allein! Was lag an dem Wie? Eine leere Tasse lag in ihrem Schoß, umgedreht. Ich stellte sie sorgfältig auf den Kaminsims über ihrem Kopf. Ihr Taschentuch hing zerknüllt in ihrer kraftlosen Hand. Ich zog es weg und steckte es in meinen Ausschnitt. Meine Handschuhe zogen sich an meinen Händen zusammen, als ich versuchte, sie abzuziehen, und ich war noch dabei, als sich eine Tür öffnete und Veronica hereinkam.

»Sie ist tot«, sagte ich. »Ich kann sie nicht abkriegen.«

»Das ist nicht wahr«, und sie taumelte rückwärts, ihre Hand auf dem Herzen, bis sie gegen die Wand fiel. Ich weiß nicht, wie lange wir in diesem Zustand verharrten, aber ich wurde einer großen Verwirrung gewahr – Schreie und Rufe, Leute liefen herein und hinaus. Fanny wälzte sich hysterisch am Boden.

»Steh auf«, sagte ich. »Ich kann mich nicht bewegen; hilf mir. Wo ist Verry hingegangen?«

Sie stand auf und zog mich mit sich. Ich sah, wie Vater Mutter in seinen Armen hochhob. Der entsetzliche Anblick ihrer baumelnden Arme und ihres herabhängenden Kopfes verschlug mir den Atem, aber Veronica zwang mich, durchzuhalten, denn sie hielt sich an mir fest und zog mich aus dem Zimmer und nach oben. Sie drehte den Schlüssel der Glastür am Ende des Ganges, ließ mich aber nicht los. Ich fasste sie an den Armen, setzte sie auf einen Stuhl, zog meine Fenstervorhänge zu und setzte mich im Dunkeln neben sie.

»Wo werden sie sie hintragen?«, fragte sie zitternd und steckte sich die Finger in ihre Ohren. »Wie das Wasser auf den Strand schlägt! Kommt die Flut herein?«

Der physische Schrecken des Todes entsetzte sie, und sie stellte mir unaufhörlich Fragen.

»Wir müssen sie davor bewahren, begraben zu werden«, sagte sie.

Ich konnte nicht antworten, und schließlich ihr auch nicht mehr zuhören, denn der Schlaf übermannte mich. Ich kämpfte vergebens dagegen an. Er schien das größte Gut – mochten auch Tod und jüngstes Gericht kommen, ich musste schlafen. Ich warf mich auf mein Bett, und sowie ich das Kissen berührte, fielen mir die Augen zu. Ich erwachte aus einem Traum von etwas, das geschehen war, als ich ein kleines Kind war. »Veronica, bist du da?«

»Mutter ist tot«, antwortete sie.

Große Not füllte mir die Brust. Mutter! – ihre Güte und Schönheit, ihr reines Herz, ihre Schlichtheit – all dies fühlte ich. Sie tat mir im Tode leid, denn nun würde sie niemals erfahren, welch hohe Meinung ich von ihr hatte. Veronica vergoss keine Tränen, aber seufzte tief. Die *Pflicht* klang durch ihre Seufzer. »Verry, soll *ich* mich um dich kümmern? Ich glaube, ich kann das.« Sie schüttelte den Kopf, aber gleich darauf streckte sie die Hände aus, suchte mein Gesicht, küsste es und antwortete: »Vielleicht.«

»Du musst in dein Zimmer gehen und dich ausruhen.«

»Kannst du alle von mir fernhalten?«

»Ich werde es versuchen.« Sie öffnete ihr Fenster und schaute sehnsüchtig hinaus, über die Erde und in den Himmel, der dicht mit Sternen übersät war, die ihr Gesicht sichtbar werden ließen. Wir hörten jemanden die Hintertreppe hochkommen.

»Temperance«, sagte Verry.

»Seid ihr da im Düstern, Deerns?«, fragte sie und rang die Hände, als sie ihre Lampe abgesetzt hatte. »Wat für 'ne furchtbare Fügung!« Sie blickte Veronica mit schmerzlicher Sorge an.

»Es ist alles Fügung, Temperance, ob wir nun leben oder tot sind«, sagte ich. »Lassen wir die Fügung in Ruhe.«

»Warum hab ik se auch verlassen. Se konnte ja nich alleen für sich sorgen. Aber, aber, Cassandra Morgeson, du hast je noch nich mal diin Sachen abgelegt. Un wat kuckt denn da aus diin Ausschnitt raus?«

»Es ist ihr Taschentuch.« Ich küsste es, und nun begann Verry darüber zu weinen und bat mich darum. Ich verzichtete darauf, für sie.

»Dat wird euren Vadder umbringen.«

Ich hatte gar nicht an ihn gedacht.

»Fast neun is de Klock. Sofrony Beals is da; se bahrt wunnerschön auf.«

»Nein, nein, lasst niemand sie anfassen!«, schrie Verry.

»Ne, dat solln se auch nich. Kumm man in de Küche, ihr müsst wat zu essen haben.«

Ich war ganz schwach, weil ich nichts gegessen hatte, und als Temperance etwas für uns machte, aß ich herzhaft. Veronica nippte ein wenig Milch, wollte aber sonst nichts anrühren. Tante Merce, die zum Tee ausgegangen gewesen war, wie Temperance sagte, kam in die Küche.

»Mein armes Kind, ich habe dich noch gar nicht gesehen«, und umarmte mich, halb blind vor Tränen. »Wie blass du bist! Wie eingefallen! Halt dich aufrecht, so gut du kannst. Ich habe nicht gedacht, dass die wertlose von uns beiden die sein würde, die übrig bleibt und leidet. Geh zu deinem Vater, so bald wie möglich.«

»Drinken Se de Tee ganz leer, Mercy«, sagte Temperance und hielt ihr eine Tasse hin. »Dat gibt nich viel zu essen im Hus. Grade nu ohne guude Vorräte! Wat hat sich Hepsey nur gedacht?«

»Die arme alte Seele«, erwiderte Tante Merce, »sie ist ganz am Boden. Fanny musste ihr die Treppe hinauf helfen.«

Die Küchentür ging auf und Temperances Ehemann Abram kam herein.

»Gott bewohr!«, sagte sie mit Zorn in der Stimme, »dat du auch noch vorbeikommst! Hast wohl gedacht, ik könnte nich nach Hus kommen un dir Frühstück machen?«

Sie hing den Kessel wieder über das Feuer und murmelte so leise, dass er es nicht hören konnte: »Dat gibt Leute, die wärn bedder zu entbehren gewesen als annere Leute.«

Abram schob den Hut zurück. »›Der Herr hat's gegeben und der Herr hat's genommen‹, aber se is 'n große Verlust für die Armen. Miin arme Jung zum Beispiel, dem siin Kleider –«

»Is he nich de allerletzteste von alle Mannsleute, de du jemals gesehn hast?«, fuhr Temperance dazwischen und brachte ihm ein großes Stück Kuchen, das er mit einem kurzen Lachen nahm. Er setzte sich hin, um es zu essen. Ich konnte mir nicht verkneifen, Blicke mit Tante Merce zu wechseln. Wir lachten beide. Veronica, die in ihren Gedanken versunken war, achtete auf nichts um sie herum. Ich sah, dass Temperance litt. Sie war verwirrt und verärgert.

»Lass Abram bleiben, wenn er will«, flüsterte ich ihr zu, »und sieh zu, dass du selbst bleibst, denn du wirst gebraucht.«

Ihr Gesicht hellte sich mit einem Ausdruck der Dankbarkeit auf. »He is schon 'n Bürde«, flüsterte sie zurück, »aber wenn ik nu mal so blöde war, muss ik nu auch für miin Blödheit bestraft werdn. Ik bleib, kannst di drauf verlassen. Ik mach *allns* für euch. Ik war wohl verrückt, dat ik überhaupt weg war.«

»Sind die Nachbarn fort?«, fragte ich.

»'n paar sind noch da un bleiben auch. Ik steck Verry ins Bett un schlaf bei ihr auf 'm Fußboden. Geh du zu diin Vadder.«

Er war in ihrem Schlafzimmer, auf dem Bett. Sie lag auf einem Holzgestell, das mit Leintuch behängt war, eine Art von Bett, das in Surrey im Falle von Krankheit oder Tod von Haus zu Haus gegeben wurde.

»Unsere letzte gemeinsame Nacht ist vorüber«, sagte er mit zitternder Stimme, und spärliche Tränen fielen aus seinen wunden Augen. »Der Abstand zwischen dann und jetzt – als sie ihren Arm um mich hatte, als sie neben mir schlief, als ich aus einem bösen Traum aufwachte und sie dicht neben meinem Gesicht mir sanft zuredete, bis ich wieder einschlief – ist so gering, dass ich mich daran erinnere, als wäre es wirklich, was mich sehr quält. Er ist so unermesslich, wenn ich sie da sehe – *da*, dass es mich überwältigt.«

Falls ich überhaupt vorgehabt hatte, ihn anzusprechen, so war das vorbei. Und auch ich musste gehen. Waren die Hände über ihrer Brust gefaltet, wo auch ich geschlafen hatte? Waren die blauen Augen geschlossen, die mir damals zugeschaut hatten? Ich würde es niemals sehen. Ein Leichentuch verdeckte sie nun vor allen Augen außer den seinen. Bis ich die Tür hinter mir zumachte, blickte ich mein letztes Lebewohl. Eine ältere Frau begegnete mir, als ich die Treppe hinaufging, und bot mir ein kleines Päckchen; es war ihr Haar. »Es war sehr lang«, sagte sie. Ich versuchte vergeblich, ihr zu danken. »Ich werde es für Sie in eine Schublade legen«, sagte sie freundlich.

KAPITEL XXXIV

Das Haus war voller Leute bis nach der Beerdigung. Wir saßen feierlich herum, damit man uns kondolieren oder uns bedienen konnte. Kein noch so kleiner Teil der Rituale, die Sitte waren, wurde ausgelassen, obwohl ich mir sicher bin, dass diejenigen, die sie ausführten, dazu nicht sonderlich ermutigt wurden. Nur Veronica wollte niemanden sehen; ihr Zimmer war das einzige, in das die Invasion nicht vordrang. Die Nachbarn hatten nämlich das Haus übernommen, unterstützt von dem Teil der Morgesons, deren Verwandschaft mit uns zu weitläufig war, als dass sie sich als Leidtragende mit uns hätten einschließen können. Das Haus stand unter striktem Trauerrecht und wurde vom Keller bis zum Speicher inspiziert. Sie überwachten alle Arrangements, wenn es welche gab, die sie nicht selbst veranlasst hatten, empfingen Gäste, die von weit her kamen, und standen ihnen bei der Abreise bei. Jedes Kind in Surrey durfte hereinkommen und mit der müßigen Neugier der Kindheit die Tote ansehen. Veronica wusste von all dem nichts. Ihr Verhalten nahm man für selbstverständlich; meines wurde mir aufgezwungen. Ich protestierte bei Temperance, aber sie antwortete, dass alles gut gemeint sei und immer so gemacht wurde. Ich ertrug dieselben Ärgernisse immer wieder von einer Person nach der anderen. Die Schlafenszeit war eine besonders günstige Gelegenheit für sie. Man gestattete mir nicht, mich allein auszukleiden. Ich musste Getränke zu mir nehmen, die mich entweder beruhigen oder anregen sollten; ich musste etwas vorgelesen bekommen, man musste bei mir wachen, wenn ich schlief, oder ich musste wach gehalten werden, um Ratschläge erteilt oder Neuigkeiten erzählt zu bekommen. Die ganze Zeit über wiederholten sie im Chor, was Mutter für ein Mensch gewesen sei, sprachen von den Eigenheiten, den Tugenden der Mutter, die ich verloren hatte, die nicht zu ersetzen war – die in einer besseren Welt weilte. Ich wurde jedoch während dieses Intervalls in gewisser Weise von mir selbst ferngehalten. Die Form bestimmt oft die Inhalte. Arthurs Gefühle wurden auch sehr strapaziert. Er weinte oft und vertraute mir seinen Kummer an und seine Pläne für die Zukunft. »Wenn die Leute mit fünfundsiebzig sterben würden, dann wäre es gut«, sagte er, »denn dann muss man damit rechnen zu sterben, so sagt es die Bibel.« Er teilte mir auch mit, dass er Architekt werden wollte, und dass das Mutter gefallen hatte. Er hatte sich etwas ausgedacht, von dem er ihr erzählt hatte: ein Torbogen aus schwarzem Marmor, golden geädert, der sollte in Ägypten stehen und das Wort *Pandämonium* tragen. Die Küche war das Zentrum seines Interesses, denn es wurden ständig Speisen zubereitet für die, die kamen oder gingen. Temperance erzählte mir, dass die wenig betroffenen und gleichgültigen Trauergäste gute Verpflegung schätzten, und dass ihre Herzen leichter waren als ihre Mägen, wenn sie wieder gingen. Sie hatte dort den Vorsitz und rang mit Fanny, die ihre Fähigkeit, Dinge mit Ausdauer zu tun, offenbar verloren hatte, außer, wie Temperance sagte, wenn es Vater betraf. »Wat is dat schade, dat se nich siin Hund is; denn könnte se zu siin Füße liegn bleibn. Gestern hab ik se gefundn un se hat richtig geweint, weil he so traurig gekuckt hat.«

Tante Merce war mit einer Schneiderin und dem Auftrag für Hauben und Schleier beschäftigt. Sie besprach die Trauerangelegenheiten mit den Morgesons. Ich stimmte allen ihren Arrangements zu, denn sie fand schlichten Trost in diesen äußerlichen Zeichen. Veronica weigerte sich, Haube und Schal und das geforderte Bombasin zu tragen. Bombasin mache ihr Gänsehaut. Warum sollte sie das tragen? Mutter hatte es auch gehasst, denn sie hatte die Kleider, die bei Großvater Warrens Tod gemacht wurden, nie aufgetragen.

»Se is 'n größerer Kindskopp als je«, bemerkte Temperance, »un muss ihrn Willen habn.«

»Findest du, dass der Rand meines Häubchens zu breit ist?«, fragte Tante Merce, als sie fertig angekleidet für die Beerdigung in mein Zimmer trat.

»Nein.«

»Das Häubchen kommt von Miss Nye aus Milford; sie sagt, dort trägt man sie so. Ich hätte es für das halbe Geld selbst machen können. Bist du bald fertig? Ich werde meine Haube aufsetzen. Der Hof ist schon jetzt voller Kutschen.«

Jemand reichte mir Handschuhe; die Haube wurde mir gebunden, man gab mir ein Taschentuch, die Tür wurde geöffnet. Im Gang hörte ich ein Klopfen aus Veronicas Zimmer und ging hinüber um zu erfahren, was sie wollte.

»Sieht ihr das ähnlich?«, fragte sie und zeigte mir eine Zeichnung.

»Wie hast du das machen können?«

»Weil ich es versucht habe. *Sieht* es ihr ähnlich?«

»Ja, der Idee nach.«

Doch was für ein Bild hatte sie zu malen versucht! Mutters schattenhaftes Gesicht blickte heiter aus einem hohen, schmalen Fenster in den Wolken, die aussahen wie die, die sich um die Sonne versammeln, wenn sie »Wasser zieht.« Mutter hielt ihr Gesicht nah an die Scheibe und schaute auf dunkle, unbestimmte Wesen hinunter, die Veronica entweder nicht formen hatte wollen oder können.

»Behalte es, aber mach nichts mehr dran.« Und ich legte es weg. Sie war blass und erschöpft, aber gesammelt.

»Ich sehe, du bist fertig. Jemand muss die Toten begraben. Geh. Wird das Haus leer sein?«

»Ja.«

»Gut, dann kann ich noch einmal drin umhergehen.«

»Die Toten müssen begraben werden, soviel ist sicher, aber warum sollte es so klar sein, dass ausgerechnet *ich* es tun muss?«

»Glaubst du denn, dass ich es durchstehen kann?«

»Ich denke, dein Verhalten ist Willenssache.«

»Du magst Recht haben. Vielleicht hatte Mutter auch immer Recht in dem, was sie von mir hielt. Sie war gegen mich.«

Sie sah mich mit soviel Zaghaftigkeit und Besorgnis an, dass mir das Herz blutete. »Ich denke, *jetzt* könnten wir uns einen Kuss geben«, sagte sie.

Ich schloss sie in die Arme und hielt sie so fest an mich gedrückt, dass sie zurückwich. Aber sie küsste mir sanft die Wange und nahm ein Fläschchen Riechsalz aus ihrer Tasche, das sie mit einer kleinen Kette an meinem Gürtel festmachte und sagte wieder: »Geh.« Doch sie rief mich noch einmal zurück. »Noch etwas; ich werde nie mehr wütend auf dich werden.«

Der Treppenabgang war voller Menschen. Ich verschloss die Tür und zog den Schlüssel heraus; die Treppe war dicht gedrängt. Alle machten mir in stillem Respekt Platz. Als Tante Merce mich sah, legte sie ihre Hand auf einen leeren Stuhl neben Vater, der beim Sarg saß. Es wurden die Bibelstellen mit den wunderschönen poetischen Bildern zum Heimgang des Menschen vorgelesen; so wie ich sie hörte, fielen sie dumpf auf den Sarg, im Widerstreit mit derjenigen, die darinnen lag und ihnen schweigend widersprach. Es folgte eine Predigt, die darauf angelegt war, die Gefühle bis zum Äußersten aufzuwühlen. Arthur begann so ängstlich zu weinen, dass eine umsichtige Freundin ihn hinausbrachte, und Tante Merce weinte so heftig, dass ihr schwindlig wurde und sie sich an mir festhalten musste. Ich gab ihr das Riechsalz, und sie erholte sich wieder. Ich aber fühlte mich so, wie Vater aussah – ernst und darauf bedacht, der unnützen Prüfung zu entkommen.

Als der Sarg zum Leichenwagen hinausgetragen wurde, pochte und wand sich mein Herz, als ob es den Befehl erhalten habe, mitzugehen und sie nicht zu verlassen. Doch ich war im Käfig des Lebens gefangen – der Wärter wollte mich nicht gehen lassen; sie hatte er freigelassen.

Wir mussten noch eine unerträglich lange Zeit sitzen bleiben, bis alle Anwesenden zum letzten Mal an ihr vorbeigegangen waren. Als sich der Leichenwagen die Straße hinunter in Bewegung setzte, rief man Vater, Arthur und mich und half uns in unsere Kutsche, als ob wir hilflos seien; die Zügel legte man in Vaters Hände und das Pferd wurde hinter dem Leichenwagen hergeführt. Schließlich kam das Kommando, und die lange Prozession bewegte sich durch die Straße, die menschenleer war. Aus einem Haus rannte eine Katze und sprang über den Weg; Arthur lachte und Vater fuhr beim Klang seines Lachens nervös zusammen.

Der Friedhof lag eine Meile vor dem Dorf – auf einer sandigen Ebene, auf der ein paar kümmerliche Kiefern, die man vom nahen Wald her umgesetzt hatte, ums Überleben kämpften. Als wir von der Landstraße in den Weg einbogen, der dorthin führte, und eine kleine Anhöhe hinauffuhren, wo der Sand so tief war, dass er das Geräusch der Wagenräder und der Pferdehufe dämpfte, konnte man das ganze Rund des grauen Himmels sehen. Er hing tief über uns. Ich wünschte, er würde herunterfallen und die schemenhaften Nichtse unter sich auslöschen. Wir ließen die Kutsche am Zaun zurück und gingen den schmalen Pfad zwischen den Gräbern hinauf, auf denen jeder Stein den Namen »Morgeson« trug. Einige waren so alt, dass sie gelbe Moosflecken hatten und sich nach vorn oder hinten neigten, in stummem Protest gegen den Unsinn, etwas zu benennen, das längst nicht mehr unter ihnen war. Die Gräber bedeckte mageres, verknotetes Gras und hier und da ein fauliger grüner Fleck. Ich betrachtete die Umrisse eines solchen grünen Flecks, als ich spürte, wie Vaters Arm zitterte. Ich schloss die Augen, meine Ohren aber konnte ich nicht verschließen vor dem Geräusch der Schaufel Sand, die auf den Sarg fiel.

Es war vorbei. Wir mussten sie den Wesen überlassen, die Veronica gesehen hatte. Ich sah nach oben, ob ich die schemenhafte Figur hinter dem grauen Wolkendunst erkennen könnte, wo sie vielleicht einen Moment anhielt auf ihrer ewigen Reise in die ewige Welt der Seelen.

Es war so Sitte, und Vater nahm den Hut ab, um seinen Freunden für ihr Mitgefühl und ihre Anteilnahme zu danken. Seine Lippen bewegten sich, aber kein Wort war zu hören.

Die Prozession bewegte sich wieder den Weg hinunter. Arthurs Hand lag in meiner; er stampfte mit den Füßen fest auf den Sand, als ob er das bedrückende Schweigen brechen wollte, das niemand zu stören geneigt schien. Dieselben zeremoniellen Schritte wurden für unsere Heimfahrt vollzogen, von derselben Person, die die Zügel losließ und den Hut hob, als wir vorbeifuhren, als letztes Zeichen der Aufmerksamkeit und der Ehrerbietung.

Die Fenster standen offen; ein Wind blies durch das Haus, die Möbel waren zurecht gerückt, die Türen weit geöffnet, doch keine Menschenseele war da, als wir eintraten. Die Verpflichtungen, die Freundschaft und Tradition erforderten, waren erfüllt; die Nachbarn waren zu ihren Beschäftigungen nach Hause zurückgekehrt. Für die Öffentlichkeit war die Tragödie zu Ende, sämtliche Spekulationen über den Grad unserer Trauer oder unserer Gleichgültigkeit waren abgeschlossen. Jetzt, da wir allein waren, stand es uns frei, unsere Trauerkleidung und unsere Trauergesichter abzulegen oder uns dem Schmerz hinzugeben, den wir aus Besorgnis und Scham nicht zeigen wollten, außer vor dem Einen, der über den Gefühlen der Menschen steht.

KAPITEL XXXV

Temperance blieb für den Hausputz. Sie konnte sich die Bemerkung nicht verkneifen, es sei ein Glück, dass es zur regulären Putzzeit passiert sei, da nach jeder Beerdigung ein Hausputz sein musste. Sie kehrte in ihr eigenes Haus zurück, sobald dieser vorbei war. Vater fuhr wie üblich nach Milford; Arthur ging wieder zur Schule, und Tante Merce, die sich zunächst damit beschäftigt hatte, ihre Garderobe durchzuschauen und herauszusuchen, was man färben konnte, legte alles gefaltet zurück. Sie verbrachte Stunden in Mutters Zimmer, aus dem Vater geflohen war, weinte über ihrer Bibel, schaute in ihre Schachteln und Schubladen, um ihre Trauer mit dem Anblick vertrauter Dinge zu füttern, wechselte zwischen diesen Phasen und ihrer alten Beschäftigung, aus dem Fenster zu schauen. Was mich und Veronica anlangte, so ließ sie ihre Bekümmernis über die Verantwortung erkennen, die nun, wie sie fürchtete, notwendigerweise auf ihr ruhte. Veronica, dunkel und still, spielte solch herzzerreißende Melodien, dass Vater es nicht aushalten konnte, ihr zuzuhören. Folglich ging er weg, wenn sie spielte, da er sich nicht traute, sie zu bitten, es zu unterlassen. Mit mir hatte sie seit der Beerdigung kaum gesprochen. Sie trug jeden Tag das gleiche Kleid – eines aus schwarzer Seide – und einen kleinen schwarzen Umhang, der über ihrem Busen zusammengesteckt war. Bald begannen die Türen sich in alter Weise zu öffnen und zu schließen, und die Leute kamen und gingen wie ehedem, mit dem Auftrag, zu betteln oder zu borgen.

Bei Tisch spürten wir eine gewisse Eile. Statt wie gewohnt zu verweilen, gingen wir bald wieder auseinander, mit gleichgültiger Miene, als würden wir zu irgendwelchen Geschäften gerufen und nicht von der Trauer vertrieben. Wenn aber unser Blick auf einen gewissen Stuhl fiel, der leer an der Wand stand, durchfuhr uns ein stechender Schmerz, den wir keineswegs versteckten, denn es gab plötzliche Pausen in unseren Alltagsgesprächen, die in gewundene Bahnen abschweiften und unsere innere Spannung verrieten.

Viele Wochen vergingen, in denen ich eine schmerzhafte, ziellose Melancholie durchlitt. Meine Gedanken schweiften ständig durch das

Vakuum in unserer Atmosphäre, und wenn sie zurückkehrten, machten sie mir eindrucksvoll bewusst, wie wenig ich daran glaubte, dass ich Freude daran haben oder auch nur die Notwendigkeit empfinden könnte, mich mit den Tasten eines Instruments zu beschäftigen, das ich, auch wenn ich sie noch geschickt anschlagen sollte, nie wirklich meistern würde.

Eines Tages ging ich an der Küste spazieren, zum ersten Mal seit meiner Rückkehr. Als ich meinen Fuß auf den Boden setzte, brannte das unerträgliche Licht des strahlenden Tages durch mein Innerstes. Ich leuchtete und war im Dunkeln, denn ich war geblendet. Ich suchte meinen Weg über den Strand, der von der Flut leer zurückgelassen worden war, mit auf den Boden gesenkten Augen, bis ich wieder sehen konnte. Ich erreichte die Stelle zwischen unserem Haus und dem Leuchtturm, wandte mich dem Meer zu und sog seine kühle Frische ein. Ich kletterte auf einen flachen, niedrigen Felsen auf der Landzunge. Er war trocken in der Sonne, und der Tang, der von seinen Seiten herunterhing, war schwarz und kraus. Ich legte meinen Wollschal darauf und streckte mich der Kante entlang aus. Kleine Tümpel, durch die zahllosen Felsen um mich herum von der See abgebunden, zogen meine Aufmerksamkeit auf sich. Wie weiß und durchsichtig war die seichte Stelle gleich neben mir – kein Schatten außer dem Schatten meines Gesichts, das darüber gebeugt war – nichts, was ihre Oberfläche hätte kräuseln können, außer meinem nicht wahrnehmbaren Atem! Nach einer Weile trieb ein Bündel verknoteten Seetangs von außen herein und setzte sich in einer Spalte fest. Ein winziges Tierchen mit gefransten Füßen schoss daraus hervor und schwamm quer hindurch. Nach dem verknoteten Tang kam ein Stückchen grüne, seidige Substanz; es war so zart, als sei es der Rest eines Gewebes, gewoben im Palast der Circe. »Es muss eine Strömung geben«, dachte ich bei mir, »die sie hierher trägt.« Und ich beobachtete den Einlass, um andere herrenlose Dinge zu entdecken, aber es kam nichts mehr. Augen gleich stiegen Blasen aus den Wedeln des verknoteten Tangs auf. Unterwegs auf ungewisser Fahrt, zerbrachen sie eine nach der anderen und gingen unter ins Nichts. Die letzte verschwand; der Tümpel zeigte mir wieder den reglosen Schatten meines Gesichts, über das ich nachdachte, bis ich plötzlich ein langsames Vibrieren im Inneren gewahrte, das sich steigerte, bis ich mich in einem seltsamen Aufruhr fühlte. Ich steckte meine Hand in den Tümpel und bewegte seine Oberfläche.

»Sei gegrüßt, Cassandra!«

Ich sprang auf den höchsten Felsen der Landzunge und blickte seewärts, um einen Blick auf den fliegenden Geist zu erhaschen, der mich berührt hatte. Meine Seele fand ihre Balance und neues Leben durch die Schönheit vor meinen Augen. Die weite, schimmernde Ebene des Meeres – sein luftiges Blau, das sich über die Grenzen meines Blicks hinaus in der einen Richtung erstreckte und in der anderen schräg aufgereihte, wolkenähnliche Inseln trug, unterschiedlich geformt und überschattet von Küste und Himmel – mischte sein Wesen mit dem meinen.

Der Wind frischte auf; unter dem fernen Horizont begannen die Wassermassen zu wogen. Dunkle, speerförmige Wolken erhoben sich darüber und bedrohten den Osten. Der geschwinde Wind schüttelte und trieb die See immer näher, bis ich von einem Strudel von milchiggrünem Schaum umgeben war. Die Flut kam herein und ich zog mich zurück, trat von Fels zu Fels, um den die Wellen sich drehten und zischten; vergebens hatten sie sich bemüht, über mich hinwegzusteigen. Ich hielt am Rand der Hochwasserlinie inne. Die See suchte mich, und ich musste warten. Sie gab Laut, als ihre Lippen meine Füße berührten, brüllte in den Höhlen und stürzte sich in wilder, unbändiger Freude auf den flachen Strand!

»Auf denn, ran ans Leben!«, riefen meine Sinne. »Wir wollen sein sehnendes Schweigen besitzen, seine wartende Schönheit plündern. Wir wollen uns in seinem Licht und seiner Wärme erheben und rufen, ›Komm, wir erwarten dich.‹ Sein Tosen, seine Schönheit, seine Wildheit – wir wollen sie haben – sie *alle*.« Ich wendete mich um und ging schnell heimwärts, trat auf die Rippen aus weißem Sand, die schwarzen Anhäufungen von Seetang, als wären sie glatter Boden.

Tante Merce stand in der Tür.

»Jetzt«, sagte sie, »bekommen wir den langen Mai-Sturm. Die Möven fliegen um den Leuchtturm. Wie hoch die Flut ist! Du willst sicher dein Essen haben. Ich wünschte wirklich, du würdest dir Fanny einmal vornehmen; sie spielt die Herrin über uns alle.«

»Ja, ja, wird gemacht; du kannst dich darauf verlassen. Ich werde kommandieren, aber auch dienen.«

»Ach Cassandra, *kannst* du dich denn *selbst* aufgeben?«

»Ich muss wohl. Der verflixte Schaum. Er fliegt an die Scheiben.«

»Komm herein. Deine Haare sind nass und dein Schal ist zum Auswringen. Jetzt noch eine Erkältung!«

»Ich werde nie mehr Erkältungen haben, Tante Merce; ich will nie mehr etwas nur für mich, ausschließlich, verstehst du?«

»Du tust mir gut, liebes Mädchen; ich liebe dich«, und sie begann zu weinen. »Es gibt nur kalten Schinken und gekochten Reis für dich zum Essen.«

»Wie spät ist es?«

»Fast drei.«

Ich machte die Tür des Esszimmers auf. Der Tisch war gedeckt, und ich ging um ihn herum, auf einer Inspektionsrunde.

»Ich dachte, Sie könnten gerade so gut Ihr Essen alles auf einmal haben«, sagte Fanny am Fenster, mit ihren Füßen auf den Sprossen ihres Stuhls. »Hier ist es.«

»Das sehe ich. Wer hat es gerichtet?«

»Ich und Margaret, die Irin.«

»Wie viele Tischtücher haben wir?«

»Jede Menge. Ich dachte, da Ihnen regelmäßige Essenszeiten offenbar nicht wichtig sind und Sie uns alle haben warten lassen, brauchte *ich* es auch nicht so genau nehmen. Außerdem bin ich ja nicht das Serviermädchen.«

Sie hatte das Küchengeschirr gedeckt. Ich zog das Tischtuch mit allem herunter – das Geschirr zerbrach natürlich – und setzte mich auf den Boden, um die Reste als meine Mahlzeit herauszuklauben.

»Was wird Mr. Morgeson sagen«, fragte sie und wurde sehr rot.

»Räumst du diesen Plunder weg, bis er nach Hause kommt?«

»Das muss ich wohl, oder?«

»Das will ich hoffen. Wo ist Veronica?«

»Sie ist seit zwölf Uhr weg. Sam hat sie zum Haus von Temperance gefahren.«

Ich fuhr mit meiner Mahlzeit fort. Fanny brachte mir einen Stuhl, den ich nicht benutzte. Ich schmeckte kaum, was ich aß. Plötzlich war eine Mauer emporgewachsen, die mich von meinen Träumen trennte. Ich war drinnen, in einem prosaischen Anwesen, auf das ich mich künftig beschränken müssen würde. Die Folge von Mutters Tod, an die ich vorher nicht gedacht hatte – der Zusammenbruch der Ordnung – begann sichtbar zu werden. Die Persönlichkeit, die die Schwächen und Fehler unserer Familie in Schach gehalten hatte, musste eine starke gewesen sein; und ich hatte das nie erkannt! Ich versuchte, ihren Einfluss zu analysieren, der so mächtig gewesen war und den sie doch so unmerklich ausgeübt hatte. Ich dachte an ihre Milde, ihre Verträumtheit, ihr Unbeteiligtsein und ihre Unfähigkeit, ein Naturell zu verstehen, das von dem ihren verschieden war. Konnte die charakterliche Anlage dies erklären – jene Eigenschaft, die wir nicht verändern, vermitteln oder empfangen können? Der Charakter war ein geheimnisvolles und unzerstörbares Faktum, ein Faktum, das ich nur wenig respektiert hatte. Auf welch falscher Basis hatte ich mich bewegt – einer Basis der Extreme. Ich hatte die Menschen wie wandelnde Bäume gesehen: das war meine Erfahrung.

»Sie werden an diesem trocknen Brot ersticken«, rief Fanny, die wirklich besorgt über meine Selbstvergessenheit war.

»Wo ist mein Koffer? Hast du ihn aufgemacht?«

»Ich hab herausgenommen, was Sie im Augenblick brauchten, aber er ist nicht ausgepackt. Er ist in der Kammer am oberen Flur.«

Ganz klein geworden, sammelte sie die zerbrochenen Stücke des Delfter Porzellans auf.

»Hast du einen kleinen Beutel gesehen, den ich mitgebracht habe? Und wo ist meine Mappe? Großer Gott! Warum habe ich den Brief solange aufgeschoben? Denn ich habe daran gedacht, und doch habe ich ihn zurückgehalten.«

»Sie ist gut aufgehoben, in Ihrem Schrank, Miss Cassandra, und die Schachtel ist auch da.«

»Tante Merce«, rief ich, »willst du nichts zu essen haben?«

Sie lachte hysterisch, als sie sah, was ich getan hatte.

»Wo ist Hepsey, Tante Merce?«

»Sie legt sich nach dem Essen ein, zwei Stunden schlafen.«

»Sie muss hier weg.«

»Ach!«, riefen beide im Chor, »warum?«

»Sie ist zu alt.«

»Sie *hat* Geld, und ein gutes Haus«, sagte Tante Merce, »wenn sie denn schon gehen muss. Ich frage mich, wie Mary es so lange ausgehalten hat.«

»Schicken Sie sie nur weg«, sagte Fanny, »wenn sie unnütz werden.«

Tante Merce wurde rot und sah gekränkt aus.

»*Dich* werde ich behalten; pass nur auf, dass du deine eigene Uneigennützigkeit nicht vergisst.« Ich wollte auf mein Zimmer gehen, weil ich es an der Zeit fand, meine Koffer und Schachteln aufzuräumen. Außerdem brauchte ich Ruhe – den traurigen Luxus der Gefühlsreaktion. Aber da kam die Nachricht ins Haus, dass Arthur verschwunden sei, in Gesellschaft zweier Jungen, die für ihren Unfug bekannt waren. Sein Lehrer sorgte sich, sie hätten in einem lächerlichen Segelboot aufs Meer hinaus gefahren sein können. Wir waren in großer Unruhe bis zum Einbruch der Dunkelheit, als Vater heimkam und ihn mitbrachte. Er hatte ihn auf dem Weg nach Milford gefunden. Veronica war nicht zurückgekehrt. Es stürmte heftig, und Vater war ärgerlich, weil ihr in diesem Sturm ein Pferd gebracht werden musste. Schließlich erreichte ich das Asyl meines Zimmers, gereizt und überzeugt, dass meine Situation nun jeden Tag so sein würde. Beim Aufräumen meiner Schubladen und Regale wurde ich ruhiger. Die Schachtel mit Desmonds Blumen warf ich ins Feuer, ohne sie aufzumachen, samt Band, denn ich konnte ihren Anblick nicht ertragen. Ich faltete die Kleider auseinander, die ich zu den Gelegenheiten getragen hatte, bei denen ich mit ihm zusammen war. Sogar die Kragen und Bänder, mit denen ich mich geschmückt hatte, musterte ich mit eifersüchtigen, gierigen Augen. Bei ihrem Anblick verschwanden alle übrigen Erinnerungen, die ich mit meinem Besuch verband. Das Taschentuch, das nach Veilchen roch und das ich in der Tasche des Kleides gefunden hatte, das ich trug, als ich ihm bei Mrs. Hepburn begegnete, machte mich kindisch. Ich hielt es in der Hand, als Veronica hereinkam und eine Atmosphäre der Feuchtigkeit mitbrachte.

»Veilchen! Ich mag das. Es blüht noch keines, hat Temperance gesagt. Warum kommen sie so spät? Es gibt nur diesen jämmerlichen

Schachtelhalm«, und hielt einen Strauß blasser Pflanzen hoch, die die Köpfe hängen ließen.

»Ach Verry, kannst du mir verzeihen? Ich habe das nicht vergessen, aber ich hatte eine seltsame Abneigung dagegen, danach zu suchen.« Und ich gab ihr das Schmuckkästchen und den Brief.

Sie nahm sie und machte zuerst das Kästchen auf.

»Kindskopf-Verry.«

»Ich bin nie ein Kind gewesen, bin aber immer auf der Suche nach meiner Kindheit.«

Sie entnahm dem Kästchen eine Halskette, die aus einer einzigen Reihe von kleinen, schönen Perlen bestand, von denen ein ovaler, rein violetter Amethyst hing. Sie legte sich die Kette um den Hals.

»Er leuchtet wie der Mond«, sagte sie und blickte auf den Amethyst hinunter, der wässrig schimmerte. »Ich wollte, du hättest ihn mir eher gegeben.« Sie erbrach das Briefsiegel, wobei sie den Mund verzog über das darauf eingedrückte Wappen, schüttelte die eng beschriebenen Seiten heraus und mit den Worten »Das ist ja ein ganzes Buch«, begann sie zu lesen. »Sehr gut«, kommentierte sie am Ende der ersten Seite, »ein richtiger Aufsatz«, und fuhr fort, wobei ihre Miene zunehmendes Interesse ausdrückte. »Wie sieht er aus?« fragte sie und hielt wieder inne.

»Als ob er Sehnsucht danach hätte, dich zu sehen.«

Auf der Suche nach ihm wanderten ihre Augen so weit, dass ich dachte, sie erschräken vor einer plötzliche Vision.

»Wie fandest du seine Familie?«

»Ihm nicht sehr ähnlich.«

»Das wusste ich. Er hätte mich nicht so unvermittelt geliebt, wenn ich nicht völlig anders wäre als jede Frau, die er einmal gekannt hat.«

»Er hat einen sehr individuellen Charakter.«

»Das konnte ich mir denken, bei dem Einfluss, den er auf dich hat.«

Sie schaute mich versonnen an, strich mir mit ihrer kühlen Hand über das Haar und las weiter.

»Er denkt, er wird nicht mit dir nach Surrey kommen und bittet mich, ihm meine Wünsche mitzuteilen«, fasste sie das Original rasch zusammen. »Was ich über unsere Zukunft denke. Wie wir die Veränderungen angehen sollen. Ob Cassandra ihren Besuch beschreiben wird. Wird sie mir erzählen, dass er beabsichtigt, ins Ausland zu gehen?«

Sie ließ den Brief sinken. »Auf welcher Angel dreht er sich? Worüber ist er sich unsicher?«

»Es muss noch mehr zu lesen geben.«

Sie drehte eine weitere Seite um.

»Wenn ich in die Schweiz reise (ich erwäge das wegen Familienangelegenheiten), wann soll ich zurückkommen? Meine Familie hat natürlich erwartet, dass ich in ihren Kreisen heirate. Das heißt, meine Mutter würde lieber eine Frau für mich aussuchen als mich das selbst machen lassen. Aber, da du nie nach Belem kommen wirst, spielen ihre Pläne und Wünsche keine Rolle für uns. Wenn Cassandra das für uns sein würde, was sie sein könnte, wie würden sich die Dinge vereinfachen! Findest du nicht, Liebste, dass zwischen Schwestern die größte Sympathie herrschen sollte?«

Ich lachte.

Verry sagte, dass sie seinen Brief letztlich nicht sehr mochte. Offensichtlich glaubte er, sie sei unfähig, die Dinge des Alltags zu verstehen. Aber gut, es mache aus ihrer Liebe ein Idyll.

»Lass uns über näherliegende Dinge sprechen.«

»Lass uns in mein Zimmer gehen; der Sturm bläst so laut auf dieser Seite des Hauses.«

»Nein, du musst hier bleiben, bis die Wände zittern. Verry, ist dir etwas aufgefallen, das ich hier tun könnte?«

»Alles ist verändert. Ich habe mich bemüht, so stabil zu sein wie als Mutter noch da war, aber ich schaffe es nicht. Ich befinde mich in einem Wirbel vager Ideen von Freiheit. War sie das Familiengewissen? Jetzt, wo sie nicht mehr da ist, fühle ich mich nicht mehr verantwortlich.«

»Eine Art von Verantwortlichkeit ist mir eingefallen – was einfache Leute Pflicht nennen.«

»Ich spüre sie nicht«, rief sie klagend. »Ich muss also hinter dir zurückstehen. Du kannst tüchtig sein.«

»Ich muss mich wohl so verhalten, aber hilf mir, Verry – meine Wünsche gehen in eine ganz andere Richtung.«

»Wovon leben sie? Was sind sie? Hast du deinen bösen Geist?«

»Ja, einen Teufel namens Temperament.«

»Lehre du mich, Cassandra.«

»Nicht ich. Geh, und schreibe Ben. Entschuldige meine Nachlässigkeit dir gegenüber, was diesen Brief angeht. Sag ihm, er soll kommen. Ich will Alice und Helen heute Abend schreiben. Wir sind alle durch das Tor des Todes von der Welt abgeschnitten gewesen, aber wir müssen zurückkehren.«

»Auf eines kannst du dich verlassen – wenn ich auch keine Hilfe sein werde, Ärger werde ich dir keinen bereiten. Ich weiß, dass ich nur auf mich selbst bezogen besonders sensibel bin; bei dir ist das anders. Ich werde dir vertrauen. Seit du geredet hast, sehe ich die Schatten, die du heraufbeschworen hast und denen du dich stellen musst. Ich ziehe mich vor ihnen zurück, bewundere deine Urteilskraft und setze mein Vertrauen in deine Fähigkeiten. Du überzeugst mich, auch wenn du mich nicht für dich gewinnst. Wer kann schon wissen, wie alle deine Pläne und Hoffnungen, das Richtige zu tun, durchkreuzt werden mögen? Muss ich noch mehr sagen?«

»Nichts mehr.«

Sie verließ das Zimmer. Es würde zwischen uns keine Gegnerschaft geben, aber Schmerz – auf der einen Seite. Die Distanz, die uns voneinander getrennt hatte, war kleiner geworden, aber nicht verschwunden. Was konnte ich erwarten? Die stillen und heiteren Strömungen, die aus Gemütern wie Veronicas und Bens fließen, deren Genius nicht einer des Herzens ist, weigern sich, in ein so turbulentes Naturell wie das meinige einzumünden. Und doch würde mein Schicksal von ihnen verändert werden! Und was war der Lohn dafür? Alles, nur keine Sympathie. Aber ich murmelte:

»›Als Schatten seh' ich
Fern, fraglich, meine Absicht, wie die Mutter
Die Züge ihres Kinds erdenken mag,
Eh es geboren.‹«

Das Haus zitterte unter der Wut des Sturms. Die Wellen waren heiser vor sinnlosem Gebrüll, und der Wind kreischte an jeder Fuge des Kamins, der Türen und Fenster. In mir jedoch kein korrespondierender Aufruhr! Ich war älter geworden.

KAPITEL XXXVI

Einige Tage später fuhr ich mit Vater nach Milford, um ein paar Einkäufe zu machen. Ich suchte einen Weg, mit ihm über die Zukunft zu reden, und hatte vor, noch verschiedenes anderes anzusprechen, aber es fiel mir schwer, einen Anfang zu finden. Ich sah Vater an, der ernst und geistesabwesend auf die Straße vor uns blickte, dachte an den Altersunterschied zwischen ihm und Mutter und wunderte mich über meine Blindheit. Ich verglich den alten Mann meiner Kinderzeit, der in erster Linie dafür da war, Geld für den Unterhalt und die Vergnügungen seiner Familie zu verdienen und alle ihre Launen zu finanzieren, mit dem Mann neben mir, – gerade mal achtundvierzig, sein festes, frisches Gesicht ohne jedes Fältchen, und nur vereinzelt lauerte ein graues Haar in seinen blonden Locken. Ich war mir meines exklusiven Anspruchs auf ihn nicht mehr so sicher. Auch ich wandte meine Aufmerksamkeit der Straße zu und meinte, der Sommer ließe auf sich warten.

»Ja. Warum ist Somers nicht mit dir heimgekommen?«

»Ich weiß nicht recht. Die Heiratsfrage war noch nicht endgültig geregelt und der Plan, den Sommer in Europa zu verbringen, auch noch nicht.«

»Wird es ihm gefallen, in Surrey dahinzuvegetieren? Veronica wird ihr Zuhause nicht verlassen.«

»Er hat keinen Ehrgeiz.«

»Es ist ein Fluch, in diesem Land ein Vermögen zu erben. Mr. Somers schreibt mir, Ben werde dreitausend pro Jahr haben, doch gegenwärtig habe er noch nicht die Verfügungsgewalt darüber.«

Ich erklärte, so gut ich es konnte, die Eigentumsverhältnisse der Pickersgills.

»Ich verstehe. Die Kinder warten auf das Hauptvermögen und haben die Zinsen für sich herausgeschunden. Dadurch ist ihr Leben verquer. Ben hat sein Leben noch nicht einmal angefangen. Aber ich mag Somers ausgesprochen!«

»Er ist der Beste von ihnen, seine Mutter ist die Schlimmste.«

»Hattet ihr eine Auseinandersetzung?«

»Sie hat es versucht.«

»Ich kann Veronica nur neue Kleider und Möbel mitgeben; alles, was sie da haben mag. Geld aus meinem Geschäft abzuziehen, ist ganz unmöglich. Mit dem Geschäft geht es auf und ab wie Quecksilber, und es ist enorm verzweigt. Wenn sie zweitausend im Jahr hätten, dann wäre das ein fürstliches Einkommen; für mich wäre es das jedenfalls, wenn sie keine weiteren Belastungen hätten.«

»Willst du sagen, dass dein Einkommen nicht so hoch ist?«

»Ausgaben und Einnahmen sind bei mir seit langem eng miteinander verquickt. Ich trenne sie nicht. Ich habe nie einen luxuriösen Lebensstil gepflegt. Mein Luxus besteht darin, dass ich zuviel angefangen habe.«

Mich überkam ein Frösteln.

»Übrigens macht dir Mr. Somers Komplimente in seinem Schreiben. Wie alt bist du eigentlich? Ich habe es vergessen.« Er sah mich zweifelnd an. »Bist du zu dünn angezogen oder was ist los?«

»Der Ostwind, glaube ich. Ich bin fünfundzwanzig.«

»Und Veronica?«

»Über zwanzig.«

»Sie sollte heiraten. Ich hoffe, dass sie dann ihre praktische Ader entwickelt, um Somers' willen.«

»Er braucht keine Frau mit praktischen Fähigkeiten.«

»Was brauchen Männer?«

»Sie brauchen die Seelen und die Körper von Frauen, ohne sich die Mühe machen zu müssen, den Unterschied zwischen beiden zu kennen.«

»So schlimm? Hoh!«

Er hielt an, um Maut zu zahlen, und das Gespräch endete.

Auf dem Heimweg fand ich jedoch eine Gelegenheit, die von mir geplante Unterredung zu beginnen und platzte mit »Ich denke, Hepsey sollte uns verlassen«, heraus.

»Ist Hepsey krank?«

»Sie ist so alt und eine furchtbare Langweilerin.«

»Dann sag du ihr selbst, dass sie gehen muss. Sie hat genug Geld für ihr Auskommen; einiges davon halte ich, ebenso das der Hälfte aller Witwen, alten Jungfern und Seemannsfrauen in Surrey; sie glauben, ich sei besser als die Bank in Milford.«

Mich fröstelte erneut.

»Was! Sind unsere Dienstboten deine Gläubiger?«

»Dienstboten – sag so etwas nicht«, sagte er schroff, »wir machen hier keine solchen Unterschiede.«

»Deine Kosten sind höher als zweitausend im Jahr.«

»Woher willst du das wissen?«

»Denk doch nur an die Angestellten – die Pferde, die Kühe, Schweine, Hühner, Garten, Felder – das kostet alles mehr als es einbringt.«

»Was ist über dich gekommen? Hast du je vorher über Geld nachgedacht? Sag, warst du je in unserem Keller?«

»Ja, um mir die Kätzchen anzusehen.«

»Im Vorratsraum?«

»Wegen Äpfeln und Konfekt.«

»Kümmere dich darum, wenn du magst; deine Mutter hat sich nie um so etwas gesorgt; meines Wissens jedenfalls; aber sieh zu, dass deine Reformen nicht allzu lästig werden.«

Welche Ermutigung!

Im Hof sahen wir Fanny in Betrachtung einer Hühnerschar versunken, die vor ihr Körner pickten. »Nimm Fanny als Gehilfin; sie ist achtzehn und ein kluges Mädchen.« Sie sprang zur Kutsche und nahm die Leinen, die er ihr zuwarf, öffnete die Gurte und führte das Pferd zur Tränke noch bevor ich außer Sicht war.

»Wir könnten einen Stallburschen einsparen«, sagte ich.

»Puh! Du bist nicht sehr gnädig. Hör mal«, und er pfiff nach Fanny, »lass das Sam machen.« Sie zog einen Flunsch, und er lachte.

Gleich als ich eintrat, übergab mir Tante Merce einen Brief. »Das ist Alices Handschrift; setz dich und lies ihn.«

Sie nahm ihr Taschentuch und ein Stückchen Kalmuswurzel aus ihrer Tasche, um für den Ausbruch von Mitgefühl, den sie erwartete, gerüstet zu sein. Doch der Brief war kurz. Sie habe die Todesanzeige von Mutter damals in der Zeitung gesehen, stand da. Sie wisse, wie einschneidend diese Veränderung sei. Wir könnten gewiss sein, dass es nie mehr so wie früher sein würde, wie glücklich und vergesslich wir auch werden würden. Sie denke an uns, hatte sonst aber keine speziellen Botschaften außer an Tante Merce. Sie müsse unbedingt nach

Rosville kommen, noch bevor der Sommer vorüber sei. Und wäre es mir eine Hilfe, wenn sie Arthur für einige Zeit bei sich aufnähme? Edward war ein ruhiger, geselliger Junge, und Arthur wäre bei ihm zu Hause und in der Schule gut aufgehoben.

»Ich wünschte, du würdest hinfahren, Tante Merce.«

»Ja, warum nicht, Mercy?«, fragte Vater. »Wäre das gut für Arthur, Cassandra? Du weißt, was Surrey einem Jungen zu bieten hat.«

»Ich weiß, was Rosville einem Mädchen zu bieten hatte«, dachte ich. Für Arthur war es ein sehr guter Plan, doch die Vorstellung, dass er ginge, erzeugte Widerwillen in mir und ließ mich schweigen.

»Ist es eine gute Idee?«, wiederholte er.

»Ja, ja, Vater; du solltest ihn unbedingt hinschicken.«

Tante Merce seufzte. »Wenn er geht, muss ich auch gehen; er kann dann wenigstens eine Weile lang seine Kümmernisse und Schwierigkeiten bei mir abladen und ich mich auf diese Weise ein bisschen nützlich machen. Du weißt, Locke, ich bin nur ein armes Wesen.«

»Ich war mir dieser Tatsache nicht bewusst und bin erstaunt, dich das sagen zu hören, Mercy, wo du doch weißt, wie weit ich mich zurück erinnern kann. Mary überstrahlt all diese Jahre und du mit ihr.«

»Locke, du bist der liebenswürdigste Mensch auf der Welt.«

»Er fühlt sich um fünfzig Jahre jünger als sie ihm vorkommt«, dachte ich, dankte ihm aber dafür, dass er soviel Rücksicht auf sie nahm.

»Veronica hat heute einen Brief von Mr. Somers erhalten. Was hast du in Milford gekauft?«

»Mr. Morgeson«, rief Fanny, »Bumpus, der Jockey, ist im Hof. Er sagt, Bill lahmt. Ich glaub, er lügt, er will nur ein anderes Pferd.«

Er ging mit ihr hinaus.

»Tante Merce, lass uns mehr Zeit miteinander verbringen. Was hältst du davon, wenn wir abends im Salon zusammensitzen?«

»Denkst du, dass du unsere Gewohnheiten ändern kannst?«

»Ich würde, wenn ich könnte.«

»Versuch das mal bei Veronica.«

»Habe ich schon.«

»Wird sie die Einsamkeit aufgeben?«

»Bring dein Strickzeug in den Salon und sieh selbst.«

Veronica kam herein, um zu sagen, dass Ben in einer Woche käme.

»Freut mich.«

»Schickt dir liebe Grüße.«

»Sehr verbunden.«

»Nennt mich ›armes Ding‹; spricht ganz wunderbar über seine Erinnerungen an Mutter, und – «

»Was?«

»Sagt, ich solle mich auf deine treue Seele verlassen; auf die begründete Aussicht vertrauen, dass wir zusammen bleiben werden; versuchen, ein Gleichgewicht unserer Geschmäcker und Gewohnheiten zu erreichen. Er sagt mir etwas, das mir nie bewusst gewesen ist – dass ich dich brauche – dass wir einander brauchen.«

»Ist das alles?«

»Alles andere ist für *mich.«*

Ich ließ sie allein. Als ich sacht die Tür zu meinem Zimmer schloss, dachte ich: »Ben ist ein guter Mann, aber trotzdem fühle ich mich gerade jetzt wie der blinde Samson. Könnte ich die Säulen fassen, die den Tempel tragen, den er gebaut hat, ich risse sie aus ihrem Fundament und ließe ihm das Dach auf den Kopf fallen – das wäre eine Überraschung.«

Seine Ankunft verzögerte sich einige Tage. Als er eintraf, zeigte sich Surrey von seiner besten Seite, denn es war Juni; und obwohl der Wind kühl war, stand das Gras hoch und die Blätter der Obstbäume verdrängten die Blüten. Die Wälder waren von lebendigem Grün. Die Faune spielten dort und die Sirenen sangen in den Tiefen des Meeres. Doch ich dachte an andere Dinge; Faune und Sirenen waren nichts für mich, so perplex wie mich die Sorgen der Haushaltsführung machten. Hepsey wollte noch ein weiteres Jahr bleiben, aber ich blieb hart und sie ging, und bat Fanny, mit ihr zu gehen und ihr eine Tochter zu sein. Sie lehnte ab; aber der Vorschlag beeinflusste sie in einer Weise, dass sie mir Schwierigkeiten bereitete. Sie sagte mir, sie sei jetzt volljährig und niemand habe ein Recht, sie zu kontrollieren. Gegenwärtig sei sie da von Nutzen, wo sie war, und würde vielleicht bleiben.

»Willst du ein Gehalt haben?«, fragte ich sie.

»Das ist Mr. Morgesons Sache.«

Mein Ärger hätte sie gefreut, deshalb verbarg ich ihn.

»Deine Fähigkeiten, Fanny, sind besser als deine Art. Was mich angeht – mir passt du gar nicht; aber ganz sicher verlässt sich Vater auf dich bei seinen kleinen Annehmlichkeiten und Veronica mag dich. Ich möchte, dass du bleibst.«

Sie stemmte die Arme in die Hüften.

»Ich möchte Sie mal genau verstehen. Ich kann's nicht. Ich konnte auch Ihre Mutter nicht verstehen; der Rest von Euch ist so klar wie der helllichte Tag.« Und sie schnippte mit den Fingern, als ob ›der Rest‹ dazwischen wäre.

»Dir fehlt es an Vertrauen.«

»Sie glauben, dass die Welt schön ist, nicht wahr? Ich hasse sie. Ich denk mir, *Sie* hätten auch Grund, sie zu hassen. Was haben Sie denn schon, bitteschön?«

»Ein undankbares Biest, das ich geerbt habe.«

Sie sah, dass Vater im Garten mich zu sich winkte. »Er will etwas von Ihnen. Ich hasse die Welt *nicht* immer«, fügte sie hinzu, wobei ihre Augen auf ihn geheftet waren.

Ich hätte gerne die stillen Wasser unseres häuslichen Lebens mit Theorien aufgewühlt. Unsere Lebensweise war viel zu mechanisch. Die altmodische Askese, nach der Luft, Schlaf und Essen die einzigen Notwendigkeiten waren, war dumm. Aber ich bekam keine Hilfe. Veronica war der Meinung, dass ihr Anteil an meinen Plänen darin bestand, dass sie von allem, was ich tat, sorgfältig Notiz nahm, und das tat sie auch, nur um danach mit ihrem eigenen Leben fortzufahren, das sakrosankt war und separat verlief. Fanny lachte sich ins Fäustchen und nahm einen anderen Standpunkt ein – den praktischen, und darin brillierte sie und wurde recht eigentlich die wahre Leiterin und Tätige, während ich herumspielte. Tante Merce war hilflos. Sie vernachlässigte ihre früheren Aufgaben; und Vater war, wie er zu Hause immer gewesen war – unachtsam und gleichgültig.

Eines Morgens standen wir auf dem Treppenabsatz – Ben, Veronica und ich – und sahen aus dem Fenster. Ein Silbernebel umhüllte den Obstgarten so hauchdünn, dass die feuchten, glänzenden Blätter sich stellenweise durch ihn hindurchschoben. Darunter sangen Vögel, die die Wärme der kaum verdeckten Sonne spürten. Aus den frischen, nebelgetränkten Blätter und Blüten strömte ein köstlicher Duft herauf.

»Mir gefällt Surrey immer besser«, sagte er. »Die Luft tut mir gut.«

»Ach, das freut mich«, antwortete Verry. »Ich könnte hier nie weggehen. Es ist nicht schön, ich weiß; eigentlich ist es kärglich, wenn man es recht bedenkt; und doch gibt es hier Anregungen, die mich gelegentlich stimulieren.«

»Verry, kannst du die Leute von mir fernhalten, wenn ich hier wohne?«

»Ich mag dieses Gefühl bei dir nicht.«

»Ich mag Fischer.«

»Und ein Boot?«

»Ja, ich will ein Boot haben.«

»Ich werde nie mit dir hinausfahren.«

»Cass aber schon. Ich werde mit ihr kreuzen und du, in deinem Haus, brauchst uns nicht einmal fortgehen zu sehen. Erik der Rote hat Erkundungsfahrten in diese Gegend gemacht. Wir werden die Küsten entlang fahren, die immer noch beinahe so sind wie damals, als er mit seinen Nordmännern fortgesegelt ist; und wenn sie ihre leuchtenden Haare sehen, die sie um ihre stattlichen Schultern wallen lassen wird, werden die alten Ringelgänse denken, er sei mit seiner Braut zurückgekommen.«

Verry sah freudig von ihm zu mir. »Ihre langen, blonden Haare und ihre stattlichen Schultern«, wiederholte sie.

»Kommst du mit?«, fragte er.

»Natürlich«, antwortete ich und ging die Treppe hinunter. Unterwegs blickte ich zufällig zurück. Sein Arm lag um Verry, aber er sah mir nach. Er zog seinen Arm zurück als sich unsere Blicke trafen, und kam herunter; doch sie blieb oben und schaute aus dem Fenster. Wir gingen in den Salon und ich schloss die Tür.

»Also dann«, sagte ich.

Er nahm eine Nachricht aus seiner Tasche und gab sie mir.

Ich erbrach das Siegel und las: »Sag Ben, bevor du noch darüber nachdenken kannst, dass *ich* nach Europa gehen und es dann bereuen werde – ich weiß es jetzt schon. Desmond.«

»›Sag Ben‹«, wiederholte ich laut, »›dass *ich* nach Europa gehen werde. Desmond.‹«

»Errätst du, wie er, dass ich weggehen wollte, damit ich von dir und ihm nichts sehen und hören muss? An dem Ziel, auf das ich *dich* zufahren sah, könnte ich keinen Anteil haben.«

»Bleib; ich weiß, dass er geht.«

»Du weißt es nicht. Genauso wenig wie du weißt, wie solch ein Mann ist, wenn –«, er unterbrach sich.

»Wenn er liebt?«

»Wenn du es so nennen möchtest.«

»Ich möchte.«

Alles, was es zu sagen gab, hätte nun gesagt sein sollen; dennoch fühlte ich mich aufgewühlter als es meine Art war. Diese Gefühle, die mit meiner hausfraulichen Stellung nicht in Einklang standen, irritierten mich. Ich sah ihn an; er begann umherzugehen, nahm ein Buch auf, über das er seinen Kopf beugte und dessen Einband er zurückbog, bis es krachte.

»So möchtest du mich gerne lesen«, sagte ich.

»Das ist eher deine Art zu lesen.«

»Kannst du dich erinnern, dass Desmond und ich einander so beeinflussen, dass wir gleich handeln? Und dass wir einander ohne Konflikte verstehen? Ich liebe ihn, so wie eine gereifte Frau lieben kann – einmal, Ben, und nur einmal. Die Feuerspitzen der Pfeile durchdringen selten Seele und Sinn, Herz und Verstand.«

Er machte eine abfällige Handbewegung.

»Männer sind anders; er ist anders.«

»Du hast schon für mich gesprochen, und ich nehme an, dass du auch für ihn sprechen willst.«

»Das habe ich vor. Desmond ist ein brutaler, tyrannischer, sinnlicher Mann; Wahrnehmung und Pulsschlag sind bei ihm eins. Er sieht gut aus, ist klug, entschieden und kann gut singen, das gebe ich zu, aber mehr nicht.«

»Wir wollen seine Vorzüge oder Nachteile nicht zwischen uns hin- und herwerfen. Wir wollen ihn beobachten. Und jetzt sag mir – was bin ich?«

»Du bist meine Freude und mein Elend, seit ich dich kenne. Als ich dich das erste Mal sah, warst du so ungestüm und doch so unabhängig! Der Unaufrichtigkeit nicht fähig, ohne affektiertes Gehabe und couragiert auf natürliche Weise schön. Zu meiner Überraschung merkte ich dann, dass du, anders als die meisten Frauen, deine Impulse verstandest; dass du wagtest, sie zu bestimmen, und gottlos genug warst, ihnen nachzugeben. Du hast mein Ideal heruntergezogen, du hast mich auch in Verwirrung gestürzt, denn ich konnte nie behaupten, dass du Unrecht hattest. Du hast mich gezwungen, abstrakte Theorien zu befragen, und ihr Urteil fiel zu deinen Gunsten aus, was dich in meiner Einschätzung fast deiner Weiblichkeit beraubt hätte. Ich gebe zu, dass der Mann, der bereit ist, dich zu heiraten, mutiger ist als ich. Ist es ein Wunder, dass ich weich wurde, als ich dein Gegenstück fand, Veronica? Ihre zarte, reine, unwissende Seele erweckt in mir die Vorstellung von ewiger Ruhe.«

»Es ist keineswegs nötig, dass du dich mit abstrakten Theorien ermüdest, was sie angeht. Es wird das Wörtliche sein, wonach du hungern wirst, lieber Ben.«

»Verdammt. Die Welt hat einen Dreher in sich und wir drehen uns alle darin mit, teuflisch schief.«

Ich sagte nichts mehr. Er hatte meine Grenzen abgesteckt. Er würde, soweit möglich, mich kontrollieren, ohne Mitleid oder Mitgefühl, vermutlich in der Annahme, ich brauche sie nicht. Die Stärken, die er mir immer zugute gehalten hatte, mussten genügen. Ich konnte ihn nicht verstehen. Warum bereiteten mir Verry und er so schlimme Schmerzen? War das außergewöhnlich? Hatte ich mit normalen Frauen nichts gemein? Hielten sie mich für eine Missgeburt – während ich geglaubt hatte, Veronica sei diejenige, die man sonderbar und originell nannte? Das Ende vom Lied musste sein, dass ich mich ihrem Glück anglich!

»Also?«, sagte er.

»Danke.«

Dann kam Veronica herein und schwang ihre Haube. »Die *Sagamore* ist angekommen und ich werde an der Pier stehen, um die Matrosen zu zählen, und herausfinden, ob alle nach Hause gekommen sind. Kommst du mit, Ben?«

Er willigte ein und ich blieb allein zurück.

KAPITEL XXXVII

Als Ben Surrey verließ, gab ich ihm keine Nachricht und keinen Brief mit, und er fragte auch nicht danach. Aber sofort anschließend schrieb ich Desmond und beendete meinen Brief erst, als Mitternacht vorüber war. Berauscht von der Freiheit, die meine Feder mir bot, streifte ich über weite Felder aus Papier. Am nächsten Morgen verbrannte ich sie. Aber etwas musste ihm vor seiner Abreise gesagt werden, und ich schrieb erneut. Ich hätte es noch kürzer zusammenfassen können. Etwa so –

VESTIGIA RETRORSUM.
CHARLES MORGESON.

Als die Antwort kam, dachte ich, bevor ich sie las, darüber nach, dass dies das letzte Glied der Kette sein mochte, die uns verband. Selbst im besten Fall keine glänzende, auch keine blumenumrankte; sie war auch nicht aus Edelmetall, Silber oder Gold. Sie war rostig, zerfressen, denn sie war aus seinem und meinem Wesen geschmiedet.

Ich las sie: »Ich gehöre dir, wie ich dir seit jenem Abend gehöre, an dem ich dich gefragt habe: ›Woher sind diese Narben?‹ War dir klar, dass ich deine Geschichte erraten konnte? Ich verlasse dich mit einem einzigen Gedanken: Ich liebe dich, und ich *muss* gehen. Tapfere Frau! Du hast mich fast zu Tode beschämt.«

Er schickte mir eine Uhr. Ich sollte sie vom zweiten Juli an tragen. Sie war klein und einfach, aber im Deckel waren ein paar Worte mit einer Messerspitze eingeritzt, die ich jeden Tag las. Veronica sah sie, als ich sie das erste Mal trug.

»Wieviel Uhr ist?«

»Bald eins.«

»So, wie es aussieht, dachte ich, vielleicht bald zwei.«

»Verdirb mir nicht mein Idealbild von dir, Verry, werd bloß nicht witzig.«

Sie zuckte die Schultern. »Ich vermute, du hast sie als Treibgut am Strand gefunden, zwischen den Felsen. War sie beschädigt?«

»Ein Mann hat sie mir gegeben.«

»Ein Wassermann, der die Meer-Hallen füllt mit machtvoller Stimme?«

»Vielleicht.«

»Ach was, Ben hat die dir gegeben. Gewissermaßen ein haushälterisches Geschenk; hat er auch Schere und Nadelkissen dazu getan?«

»Was wäre, wenn der Wassermann mich eines Tages in den ›fahlen Meereshain, aufrecht und hoch‹ mitnehmen sollte?«

»Du darfst niemals weg, nie. Du kannst mich nicht verlassen, Cass!« Sie fasste mich am Ärmel und drehte mich um. »Es gab für dich doch so viel zu tun, in dem Leben, das vor uns liegt, von dem du gesprochen hast!«

»Ich weiß. Viel, ganz gewiss.«

Fannys flinkes Auge gewahrte das Glänzen der Uhr. Das Geheimnis reizte sie, aber sie sagte nichts.

Tante Merce war mit Arthur nach Rosville gegangen. Wir hatten keinen Besuch; außer Ben hatte es seit Mutters Tod keinen gegeben. Alles schien unter Kontrolle. Ich schrieb Helen und bat sie, zu kommen und den Sommer bei uns zu verbringen, aber ihr Kind war zu klein für solch eine Reise. Ben war in die Schweiz abgereist. Dieser Sommer, dessen Biographie wie ein unbedeutendes Leben in wenige Worte zu fassen ist, war lang, wenn man ihn durchleben musste. Zufällig waren es trockene Monate, was an unserer Küste selten vorkommt. Die Tage rollten vorbei, ohne dass Wind, Regen oder Nebel Abwechslung gebracht hätten. Der Himmel war bis Mittag ein undurchsichtiges Blau; dann erhoben sich im Norden massige weiße Wolken und segelten meerwärts oder verdeckten den Sonnenuntergang, der sie purpurrot und schwarz färbte. Die abgeernteten Felder wurden gelb unter dem starren Blick der metallischen Sonne, und die Blätter brachen und rollten sich ein aus Mangel an Feuchtigkeit. Es war nichts los im Dorf, keine Schiffe wurden gebaut, keine fuhren ab, keine kamen an. Aber Vater war mehr als sonst in Anspruch genommen und öfter von zu Hause weg. Oft erledigte er abends seinen Schriftverkehr und brütete mit seinem Buchhalter über den Büchern. Ich fand ihn spät abends beim Sortieren und Lesen von Akten. Er vergaß uns. Aber während er vergesslich wurde, wurde Fanny eine immer bessere Haushälterin. Ihre Energie war unermüdlich. Sie sorgte so stetig für ihn, dass ich achtlos wurde, was ihn betraf. Veronica blieb sich gleich. Ihr Zimmer war angenehm mit seiner Farbe und seinem Duft. Jeden Tag verwendete sie die gleiche, feine Sorgfalt auf ihre Kleidung. Sie war schön wie eine Wasserlilie, ruhig wie der See, auf dem sie schwebt, außer wenn Fanny sie aufregte. Mir gegenüber verlor sie nie die Geduld. Aber ich sah sie selten; sie war genauso auf ihre persönlichen Angelegenheiten fixiert wie immer.

Es gab jetzt Phasen, in denen mein ganzer Kummer wegen Mutter wiederkehrte und ich in meinem abgedunkelten Zimmer saß und mir mit trauriger Beharrlichkeit ihre Gesten, ihre Bewegungen, den Klang ihrer Stimme wachrief, weit in die Vergangenheit zurück bis zu meinen ersten Erinnerungen. Ich kommentierte die Orte, an denen sie sich aufgehalten hatte, ihre Meinungen und ihre Handlungen mit einer Genauigkeit, der kein Detail entging. Wenn meine Gedanken sich von ihr abwandten, schien es, als hätte ich sie erneut im weiten und wandernden Universum der Toten verloren, von wo ich sie geholt hatte.

Im September kam ein Brief von Ben, in dem er seine Rückkehr Ende Oktober versprach. Mit den quirligen Herbstwinden verschwand meine Lähmung, und ich nahm mein Strandleben wieder auf, in einer Stimmung, die Erinnerung zur Hoffnung werden ließ, aber eines Abends blieb ich zu lange draußen und kam mit einer Verkühlung heim. Aus der Verkühlung wurde ein Fieber, das einige Tage anhielt. Veronica kam mich jeden Tag besuchen und seufzte wegen meiner Haare, die ausgingen, aber sie konnte nie lang bleiben, denn der Geruch der Medizin bereitete ihr Übelkeit und das dunkle Zimmer machte sie nervös. Überdies wusste sie nicht, wovon sie reden sollte. Ich schickte sie immer weg. Fanny versorgte mich, bis ich soweit war, dass ich mich im Zimmer bewegen konnte; danach machte sie sich meistens unsichtbar. Eines Nachmittags kam Veronica, um mir zu sagen, dass Margaret, das irische Mädchen, gekündigt hatte. Sie nahm an, dass Fanny unausstehlich gewesen war und dass sie deshalb nicht bleiben konnte.

»Ich muss morgen wieder gesund sein«, sagte ich.

Am nächsten Tag ging ich hinunter und wurde mit dem Titel »Vogelscheuche« begrüßt.

»Sind Sie einigermaßen bei Kräften?«, fragte Fanny mit merkwürdiger Stimme, als wir einmal allein waren.

»Was ist los? Heraus mit der Sprache!«

»Irgendetwas wird hier passieren; etwas bekümmert Mr. Morgeson.«

Ich erriet seine Bekümmernis.

»Er wird bankrott gehen, er ist absolut ruiniert. Er weiß, was man von ihm sagen wird, und doch scheint er die Ruhe selbst. Aber er fühlt es. Ich habe es heute Morgen ausprobiert. Ich gab ihm Tee statt Kaffee, und er hat es nicht gemerkt!«

»Ist Margaret fort?«

»Es muss Gerüchte geben, denn sie hat ihn vor ein, zwei Tagen um ihren Lohn gebeten. Er hat sie ausbezahlt und ihr gesagt, sie solle besser gehen.«

Unwillkürlich studierte ich meine Hände. Sie kicherte.

»Wie leicht werden Sie mit Ihrer schlanken Hand die langstieligen Gläser und die Krüge spülen!«

Ich begann, im Stillen die Kosten für einen kompletten Wechsel einer Garderobe zu kalkulieren, die unseren reduzierten Verhältnissen angemessen wäre, und machte mir Gedanken über eine nette, ländlich-einfache Küche.

»Ich fürchte, ich muss wohl auch kündigen«, sagte sie mit verschlagenem Blick.

»Wie könntest du das aushalten, wo doch so viel Schlimmes kommen wird, an dem du dich weiden kannst?«

»Wie müde du aussiehst, Cass«, sagte Veronica, die leise eingetreten war. »Worüber redet Ihr? Hat Fanny dich gequält?«

»Natürlich«, antwortete sie. »Aber wenn ich mich nicht irre, werden Sie auch noch von ganz anderen gequält werden.«

»Raus!« sagte Veronica. »Lass uns allein, bleicher Quälgeist.«

»Sie werden mich hier vielleicht noch brauchen.«

»Was meint sie, Cass?«

Ich zögerte.

»Sag's mir«, sagte sie mit ihrer gebieterischen, sanften Stimme. »Was gibt es, wovon ich nichts wissen soll?«

»Jetzt benimmt sie sich vornehm, wie man so sagt, nicht wahr?« fragte Fanny.

Veronica warf ihr Buch nach ihr.

»Die Wahrheit, meine Damen, ist die, dass Ihr Vater, der führende Mann in Surrey, keinen Dollar mehr hat. Was halten Sie davon? Und kommen Sie jetzt von Ihrem hohen Ross herunter?« Und Fanny trommelte energisch auf den Tisch.

»Hast du wirklich erwogen zu gehen, Fanny?«, fragte Veronica. »Du wirst bleiben und dich besser stellen als je, denn wenn du versuchst, wegzugehen, werde ich dich zurückholen.«

Das war die Einladung, die sie haben wollte und mit der sie zufrieden war.

»Ich muss natürlich die Blumen aufgeben«, sagte Veronica.

»Ich frage mich, ob wir in diesem Herbst Schweine halten werden«, sagte Fanny. »Müssen wir auf den freien Sitzen in der Kirche Platz nehmen? Die Jungen werden Spaß daran haben, von der Galerie Papierkugeln auf unsere Köpfe fallen zu lassen. Das möchte ich trotzdem mal sehen«, schloss sie, als ob sie meinte, eine solche Beleidigung würde ihre eigenen Rechte beeinträchtigen.

KAPITEL XXXVIII

Es war wahr. Locke Morgeson war seit fünf Jahren insolvent. Über diese ganze Zeit hinweg hatte er in Form verschiedener Unternehmungen nach allen Seiten Ballast abgeworfen, was, wie er glaubte, das Schiff ableichtern würde, das aber nichtsdestoweniger stetig in den Untergang trieb. Dann steuerte er blind, schöpfte seine Kredite bis zum Äußersten aus, und dann – der Zusammenbruch. Seine Verluste waren so weitreichend und wuchsen so allmählich, dass die Öffentlichkeit keine Ahnung hatte, in welchem Zustand er sich befand, bis er es verkündete. Man war allgemein höchst verärgert über ihn. Die Morgeson-Familie erhob sich wie ein Mann und machte sich zum Sprachrohr der öffentlichen Meinung, was Veronica wütend werden ließ.

»Hast du Unrecht getan, Vater?«, fragte sie.

»Ich habe gebeichtet, Verry, genügt dir das!«

Tagelang war unser Haus übervölkert. »Zahlen Sie uns aus«, schrie der weibliche Teil seiner Gläubiger. Umsonst hielt Vater ihnen entgegen, dass er noch jung sei – dass die Zeit seines Geschäftslebens noch nicht vorüber sei – dass sie Geduld haben müssten, denn er würde sie ganz sicher auszahlen. »Zahlen Sie uns jetzt aus, denn wir sind Frauen«, schrieen sie weiterhin. Fanny hielt diesen Leuten die Tür so weit wie möglich auf, wenn sie kamen, und warf sie ins Schloss, wenn sie wieder gingen. Sie verblüffte sie mit ihrer satirischen Höflichkeit oder verwirrte sie mit ihrem impertinenten Schweigen. Die wichtigen Gläubiger hielten Besprechungen ab, um sich zu einigen, was zu tun wäre, und erreichten eine Vereinbarung, nach der sein Besitz drei Jahre lang in seinen Händen verbleiben sollte, damit er ihn zugunsten seiner Gläubiger verwalte. Diese Vereinbarung bewies, dass man an seiner Integrität keinen Zweifel hatte; zugleich aber war es eine raffinierte Strafe, dass er das, was einmal ihm gehört hatte, zugunsten anderer weiter im Auge behalten, vermehren oder verändern sollte. Ich war froh, als er sich entschloss, seine Immobilien und sein persönliches Vermögen zu verkaufen und sich ausschließlich auf seine Schiffe zu verlassen, jedoch keine mehr zu bauen. Ich bat ihn, unser Haus bis zu Bens Rückkehr zu behalten. Er willigte ein abzuwarten; doch ich sagte Veronica nicht, was ich getan hatte. Alle Häuser, die ihm gehörten, alle Grundsstücke, Kutschen, Pferde, Vieh, die Felder um unser Haus – alles wurde verkauft. Als er mit dem Verkauf anfing, packte ihn die Sparwut und er entwarf einen entbehrungsreichen Lebensplan für uns drei. Arthurs zehntausend Dollar waren sicher, für ihn war daher gesorgt. Er würde für uns Holz und Wasser holen, den Rest müssten wir mit Fannys Hilfe erledigen. Wir könnten in der Küche essen und unsere Betten in ein gemeinsames Zimmer stellen; wenn wir Teile des Hauses zumachten, hätten wir weniger Arbeit. Wir versuchten, seine Ideen umzusetzen, aber Veronica war Fanny und mir so schrecklich im Weg, dass wir genötigt waren, sie zu bitten, ihre alte Rolle wieder einzunehmen. Was Fanny anging – sie war glücklich und schuftete wie ein Biber Tag und Nacht. Vater war viel zu Hause und nahm außergewöhnlichen Anteil an den kleinen Dingen, die Fanny dann ausführte.

Als Temperance von diesem Arrangement hörte, kam sie zusammen mit Abram in ihrem grün-gelben Wagen. Temperance fuhr den klapprigen alten Schimmel, denn Abram war mit der Sorge um einen Mehlsack betraut worden, in dem ein Hahn und vier Hennen waren. Wir sollten mal sehen, sagte sie, als sie sie herausließ, ob wir Hühner halten wollten oder nicht. Sollte Veronica etwa auf frische Eier verzichten? Ob er die Katze auch verkauft hätte, fragte sie Vater sarkastisch.

»Wer wird euch de Wäsche machn, Deerns?«, fragte sie und nahm ihre Haube ab.

»Das machen wir gemeinsam.«

»Nu fall ik aber dod hin vor Lachen!« Doch sie widersprach sich, indem sie von Herzen weinte. »Een Dag de Woche, dat sag ik *euch*, komm ik, un denn haben Fanny un ik de Wäsche im Handumdrehn rein.«

»Klor«, sagte Abram, »dat kannst du, de Sass is geerntet.«

»Sass oder nich, ik komm.«

Sie brachte mich zum Lachen, das erste Mal seit einem Monat. Ich war von meinen Anstrengungen, Vaters Wünsche auszuführen und den alten Eindruck des Hauses zu erhalten, fast immer zu müde, um lustig zu sein. Als sie uns verließ, fühlten wir uns alle aufgemuntert. Tante Merce wollte nach Hause kommen, aber Verry und ich waren der Meinung, sie solle besser in Rosville bleiben. Wir konnten vor uns selbst nicht leugnen, dass sich unser Zuhause auf traurige Weise verändert hatte oder dass wir melancholisch waren. Obwohl wir sie nie dringlicher gebraucht hatten als jetzt, baten wir sie, nicht zu kommen. Glücklicherweise ließ Vaters Eifer bald nach. Ein Junge wurde angestellt, und da es für ihn draußen keine Arbeit gab, entlastete er Fanny, die wiederum mich entlastete. So fand ich Zeit, in mich zu gehen, und wurde gewahr, dass sich meine Einschätzung von Vater verändert hatte. Der vage Eindruck von Schwäche in ihm machte mir Sorgen. Ich entdeckte zudem, dass ich meine Aura verloren hatte. Mein Leben war derb, hart, farblos! Ich wohnte in einem unbedeutenden Dorf auf dem Lande; ich war arm. Meine Theorien waren gescheitert, meine praktische Arbeit war wie meine Stimmungen – veränderlich. Doch ich zog den Schluss, dass ich schon zufrieden wäre, wenn der *heutige* Tag verginge, ohne mir große Schmerzen zu bereiten, mir den Schlaf zu rauben, mich in einem Unfall zu verstümmeln oder eine Katastrophe für die, die zu mir gehörten, bereitzuhalten. Arthur bot mir Hoffnung, denn er schrieb mir, er wolle sehr gut für mich sorgen. Er bat mich, ihm ein paar Manschettenknöpfe zu schicken und sagte, wir sollten die Fuchsstute behalten. Er hatte gehört, ich sei sehr schön gewesen, als ich in Rosville war. Ein Mädchen hatte ihn gefragt, wie ich jetzt aussähe. Er habe ihr geantwortet, dass ich schöner sei als jede Frau, deren sich Rosville rühmen könnte, und da habe sie gelacht.

Der Oktober war vorüber und wir hatten nichts von Ben gehört. Veronica kam nachts in mein Zimmer und lauschte dem Wind und dem Meer, was sie nie zuvor getan hatte. Manchmal war sie noch lange, nachdem ich zu Bett gegangen war, da, um aus dem Fenster zu sehen. Wenn es ruhig war, ging sie still weg; wenn die See rau war, war sie traurig, sagte aber nichts. Der lethargische Sommer war einem stürmischen Herbst gewichen, mit kaltem, grauem Wetter, peitschendem Regen und hohl klingenden Stürmen. Schließlich kam er – zuerst zu Veronica. Er atmete tief und zufrieden durch, als er wieder auf dem Kaminvorleger vor dem Feuer im Salon stand, das inzwischen bei uns nicht mehr üblich war. Der Anblick seines frischen Gesichts, seiner kräftigen Gestalt und munteren Stimme machte mich so fröhlich wie es die Diener bei einem Fest sind, wenn sie den Duft der Speisen einatmen, die sie hereintragen, das Gurgeln des Weines hören, den sie einschenken, und dem Gelächter der Gäste als Echo dienen.

Es gab viel zu erzählen, das ihn überraschte, aber seine Stimmung ließ sich nicht drücken; alles musste so arrangiert werden, wie es uns angenehm war. Er würde das Haus kaufen, wenn er es in Raten abbezahlen könnte. Ob ich wüsste, dass seine Mutter seine Zuwendung gekürzt hatte, sobald sie erfahren hatte, dass er Verry heiraten würde?

»Woher hätte ich es wissen sollen?«

Dann hatte ich auch nicht gehört, dass die von Desmond verdoppelt worden war, als sie von seiner Absicht gehört hatte, nach Spanien zu gehen.

»Woher hätte ich das wissen sollen?«

Eine Sache allerdings müsste ich erfahren – und das war, dass Desmond seine Mutter gebeten hatte, keine Änderung in der Verfügung über ihr Einkommen vorzunehmen. Er hatte die zusätzliche Zuwendung abgelehnt und sie dann angenommen, um sie ihm, Ben, anzubieten. War das nicht erstaunlich?

»Hast du sie angenommen?«

»Nein, aber Papa hat.«

Alles, was er sein eigen nennen konnte, waren fünfzehnhundert im Jahr. War das genug, um davon zu leben und jedes Jahr ein bisschen für das Haus zu bezahlen? Könnten wir trotzdem alle drei hier zusammen leben? Ginge das, fragte er Vater, und könnten wir ihm gestatten, ein Mitbewohner zu sein?

Vater schüttelte ihm so kräftig die Hand, dass er zusammenzuckte, und Verry griff sich eine Handvoll seiner rötlichen Locken und küsste sie, woraufhin er sagte: »Bist du zu einer Menschenfrau geworden?«

Was die Hochzeit anging? Er konnte nur solange bleiben, bis ein Termin festgelegt war, denn er musste postwendend nach Belem. Es sollte sehr bald sein.

»In ein oder zwei Jahren«, sagte Verry.

»Verry!«

»Also in drei Wochen.«

»Von heute an?«

»Nein, denn das wäre der Tag, an dem die *Locke Morgeson* unterging; aber drei Wochen von morgen an. Müssen wir jemanden dabei haben, Ben?«

»Helen, und Alice, Cassandra?«

»Sicher.«

»Ich habe keine Freundinnen«, sagte Verry.

»Was wirst du anziehen, Verry«, fragte ich.

»Wieso, dieses Kleid hier«, und wies auf ihr altes schwarzes Seidenkleid. Ihre Augen füllten sich mit Tränen und gingen auf eine Pilgerfahrt zu dem unbekannten Himmel, in dem unsere Mutter weilte. *Sie* konnte nur als Geist an der Hochzeit teilnehmen. Ich stellte mir vor, wie sie durch leere Räume flog, von Zimmer zu Zimmer, in Angst und Sorge wegen des bedrückenden sterblichen Lebens um sie herum.

»Ich werde nicht in Weiß heiraten«, sagte Verry hastig.

An demselben Tag, an dem Ben nach Belem abreiste, kam eines von Vaters ausstehenden Schiffen zurück. Es lief in den Hafen ein und bot den ungewohnten Anblick von Walölkochern an Deck. So schwarz und ölig es von Bug bis Heck war, war es doch ein willkommener Anblick, denn es war voll mit Walöl. Kleine Jungen kamen zu unserem Haus gerannt, um uns die Tatsache mitzuteilen, noch bevor sie festgemacht hatte. »Würde mit Mr. Morgeson nicht wieder alles in Ordnung sein, jetzt, wo sein Glück sich gewendet hatte?«, fragten sie.

Beim Abendessen sagte Vater mehrmals »Sakrament!«, und mit diesem Kraftwort wurde er wieder ein Stück weit sein altes Selbst. »Jetzt können diese Weiber ihr Geld bekommen«, sagte er. »Wenn ich bis jetzt hätte durchhalten können, dann hätte ich weitermachen können, ohne Bankrott. Das ist die erste gute Reise, die die *Oswego* je für mich gemacht hat. Wenn noch ein Schiff, die *Adamant*, voll zurückkommt, solange der Preis für Walöl hoch steht, werde ich die Angelegenheiten mit meinen Gläubigern regeln, noch bevor die drei Jahre um sind. Wieder mein eigener Herr sein – ach! Nie wieder werde ich alles auf dem unsicheren Feld des Meeres riskieren.«

Der Kapitän der *Oswego* schickte uns am nächsten Tag eine Schachtel mit Muscheln und einen kleinen portugiesischen Jungen namens Manuel – ein hübscher, schwarzäugiger Kerl mit heiserer Stimme, in einem roten Hemd, das mit einem Ledergürtel um seine Hüften gebunden war, an dem ein Seemannsmesser in der Scheide hing.

»Er ist vulkanisch«, sagte Verry.

»Die Portugiesen sehen alle gut aus«, sagte Fanny und knuffte ihn, weil sie sehen wollte, ob er es bemerkte. Er aber wandte seine Augen nicht von Veronica ab.

»Er soll dein Page sein, Verry.«

Am nächsten Abend bekamen wir die Nachricht, dass Abram im Sterben lag. Wenn wir überhaupt kommen wollten, so Temperances Botschaft, dann könnten ein paar von uns jetzt kommen; am liebsten aber wäre ihr Mr. Morgeson. Fanny bestand darauf, mit ihm zu gehen und ihm die Laterne zu tragen. Manuel bot ihr sein Messer an, als er verstanden hatte, dass sie eine unbeleuchtete Straße entlang gehen musste.

»Du bist wirklich ein Heide. Es gibt nichts, wovor man sich fürchten müsste, außer dass Mr. Morgeson vielleicht in einen Graben tritt. Ob uns ein Messer davor bewahrt?«

»Messer ist gut – es tötet«, sagte er und zeigte seine weißen, elfenbeinnussfarbenen Zähne.

Verry und ich blieben auf, bis sie zurück waren, um zwei Uhr morgens. Abram war gegen Mitternacht gestorben, bis zuletzt geplagt von weltlichen Sorgen. »Er hat gefragt«, sagte Vater, »ob ich mich an seinen armen Jungen erinnere, dessen Kiste nie nach Hause gekommen ist, und wollte, dass jemand ein Kirchenlied vorliest. Temperance ist zusammengebrochen, als ich es vorlas, und Fanny hat hysterisch geweint.«

»Mir war eiskalt«, antwortete sie hochnäsig.

Am Morgen machten Verry und ich uns zu Temperance' Haus auf, doch sie blieb auf der Schwelle stehen, bis ich mich erkundigt hatte, ob wir willkommen waren. Ich rief sie herein, denn Temperance fragte sofort nach ihr, sobald sie mich gesehen hatte.

»He war 'n guude Mann, Deerns«, sagte sie mit Nachdruck.

»Das war er wirklich.«

»Vielleicht 'n bisschen gemein.«

Ich erhob Einspruch; ihr Gesicht hellte sich augenblicklich auf.

»He hat große Stücke auf euch gehaltn.«

»Und auf dich.«

»Ach, wat für 'n Verlust für mi! Grade nu hatte he so 'n erstklassige Überzieher geköfft.«

»Aber Temperance«, sagte Verry mit beklagenswerter Offenheit, »jetzt kannst du zurückkommen.«

»Kannst du nich warten, bis he unner de Erde is?« Und sie gab sich Mühe, schockiert auszusehen, aber es misslang.

Eine Freundin kam mit Leidensmiene herein und Temperance stöhnte ein wenig.

»Dat is nu alles so weit, Mis Handy. He sieht so ruhig aus, als wenn he schläft, he war *so* biegsam.«

»Ja, ja«, antwortete Temperance. Sie erhob sich und scheuchte uns aus dem Zimmer. Sie zwickte mich und warf einen bedeutungsvollen Blick auf Verry. Sie war in Sorge, dass das Ganze sie zu sehr mitnehmen würde. »De Beerdigung is übermorgen. Kommt nich; euer Vadder is de eenzige aus der Familie, de da sein muss. Ik mach dat Hus zu un komm direkt zu euch. Ik weiß, dat ik gebraucht werd; aber vom Bezahln dürft ihr nich schnacken – ik kann dat nich habn. Ik hab zu viel Kummer erlebt, da will ik nu nich noch 'n Lohn am Hals habn.«

Verry umarmte sie, und da vergoss Temperance die ehrlichsten Tränen des Tages, so zufrieden war sie, dass Veronica sie so mochte. Keine Woche nachdem Abram begraben war, war sie zurück – eine feste Einrichtung, auch wenn sie behauptete, sie sei nur für ein Weilchen gekommen, wie wir an der Größe ihres Bündels sehen könnten; und sie zeigte es uns, eingebunden in ein blaues Baumwollschnupftuch. Warum sollte sie sich fern von ihrem eigenen Haus aufhalten, wo doch ein Mann, der so gut war wie nur irgendeiner, es ihr vermacht hatte. Wir wussten, dass sie nur ihr Gewissen beruhigte mit ihrem Lob des Verblichenen, für den sie wenig Respekt gehabt hatte, solange er lebte. Wir spürten ihren belebenden Einfluss, aber Fanny schmollte, sie fühlte sich entthront.

Für Ben Pickersgill Somers und Veronica Morgeson wurde das »Aufgebot« bestellt. Entgegen der üblichen Sitte ging Verry in die Kirche, um zu hören, wie ihr eigenes Aufgebot verlesen wurde. Sie musste tun, was sie konnte, sagte sie mir, um zu begreifen, dass sie heiraten würde. Ob ich irgendwelche Ideen dazu hätte, mit denen ich ihr helfen könnte? Sie fand es seltsam, dass Leute heirateten, und konnte nicht entscheiden, ob es der erhabenste oder der unrühmlichste Akt im Leben sei. Ich flehte sie an, sich Gedanken zu machen, was sie anziehen wollte – die Zeit verging schnell. Vater gab mir nur eine so kleine Summe für das Ereignis, dass ich kaum Möglichkeiten für Prunk hatte; doch ich kaufte, was Veronica für ihr Kleid haben wollte und überwachte die Anfertigung – schwarze Spitze über lavendelfarbener Seide. Sie sprach nicht mehr davon, aber ich sah, dass sie all ihre Besitztümer ordnete, so als ob sie auf eine lange und ungewisse Reise ginge. Jede Schachtel und Schublade wurde aufgeräumt. All ihre Kleider wurden ausgebessert, neu gefaltet und weggelegt; jedes Wäschestück ausgeschüttelt, gewendet, gelüftet. Sie verwandelte ihr Zimmer in ein Sauberkeitswunder. Was sie Müll nannte, vernichtete sie – ihre alten Papiere, Dinge mit angeschlagenen Rändern, oder solche, die durch den Gebrauch abgenutzt waren. In der ganzen Zeit fuhr sie ein einziges Mal nach Milford und kaufte einen purpurfarbenen Angola-Teppich, den sie vor ihren Lehnstuhl legte, und zwei kleine Silberbecher mit Deckeln. In einem war ein Parfüm, das Ben mochte, der andere war leer. Ihre Lieblingsnotizbücher wurden auf ein Regal gelegt, und der Tisch mit Tintenfass und Schreibmappe an die Wand gerückt. Das letzte Schmuckstück, das sie ihrem Zimmer hinzufügte, war eine wunderbar gewebte Matte aus immergrünen Pflanzen, mit der sie das Bild von der Straße mit dem namenlosen Mann verdeckte. Nachdem das geschehen war, wohnte sie in meinem Zimmer, schien sich zu Hause zu fühlen und froh zu sein, mich bei sich zu haben. Als die Zeit nahe war, wurde sie schweigsam und spielte überhaupt nicht mehr Klavier. Temperance beobachtete sie voller Sorge. »Wenn se je wieder so ’n Nervenanfall kriegt, denn nu«, sagte sie. »Dat se bloss nix träumt. Ik reiß mi ’n Been aus, damit se ihrn Appetit behält.«

»Machst du dir eigentlich jemals Sorgen um *mich*, Tempy?«

»Du leeve Himmel. Du großes, kräftiges Ding, warum sollte ik? Vielleicht brauchst du mal ’n bisschen Lob. Ik hab miin Lebdag noch keinen gesehn, de so gut zurecht kommt wie du; du hast di düchtig verännert; dat hätte ik nich geglaubt.«

»Was *war* denn das Problem mit mir?«

»*Ik* hab immer zu dir gehaltn, dat weiß de Himmel. Weißt du, wat de Leute in Surrey über di gesagt habn?«

»Nein.«

»Denn werd ik di dat auch nich erzähln. Wenn ik du wär, ik würde mi keine Mühe geben, besonders freundlich zu de Leute zu siin, de hier so in- un utgegangen sind, bald zwanzig Johr, – de Düwel soll se holn!«

Einige Tage vor der Hochzeit kamen Tante Merce und Arthur nach Hause. Arthur war zunächst verschüchtert wegen der großen Veränderung, aber er wurde angenehm enttäuscht und daher lebhaft. Ich bemerkte, dass Tante Merce seit Mutters Tod gealtert war; ihr Wesen hatte sich verändert; sie interessierte sich nicht mehr für die gleichen Dinge wie früher. Sie sah mich reumütig an. »Ich wünschte, ich könnte sagen«, sagte sie, »was ich immer zu dir gesagt habe, – dass du ›besessen‹ bist. Jetzt, wo ich keine Gelegenheit mehr habe, die Menschen zu verstehen, fange ich damit an. Meine Ausbildung begann am falschen Ende. Ich denke, Marys Tod hat mich etwas gelehrt. Denkst du an sie? Sie war die Liebe meines Lebens.«

»Frauen bleiben wirklich lange Zeit dumm; aber ich glaube, dass sie in der Lage sind zu reifen, auch noch jenseits der Zeit, wenn Männer aufhören zu reifen oder sich zu verändern.«

»Ach, weißt du, über Männer weiß ich gar nichts.«

Temperance und ich putzten das Haus, machten jedes Zimmer auf und bereiteten jeden Kamin für ein Feuer vor – Feuer war der Hauptluxus, über den ich verfügen konnte. Gebacken wurde bis einen Tag vor der Hochzeit, unter Hepseys Aufsicht, die zu Hilfe gerufen worden war. Fanny war überall beschäftigt.

»Mr. Morgeson«, sagte Temperance, »de Möbeln sind viel zu schäbig für 'ne Hochzeit.«

»Es gehört mir nicht, das darfst du nicht vergessen.«

»De Pest hol de Gläubigers! De wissen so gut wie ik, dat Se Surrey von 'ner Heringsreuse zum Walhafen gemacht haben, un dat de Hüser, in de se wohnen, von den Löhnen gebaut sind, de Se ihnen bezahlt haben. Ik bin dankbar dafür, dat bei den meisten Water inne Keller steht.«

KAPITEL XXXIX

Der Tag kam. Alice Morgeson und Helen mit ihrem Baby kamen am Abend vorher, und Ben und Mr. Somers fuhren am frühen Nachmittag von Milford herüber. Mr. Somers war liebenswürdig und gönnerhaft. Als er mit Veronica bekanntgemacht wurde, zeigte er sich erstaunt. »Sie ähnelt dir überhaupt nicht, Cassandra. Hast du eine zarte Gesundheit, meine Liebe?«, sprach er sie an.

»Ich glaube, ich habe eine besondere Konstitution.«

Er entschuldigte Mrs. Somers und seine Töchter ihr gegenüber; sie ging mit keinem Wort darauf ein. Er war in Gefahr, in Verlegenheit zu geraten, und ich lockte ihn von ihr weg – nicht bevor sie tiefernst flüsterte, »Warum ist *er* denn gekommen?« Ich zeigte ihm das Haus; er kommentierte seine Lage als Sonnenort und Schattenspender und als Schutz vor den Winden oder als Ort, der ihnen ausgesetzt war, und nachdem er das Wasser probiert hatte, erklärte er, es sei vorzüglich. Er meinte, ich habe den wahren Sinn für Gastlichkeit, wie es die Kaminfeuer überall verkündeten. Temperance wirke wie ein altes Faktotum; überhaupt herrsche in unserem Anwesen eine Atmosphäre, die es der Gegenwart entrückt wirken lasse. Dann kam mir Alice zu Hilfe und unterhielt ihn so gut, dass ich ihn stehenlassen konnte.

Wir hatten ein paar Freunde und Verwandte eingeladen, die der Zeremonie um acht Uhr beiwohnen sollten. Ich wurde so oft in den verschiedensten Angelegenheiten zu Rate gezogen, dass es dunkel war, bevor ich meine Aufgaben erledigt hatte. Die letzte war, ein paar Blumen zu arrangieren, die ich in Milford bestellt hatte. Ich hielt einen Bund von ihnen in Reserve für Verrys Teller, denn auf Vaters Geheiß würde es ein Abendessen geben. Er meinte, es sei weniger ermüdend, die Gäste zu verköstigen, als sich mit ihnen zu unterhalten. Verry wusste nichts davon, obwohl sie mehrmals gefragt hatte, warum wir so beschäftigt waren.

Es war fast sieben, als ich nach oben ging, um nach ihr zu schauen. Temperance hatte Manuel und Fanny mit Tee, Brot und Butter in die verschiedenen Zimmer geschickt, und mit dem Hinweis, dies sei alles, was es im Augenblick zu essen geben würde. Ben war seit seiner Ankunft extrem schweigsam und zog es vor, zu lesen. Ich schaute ihm einmal über die Schulter und sah, dass er »Scotts Leben Napoleons« las, und eine Stunde später, als ich ihn etwas fragen musste, sah ich, dass er noch immer bei derselben Seite war. Wahrscheinlich zog er sich nun um. Helen und Alice waren in ihren Zimmern. Mr. Somers hielt ein Schläfchen auf dem Sofa im Wohnzimmer. Vater saß sinnierend an seinem alten Platz im Esszimmer und rauchte. Es war ein vertrautes Bild, aber es gab einen Riss in der Leinwand, und eine Gestalt fehlte – sie, die ihm Lichtquelle gewesen war!

Ich fand Verry fest eingeschlafen auf dem Sofa in meinem Zimmer.

Ein volles Glas Milch stand auf dem Boden neben ihr, und ein Teller mit einer Schnitte Brot. Jemand hatte die Lampe angezündet und sie sorgfältig so abgeschirmt, dass sie ihr nicht ins Gesicht schien. Sie war unruhig gewesen, dachte ich, denn ihre Haare waren aus dem Kamm gerutscht und bedeckten ihr halbes Gesicht, das wie Marmor wirkte, so weiß und ruhig. Ihr rechter Arm war ausgestreckt. Ich nahm ihre Hand, und ihre warmen, feuchten Finger schlossen sich um die meinen.

»Wach auf, Verry; es ist Zeit zum Heiraten.«

Sie öffnete die Augen, ohne sich zu bewegen, und schaute mich an. »Kennst Du irgendeinen Mann, der wie Ben ist? Oder war er es, den ich gerade in der dunklen Welt des Schlafs zurückgelassen habe?«

»Ich kenne seinen Bruder, der ähnlich ist, aber einen dunklen Teint hat – und schwarze Haare.«

»Seine Haare sind nicht schwarz.«

Ich rannte aus dem Zimmer, mit einer gemurmelten Entschuldigung, kam zurück und arrangierte ihre Toilette, aber sie blieb mit ausgestrecktem Arm liegen und fuhr fort:

»Es war ein seltsamer Ort, wo wir uns begegneten; merkwürdige, staubige, alte Bäume wuchsen darum herum. Er bearbeitete die Rückseite von einem davon mit einem Dolch, und die Stücke, die er herausschnitt, fielen auf den Boden, als wären sie elastisch. Er hieß mich sie aufheben, obwohl ich lieber einem Mann zugehört hätte, der unter einem der Bäume lag, in einen Mantel gehüllt, und mit *seinem* Dolch den Takt schlug und dabei eine wilde Melodie sang.

»›Was siehst du?‹, sagte der erste.

»›Einen Buchstaben auf jedem Stück‹, antwortete ich und buchstabierte Cassandra. ›Bist du der verwandelte Ben?‹, fragte ich, denn er hatte seine Züge, seine Art, obwohl er ein dunkler, schlanker Mann mit schwarzen, lockigen Haaren und ein paar grauen Strähnen war, aber er ritzte meinen Arm mit dem Dolch und sagte, ›Mach weiter.‹ Ich hob den Rest auf und buchstabierte ›Somers‹.

»›Cassandra Somers! Jetzt sag's ihr‹, flüsterte er, drehte mich sanft von sich weg, mit einer Hand genau wie die von Ben.«

»Nein, sie ist schöner«, murmelte ich.

»Vor mir war eine weite Fläche Meer. Bevor ich hinüberging, wollte ich jene wilde Musik hören, aber deine Stimme unterbrach meinen Traum.«

Sie setzte sich auf und knöpfte ihren Ärmel auf. *So wahr ich lebe*, da war ein rotes Mal auf ihrem Arm, oberhalb des Ellbogens!

Ich presste die Hände zusammen und biss die Zähne aufeinander, denn ich hätte gerne das Mal geküsst und es mit meinen Tränen benetzt. Aber Verry durfte jetzt nicht aufgeregt werden. Zum ersten Mal in ihrem Leben erriet sie meine Gefühle. »Was *dich* anlangt, habe ich tatsächlich lange geschlafen; das bedeutet etwas. Meine Blindheit ist durch einen Traum von mir genommen worden. Verachtest du mich?« Zwei große, helle Tränen rollten ihre glatten Wangen hinunter, ohne ihren Gesichtsausdruck zu stören.

»Ich habe mir immer etwas auf meine feine Sensibilität eingebildet. Du hast vielleicht bemerkt, dass ich mich dir überlegen fühlte?«

»Du irrst dich sehr. Ich habe überhaupt keine feine Sensibilität; sie ist grob und faserig wie das Äußere einer Kokosnuss. Steh um Himmels willen auf und lass mich dich ankleiden.«

Sie brach in Gelächter aus. »Dann bring mir etwas Wasser.«

Ich brachte ihr eine Schüssel und stand neben ihr mit einem Handtuch, aber sie bespritzte mich und spielte mit den Händen darin, bis sie mich zur Verzweiflung brachte. Ich nahm es ihr weg und wusch ihr das Gesicht, das mich so kindlich, so elfenhaft, so unbezähmbar und so zärtlich ansah, dass ich es zwischen meine Hände nahm und küsste. Ich zog sie auf einen Stuhl, denn sie wurde von Minute zu Minute ungebärdiger, aber ich musste sie gewähren lassen. Ich kämmte ihr das Haar, zog ihr Schuhe und Strümpfe an, kurzum, ich kleidete sie an. Vater kam herauf und bat mich, schnell zu machen, da alle da waren. Ich schickte ihn los, um Ben zu holen, der mit bleichem, glücklichem Gesicht und leuchtenden Augen hereinkam. Sie sah ihn ernst an. »Dich mag ich am liebsten«, sagte sie.

»Es *ist* an der Zeit, dass du das sagst. Ach, Verry! Wie schön du bist!«

»So fühle ich mich auch.«

»Kommt, kommt«, drängte Vater.

»Ich will diese Handschuhe nicht«, sagte sie und ließ sie fallen.

Ben schob ihr einen einfachen Ring auf den Ringfinger. Sie küsste ihn, und Ben sah so aus, als würde er gleich entrückt werden.

»Auf ewig, Verry!«

»Auf ewig.«

»Einen Moment«, sagte ich, »ich brauche einen Kragen«, als ich mich im Spiegel musterte. Welch ausgehungertes, schmales, abgehärmtes Gesicht ich da sah, umrahmt von blassen Haaren! Waren diese großen, jammervollen, ausgeraubten Augen meine eigenen?

Ich eilte voraus in den Raum, um ihnen ihren Platz vor einem Schirm aus Zimmerpflanzen zuzuweisen. Als sie eintraten, erhoben sich die Anwesenden, und die Zeremonie wurde vollzogen. Veronicas Kleid erntete einige Kommentare und wurde nicht gutgeheißen; dass es schwarz war, galt als schlechtes Zeichen. Sie sehe aus wie eine ›Wolke mit Silberrand‹. Auch ich machte meine Kommentare. Temperance, deren tränenvolle Augen auf ihren Liebling gerichtet waren, merkte nicht, dass sie ein großes rotgelbes Seiden-Taschentuch aus ihrer Tasche gezogen hatte und es schwenkte, während sie das aus Batist, das sie eigentlich hatte benutzen wollen, säuberlich gefaltet in ihrer linken Hand hielt. Sie trug das berühmte pflaumenfarbige Seidenkleid im alten Stil, das ein wahres Vermögen an Falten angesammelt hatte. Eine große Schleife aus schwarzem Band tat kund, dass sie Trauer trug. Hepsey rieb mit dem abwesenden Gesichtsausdruck der Gewohnheit ihren Daumen an den Fingern. Ich schaute Alice an, die aufmerksam Fanny betrachtete, deren Augen auf Vater geheftet waren. Ein merkwürdiges Gefühl des Ärgers überkam mich, aber die Zeremonie war vorüber. Arthur beglückwünschte sich dazu, dass er nun einen großen Bruder hatte. Ben war ganz bleich und hatte einen sehr ekstatischen Gesichtsausdruck, was mich dermaßen aufregte, dass ich mich kaum beherrschen konnte.

Nach dem allgemeinen Händeschütteln kamen einige Seitenhiebe in meine Richtung. »Wann werden wir Gelegenheit haben, dir zu gratulieren?« Und, »du bist fast an der Grenze.« Und, »dass du von zu Hause weggereist bist, scheint nur Veronica etwas genützt zu haben.«

»Ich sag dir, Cousine Sue«, sagte Arthur, der die letzte Bemerkung mitbekommen hatte, »du hast keine Ahnung, was sie in Rosville über

Cassandra sagen. Sie ist die schönste Frau, die sie je bei sich hatten, und sie hatte jede Menge Verehrer.« Ein beredter Ausdruck huschte über Cousine Sues Gesicht. Alice Morgeson entging er nicht, und sie errötete tief.

»Du hast es nicht vergessen?«, fragte ich sie.

»Ich habe an dich gedacht, nicht an mich. Ich kann dir gar nicht sagen, wie gänzlich vergangen das Gewesene ist oder wie unerheblich seine Folgen geblieben sind.«

»Alice«, sagte Vater, »kannst du tranchieren?«

»Hervorragend.«

»Komm und setz dich ans Ende meines Tisches; Mr. Somers wird dem kleineren vorsitzen.«

»Mit Vergnügen.«

»Können Sie mal rauskommen«, flüsterte Fanny, »und sich die Tafel ansehen? Temperance braucht Sie.«

»Du leeve Himmel!«, rief Temperance, »nu sag schon, ist allns tiptop?«

Ich war überrascht, wieviel Geschmack sie aufgewendet hatte, und sagte es ihr.

»Zumindest einmal hab ik mi bemüht, miin Bestes zu geben«, sagte sie. »Allns wegen Verry. Ruf de Leute rein; de Truthähne werdn jeden Moment aufgedischt.«

Die Tische waren in der Diele und im Esszimmer aufgestellt. »De müssen sich hinsetzn«, fuhr sie fort, »damit se ihr Essen in Ruhe runnerbringen können.« Das Essen war eine Erleichterung für Veronica, und ich lobte innerlich Vaters Vorausblick. Niemand war wirklich ausgelassen, aber es herrschte eine angemessene Fröhlichkeit. Temperance, Fanny und Manuel trugen auf; letzterer verschüttete eine schöne Menge Kaffee auf den Teppich, weil ihm das Ganze so viel Spaß machte, und als er sah, wie Veronica die Blumen in die Hand nahm, rief er, »Santa Maria!«

Alle drehten sich um und schauten ihn an.

»Was machst denn du hier, Manuel?«, fragte Ben.

»Ich bedien die Señoritas«, antwortete er. »Nehmen Pflaumenpudding?«

Alle lachten.

»Mögen Sie Witwen?«, flüsterte Fanny hinter meinem Stuhl. Ich machte ihr ein Zeichen, sie solle sich um ihre Aufgaben kümmern, aber schaute Alice an, wie sie suggeriert hatte. In diesem Augenblick tranken sie und Vater Wein miteinander. Ich fand sie hübscher als je zuvor; sie war in ein schönes, glattes, mittleres Alter erblüht.

Die Gespräche und das Geklapper verschmolzen in meinen Ohren; ich war eine Laienfigur in der Szene, und meine Seele wanderte irgendwohin. Mr. Somers begann, etwas unruhig zu werden, und Vater, der das beobachtete, stand vom Tisch auf. Bald darauf gingen die Gäste. Die Reste des Festes verschwanden, die Feuer brannten herunter, um die Kerzenflammen bildeten sich Wachsnasen, und unterdrücktes Gähnen setzte ein.

Die Blumen, die sich selbst überlassen waren, begannen, Düfte auszuströmen, die die Räume erfüllten. Ich machte mich daran, die niederbrennenden Kerzen zu löschen und die ausgehenden Kaminfeuer zu ersticken, beendete meine Arbeit und war gerade dabei, nach oben zu gehen, als ich Veronica spielen hörte. Ich hielt inne und lauschte. Was sie spielte, war weder ein Freudengesang noch ein Klagelied, sondern eine fließende, vibrierende Melodie, Ausdruck von Veränderung. Ich hing über dem Treppengeländer, noch nachdem sie aufgehört hatte, und war überzeugt, dass sie eine Abschiedsmusik für sich selbst gespielt hatte, die mich aus meiner Verpflichtung ihr gegenüber entließ. Mr. Somers kam mit einer Kerze den Flur entlang, und ich wartete, um ihn zu fragen, ob ich noch irgendetwas für sein Wohlergehen tun könne.

»Meine Liebe«, sagte er besorgt, »ich finde, deine Schwester ist ein Genie.«

»In der Musik – sicherlich.«

»Welch ein beklagenswerter Umstand für eine Frau!«

»Eine Frau mit Genie ist nur eine himmlische Verrückte oder eine zwischen den Geschlechtern platzierte Anomalie, findest du nicht auch?«

Er lachte und schob sich die Brille auf die Stirn.

»Meine Liebe, ich bin erstaunt, dass Bens Wahl so ausgefallen ist –«

»Gute Nacht, mein Herr«, sagte ich so laut, dass er beinahe seine Kerze fallen ließ, und zog mich in mein Zimmer zurück, wo ich mich mit einem Seufzer der Erleichterung auf einen Stuhl am Feuer setzte. Nach einer Weile kamen Ben und Veronica herauf.

»Es ist eine kalte Nacht«, bemerkte ich.

»Ich bin in einem verzauberten Palast«, sagte Ben, »wo es kein Wetter gibt.«

»Cassy, nimmst du mir bitte die Nadeln aus dem Haar?«, bat Verry und setzte sich in einen Sessel. »Ben, du darfst gehen.«

»Wie freundlich von dir.« Er schritt über den Flur, ging in ihr Zimmer, und schloss die Tür.

»So, Verry, ich habe dir die Haare aufgemacht.«

»Aber ich will reden.«

Ich nahm sie an der Hand und führte sie hinaus. Sie stand einen Augenblick still vor ihrer Tür und klopfte dann leise. Keine Antwort. Sie klopfte wieder; dieselbe Stille wie zuvor. Schließlich war sie genötigt, selbst aufzumachen und ohne Aufforderung einzutreten.

»Wer von ihnen wird herrschen?«, dachte ich, als ich die Hintertreppe hinabglitt und an der Küchentür lauschte. Ich hörte nichts. Ich fand einen alten Mantel im Windfang, hüllte mich hinein und verließ das Haus. Der Mond ritt schneller als die schwarzen, dahineilenden Wolken, und der Wind klagte rund um das Meer, das im Mondlicht wie eine gewaltige, zusammengekrümmte Schlange aussah.

Ich ging zur Gloster-Landspitze und rastete im Windschatten des Leuchtturms, aber als ich den Versuch machte, die Inschrift in meiner Uhr beim Laternenlicht zu lesen, konnte ich nicht genug sehen. Ich muss vor Müdigkeit eingeschlafen sein, während ich sie noch in der Hand hielt, denn als ich heimwärts aufbrach, gab es im Osten einen hellen Lichtstreifen, und mit einem gemurmelten Morgenlied kroch das Meer ruhig auf ihn zu.

KAPITEL XL

Ich sah aus meinem Fenster über die Bucht. »Jetzt macht der Schnee ›Pawshees Land‹ wieder weiß und bei mir bleibt in diesem Jahr alles gleich. Kein Wechsel, kein Wachstum, keine Entwicklung! Meine Pflichterfüllung nützt mir nichts und meine Selbstdisziplin geht über das Notwendige hinaus.«

Ich schlug mit der Faust auf den Fensterrahmen, denn ich wollte meinem Leben jetzt eine neue Richtung geben und war gefesselt. Aber ich war wild entschlossen, die Fesseln zu sprengen; hatte ich nicht lange genug ›die Aussage verweigert‹? Manuel, der Schneebälle ans Haus geworfen hatte, hörte plötzlich damit auf, sah zum Tor und rannte dann hin. Ein Gespann müder, dreckverspritzter Pferde stürmte die Auffahrt heran. Manuel hielt die Leinen, und Ben war neben ihm, leicht schwankend auf dem Kutschbock. Ich rannte hinunter, um ihn zu empfangen; er war in Belem gewesen, wohin er nur fuhr, wenn er Geld brauchte.

»Ich habe Neuigkeiten für dich«, sagte er und hakte sich bei mir ein als er von der Kutsche gesprungen war. »Komm rein und zieh mir die Stiefel aus, Manuel.« Ich brachte ihm einen Stuhl und wartete, bis seine Stiefel ausgezogen waren. »Bring mir ein Glas Brandy.«

Ich stampfte mit dem Fuß auf. Verry kam mit einem Buch herein. »Ach, Verry, Liebling, komm her.«

»Warum trinkst du Brandy? Hast du die Pferde überanstrengt?«

Er trank den Brandy. Sie nickte ihm freundlich zu, schloss ihr Buch und schlüpfte hinaus, ohne ihm nahe zu kommen.

»Das ist *ihre* Art«, sagte er und sah mich scharf an. »Sie sagt immer nur im gleichen, ruhigen Ton, ›Warum trinkst du Brandy?‹«

»Und dann – gibt sie dir keinen Kuss.«

»Das Kind ist tot, das zum ersten. (Zigarre, Manuel). Zweitens, mich hat der Teufel geritten und ich bin über Rosville heimgefahren. Wann ist dein Vater abgereist, Cass?«

Ich fühlte mich schwach und setzte mich.

»Ach, wir haben *alle* unsere Schwächen; hat dich jetzt deine überwältigt?«

»Er fuhr vor drei Tagen weg.«

»Ich traf ihn bei Alice Morgeson.«

»Arthur?«

»Er wollte nicht Arthur besuchen. Er wird Alice heiraten, und ich muss jetzt mein Haus bauen.«

Ein Teufel riss mir das Herz auf; seine Stücke flogen um mich herum und machten mich blind und taub.

»Er wird heute Abend heimkommen.«

»Sehr schön.«

»Was wirst du ihm sagen, Cassy?«

»Ihm meine kleine Schwäche enthüllen.«

»Wann kommst du im wirklichen Leben an?«

»Bitte ihn doch, wenn er kommt, mich in meinem Zimmer aufzusuchen.«

Ich wartete dort. Nun endlich war mein Kelch voll. Meine Sünde schwamm oben auf.

Vater kam herein; er rauchte und setzte sich rittlings auf einen Stuhl. Er saß mir gegenüber und klopfte sacht mit den Fingern auf die Lehne. »Du hast mich rufen lassen?«

»Ich wollte dir mitteilen, dass Charles Morgeson mich vom ersten Augenblick an geliebt hat, und du wirst dich erinnern, dass ich bis zum letzten Atemzug bei ihm war.«

»Was gibt's da sonst noch?« Er warf den Stuhl um und packte mich: »Sag's mir.«

Seine Augen, blutunterlaufen vor Wut, waren auf meinen Mund geheftet. »Aber ich weiss es, zum Teufel mit ihm! Ich weiss, wie raffiniert er war. Wusste Alice davon?« Und er stieß mich zurück.

»Alles.«

Ein Ausdruck von Schmerz und Enttäuschung glitt über sein Gesicht; er knirschte wütend mit den Zähnen.

»Heirate sie nicht, Vater; du bringst mich um, wenn du das tust!«

»Bist du die Einzige, die sich erlauben kann, was sie will?«

Er hob seine Zigarre vom Boden auf und rauchte weiter.

»Es sieht so aus, als kennten wir uns nicht wirklich. Wie ausweichend wir in unserem Wesen doch sind! Deine Mutter war eine Seele von Offenheit; dennoch bin ich überzeugt, dass ich sie nie wirklich gekannt habe.«

»Wenn du Alice hierher bringst, dann muss ich gehen. Wir können nicht zusammen leben.«

»Ich verstehe jetzt, warum sie nicht herkommen wollte. Sie sagte, sie müsse erst dich sehen. Sie ist in Milford.«

Er schnippte die Asche von seiner Zigarre, sah im Zimmer umher und dann mich an, die ich bitterlich weinte. Sein Gesicht zog sich krampfartig zusammen.

»Wir haben vor zwei Tagen geheiratet.« Und er drehte sich rasch von mir weg und verließ das Zimmer.

Nie zuvor war ich so nah dran, auf dem Erdboden zu kriechen; wenn man mich fallen ließe, würde ich nie wieder hochkommen, dessen war ich mir gewiss.

Ben wusste es, aber überließ es mir, es Veronica zu sagen.

Mein Kummer war grenzenlos, und wir tauschten die Plätze; sie versuchte, mich zu trösten und vergaß sich selbst.

»Lass uns mit Ben fortgehen, ans Ende der Welt.« Aber als ihr plötzlich einfiel, dass sie Alice mochte, rief sie: »Was soll ich nur tun?«

Was konnte sie tun, außer unvernünftigen Widerstand zu leisten? Tante Merce weinte sich krank, so sehr sie Alice auch mochte, und Temperance erklärte, wenn sie nicht selbst einen Witwer geheiratet hätte, würde sie ihren Senf dazugeben. Auf jeden Fall hatte sie keinen Mann mit erwachsenen Töchtern geheiratet.

»Was ist mit Fanny los?«, fragte sie mich am nächsten Tag. »Sie sieht aus wie ein erfrorenes Hühnchen.«

»Wo ist sie jetzt?«

»Macht die Betten.«

Temperance wusste sehr wohl, was los war, war aber zu klug, sich einzumischen. Ich fand sie, nicht beim Bettenmachen, sondern in einem ungenutzten Zimmer; sie starrte die Wand an. Sie sah mich mit trockenen Augen an, biss sich auf die Lippen, und faltete ihre Hände über die Brust auf ihre alte, trotzige Art. Ich sagte nichts.

»Es ist so«, sagte sie; »Sie brauchen mich nicht mit Ihren Augen in Stücke zu reißen, *Ihnen* kann ich es ja beichten, denn Sie sind wie ich. Ich liebe ihn!« Und sie stand auf und schüttelte mir ihre Faust ins Gesicht. »Mein Herz, mein Verstand, meine Seele sind so gut wie ihre, und *er* weiß das.«

Ich konnte kein Wort herausbringen.

»Ich kenne ihn, wie Sie ihn nie gekannt haben, und schon seit Jahren, seit ich das verhungerte Armenhausgör war, das Ihre Mutter aufgenommen hat. Bemühen Sie sich nicht, mir eine Rede über Undankbarkeit zu halten. Ich weiß, dass Ihre Mutter gut und gnädig war, und dass ich sie hätte verehren sollen, aber ich hab's nie getan. Haben Sie geglaubt, dass ich ihn je für vollkommen gehalten habe, wie der Rest von euch? Er ist voller Fehler. Ich dachte, er ist auf mich angewiesen. Er weiß, was ich empfinde. Ach, was soll ich nur machen?« Sie schleuderte die Arme in die Luft und fiel in einem hysterischen Anfall zu Boden. Ich verschloss die Tür und hob sie auf. »Komm wieder zu dir Fanny; ich bleibe solange hier.«

Ich schüttelte sie und machte das Fenster auf; dadurch kam sie allmählich wieder zu sich. Nach ein paar ängstlichen Lachern und Zuckungen öffnete sie die Augen. Sie sah mein Mitleid, und da flossen Sturzbäche von Tränen; ich weinte auch. Das arme Mädchen küsste mir die Hände; in ihrer Miene zeigte sich ein verändertes Wesen.

»Ach Fanny, trag es so gut du kannst! Du und ich, wir werden Freundinnen sein.«

»Verzeihen Sie mir! Ich war immer schlecht; ich bin's jetzt auch. Wenn diese Frau hierher kommt, dann erstech ich sie mit Manuels Messer.«

»Aber, aber! Das Messer ist zu rostig, davon kriegt sie Wundstarrkrampf. Außerdem kommt sie bestimmt nicht. Ich kenne sie. Sie ist mir schon mehr als den halben Weg entgegengekommen; aber ich werde meinen Teil der Reise nicht unternehmen und sie wird umkehren.«

»Was Sie nicht sagen!« Ihre alte Neugier erwachte wieder.

»Manuel hält es scharf«, sagte sie bald darauf und fiel wieder in ihre Eifersucht zurück.

»Du bist eine Närrin. Hast du heute schon etwas gegessen?«

»Ich kann nichts essen.«

»Das ist es also – ein leerer Magen macht die schlimmsten Schmerzen.«

Ben bat mich dringlich, ich solle nach Milford fahren und Alice bitten, zu uns nach Hause zu kommen. Aber Vater sprach dieses Thema mir gegenüber nicht mehr an. Veronica ebenso wenig. Am Nachmittag fuhren sie nach Milford und kehrten in der Abenddämmerung zurück. Sie hatte sich geweigert mitzukommen, sagte Ben, und würde wohl nie kommen. »Du hast deinen Vater ganz schön an die Luft gesetzt.«

»Du hast es also bemerkt?«

»Es ist ziemlich offensichtlich.«

»Was hältst du davon?«

Er setzte zur Verurteilung an, erinnerte sich dann aber an seine eigene Einmischung in mein Leben. »Ach, da hast du mich erwischt. Ich denke, dass du recht hast, soweit es die Vergangenheit, die Alice betrifft, angeht. Aber wenn sie bereit ist zu vergessen, warum bist du es dann nicht auch? Wir tun vieles, das unseren moralischen Vorstellungen zuwiderläuft, um es Leuten angenehm zu machen. Außerdem, wenn wir unsere Gespenster nicht bannen, dann werden unsere Schränke zu voll.«

»Wir können ein paar Dinge für uns selbst entscheiden, gleichgültig was die Konsequenzen sind.«

»Jedenfalls ist es ein Schlamassel.«

Fanny hatte nach ihnen Ausschau gehalten und rechnete mit einer Zunahme ihres Elends, denn sie glaubte, Alice würde ebenfalls kommen. *Sie selbst* hätte es so gemacht. Die Wut packte sie, als sie Vater alleine sah. Sie pflanzte sich vor ihm auf, in meiner Gegenwart, in verächtlicher Haltung. Sein Gesicht verfärbte sich, und dann wechselte ihre Stimmung.

»Was soll ich tun?«, fragte sie kläglich.

Ich versuchte zu verschwinden, bevor sie weitermachte, aber er hielt mich zurück, denn er fürchtete die Szene, die er kommen sah, ohne sie zu verstehen.

»Fanny«, sagte er schroff, aber mit verwirrtem Gesicht, »du täuschst dich in mir.«

»Ich nicht; es waren Ihre Frau und Ihre Kinder, die sich in Ihnen getäuscht haben.«

»Was willst du mir sagen?«

»Sie haben mich Ihre Sklavin sein lassen.«

»Es ist doch hoffentlich nicht wahr, – was dein Verhalten andeutet?«

Da vergab ich ihm alles. Fanny hatte sich geirrt. Er hatte sich ihr gegenüber nur sehr selbstsüchtig benommen, ohne einen Gedanken an sie zu verschwenden – das war alles! Sie war vom Donner gerührt, starrte ihn einen Moment lang an und rannte hinaus. Das Gespräch erledigte die Sache; von diesem Tag an war sie ein anderes Mädchen.

»Vater, du wirst nach Rosville ziehen und wieder reich sein. Kannst du Ben dieses Haus abkaufen, für mich? Ein sehr kleines Einkommen reicht für mich und Fanny, du kannst dich darauf verlassen, dass ich sie behalten werde. Temperance wird bei Verry leben. Ben will bauen, jetzt, wo er seinen Anteil von seines Großvaters Vermögen bekommen wird.«

»Na schön«, sagte er seufzend, »ich werde es einrichten.«

»Es hat keinen Sinn, dass wir die Tatsache verschleiern – ich habe dich verloren. Du bist für mich toter als Mutter.«

»Du sagst es.«

Es war die Wahrheit. Ich war die Einzige aus der Familie, die nie nach Rosville fuhr. Tante Merce schlug ihren Wohnsitz bei Alice auf, um Arthurs willen, den sie vergötterte. Vaters erneute Heirat wurde von der Morgeson-Familie verurteilt, ebenso sein Wegzug aus Surrey; doch seine Einladungen nach Rosville nahmen sie an und kehrten mit glühenden Berichten von seinem neuen Haus und seiner Gastfreundschaft zurück.

Im folgenden Juni war Bens Haus fertig und sie zogen um. Es lag auf einem Hügel östlich von unserem Haus, den Veronica ausgesucht hatte. Ihre Zimmer gingen auf den Obstgarten hinaus und Bens Räume hatten den Blick auf das Meer. Er habe sich keine Einmischung in die Nordlichter angemaßt, so sagte er ihr, und sie dürfe ihn nicht wegen seines Bootshauses oder des Piers belästigen. Sie waren beide hocherfreut über die Veränderung und spielten Haus wie Kinder. Temperance verwöhnte sie maßlos in ihren Launen, obwohl sie Bens neumodische Ideen albern fand; aber vielleicht hielten sie ihn von *etwas Schlimmerem* ab. Dieses Etwas war ein Schatten, der mir Angst machte, obwohl ich dagegen ankämpfte. Ich war der Sorgen müde und verschloss die Augen, so lange es ging. Wann immer Ben von zu Hause fort fuhr, und er fuhr oft nach Milford oder in eine der Städte in der Umgebung, kam er vom Alkohol gezeichnet zurück. Der Anblick ließ meine Hoffnung sinken. Aber sie erhob sich später wieder, denn er war anschließend so freundlich, so liebevoll, so ruhig und zufrieden. Da Verry weder mit mir noch mit Temperance darüber sprach, bildete ich mir ein, sie mache sich keine großen Sorgen. Sie konnte es nicht so empfinden wie ich, denn sie wusste nichts von der Familiengeschichte der Bellevue Pickersgills.

Der Tag ihres Umzugs war ein glücklicher für mich. Endlich war ich allein in meinem eigenen Haus. Und ich gewann die absolute Verfügungsgewalt über mich zurück und das Gefühl, eine Aufgabe zu haben, was mir lange fremd geworden war. Mein neuer Status als Eigentümerin belastete mich fast, weil es so viele Freiheiten zu verwirklichen gab.

Einen ärgerlichen Vorfall gab es bald, nachdem das Haus mein alleiniger Besitz geworden war. Vaters geschäftliche Angelegenheiten waren noch nicht geregelt, und so kam er nach Surrey. Er war dabei, seine Schulden komplett zurückzuzahlen, erzählte er mir, wobei er das, was ihm fehlte, aus Alices Eigentum ergänzte. Davon konnte er jedoch nicht viel gebraucht haben, denn die Schiffe, die zur Zeit des Bankrotts noch ausstanden, kamen mit guten Ladungen heim. Ich stellte mir vor, dass er einiges bereute, während er seine Angelegenheiten regelte; dass ihm die Aufregungen und Unwägbarkeiten des Seehandels fehlten. Nichts Unangenehmes kam zwischen uns auf, bis ich ihn fragte, was in einer Schachtel war, die tags zuvor angekommen war.

»Etwas, das Alice dir geschickt hat; sollen wir sie aufmachen?«

Ich gab keine Antwort, aber sie wurde aufgemacht, und er nahm einen Samtteppich heraus, meergrün und weiß, mit einem scharlachroten Blatt darauf, und einen meergrün-weißen Brokatstoff für Vorhänge. Hätte sie die ganze Welt abgesucht, sie hätte nichts finden können, was mir so gut gefiel wie dies.

»Sie dachte, Verry möchte vielleicht etwas von den alten Möbeln haben, und dass du stattdessen diese Sachen annehmen würdest.«

»Hier gibt es nichts, was ähnlich edel ist, und ich kann keine Veränderungen vertragen. Verry soll sie haben, denn sie hat nichts von mir mitgenommen.«

»Ganz wie du willst.«

KAPITEL XLI

»Wie heiß es heute ist!«, sagte Fanny. »Alle Türen und Fenster sind offen. Es gibt nicht den geringsten Luftzug.«

»Es wird den ganzen Tag windstill sein«, sagte ich. »Wir haben zwei oder drei solche Tage im Jahr. Gib mir noch eine Tasse Kaffee. Ist es schon neun?«

»Fast. Ich sollte heute Hepsey besuchen. Sie wird nicht aufstehen können, die Hitze setzt ihr so zu.«

»Tu das. Wie still es ist! Die Schatten der Bäume auf der Landzunge reichen fast von einem Ufer bis zum anderen, und da liegt ein Fischerboot, völlig bewegungslos.«

»Das Boot war schon da, als ich aufgestanden bin.«

»Alles ist blau und gelb oder blau und weiß.«

»Wie sich Ihr Haar heute morgen wellt! Schöner denn je.«

Ich ging mit meiner Tasse Kaffee zum Spiegel. »Im Sommer sehe ich jünger aus.«

»Was nützt es hier, jünger auszusehen?«, fragte sie schroff. »Man sieht hier nie einen Mann.«

»Ich sehe Ben und Verry kommen, und Manuel dahinter.«

»Hallo!«, rief Ben, und brachte seine Pferde vor dem Fenster zum Stehen. »Wir machen einen Picknickausflug. Willst du nicht mitkommen?«

»Wie weit?«

»Fünfzehn oder zwanzig Meilen.«

»Fahrt nur; ich will den strahlenden Tag lieber hier einsperren.«

»Es gibt nichts zum Mittagessen«, sagte Fanny.

»Das Fischerboot kommt vielleicht rechtzeitig zurück.«

»Ist Ihnen drei Uhr recht? Wenn ja, bleibe ich solange bei Hepsey.«

»Vier ist früh genug.«

Sie räumte mein Frühstücksgeschirr ab und ging. Ich saß eine Stunde lang am Fenster, schaute über das Wasser, während meine Gedanken durch einen goldenen Dunst drifteten, und ging dann hinauf in mein Zimmer und schaute wieder hinaus. Wenn ich meinen Blick auf die Wände richtete, wurde ich einer sehnenden, klaffenden Leere in mir gewahr, die ich nicht mochte. Ich schlenderte in Verrys Zimmer, um zu schauen, ob Wolken aus Norden heranzogen. Nichts. Die Sonne hatte den Himmel gelähmt und wanderte »strahlenlos brennend« durch sein heiteres Blau. Kein Vogel zirpte, kein Insekt; sie hatten sich vor der glühenden Hitze in Baum und Boden versteckt. Ich ging zu meinem eigenen Fenster zurück. Die subtile Schönheit dieser anorganischen Kräfte erregte wahnsinniges Bedauern und rasende Sehnsucht in mir. Ich streckte die Arme aus, um die Präsenz an mich zu drücken, die meine Sinne heraufbeschworen.

Es ist wohl besser, wenn ich mir ein Buch hole, dachte ich schließlich, und machte mich auf die Suche nach Barry Cornwalls Liedern. Ich wollte damit in den Salon gehen, der im Schatten lag. Ich blätterte darin, als ich hinunterging, und summte beim Hineingehen:

»Besteig den Delphin des Vergnügens«, und warf mich auf das Sofa neben – *Desmond*!

Ich ließ Barry Cornwall fallen.

»Ich bin angekommen«, sagte er mit totenschwacher Stimme.

»Wie alt du geworden bist, Desmond!«

»Aber auf meine Hände habe ich so gut achtgegeben, dir zuliebe! Du hast einmal gesagt, sie seien schön; sind sie's noch?«

Ich küsste sie.

Er war so mager und braungebrannt, und seine Haare waren ganz grau! Selbst sein Schnurrbart sah silbrig aus.

»Heute sind es zwei Jahre, dass ich die Uhr trage, Desmond.«

Er holte eine aus der Tasche, die ganz genauso aussah, und zeigte mir die Inschrift auf der Innenseite.

»Und der Rubinring an der Kette?«

»Er ist fort, wie du siehst; du musst jetzt einen da dran hängen.«

»Verzeih mir.«

»Ach Cassy! Ich konnte nicht früher kommen. Du siehst, was *ich* für Schlachten schlagen musste, seit ich dich zuletzt gesehen habe. Ich habe so lange gebraucht, meine verfluchten Gewohnheiten aufzugeben. Ich hatte Angst vor mir selbst, hatte Angst zu kommen, aber ich habe mich bis zum Äußersten gefordert und hoffe, dass ich deiner würdig bin. Willst du mir vertrauen?«

»Ich gehöre dir, habe dir immer gehört.«

»Ich habe riesige Mengen Öl und Knoblauch verzehrt«, sagte er mit einem Seufzer. »Aber Spanien ist ein guter Ort, um sich zu bessern. Wie geht es Ben?«

Ich schüttelte den Kopf.

»Erzähl mir jetzt nichts Trauriges. Armer Kerl! Gott helfe ihm.«

Fanny sprach mit jemandem auf dem Weg, wahrscheinlich dem Fischer, der Fisch brachte.

»Möchtest du Mittagessen?«

»Ich habe nicht gefrühstückt.«

»Ich schaue mal nach, was es für dich gibt.«

»Nein, Cassy, geh nicht weg.«

»Nur ein paar Minuten.«

»Nein.«

»Aber ich will allein weinen und außerdem nach dem Mittagessen sehen.«

»Dann weine hier, mit mir. Komm, Cassandra, meine Frau! Mein Gott, ich sterbe noch vor Glück.«

Eine tödliche Blässe überzog sein Gesicht.

»Desmond, Desmond, weißt du, wie ich dich liebe? Fühl mein Herz, – es pulsiert mit deinem ganzen Gewicht seit jener Nacht in Belem, als du dir den Kopf am Kamin angeschlagen hast.«

Er war sprachlos. Ich murmelte liebevolle Worte, bis er einen tiefen, belebenden und kräftigenden Atemzug tat.

»Die Fische sind klein«, sagte Fanny an der Tür. »Soll ich die nehmen?«

»Sicher«, sagte Desmond. »Ich bezahle sie.«

»Das ist Ben in Bleischwarz«, sagte Fanny.

Wir lachten.

In der Abenddämmerung kamen Ben und Veronica angefahren. Desmond saß am Fenster. Ben heftete die Augen auf ihn, ohne anzuhalten.

Wir rannten hinaus und riefen ihn.

»Alter Knabe«, sagte Desmond, »ob ich's wollte oder nicht, ich bin da.«

Bens Gesicht hätte eine Studie gelohnt; so viele Gefühle kämpften um ihn, dass mein Herz vor Mitleid schmerzte.

»Gib sie mir«, fuhr Desmond mit anrührender Stimme fort. »Du bist ihr ältester Freund und hast ein Anrecht darauf.«

»Sie hat immer dir gehört«, gab er zur Antwort. »Mit ihr zu ringen war verrückt.«

Veronica nahm Bens Kinn in die Hand und hob sein Gesicht, um ihn anzusehen. »Was für Träume hast du gehabt?«

Aber er antwortete ihr nicht. Wir waren alle einen Augenblick lang still, dann sagte er: »Hatte ich unrecht, Des?«

»Nein, nein.«

Während ich noch mit Blick auf Veronica, deren gefasstes Gesicht mich verblüffte, zu mir sagte, »Rätsel, Sphinx«, wandte sie sich zu Desmond, streckte ihm ihren rechten Arm entgegen und sagte, »Du bist der Mann, den ich in meinem Traum gesehen habe.«

»Und du bist wie die Jungfrau, der ich ein Opfer dargebracht habe, nur nicht ganz so herausgeputzt.« Er nahm ihre ausgestreckte Hand und küsste sie.

Ben warf die Leinen mit einem plötzlichen Schlenker Manuel zu, der in der Nähe stand, und sprang herunter.

»Trinkt Tee bei mir«, bat ich, »Musik soll's auch geben. Verry, spielst du für Desmond?«

Sie nahm seinen Arm und ging ins Haus.

»Freund«, sagte ich zu Ben, der an der Tür stehengeblieben war, »mit mir zu ringen war nicht verrückt, falls es dich nicht davon abgehalten hat, mit dir selbst zu ringen. Sag mir – wie steht es mit dir?«

»Cassandra, der Höllenschlund steht offen. Wenn du mit dem Ende zufrieden bist, dann muss ich es auch sein.«

Nach der Hochzeit fuhr ich nach Belem. Mrs. Somers verzieh mir jedoch nie und Mr. Somers mochte Desmond genauso wenig wie früher. Weder Adelaide noch Ann sahen in unserer Ehe je etwas anderes als eine Mesalliance. Sie erkannten auch nicht an, dass er sich verändert hatte. Vielleicht sei es von Dauer, aber in jedem Fall sei es eine Abweichung, der sie misstrauten. Die Grundstruktur des Bellevue Pickersgill-Charakters sei nicht zu ändern.

Bald nachdem wir geheiratet hatten, reisten wir nach Europa und blieben zwei Jahre dort.

Diese letzten Worte schreibe ich im Sommer in unserem Haus in Surrey, denn Desmond ist um diese Jahreszeit gerne hier, und ich schreibe in meinem alten Zimmer. Vor seinen Fenstern rollt die blaue Sommersee. Ihre Schönheit hat für mich jetzt einen gnadenlosen Ausdruck; ihre ewige Monotonie zeigt weder Mitleid noch Barmherzigkeit.

Veronica liegt auf dem Boden und schaut ihr einjähriges Baby an. Es lächelt andauernd, weint aber nie und bewegt sich nur, wenn man es bewegt. Ihr Gesicht ist dünn und melancholisch, aber immer noch ruhig und schön. Aber ihre Augen streifen nicht mehr suchend in die Ferne. Vor ihr steht eine Mauer aus Dunkelheit, die sie nicht durchdringen wird. Tante Merce sitzt mit ihrem Strickzeug bei mir. Wenn ich sie ansehe, denke ich daran, wie lang es her ist, dass Mutter starb, und frage mich, ob der Tod nicht eine angenehme Vorstellung ist für die, die schon tot sind. Tante Merce schaut mit traurigem Gesicht Verry und das Kind an, wirft mir einen Blick zu und schüttelt den Kopf. Wenn Verry sie anspricht, antwortet sie aufmunternd, und versucht, den Kummer zu verbergen, den sie beim Anblick von Mutter und Kind empfindet.

Ben ist seit sechs Monaten tot. Nur Desmond und ich waren in seinen letzten Augenblicken bei ihm. Als er aus dem Bett sprang, rückwärts taumelte und tot umfiel, klammerten wir uns aneinander mit zagen Herzen und stellten einander stumm eine Frage.

»Gott ist der Herrscher«, sagte er schließlich. »Falls nicht, soll diese verrückte Welt uns jetzt erschlagen.«

Ende.

Nachwort

»Ich habe versucht, eine einfache Mitschrift des menschlichen Lebens zu machen, einen Ausschnitt aus dem großen Panorama, ohne hier eine Moral und dort eine Erklärung anzuhängen« – so beschrieb Elizabeth Stoddard ihre literarischen Absichten für *Die Morgesons*, ihren ersten Roman, der einer der bemerkenswertesten Texte der amerikanischen Literatur des 19. Jahrhunderts ist. Im Jahr 1862, als das Werk erstmals veröffentlicht wurde, war ihr Bekenntnis zu schmuckloser Wirklichkeitstreue in den USA höchst ungewöhnlich, denn ein Konzept des literarischen Realismus entwickelte sich dort recht eigentlich erst in den Jahren nach 1870. Aber als die späteren Realisten in Stoddard eine Vorläuferin erkennen und sie für ihr Kunstverständnis vereinnahmen wollten, wehrte sich die Autorin energisch: »Ich bin *nicht* realistisch – ich bin *romantisch*, die Nacktheit und Einfachheit meines Werks ist eine Tarnung für seine Romantik«, schreibt sie 1888. Wie die Autorin sich ihren Platz *zwischen* den literarischen Schulen suchte, steht auch *Die Morgesons* am Übergang vom romantischen zum realistischen Erzählen. Der Roman macht Anleihen bei der *romance*, der symbolreichen, auch das Unwahrscheinliche nicht scheuenden Erzählform von Autoren wie Nathaniel Hawthorne und Herman Melville, doch er transformiert sie ins Realistische. Stoddard greift auch die Konventionen des Frauenromans auf, wie er damals in den USA und Europa populär war: Sie erzählt die Geschichte einer Frau von der Kindheit bis zu ihrer Heirat, aber sie tut es im Gegensatz zu ihren erfolgreichen Kolleginnen Susan Warner und Maria Cummins ohne jede Gefühlsseligkeit. Mehr noch: im Gegensatz zu ihren Zeitgenossinnen, selbst der von ihr bewunderten Charlotte Brontë, verzichtet sie darauf, ihrem Roman eine christliche Weltsicht zu unterlegen. Im Folgenden sollen neben der literaturhistorischen Einordnung auch andere Aspekte des Buches kurz beleuchtet werden: stilistisch-formale

Besonderheiten, der Selbstfindungsprozess der Erzählerin, der zugleich eine Attacke auf eine in ihren sozialen Normen und ihrer religiösen Bigotterie erstarrte Gesellschaft darstellt, und die Positionierung dieser eindrucksvollen Gestalt im Kontext der zeitgenössischen Frauenrollen und Geschlechterverhältnisse.

Elizabeth Stoddard eigenwillig zu nennen, ist eine Untertreibung; sie schaffte es eigentlich immer, zwischen allen Stühlen zu landen. Ihre rücksichtslose Offenheit, ihre scharfe Zunge, mit der sie auch gute Freunde nicht verschonte, waren berüchtigt. Sie stellte hohe Ansprüche an andere, aber auch an sich selbst. Von ihren Leserinnen und Lesern erwartete sie ebenfalls viel, denn ebenso ungewöhnlich wie bemerkenswert sind Stil und Erzählweise des Romans. Die Sprache der Protagonistin Cassandra Morgeson ist völlig unsentimental, dazu nicht selten (selbst-)ironisch. Wie Charlotte Brontë in *Jane Eyre* wählt Stoddard eine Ich-Erzählerin, die zugleich Hauptfigur ist, und beschränkt die Perspektive konsequent auf diese Gestalt. Damit enthält sie sich jeden auktorialen Kommentars, bietet den Leserinnen und Lesern also keinerlei Führung an. Weil Cassandra in den Dialogpassagen oft nicht nur weglässt, wer gerade spricht, sondern auch Hinweise zum Ton des Gesagten unterschlägt, müssen die Leser selbst entscheiden, ob eine Figur ironisch, ärgerlich, freundlich oder anders spricht, d.h. die Interpretation des Gesagten wird ganz den Leserinnen übertragen. Das ist umso schwieriger, als die Dialoge in ihren abrupten Wendungen und Brüchen oft wirklichkeitsnah unvollständig bleiben. In der weitgehend kommentarlosen Wiedergabe des Gesagten werden dennoch unterschwellige Spannungen und unterschiedliche Bedeutungsebenen der Kommunikation spürbar. Es entsteht dadurch eine radikale Deutungsbedürftigkeit, die auf die literarische Moderne, auf Autoren wie Ernest Hemingway vorausweist.

Mit dem Verzicht auf Erklärungen durch Autorin oder Erzählerin fordert die im Roman dargestellte Entwicklung selbst zum Kommentar auf. Cassandras Werdegang ist eine Erkundung von Möglichkeiten, der Möglichkeiten des Frau-Seins in der neuenglischen Gesellschaft der ersten Hälfte des 19. Jahrhunderts mit ihrer puritanisch-calvinistischen Tradition, ihren frühviktorianischen Verhaltensnormen, ihrem Gesellschafts- und Standesdünkel. Stoddard zeichnet ein tiefenscharfes Portrait dieser Gesellschaft. Modernen Lesern mögen die dargestellten Familien exzentrisch vorkommen, doch Zeitgenossen erkannten Züge solcher störrischen Eigenwilligkeit durchaus wieder. Es ist dieses soziale Umfeld, es sind ihre spezifischen Lebens- und Familienumstände, die Cassandras Entwicklung prägen. Ihr Weg ist jedoch ein radikal individueller, kein modellhafter. An Cassandra beschreibt Stoddard einen Emanzipationsprozess, der Erkenntniszuwachs und Desillusionierung verbindet. Die Protagonistin entwickelt im Laufe des Romans ein Wirklichkeitsverständnis, das auf Erfahrung und eigener Anschauung beruht. Cassandra lernt, die innere und äußere Realität wahrzunehmen und nicht zu verdrängen. Solche Erkenntnisreife führt sie allerdings nicht aus ihrem gesellschaftlichen Ort heraus, denn die Familie verlässt Cassandra nie. Selbst auf ihren Reisen, die den Text strukturieren, bewegt sie sich immer nur in der Verwandschaft, und stets kehrt sie an ihren Ausgangsort zurück. Die Familie bleibt der Lebensraum der Frau, der ihrer Selbstverwirklichung zugleich Schranken setzt.

Schon als Kind ist Cassandra eine wache und aufmerksame Beobachterin, die ungeniert ihre Umgebung betrachtet und ihre Eindrücke registriert. Die erste Szene des Romans spielt deutlich auf den Anfang von *Jane Eyre* an: sowohl Jane als auch Cassandra sind 10 Jahre alt, und ihre Lieblingsbeschäftigung ist das Lesen von Büchern, die nicht für Kinder geschrieben sind. Beide entziehen sich damit ihrer Umgebung. Aber anders als Jane ist Cassandra ungenierter: trotz des tadelnden Blickes ihrer Tante klettert sie auf eine Kommode, um sich ein Buch über Entdeckungsreisen zu holen. Auf eine innere und äußere Entdeckungsreise wird sie im Folgenden gehen. Die zentrale Rolle, die Wahrnehmung und Wirklichkeitsverständnis im Roman spielen, unterstreicht dabei bereits der erste Satz, der ein Kommentar über Cassandra, wie andere sie sehen, ist: »›Dieses Kind‹, sagte meine Tante Mercy und schaute mich mit indigoblauen Augen an, ›ist besessen.‹« Tante Mercy ist ebenso wie Cassandras Mutter puritanisch erzogen und ihre Weltsicht ist dadurch geprägt. Nach puritanischer Doktrin bestätigt Cassandras unziemliches Verhalten die natürliche Verderbtheit des Menschen, der durch die Erbsünde schuldig geworden ist. Obwohl Mutter und Tante selbst unter ihrer repressiven religiösen Erziehung gelitten haben, halten beide am calvinistischen Glauben fest. Nach calvinistischer Überzeugung kann kein Mensch einen anderen retten, jeder einzelne muss individuell seine spirituelle Wiedergeburt erleben. Cassandras Mutter kann deshalb nur hoffen, dass die Tochter irgendwann den Weg zu Gott finden wird. Ihre besorgte Frage, die die Mutter sogleich stellt, als Cassandra nach dem Jahr, das sie beim Großvater mütterlicherseits verbracht hat, nach Hause zurückkehrt, gilt dem Seelenheil der Tochter: ob sie eine Veränderung an sich bemerkt habe? Cassandras Mutter hatte die Absicht gehabt, der Tochter Einsicht zu vermitteln in die Bedingungen, unter denen sie selbst aufgewachsen war, und sie der Religion näher zu bringen. Im puritanisch-ordentlichen Haus des Großvaters, so berichtet Cassandra dagegen, sind sogar die Spinnweben sauber, aber das Leben dort ist ohne Wärme, ohne Abwechslung, nur bestimmt von der mechanischen Regelmäßigkeit, mit der der Großvater als Hausvorstand die Gebete spricht, von denen aber kein Wort zu verstehen ist, weil er keine Zähne mehr hat. Während ihres Jahres beim Großvater lernt Cassandra, dass religiös-transzendentale Sinnstrukturen, wie sie für ihre Mutter existieren, für sie selbst nicht angemessen sind. Wie auch später in anderen Zusammenhängen verlässt sich Cassandra nur auf das, was sie selbst in Erfahrung bringt. So prüft sie, die als Unbekehrte nicht am Abendmahl teilnehmen kann, nach dem Gottesdienst heimlich im Selbstversuch die Kraft der Hostie. Als die Reste des ungesäuerten Brotes, das Tante Mercy für den Gottesdienst gebacken hatte, wieder in der häuslichen Speisekammer deponiert sind, berichtet Cassandra: Ich »nahm ein Stückchen und aß es bedächtig, um seine feierlicherhebenden Kräfte zu prüfen. Ich spürte nichts, und als Tante Mercy auch noch die Reste mit Milch zu einem Pudding kochte, war die heilige Idealität der Zeremonie, die ich in der Kirche gesehen hatte, für mich endgültig zerstört.«

So bleibt Cassandra auch ungerührt von dem Eifer religiöser Erweckung, der während ihrer Zeit in Barmouth die Gegend erfasst. Stoddard spielt auf eine der Wellen religiöser Erweckungsbewegungen an, die in der ersten Hälfte des 19. Jahrhunderts die USA und speziell Neuengland überzogen. Mit Gottesdiensten unter freiem Himmel, mit dramatischen Predigten und Spontanbekehrungen, religiöser Ekstase und erhöhtem Druck auf die, die sich noch nicht als wiedergeboren sahen, wurden die Sünder zur Umkehr aufgerufen. Cassandra wird Zeugin dieser Ereignisse, bleibt davon selbst jedoch unberührt. Als der Geistliche zu Besuch in Großvaters Haus kommt, fragt er Cassandra,

»ob ich wisse, dass Christus für mich gestorben sei? Ich antwortete, ich sei mir da nicht sicher.

›Liest du die Bibel, Kind?‹

›Jeden Tag.‹

›Und was lernst du daraus?‹

›Weiß ich nicht.‹«

Als der Pfarrer an sie gerichtet Matthäus 11, 28 zitiert, »›Jetzt ist der Tag und die Stunde; kommet her zu mir alle, die ihr mühselig und beladen seid; ich will euch erquicken‹«, da antwortet Cassandra sachlich: »Aber ich brauche keine Erquickung, ich bin nicht beladen.« In dieser klaren Abkehr von einem christlichen Fundament liegt die vielleicht radikalste Neuerung, um die Stoddard den damaligen Frauenroman bereichert.

Cassandra überlebt die Zeit in Barmouth, indem sie sich mit Essen vollstopft. Zugleich schärft sie ihre Wahrnehmung für Inneres und Äußeres, für Diskrepanzen zwischen Worten und Verhalten, für Details. Sie überprüft die Anschauungsweisen anderer, sieht sich mit deren Augen. Dieses Gewahrwerden ihrer äußeren Erscheinung beginnt an ihrem ersten Schultag in Barmouth, als sie das Klassenzimmer betritt und zwanzig Augenpaare sie anstarren. Zu Hause betrachtet sie sich daraufhin im Spiegel, zum ersten Mal in diesem Roman. In dessen Fortgang wird sie immer wieder ihr Spiegelbild ansehen, doch bleibt diese Selbstbetrachtung auf ihr Äußeres beschränkt. Der Spiegel wird nicht zum Medium tieferer Selbsterkenntnis, wie das in der Romantik üblich war; seine Oberfläche reflektiert nur ihre Oberfläche.

Cassandras sich wandelnde Wahrnehmung ist ein innerer Emanzipationsprozess, mit dem sie sich allmählich aus dem Anschauungs- und Normenkorsett ihrer Gesellschaft befreit, soweit das einem Individuum, das in ein soziales Gefüge eingebunden bleibt, möglich ist. Erzählt wird dies an Cassandras Beziehung zu ihrem verheirateten Vetter Charles Morgeson. In dieser Episode, ihrem Aufenthalt im Haus des Vetters und seiner Familie in Rosville, wird sich Cassandra allmählich ihrer erwachenden sexuellen Wünsche bewusst, was sie verwirrt und verunsichert. Von Anfang an sind Charles und Cassandra von einander sexuell angezogen, doch ist Charles ein lebenserfahrener Mann von Mitte Dreißig, während Cassandra gerade mal 18 Jahre alt ist. Als sie sich allmählich über ihre Gefühle für Charles klar wird, ist Cassandra nach einigem Zögern bereit, zu akzeptieren, dass dieses Begehren zu ihrer Persönlichkeit gehört und, mehr noch, sie ist bereit es zu befriedigen. Zwar verhindert der Unfall mit der Kutsche, bei dem Charles tödlich verunglückt und Cassandra verletzt wird, dass der Ehebruch tatsächlich stattfindet, doch Cassandra wagt es sogar, Charles' Witwe Alice ihr Begehren offen einzugestehen: »›Alice!‹, flüsterte ich, ›du magst mir vergeben oder nicht, aber ich war auf seltsame Weise an ihn gefesselt. Und ich muss dir sagen, dass ich jetzt nach dem Kuss dürste, den er mir nie gegeben hat.‹«

Mit ihrer Bereitschaft, ihrem Verlangen nach dem verheirateten Charles nachzugeben, hat sich Cassandra nach gesellschaftlichen und religiösen Maßstäben schuldig gemacht. Nach ihrer Heimkehr deutet Cassandra ihrer Mutter ihre Gefühle für Charles an. Diese ist entsetzt:

»›Nein, nein, nein.‹

›Doch.‹

›Dann verstehe ich das Rätsel, das du bisher gewesen bist, als eines, das einen Fluch gebracht hat.‹

›Es gibt nichts zu verfluchen, Mutter; unserer Erfahrungen werden nicht von Recht und Gesetz vorherbestimmt. Wir können uns an Regeln halten und rechtschaffen sein, auf diese Weise sündigen wir nicht. Für meine Erfahrung gab es weder Anfang noch Ende.‹

›Sollen sich Frauen denn dafür verfluchen, dass sie Töchter gebären?‹

›Langsam, Mutter. Was in diesem Jahr schlecht ist, kann im nächsten gut sein.‹«

Cassandra erklärt ihrer Mutter hier – und sie spricht dabei im Sinne der Autorin –, dass es kein universales moralisches Gesetz gibt, keine zwangsläufigen Entwicklungen, Belohnungen oder Strafen außerhalb der gesellschaftlich gemachten Ordnung. Selbst Gut und Böse können sich dynamisch in der Zeit verändern. Cassandra ist wie Edna Pontellier, die Heldin von Kate Chopins Roman *The Awakening* (1899), bereit, gesellschaftliche Regeln zu brechen, aber sie ist reflektierter als Edna, die nur ihrem Gefühl folgt, ohne es zu analysieren.

Es ist interessant zu sehen, wie Stoddard in diesem Kontext der sexuellen Normen Elemente der konventionellen Verführungsgeschichte benutzt. Im traditionellen Roman würde Cassandra für ihr illegitimes Verlangen eine Strafe treffen, müsste sie verzweifeln und schuldig bleiben oder könnte nur über innere Läuterung den Weg zu Gottes Gnade oder zumindest gesellschaftlicher Akzeptanz finden. In jedem Fall implizierte ein solcher Verstoß gegen die als universal gesetzte moralische Ordnung in der amerikanischen Literatur der Zeit, dass die Protagonistin ihrer Sexualität entsagen müsste. Nicht so jedoch bei Stoddard. Sie kehrt bekannte Motive um, indem sie statt der Heldin den verführerischen, begehrten Mann zu Tode kommen lässt, und sie lässt die Heldin weiterhin ein sexuelles Wesen bleiben. Auch dass Cassandra von dem Unfall mit drei Narben im Gesicht gezeichnet bleibt, beschädigt weder ihr sexuelles Potential noch ihre Weiblichkeit. Ganz im Gegenteil werden diese Narben zu ihrer Auszeichnung, denn an diesen Spuren ihrer Lebenserfahrung entzündet sich das Interesse von Desmond Somers, dem Mann, den Cassandra später heiraten wird.

Wenn Stoddard auf diese Weise hinter den Beziehungen ihrer Protagonistin die herrschenden Geschlechterverhältnisse als Negativfolie erkennen lässt, so führt sie diese Verhältnisse auch durch ein ganzes Spektrum von anderen Frauengestalten vor, wodurch wiederum Cassandras Individualität noch schärfere Konturen gewinnt. Obwohl alle Frauenfiguren des Romans eigenständige Persönlichkeiten und keine Typen sind, werden praktisch alle Lebensmöglichkeiten einer bürgerlichen amerikanischen Frau der Jahrhundertmitte über diese Individuen dargestellt. Stoddard schafft so ein Panorama von Weiblichkeit und ihren Möglichkeiten in der Gesellschaft.

Cassandra wird konturiert durch ihre Mutter und besonders durch ihre Schwester Veronica, die ebenso willensstark ist wie sie selbst, deren Persönlichkeit sich durch ihre Krankheit jedoch ganz anders formt. Offensichtlich ist Veronica als Kontrast zu Cassandra konzipiert, jedoch ist sie keineswegs ein konventionell-viktorianisches Gegenmodell von Weiblichkeit. Die Schwestern sind sich nämlich bei aller Unähnlichkeit auch ähnlich und heiraten mit Ben und Desmond zwei Brüder, für die dies ebenfalls gilt. Veronica erfüllt zwar mit ihren Barmherzigkeitsmissionen für Arme und Kranke in der Nachbarschaft die Anforderungen an das soziale Verhalten einer viktorianischen Frau, doch ist sie unfähig, die praktischen Angelegenheiten des häuslichen Lebens zu bewältigen, und zur Fürsorge für die Mitglieder ihrer Familie ist sie nicht in der Lage. Ihre labile nervliche Konstitution macht es ihr sogar unmöglich, an der Beerdigung ihrer Mutter teilzunehmen. Andere Frauenfiguren des Romans, wie Tante Mercy und auch Alice Morgeson, sind familienbezogene Frauen, für die die häusliche Sorge der Mittelpunkt ihres Lebens ist. Alice, während Cassandras Aufenthalt in Rosville ganz Mutter, übernimmt allerdings nach dem Tod ihres Mannes Charles die Leitung der Fabrik und führt erfolgreich die Geschäfte, wandelt sich also von der Mutterfigur zur erfolgreichen *business woman* und erweitert so das Spektrum der Frauenrollen. In Belem, dem letzten und am weitesten von zu Hause entfernten Ort, an dem Cassandra sich längere Zeit aufhält, lernt sie Frauen kennen, die über Besitz und damit Status verfügen, der sie mächtig und einflussreich macht. Manche davon sind so wohlhabend, dass sie es nicht nötig haben zu heiraten und es sich leisten können, sich geistigen Interessen zu widmen. Adelaide Somers, Bens und Desmonds Schwester, beeindruckt Cassandra als erste intellektuelle Frau, die ihr begegnet. Bellevue Pickersgill Somers, Cassandras künftige Schwiegermutter, ist schwerreich und beherrscht tyrannisch alle Mitglieder ihrer Familie, die von ihr abhängig sind. Wie eine Spinne hält sie alle in ihrem monetären Netz gefangen. Stoddard symbolisiert dies ebenso unaufdringlich wie überzeugend realistisch über einen konkreten Alltagsgegenstand, in dem Geldwert und Frauenherrschaft in Beziehung gesetzt werden: ein silbernes, spinnenförmiges Teeservice. Mrs. Somers' Welt ist so vom Geld bestimmt, dass sie in der Besucherin nur eine Mitgiftjägerin sehen kann. Doch Cassandra bewahrt ihre innere Unabhängigkeit und trägt in den mehrfach eskalierenden Konfrontationen mit ihr letztlich den Sieg und die Liebe des Sohnes Desmond davon, gelangt damit aber nicht nur zu einem konventionellen Happy End, sondern zu einem alternativen Modell von weiblicher, und mehr noch: menschlicher Selbstbestimmung.

Die erzählten Ehen kommentieren die Geschlechterverhältnisse der Epoche. In den meisten Beziehungen sind es die Männer, die den Ton angeben, doch bei den Somers ist es anders, wie uns Cassandra mitteilt: Als Mr. Somers »Bellevue Pickersgill wegen ihres Geldes heiratete, hatte er seinen Meister gefunden und erhielt im Gegenzug nur das Privileg, ihre Steuern zu bezahlen.« Charles Morgesons hingegen ist fraglos Herr in seinem Haus, »Kein Blatt fiel im Gewächshaus, das er nicht sah; keine Mahlzeit wurde serviert, die nicht bis ins kleinste Detail seinen Wünschen entsprochen hätte.« Sowohl Charles als auch Desmond ähneln mit ihrem herrischen Wesen, ihrer Kraft und der sexuellen Potenz, die sie ausstrahlen, romantischen Helden, aber keiner von beiden besitzt die mysteriöse Aura unaufgeklärter Herkunft wie etwa Heathcliff in Emily Brontës *Wuthering Heights*. Charles Morgeson ist nicht nur sinnlich-gefährlich, sondern auch ein durchaus glaubhafter Fabrikbesitzer, der eine Schwäche für die Blumenzucht und temperamentvolle Pferde hat. Mit solchen alltäglichen Details symbolisiert Stoddard hier einerseits die erblühende Liebe von Charles und Cassandra und andererseits ihre ungebändigte und damit bedrohliche Leidenschaft. Desmond Somers erinnert in seiner Liebe zu Pferden an Charles, repräsentiert jedoch zunächst ein anderes männliches Rollenmodell: das des gelangweilten Sprosses einer reichen Familie, der nichts zu tun hat als auf sein Erbe zu warten und die Zeit bis dahin zu vertrinken, sich gegenüber seiner anti-maskulinen Funktionslosigkeit zu betäuben. Sein Bruder Ben tut es ihm gleich. Und schließlich wäre noch Cassandras geliebter Vater zu nennen, der in seinen geschäftlichen Dingen aufgeht, seine patriarchale Rolle aber durchaus zu reflektieren bereit ist, und der – das Inzestmotiv ist bei Stoddard häufiger anzutreffen – die Liebe seiner Tochter enttäuscht, als er nach dem Tod seiner Frau in einem wahrhaft freudianisch suggestiven Akt ausgerechnet die als Geschäftsfrau in mehrerer Hinsicht attraktive Alice, Charles' Witwe, heiratet, deren Mann Cassandras erste Liebe war.

Die Ehen der Somers-Brüder mit den Morgeson-Schwestern sind jeweils Liebesheiraten, doch zeigt sich an ihrer unterschiedlichen Gestaltung sehr deutlich, wie der Geschlechterdiskurs der Zeit von Stoddard kritisch reflektiert wird. Die Ehe von Ben und Veronica scheitert letztlich an den konventionellen Erwartungen, die beide an die Ehe und an einander haben. Ben überhöht seine Frau und erwartet von ihr emotionale und moralische Fürsorge und Führung. Ihre Liebe werde ihm helfen, seine Alkoholabhängigkeit zu kontrollieren, glaubt er. Doch Veronica ist unfähig, Ben zu retten, und überlässt ihn sich selbst. Sein Tod und die Behinderung des gemeinsamen Kindes symbolisieren die Degeneration, die einen Teil dieser neuenglischen Gesellschaft erfasst hat; vor dem Hintergrund des an Cassandras Vater gezeigten historischen Niedergangs der alten Seefahrt-Elite an der Küste ein Beispiel dafür, wie es Stoddard gelingt, trotz des Fokus auf ihre Zentralgestalt die sozio-historischen Kontexte aufscheinen zu lassen. Im Gegensatz zu Ben hofft Desmond nicht auf Reform durch Cassandra, sondern übernimmt die Verantwortung für sich selbst. Erst als er vom Alkohol losgekommen zu sein glaubt, kehrt er zu ihr zurück.

Mit der Beziehung von Cassandra und Desmond entwirft Stoddard ein partnerschaftliches Ideal, das sie dennoch nicht romantisiert. Wenn diese Verbindung die zweier gleichwertiger Individuen zu werden verspricht, so deshalb, weil beide innerlich selbständig geworden sind und nicht erwarten, dass sie einander vervollkommnen oder retten müssten oder könnten. Hierin liegt auch ein gehöriges Maß an Desillusionierung. Ungeschönt von romantischer Verbrämung sieht Cassandra sich und Desmond mit einer Kette verbunden, von der sie sagt, sie sei »selbst im besten Fall keine glänzende, auch keine blumenumrankte; sie war auch nicht aus Edelmetall, Silber oder Gold. Sie war rostig, zerfressen, denn sie war aus seinem und meinem Wesen geschmiedet.« Aus der Anerkennung der eigenen Unvollkommenheit bezieht diese Bindung ihre Zukunftshoffnung.

Ans Ende von Cassandras Entwicklungsprozess setzt Stoddard somit eine gedämpfte Hoffnung auf Glück und zugleich die Einsicht in die Begrenztheit menschlicher Einsicht. Die zurückblickende Erzählerin Cassandra vermittelt den Leserinnen und Lesern, dass dem Verständnis anderer Grenzen gesetzt sind. Selbst eine so vertraute Person wie ihre Mutter bleibt ihr im Grunde fremd (»Ich habe sie nie verstanden«); die Distanz zu ihrer Schwester ist nicht zu überbrücken: (»Die Distanz, die uns voneinander getrennt hatte, war kleiner geworden, aber nicht verschwunden.«) Bei Stoddard sind die Figuren für einander letztlich nicht durchschaubar; gerade das macht sie so modern. Die Erzählerin Cassandra ist der antiken Prophetin Cassandra verbunden, denn ihr Name markiert die Abkehr von der puritanischen Tradition biblischer Namensgebung, aber sie ist auch von ihr verschieden, weil die moderne Cassandra die Wahrheit über die Menschen und Dinge letztlich eben nicht völlig zu ergründen vermag.

Die Morgesons wirft einen entromantisierten Blick auf das viktorianische Amerika und das Verhältnis der Geschlechter: Frauen sind nicht moralisch höhere Wesen, sondern wie Männer Individuen, die mehr oder weniger lebendig, mehr oder weniger liebes- und leidensfähig sind, im Rahmen einer potentiell traumatisierenden sozialen Welt – eine Auffassung, die uns heute im 21. Jahrhundert vielleicht näher ist als sie dem 19. Jahrhundert war. Der Roman dekonstruiert die Muster nicht nur der patriarchalischen Gesellschaft – und wo wäre das Patriarchat abgesicherter gewesen als in Neuengland, wo der Glaube an einen allgewaltigen, strengen, willkürlichen Vatergott die gesamte Existenz zu einer unter dem göttlichen Überpatriarchat machte. Nein, Stoddard entlarvt auch die weiblichen Subsysteme, die sich im Kontext dieser Gesellschaftsordnung etabliert haben und durch die Liierung mit der Herrschaft große Macht ausüben. Stoddard vermag dadurch zugleich engagierte Frauenliteratur und in Form und Thematik Literatur von allgemeiner und grundsätzlicher Relevanz zu schaffen. Die Familie wird darin nicht als Wunschziel, Heimstatt oder einzige und ideale Aufgabe für eine Frau des 19. Jahrhunderts gezeigt, sondern als eine Herausforderung an Frauen und Männer, eine Institution, deren potentiell traumatisierender Einfluss nicht geringer zu veranschlagen ist als jener der gesamtgesellschaftlichen, politischen Institutionen und Machtverhältnisse im Zeitalter der Aufstiegs der USA zur industriellen und wirtschaftlichen Großmacht.

Als Brückenbauerin zwischen Romantik und Realismus, als Verfasserin von Texten, die das Genre der Frauenliteratur auf eindrucksvolle Weise sprengen, zählt Elizabeth Stoddard zu den innovativsten und wichtigsten amerikanischen Autoren des 19. Jahrhunderts. Doch diese Einschätzung muss heute wie damals noch immer verteidigt werden.

Die Morgesons war kein Verkaufserfolg. Trotz einiger positiver Rezensionen und einiger anerkennender Briefe von Autorenkollegen, einer davon von Hawthorne, fand das Buch wie auch die beiden folgenden Romane von Stoddard, *Two Men* (1865) und *Temple House* (1867), kein größeres Publikum. Anders als die Werke vieler anderer Schriftstellerinnen ihrer Zeit wurden Stoddards Romane auch nicht in europäische Sprachen übersetzt. Wie Nathaniel Hawthorne, Herman Melville und Emily Dickinson gelang es ihr, eine ganz eigene Stimme zu entwickeln, doch wie bei den beiden Letztgenannten wurde ihre Anerkennung dadurch lange verzögert. Der amerikanische Literaturpapst des späten 19. Jahrhunderts, ihr Freund und Autorenkollege William Dean Howells, zollte ihr in seinen Lebenserinnerungen ein Lob, das gleichzeitig ihre relative Erfolglosigkeit erklärt: »Zu einer Zeit als die meisten von uns wie Tennyson, oder Longfellow oder Browning schreiben mussten, schrieb sie immer nur wie sie selbst.«

Gleichwohl durchlief ihre Karriere mehrere Phasen. Elizabeth Barstow, geboren am 6. Mai 1823, wuchs in Neuengland, in dem kleinen Ort Mattapoisett, einem ehemaligen Walfanghafen an der Südküste von Massachusetts auf. Ihre Familie war alteingesessen und nicht unvermögend; allerdings geriet der Vater, von Beruf Kaufmann und Werfteigner, zeitweise in finanzielle Schwierigkeiten – wie Cassandras Vater, der ihm in mancher Hinsicht nachgezeichnet ist. Elizabeth war das zweite von neun Kindern und genoss eine für die damaligen Möglichkeiten der Frauenbildung gute Schulbildung, die sie durch breite Lektüre ergänzte. Sie entkam der neuenglischen Enge, als sie bei einem Besuch in New York im Jahr 1851 auf einer literarischen Soiree den jungen Dichter Richard Henry Stoddard kennenlernte; die beiden heirateten im Dezember 1852. Das Paar lebte in New York City, wo Richard, der als Lyriker und Zeitschriftenherausgeber wenig Einkommen hatte, auf Fürsprache Hawthornes einen Posten beim Zoll bekam. Die Stoddards brachten es nie zu Wohlstand, aber sie gehörten zur intellektuellen und künstlerischen Szene von New York und gaben literarische Abende. In ihrer gemeinsamen Liebe zur Literatur hatte die Ehe eine feste Basis, und trotz einiger Probleme blieb sie eine loyale Partnerschaft. Von den drei Kindern erreichte nur der jüngste

Sohn Lorimer das Erwachsenenalter; er führte die literarische Tradition der Familie als Schauspieler und Bühnenautor fort.

Elizabeth begann in den 1850er Jahren zu schreiben, zunächst eine Zeitschriftenkolumne. Von 1854 bis 1858 berichtete sie zweimal monatlich als »Lady Correspondent« für die Zeitung *Daily Alta California* in San Francisco, für die auch Mark Twain einige Jahre später schreiben sollte. Scharfzüngig und provokant kommentierte sie in der journalistischen Maske einer selbstbewussten Dame mit unkonventionellen Meinungen aktuelle gesellschaftliche und literarische Ereignisse; hart ging sie mit Sentimentalitäten, Eitelkeiten und von oben verordneten Moralvorstellungen ins Gericht. Sie kritisierte zeitgenössische Romane, lobte aber auch, was und wen sie für brillant hielt: die Brontës, George Sand, Edgar Allan Poe. Daneben schrieb sie Erzählungen, die in literarischen Zeitschriften erschienen, und später auch Gedichte. Die Stoddards kommentierten wechselseitig ihre literarische Produktion, und auch hier war Elizabeth schonungslos. Wenn sie einerseits einmal ihrem Mann und seinen Freunden ins Gesicht sagte, dass sie als Dichter zu Recht gescheitert seien, so war sie andererseits doch auch in der Lage, selbst Kritik anzunehmen. Zugleich ist unübersehbar, dass die Anregungen aus ihrem literarischen Umfeld und ihre umfangreiche Lektüre der Weltliteratur sich in den intertextuellen Bezügen vieler ihrer Werke niedergeschlagen haben.

In den 1860er Jahren hatte Stoddard ihre produktivste Phase. In diese Dekade fallen ihre drei Romane. Man bescheinigte der Autorin wegen ihres eigenwilligen Stils eine gewisse Originalität, jedoch blieb der populäre Erfolg aus, und sie betrachtete sich als gescheitert, weil in ihren literarischen Zielen unverstanden. Den Roman gab sie nach diesen drei Versuchen auf, doch bis zum Ende des Jahrhunderts veröffentlichte sie Erzählungen und Essays, die allerdings zu ihren Lebzeiten nie gesammelt wurden. Als Buch erschienen eine Sammlung von sehr originellen Kindergeschichten, *Lolly Dinks's Doings* (1874), und 1895 ein Gedichtband mit dem schlichten Titel *Poems*.

Im gewandelten literarischen Klima des späteren 19. Jahrhunderts wurde Stoddard als Vorläuferin der Realisten wiederentdeckt. Ihre drei Romane erlebten 1888/89 eine Neuauflage – sehr zur Freude der Verfasserin. Aber das Interesse verflog bald wieder. 1901 erschien noch einmal ein Reprint der drei Romane, ohne ein belegbares Echo hervorzurufen. Im September 1901 starb Stoddards Sohn, sie selbst erlag im August 1902 einer Lungenentzündung; Richard folgte seiner Frau neun Monate später. Die drei Stoddards sind nebeneinander auf dem Oakland Cemetery von Sag Harbor auf Long Island bestattet; die Grabstätte zu finden, ist auch heute noch eine Herausforderung. Die Inschrift auf Elizabeths Grabstein bezeichnet sie als Ehefrau und Mutter, aber angefügt ist auch der Satz: »Romanautorin, Dichterin, starke originelle Denkerin und treue, liebende Gefährtin, wird lang im Gedenken bleiben.« Danach sah es jedoch lange überhaupt nicht aus.

Stoddards Werke gerieten nach ihrem Tod schnell in völlige Vergessenheit. 1971 gab es einen Neudruck ihrer drei Romane, ohne dass das Interesse dadurch wieder geweckt worden wäre. Erst als 1984 Lawrence Buell und Sandra Zagarell *The Morgesons and Other Writings* herausgaben, wandte sich die literaturwissenschaftliche Diskussion Stoddard allmählich zu. Das neue Interesse an ihr war auch inspiriert von der inzwischen institutionell etablierten feministischen Literaturwissenschaft. Dennoch bleibt Stoddards Stellung in diesem Diskussionzusammenhang marginal, sicher auch, weil sie sich nicht recht in die Konzepte von Frauenliteratur einfügt, ja, diese hinter sich lässt. Die Ausgabe von *The Morgesons*, die 1997 in der Reihe *Penguin Classics* publiziert wurde, ist mittlerweile nicht mehr im Druck. 2003 erschien erstmals eine Sammlung von Stoddards Erzählungen, *Stories*, herausgegeben von Susanne Opfermann und Yvonne Roth. Auch diese Ausgabe ist gegenwärtig nicht mehr im Druck. Der einzige Roman von Stoddard, der zur Zeit verfügbar ist, ist *Two Men*, herausgegeben von Jennifer Putzi im Jahr 2008. Stoddard ist also immer noch (wieder)zuentdecken.

Die vorliegende Übersetzung von *Die Morgesons* soll diese Möglichkeit auch dem deutschsprachigen Publikum öffnen. Ulrike Helmers »Edition Klassikerinnen« stellt Stoddard in den transatlantischen Kontext, den die Literatur von Frauen im 19. Jahrhundert tatsächlich hatte. Dass dieser Roman darüber hinaus ein Werk der Weltliteratur ist, verdient nicht nur in Spezialistenkreisen anerkannt zu werden.

Ein Editions- und Übersetzungsprojekt wie dieses benötigt mehr als den Enthusiasmus der unmittelbar Beteiligten. Wir danken zu allererst Axel Steensen, in dem wir, vermittelt durch Barbara Buchenau, den richtigen Mann gefunden haben, ein »küstennahes Deutsch« zwischen Platt und Hochsprache zu entwickeln, das als zwar allgemein verständliches, aber doch entschieden regionales Äquivalent für den mehr oder weniger ausgeprägten neuenglischen Küstendialekt einer Reihe von Nebenfiguren dienen konnte. Besonderer Dank gebührt auch dem Erlanger Germanisten Dietmar Peschel, der die gesamte Übersetzung kritisch gelesen und kommentiert hat. Hilfreiche weitere Anregungen und Korrekturen verdanken wir der Lektüre durch Birgit Spengler von der Universität Frankfurt/M. und Dörte Löffert sowie Mitgliedern des »Gelnhäuser Literaturkreises«: Stephanie Hartge, Sabine Hentschel und Sabine Wigg-Wolf. Unser Aufenthalt an der University of British Columbia, Vancouver, bei dem ein Großteil der Übersetzungsarbeit und Hintergrundrecherche geschah, wurde durch Ronald und Veronica Hatch und die Gastfreundschaft des Department of English wesentlich gefördert; durch unsere Acadie wurde er zu einem nicht nur wissenschaftlichen Erlebnis. Catherine Bishop half mit Expertise zu den Finessen viktorianischer Kleidung. Das Titelbild von John Singer Sargent fand Susanne Scharf; wir danken der Smithsonian Institution, Washington D.C., für die Abdruckerlaubnis. Das Cornelia Goethe Centrum der Universität Frankfurt am Main hat das Projekt dankenswerter Weise großzügig unterstützt. Der amerikanische Lyriker Vince Clemente teilte mit uns das Abenteuer, die Stoddard-Grabstätte in Sag Harbor wiederzuentdecken. *It was a labor of love.*

Susanne Opfermann und Helmbrecht Breinig

HerausgeberInnen und ÜbersetzerInnen

Susanne Opfermann ist Professorin für Amerikanistik an der Goethe-Universität Frankfurt. Eines ihrer Forschungsgebiete ist die Literatur amerikanischer Autorinnen des 19. Jahrhunderts. Helmbrecht Breinig hatte bis zum Ruhestand den Lehrstuhl für Amerikanistik an der Universität Erlangen-Nürnberg inne. Ihr gemeinsames Interesse an Elizabeth Stoddard hat sie u.a. zur Wiederentdeckung von Elizabeth Stoddards Grab auf einem Friedhof auf Long Island geführt.